时代三部曲

燕燕于飞

贺享雍 著

四川文艺出版社

图书在版编目（CIP）数据

时代三部曲. 燕燕于飞 / 贺享雍著. —成都：四川文艺出版社，2021.3
ISBN 978-7-5411-5885-8

Ⅰ.①时… Ⅱ.①贺… Ⅲ.①长篇小说－中国－当代 Ⅳ.①I247.5

中国版本图书馆CIP数据核字（2020）第257782号

SHIDAI SANBUQU·YANYAN YUFEI

时代三部曲·燕燕于飞

贺享雍　著

出 品 人	张庆宁
责任编辑	罗月婷
内文设计	史小燕
封面设计	赵海月
责任校对	段　敏
责任印制	桑　蓉

出版发行	四川文艺出版社（成都市槐树街2号）
网　　址	www.scwys.com
电　　话	028-86259287（发行部）　028-86259303（编辑部）
传　　真	028-86259306
邮购地址	成都市槐树街2号四川文艺出版社邮购部　610031
排　　版	四川胜翔数码印务设计有限公司
印　　刷	成都紫星印务有限公司
成品尺寸	169mm×239mm　　　开　本　16开
印　　张	15　　　　　　　　　 字　数　260千
版　　次	2021年3月第一版　　　印　次　2021年3月第一次印刷
书　　号	ISBN 978-7-5411-5885-8
定　　价	49.00元

版权所有·侵权必究。如有质量问题，请与出版社联系更换。028-86259301

目录
CONTENTS

第一章 …………………………………………… 1
第二章 …………………………………………… 8
第三章 …………………………………………… 16
第四章 …………………………………………… 31
第五章 …………………………………………… 44
第六章 …………………………………………… 53
第七章 …………………………………………… 68
第八章 …………………………………………… 78
第九章 …………………………………………… 91
第十章 …………………………………………… 100
第十一章 ………………………………………… 113
第十二章 ………………………………………… 124
第十三章 ………………………………………… 131
第十四章 ………………………………………… 141
第十五章 ………………………………………… 152
第十六章 ………………………………………… 161

第十七章 ……………………………………	174
第十八章 ……………………………………	184
第十九章 ……………………………………	196
第二十章 ……………………………………	206
第二十一章 …………………………………	215
第二十二章 …………………………………	224

第一章

越往村子里面走,路两边的沟渠被庄稼秸秆和枯草塞得越满。一些秸秆和枯草已经腐烂,空气里散发着一股酸臭味。前两天下的暴雨也没把这些垃圾和臭味冲走,雨水汪在秸秆和枯草的空隙处,墨汁一般。孑孓和不知名的小虫把这些黑水潭当成了乐园,尽情地在里面撒欢。乔燕不由得皱了皱鼻子,这和她这些日子想象的"绿水逶迤去,青山相向开"有些不一样。

拐过一个之字形的弯,一棵枝繁叶茂的老黄葛树下围了一群人,黄葛树旁边有一座四合院似的建筑,正面是二层楼房,其余都是人字形屋架的小青瓦房,外墙都贴了白瓷砖,阳光在上面像水波一样荡漾。

黄葛树很大,枝繁叶茂,严严地遮住了大半个广场。树下人群中传来一男一女的争吵声。

因为隔得太远,乔燕听不太清楚,她正想把电动车再往前骑一段路,却见人群已经骚动起来,只听一个女人怒火中烧地大声叫道:"你赶了我的鸭子,还茅坑的石板又臭又硬!你不得好死!"紧接着便是一个男人不甘示弱地大声叫喊:"你冤枉我,也死儿绝女!"

话音一落,人群忽地骚动起来。乔燕知道两人抓扯起来了,正想过去劝解劝解,忽听围观的一人道:"你们去找贺端阳吧!"另一人道:"贺端阳到镇上去了,去找鬼大爷呀?"说完,人群黄蜂似的从黄葛树下的阴影里哄地散了开去。

最后,黄葛树下只剩下了一男一女,年纪都是三十七八岁的样子,虎视眈眈地互相瞪着。大约因为没有了观众,两人像鸡斗架似的对峙一阵后,也一个往东,一个向西,骂骂咧咧地回去了。

等黄葛树下彻底安静下来，乔燕才从恍惚中回过神来。没想到上任第一天，迎接她的，不是想象中乡村美好的诗意，而是肮脏的环境和吵架的村民，一副乱糟糟的样子。

乔燕整理了一下思绪，看见黄葛树东边有座低矮的土坯房，一个大爷持了一把大扫帚一瘸一拐地扫着院子。乔燕今天是来村上报到的，昨天就给村支书贺端阳打了电话，可刚才听黄葛树下围观吵架的村民说贺端阳到镇上去了，看见扫地的大爷，想起来贺家湾的目的，这不正是察民情、访民意的好机会吗？顺便问问刚才吵架的村民叫什么名字，为什么吵架，村里又为什么会这样脏。一边等贺端阳回来，一边了解村情民意，岂不好？这么一想，乔燕有几分激动起来，便发动起自己的小风悦电动车，"突突"地朝前面那个院子驶去了。

乔燕进了院子，见那个大爷仍只顾埋着头扫自己的院子，便故意用力咳了一声。大爷朝她觑了一眼，可很快又把头低了下去，挥动着手里的大扫帚。乔燕见大爷六十多岁的样子，脸上全是皱纹，上身穿一件褪色的蓝布褂子，下面是一条有很多口袋的黑色短裤，裸露出的小腿上长了许多歪歪扭扭的动脉瘤，仿佛盘着无数条小蛇。

乔燕过去看小说或是影视，里面描写乡下人看见从城里来的干部，都会像见了亲人似的热情得不行。现在见大爷连声招呼都不打，心里不禁诧异起来。她本是一个活泼开朗的姑娘，一见这个样子，便变被动为主动，像在家里一样，甜蜜蜜地大叫了一声："老大爷，你好！"

大爷像是被乔燕的话刺了一下，将扫帚停下，却没回答什么，只觑眼看着乔燕。乔燕见老人只顾看着她不说话，还以为自己身上有什么，低头看去，却没有什么异常。出发时，她特地选了这件长及小腿肚的白色百褶裙，上面搭配一件蓝色条纹T恤，尽量显得简单大方。她还专门征求过爷爷的意见，连爷爷都说这身打扮不会引起村民的反感。

正疑惑间，大爷突然瓮声瓮气地问："你是谁？"乔燕终于松了一口气，忙笑吟吟地回答："大爷，我是上级派到贺家湾村的第一书记……"大爷眼睛顿时放出两道明亮的光来，可光芒瞬间又变成了警惕和怀疑的神情。他又将乔燕上下打量了一遍，突然问道："贺端阳犯错误了？"乔燕显出了吃惊的样子，道："贺书记犯什么错误了？"大爷立即说："我问你，你还问我？"乔燕道："我没听说贺书记犯错误呀！"大爷马上又道："没犯错误，怎么又派一个书记来……"乔燕明白过来，便笑了起来："哦，是这样的，大爷，贺端阳是村里的书记，我也是村里的书记……"大爷打断了她的话，道："我老头活了这么大，还没听说过一个村有两个书记！你还是第一书记，这么说，贺端阳倒要服你管了哟？"

乔燕有些哭笑不得，细一想，又觉得不奇怪，因为"第一书记"这个称呼，是前不久下发的文件这么规定的，过去只叫"驻村干部"。她正想给大爷解释，却又见大爷两眼犀利地盯着她，从嘴里蹦出了一句话："你怕是个骗子吧？"乔燕吃了一惊，看着大爷问："大爷，你看我像骗子吗？"大爷摇了摇头，乔燕以为他会说出"不像"两个字，没想到他说出的却是斩钉截铁的一句话："那可不一定，现在的骗子连中央领导都敢冒充呢！专门下乡来骗我们这些老实的庄稼人！前段日子有几个骗子骑着摩托车到我们村上来，说是家里遭了灾。乡下人心软，听他们说得可怜，有掏五块的，也有掏十块八块的，实在没钱的，就从瓮里给他们口袋里舀米，积少成多，光米都装了几口袋。可第二天，湾里有人到县城赶集，却看见他们在市场上卖米，你说这骗子心肠坏不坏？"乔燕听了这话，马上对老人说："大爷，我真是上级派到贺家湾村来的第一书记！你要不相信我，原来那个叫张青的驻村干部，你该认识吧？我就是来接替他在你们村上工作的！"乔燕把原来驻村干部的名字说出来，以为大爷会相信她了，可没想到大爷仍然固执地说："口说无凭，你把介绍信给我看看！我虽然识字不多，但几个名字还是认得的！"说着便把手伸到了乔燕面前。

乔燕却突然红了脸，原来第一书记上任，通常都是由单位的政工干部把他们送到镇上，再由镇上领导或管组织的党委委员送到村上，这样层层转送，才体现出各级领导的重视。乔燕所在的单位原本也安排了车和人，而且也通知了镇上。乔燕却临时改变了主意，她要骑着那辆香脂白的小风悦电动车自己到村上来。她把自己的想法给爷爷乔大年讲了，乔大年不但不反对，而且一个劲儿称赞，说一上任就给乡亲们一个艰苦朴素的印象，这样最好！得到爷爷鼓励的乔燕便让单位来接她的司机连人带车回去了，跨上自己的坐骑"突突"朝贺家湾来了。现在见老人向她要介绍信，便不好意思地对他说："对不起，大爷，我没去组织部开介绍信，我们单位原准备用小车送我来的……"还想进一步给大爷解释，大爷却打断了她的话，说："要是你坐四个轮子的小车来，我倒相信你！这年头，有几个干部下乡骑电马儿的？"

一听这话，乔燕真有种秀才遇到兵——有理说不清的感觉，便又对大爷说："你要我怎么说，你才相信呢？"大爷想了想，突然改换了一种口气，对乔燕道：

"你要真是第一书记，我可要问你一件事……"乔燕马上道："你问吧，大爷！"大爷立即不满地道："政府收农业税那些年，乡上的干部天天来催，像我们这样的老实人，从不欠国家一分钱，可像贺兴顺、贺良礼这样的奸猾人，年年都拖着不交。现在政府不收农业税了，你说政府啥时候把我们交了的钱退给我们呀？"大爷说完便紧盯着乔燕看。

  乔燕一下子愣了，这是什么时候的事呀？她一直生活在县城里，哪里知道收农业税的事？何况她只是一个来扶贫的第一书记，又不是什么大人物，即使知道，她也做不了主呀！想到这里，她嗫嚅着说："大爷，你说这事，我……"大爷见乔燕支支吾吾、脸红筋涨的样子，得意地说道："说不上了吧？"接着又立即不怀好意地问，"那你说说，贺端阳个子有多高，是胖还是瘦？"乔燕又老老实实回答："大爷，我今天才下来，还没见过贺端阳……"话音未完，大爷立即正了颜色，挥了一下手，对乔燕道："你一问三不知，那我更不敢相信你了！我们受骗上当的次数多了，再也不会上你们的当了！你各人走吧，不然我就要喊人了！"

  乔燕见大爷下了逐客令，本不想再和这个既固执又愚顽的糊涂大爷说什么了，可如果真就这样离开，那一定更会坚定他认为自己是骗子的念头，于是对大爷说："大爷，你要喊人就喊吧，反正我不是骗子！"乔燕以为大爷听了她这话，会打消他的怀疑，没想到这大爷什么话也没有说，朝着外面大喊了起来："大家快来呀，这儿有个骗子！"更令乔燕没想到的是，大爷看着干瘦，可从喉咙里蹦出的喊声，却像胸腔里安了只扩音器，十分洪亮高亢，如霹雳般。

  乔燕见大爷真的喊了起来，心里不免产生了一丝恐慌。她朝外面看了一下，发觉四周并无人影，这才安心了一些。可令她没想到的是，没一时，几个人像是从地下突然冒出来似的，一边往这儿跑，一边大叫："老叔，骗子在哪儿？可别让他跑了！"

  乔燕见有人跑来，心里更慌了。她毕竟是个女孩，又从小娇生惯养，哪里经历过这样的场面？别的她不担心，担心的是这些人如果也不听她解释，他们会拿她怎么办。是打她还是把她拉到乡上去？拉到乡上去她不怕，怕的是那些人打她或顺便在她身上动手动脚。想到这里，她感到一股寒气从脚底冒了上来，没再多加考虑，便对大爷大声说："好，好，你们既然不欢迎我，我回去就是了……"一边说，一边跑出院子，来到自己那辆电动车旁边，跨上去，将车发动起来，一溜烟朝外面跑了。

回到城里，已是半下午。虽然节令还没到全年最热的时候，但太阳的淫威一点不输于盛夏。早上出门时，天气还阴凉，乔燕也没戴草帽。等冒着日头回到城里，她的脸已经晒出了两片"高原红"，背上的T恤也紧紧地贴在了皮肤上。她又饥又渴，路过一家超市时，进去买了一个烤面包和一袋纯牛奶，就着超市空调吹出的凉风，将面包和牛奶填进肚子里，这才跨上电马儿朝家里驶去。

打开房门，爷爷乔大年正坐在客厅的单人沙发上，对着一台呼呼转动的三峡牌老式电风扇看报纸。乔大年住的是20世纪90年代的老式建筑，那时候小县城不时兴电梯房，乔大年买房子时，担心两口儿老了爬楼梯有困难，便选了底楼，屋子光线虽然暗了一些，却凉快。客厅里虽然摆了一台3P的立式空调，乔大年一是怕耗电，二是怕不小心被那空调给弄感冒了，所以那空调多数时候都只是一个摆设。

老掉牙的电风扇发出"吱吱"的响声，给人一种随时都会散架的感觉。乔燕没像往常那样和爷爷打招呼，将斜挎的菱格黑色单肩包取下来往沙发上狠狠地一掼，便一屁股重重地坐在沙发上。乔老爷子看见孙女脸上沮丧的表情，急忙取下架在鼻梁上的老花镜，疑惑地打量了乔燕半晌，这才半开玩笑半心疼地问："小燕儿怎么变成了呆头鹅？"

乔大年的性格和乔燕一样，年轻时十分活泼和开朗，即使现在快八十岁了，还很乐观风趣。乔燕和妈妈把他叫作"老顽童"，而奶奶则把他叫作"老不正经"。乔燕知道爷爷非常溺爱自己，但爷爷的溺爱很有分寸，他说的话句句风趣，细细一想却极有道理。现在见爷爷问她，眼里的泪水突然涌了上来。她咬紧了嘴唇没答，把头转到了一边。

乔大年立即将手里的报纸放到茶几上，起身将电风扇转到乔燕的方向，这才过来坐在了她身边，把手落到孙女肩上，未卜先知地问："出师不利？"乔燕终于忍不住，突然背过身子，将脸埋在沙发扶手上，"呜呜"地哭出了声。乔大年也不劝，却说："哭出来就好了！我怎么今天才发觉你的哭声比笑声还好听呢？"

话音刚落，乔燕又"扑哧"笑出了声，一边笑，一边抬起头来，对乔大年愤愤地说："他们欺负我！"乔大年已心知肚明，却故意往地上顿了一下脚，做出怒不可遏的样子，道："谁吃了豹子胆，敢欺负我乔大年的孙女？啊！"见乔燕脸上还是珠泪涟涟，便从茶几上的纸盒里抽了一张纸，递给乔燕说，"先把眼泪擦干净，再给爷爷慢慢说，爷爷去找他们说个子曰！"

乔燕知道爷爷是故意打趣她，也不计较，接过纸胡乱地在脸上擦了一把，这才嘟着嘴没头没脑地说:"他们故意为难我,把我当骗子,还要我解决农业税的遗留问题!收农业税时,我才上初中,再说,我也不是农村人,知道什么?"说完又抱着乔老爷子的肩膀摇了摇,"爷爷,明天你去给我们何局长和组织部说一声,让他们换一个人去……"乔老爷子愣了一下,目光再次落到乔燕身上,道:"真的?"乔燕道:"那些农民的素质太低了!"乔老爷子道:"农民的素质都那么高了,要你们去做什么?"乔燕被爷爷问住了,不觉红了脸,便又摇了乔老爷子一下:"爷爷,你去不去说?"乔老爷子说:"我这张老脸可开不了这个口!"乔燕又高声喊叫着说:"不,爷爷,我要你去说,我就是要你去说,你一定要去给我说!"乔老爷子见孙女耍赖,便笑了笑说:"好,好,爷爷明天就去叫他们换人!这行了吧?"

　　乔燕知道爷爷是在哄她,还想说点什么,却听见乔老爷子又问:"你奶奶到超市买东西去了,你要吃什么,爷爷给你做。"乔燕答道:"我在外面吃了一个烤面包,现在什么也不想吃,只想清静一会儿!"说罢站起来,提起沙发上那只菱格单肩包,便往自己房间走。乔老爷子突然笑了起来,冲着她背影说:"我的个宝贝儿疙瘩啊,你能行的!别人我不了解,我的孙女我还不了解吗?你好好想想吧,想出了好办法,告诉爷爷,啊!"乔燕也没回答,进自己房间去了。

　　乔燕听了爷爷半开玩笑半认真的一席话,心情好多了。她开了房间里的空调,凉风习习传来,更将心里的一丝烦恼驱散开去。她坐在椅子上,看着雪白的墙壁整理了一下思绪,想起上午发生的事,又突然觉得一点也没什么好奇怪的!他们把自己当作骗子,是因为他们曾经受过骗,他们不相信自己能扶贫,那也是有原因的。远的不说,就是张青股长到村上做了一年多驻村干部,可当自己向他了解村上的情况,他竟然一点也说不出来,因为他压根儿没到村上去过几次!这样的驻村干部,老百姓能相信吗?可她这次就不同了,是要住到村上,用上面的话说,是真扶贫、扶真贫的,如果村民都不相信自己,这贫又怎么扶呢?她想,当前最重要的是掌握村里的情况,尽快取得老百姓的信任。

　　想到这里,乔燕起身走到客厅,缠着乔大年说:"爷爷,你给我介绍介绍贺家湾的情况,好吗?"乔大年呵呵地笑了起来,道:"爷爷能给你介绍什么情况?"乔燕道:"你不是在贺家湾当过好几年知青吗……"话没说完,乔大年便打断了她的话:"那都是猴年马月的事了……"乔燕又不依不饶地说:"你总记得一些,快说说!"说着过去坐在了乔大年身边。

　　乔大年不吭声了,目光落到对面的电视机上,像是沉进了久远的回忆里,过了半晌，才对孙女说："贺家湾最高的山叫尖子山。另一座山叫擂鼓山，山不大，像一面鼓。还有一座叫道子梁，道子梁下面有块十多亩大的地，叫黄泥巴地……贺家湾分为上湾、中湾和下湾，中湾的房子叫老院子，听说是湖广填四川时，贺家湾的'开基祖'建的，上湾和下湾是后来建的，但都是明清时代的老古董。背后头还有一个新湾，又叫新房子，虽然是解放后才修的，但所有姓贺的人都是从老院子发的蔸！贺家湾有六道扁、五道湾、四道沟。六道扁分别是土地扁、油坊扁、石梁扁、蓼叶扁、观音扁、烂泥扁；五道湾是牛草湾、梨树湾、塔梁子湾、猫儿梁湾、画眉湾；四道沟是和尚坝沟、滴水岩沟、桐子树沟、风坡垭沟。还有……"

乔大年说到这里，听得津津有味的乔燕忽然叫了起来："爷爷，打住，快打住！"乔大年忙回头问："怎么了？"乔燕道："你跟我来！"说着不由分说，拉起乔大年的手进了自己的房间。

第二章

  乔燕把爷爷按到电脑椅上坐下,随即打开电脑,在网络地图里搜索到黄石镇的全景图。乔燕找到了"贺家湾"三个小字,双击鼠标,贺家湾闪到了地图中间。乔燕又将鼠标移到地图右下角的＋号上,点一下,那图放大了一些,再点一下,图更大了。那地图上道道山梁、条条沟渠、块块田地、幢幢房屋,甚至一棵树、一片竹林,都像手掌上的纹路一般清楚。乔燕对乔大年说:"爷爷,你看看,哪儿是你刚才说的那些地方?"乔大年往显示屏一瞅,却只见液晶显示上蓝莹莹一片模糊的光影,便叫道:"我的眼镜没拿来,你让我看什么?"说罢要起来,乔燕却早跑了出去。

  待乔老爷子接过乔燕递过来的眼镜戴上,果见那地图清清楚楚,如身临其境一般。乔燕还担心爷爷看不清,立即又点击一下鼠标,将图的局部一点一点放大。乔大年瞅了一阵,不禁叫了起来:"这不就是擂鼓山?擂鼓山这条沟就是桐子树沟!这儿便是梨树湾,当年我们几个知青还在这儿偷摘过梨子!哎呀,这地图太清晰了,我就像回到了过去。这是道子梁,可下面的黄泥巴地怎么七零八落了?我还在黄泥巴地犁过地呢!哎,这棵老黄葛树还在呀?这可是贺家湾的风水树呢,好几百年了,黄葛树旁边原来是村小学……"乔燕听到这里,想起上午看见村民在树下吵架的情形,便道:"爷爷,这儿现在是村委会办公室!"乔大年感叹道:"当年我们几个知青经常在黄葛树下参加社员大会,斗地主、批林批孔……唉,现在想起来很荒唐,可那时热情还很高呢!"接着又对乔燕说,"你把图弄小点,我看看还能不能认出尖子山!"

  乔燕又把地图缩小了些,乔老爷子盯着地图看了一阵,又兴奋地叫起来:

"这儿，就是这儿，这就是尖子山！"乔燕说："可从地图上看，这山并不尖呀？"乔老爷子道："说是尖子山，可上面却是一块平地，沿山还有许多田，大的一两分面积，小的斗筐那么大，用牛耕的话连头都转不过来，只能用锄头挖，名叫'千丘塝'……"

乔燕插话道："爷爷，你还记不记得当时的那些人呀？"乔老爷子摇头说："都过了几十年了，我哪儿还记得呀！再说，当时那些人，年纪比我大的，恐怕早不在人世了！年纪比我小的，也记不得我了……"可说着说着，又猛然叫道，"想起两个人来了，不过已经是我扶贫时的事了！那尖子山上住着两兄弟，老大叫贺世金，老二叫贺世银。可这两兄弟呀，既没有金，也没有银，两间破房子，墙上的裂缝牛都跑得进去，那家里呀，真的是一贫如洗，他们睡的那床，只有三条腿，另一条腿是用石头垫起来的。我去看了呀，心里的味道真说不出来。那时我都当县扶贫办主任了，那儿又是我下过乡的地方，我就给村上、乡上说了，给他们一些资助，我们扶贫办也出了五百块钱，让他们搬到山下来住。我们又给他两兄弟送去五只猪崽。两兄弟也努力，后来都脱了贫！"说到这儿，老爷子眼里闪出光来，似乎陷入了回忆中。

乔燕看着老爷子问："爷爷，这贺世金、贺世银什么模样？"乔老爷子回过神似的笑了一笑，道："这么多年了，我就是记得当年他们条子娃儿的模样，现在恐怕面对面也认不出他们了！"又感叹道，"变了，变了，贺家湾也变了，过去可没这么多房子！过去我们下乡，全凭两条腿走路，有时一天要走几十公里。那次我们听说黄石镇历来就有养猪的习惯，就想把世行贷款的一个项目放到那儿。那天我们去考察，黄石镇还不通公路，我们吃过午饭从县城出发，头天晚上又下了一点雨，路很不好走，加上又是高山上，你猜我们走到什么时候才到达乡政府？"乔燕马上说："一点半，凌晨一点半才到乡政府！乡长姓李，听说你们去了，打起火把来接你们，半路上把你们接到。你们到达乡政府的时候，一人手里拄一根木棒，就像讨口子一样。那个乡上也穷，整个乡政府里只有两只暖水瓶，把两瓶水拿来，你们去的七八个人，一下就喝光了，马上又烧！第二天你们就分开行动，你到的贺家湾村！是不是这样，爷爷？"乔老爷子笑了起来："鬼丫头，你什么都知道了！"

乔燕说："爷爷，你不知给我讲过多少遍了！我不但知道这些，还知道你的光荣历史呢！"说罢便背起手，在屋子里一边踱步，一边像做报告似的说起来，"乔大年同志，恢复高考后西南农学院第一届经济管理专业毕业的大学生，毕业后，响应国家号召，自愿放弃大城市优越条件，到了老少边穷的小县城工作。那时大学生很稀缺，乔大年同志一到县上，领导便给他安了一个全县金融管理财会股股长的职务，负责全县的金融管理、财务辅导、农村经济调查等事务。县委书记、县长下乡调查，都要将乔大年同志带上，乔大年同志那时可吃香呢！1986年，组织上想调该同志到国土局做局长，但他当时只想搞业务，研究农村农业政策，没心思做领导，便拒绝了。后来组织上又调他到农工部做部长，该同志仍然没有去。80年代末期全省开发川东山区经济，需要成立一个叫'经济开发办'的机构，也就是后来的'扶贫办'，县委书记亲自点将，要乔大年同志来组建这个办公室，而且下了死命令，乔大年同志必须服从组织安排！乔大年同志于是走马上任。从那时起直到退休，乔大年同志一直奋战在扶贫战线，先做扶贫办主任，再做扶贫局局长，即使做了副县长，也仍是分管扶贫工作，为我县扶贫攻坚事业，献了青春献终生，献了终生献子孙，成绩斐然，贡献卓越，因此在'八七'扶贫攻坚中，被国务院表彰为全国扶贫攻坚先进个人，被他孙女儿乔燕同志口头记特等功N次！不但如此，他还培养出了一个扶贫攻坚的杨门女将……"

  乔燕说到这儿，乔老爷子笑呵呵地打断了她的话："你妈的事，你去当着你妈说！"乔燕对乔老爷子道："爷爷，我说得对不对？"乔老爷子仍笑着说："对对对，等我到火葬场爬高烟囱那天，我孙女儿来给爷爷写悼词，保准比组织部门写得还好……"

  祖孙俩正互相贫嘴打趣着，乔燕的奶奶买菜回来了，听见孙女屋子里的说话声，便推开门来看。乔老爷子一见，便道："怎么这时才回来？快去做饭吧，燕儿中午只在外面吃了一个烤面包呢！"乔奶奶一听这话，马上嗔怪道："你这个老东西不晓得给她做点东西吃呀？"乔燕知道两个老人斗嘴惯了，也不见怪，只说："奶奶，我还没饿！"乔奶奶哪里肯相信，道："怎么没饿，那面包又不是铁，能顶得到多大的事？"说完又瞪了乔老爷子一眼，忙不迭地进厨房去了。

  乔老爷子放下碗，就去开电视看中央台的新闻联播，这也是他多年养成的雷打不动的习惯，乔奶奶则去刷锅洗碗。乔奶奶比乔老爷子年轻十多岁，退休后迷上了跳广场舞，而乔老爷子则对打太极拳上了瘾。将厨房一干事做完后，乔奶奶出来一边解腰上的围裙，一边对乔燕道："燕儿，你不出去走走？"乔燕说："不了，奶奶，你和爷爷出去吧！"乔奶奶道："天气还这样早，出去走走吧！"乔燕正想回答，乔老爷子关了电视，站起来就对乔奶奶顶嘴说："你真是南天门的土地——管得宽，年轻人有年轻人的耍法，跟你一个老婆子去做什么！"乔奶奶翻了一下白眼，不吭声了。乔燕又忙对乔老爷子说："不是那个意思，爷爷，今晚上我想把贺家湾的地图画出来！"乔老爷子问："你画地图做什么？"乔燕说："有用呗，爷爷！"乔老爷子见孙女不说，便不再问，和乔奶奶一起出了门。

乔燕等爷爷奶奶一走，进了自己的房间，重新打开空调和电脑，从网络地图里搜索出贺家湾地图。绘图对乔燕来说不成问题，她在大学里学的就是土木工程，毕业后通过"公招"考试，成天做的工作也是和各种图纸打交道。她从电脑桌的抽屉里找出一支绘图铅笔，又找出一张 A4 的打印纸，看了看，觉得一张纸小了，又找出一张，用胶水粘接起来，然后将电脑显示器往后面移了移，腾出空间，把纸铺到桌子上，用铅笔勾画起来。没一时，纸上便出现了贺家湾山山水水的轮廓，接下来，便是在那些山水的皱褶间，画出一幢幢或零散或集中的房屋。乔燕觉得这些房屋比山水更重要，因此画得也格外仔细。

正画着，忽然听见有人敲门，乔燕过去打开门一看，却是张健笑吟吟地站在门外。

张健一米七几的个头，胸脯挺起，上穿一件漂白花纹的休闲短袖 T 恤，胳膊上的肌肉一绺一绺的，下面一条灰色的直筒长裤，脚上一双棕黄色网眼轻便休闲鞋，时尚简约中透出孔武有力。

乔燕一见，便问："你怎么连电话也不打就来了？"小伙子答道："你的手机是怎么回事？我就是电话没打通，所以才来的呢！"乔燕吃了一惊："真的，我怎么一点也没听见？"说着进到房间，从包里掏出手机一看，却是没电了，便道，"怪不得，我说今下午怎么清静得连一个电话也没有呀！"一边说，一边去拿了充电器连接到手机上，插到电源插孔里。

张健在门口换了鞋，走到房间里来，像做贼似的道："爷爷奶奶没在家里？"乔燕道："明知故问！"张健一听这话，便放心大胆地张开手臂来抱乔燕。乔燕却将他推开了，道："本姑娘今晚可没时间！"张健涎着脸皮道："什么事忙得我抱一下都不行？"乔燕道："本姑娘现在可是贺家湾村第一书记！"张健笑了起来："我还以为你是县长了呢！"乔燕道："那也差不多，县长管全县的事儿，我管贺家湾村的事儿！"又对张健补了一句，"对不起，亲爱的，今晚上真的没时间陪你，改天我再补上……"张健忙道："我们到滨河公园走走，难道也不行？"乔燕立即指了指桌子上的图纸，说："你看我在忙什么？"

张健的目光落到图纸上看了一阵，问："你画这些做什么？"乔燕说："可有用处了，下次你们治安大队到贺家湾抓坏人，我把这个送给你，你们就不会迷路了！"张健听到这里，一屁股在乔燕身边坐了下来，问道："今天到村上去报到，情况如何？"乔燕愣了一下，她本想把上午发生的事给张健说一说，但话到嘴边，却变成了："情况非常好！"张健又审视了乔燕一阵，道："好什么好？你以为我没有听那些下去的第一书记回来讲过？当初叫你不要答应下去，可你偏不听，你等着吧，总会有你后悔的时候！"一句话触动了乔燕的心事，可她却说："笑话，本姑娘开弓没有回头箭，什么时候吃过后悔药？"说完这话，却不出声了。

原来新一轮脱贫攻坚开始的时候，乔燕单位派到贺家湾村的驻村干部是规划设计股股长张青。随着精准扶贫工作的深入，上面要求将驻村干部统一改为第一书记，不但要求第一书记每月必须在村上住满二十三天，并且建立了很严格的考核制度。还规定所驻村没有脱贫，第一书记便不能回来，即使回来了，也不能提拔重用。张青股长见头上的紧箍圈儿变紧了，便以股里工作忙和女儿马上要考大学为由，要求回单位。单位领导考虑到他是老同志，又是单位的业务骨干，家里确有实际困难，便答应他回来，但要求他推荐人接替。张青便找到了自己科室参加工作还不到一年的乔燕，对她说："你年轻，又没家庭拖累，给你一个下去锻炼的机会，实践出真知嘛！贺家湾风景可好了，山清水秀，绿树成林，连呼吸一口空气也像是打翻了的香水瓶一样，可美着呢！"还说，"那里的老百姓更是淳朴热情得可爱，你偶尔下去逛两天，就当旅游，别人想都想不到这样的机会呢！"

乔燕便去和张健商量。张健却说："你别相信他的鬼话，我就是个农村娃儿，还不知道农村的实际情况？"又问，"我们原说好国庆节结婚，这喜事还办不办？"乔燕道："难道下去当个第一书记，就连婚也不能结了？"张健道："你没见文件上白纸黑字写着，第一书记每个月必须要在村上住二十三天，而且一任是三年。到时候你怀了小孩，谁到村上来照顾你？我妈还等着抱孙子呢！"乔燕红了脸，半天才道："可我怎么好拒绝张股长呢？"张健说："你不好拒绝，叫你爷爷去和你们局长说，他是县上的老领导，这点面子难道你们局长不给？"

乔燕回到家里，果然对爷爷说了。那乔大年一听，仿佛捡了一个天大便宜似的，道："这可是好事呀！温室里培养不出花朵，年轻人不经风雨，怎么能成长起来？你妈像你这么大的年纪，大半个县都让她跑遍了！去，坚决去！"乔燕本不乏一些浪漫主义理想，听了爷爷一席话，更坚定了信心，于是没再去征求张健的意见，便一口答应了下来。没几天，组织部一纸红头文件，任命乔燕为贺家湾村第一书记。

乔燕被戴上"第一书记"的桂冠，还没来得及走马上任，又接到组织部的通知，到县委党校参加全县"第一书记培训班"培训。

这天，乔燕刚走进县委党校的院子，便看见一个二十七八岁的圆脸庞姑娘，留着披肩长发，脖子上挂着一串小巧精美的水晶项链，衬着她白皙光滑的皮肤。乔燕认出她是县老干局办公室的金蓉主任，因她经常要去老干局办公室帮爷爷领取一些学习资料和节假日慰问品，一来二去，两人便成了很要好的朋友。乔燕一见，便高兴地喊了起来："金姐……"金蓉回头见是乔燕，跑过来抓住她的手："你也来了？"乔燕便把自己顶替张青股长到贺家湾做第一书记的事，原原本本告诉了这个好朋友，末了又问金蓉："金姐也是这次才下去的？"金蓉道："一年前我就到石桥镇红花村做驻村干部了，这次只不过换了一个称呼！"乔燕一听，马上说："我说怎么这一年多我到老干局时都没见到你了呢！金姐可要多帮助我这个新手！"金蓉笑着说："你请我帮助你，可是找错了人……"

正说着，从大门口又进来两个手拉着手的年轻姑娘，一个身材稍胖，一个稍显清瘦，年纪也都是二十六七岁的样子，一边走一边亲热地说着什么。一抬头看见金蓉，两人也都像久别重逢一般一边挥手一边喊了起来："金蓉姐姐……"金蓉便顾不上和乔燕说话了，也挥着手对她们喊道："哦，你们来了！"两个姑娘几步跑到她们身边，一边亲热地和金蓉说话，一边用眼角余光瞥着乔燕。

金蓉看出了她们的诧异，给她们介绍说："这也是我的朋友，叫乔燕，这次是接替他们股长到黄石镇贺家湾担任第一书记的！"说完又先指了稍胖姑娘对乔燕说，"这是审计局审计股副股长郑萍姐姐，新寨镇书房村第一书记！"接着指了秀气的姑娘说，"这是县群众接待中心的周小莉姐姐，万寿镇九龙村第一书记！"

乔燕一听，急忙一边"郑姐、周姐"地叫着，一边向她们伸过手去。金蓉见她们三双手亲热地拉在一起，又对乔燕说："她们也是和我同时下去的……"乔燕马上对郑萍和周小莉说："两位姐姐我们加个微信好不好，你们可要多帮助我！"郑萍、周小莉说："帮助说不上，加微信有什么不可以的？"说着便都掏出手机，互相扫了码，并留下了联系方式。

四个年轻女人走进教室在同一排坐下。坐好后，郑萍转身朝后面看去，突然叫了起来："张老师，你坐在那儿呀！"乔燕、金蓉和周小莉也急忙转过身，只见隔她们后面三排的椅子上，也坐着三个女人。一个四十多岁，眼角已经有了两道很深的鱼尾纹，另两个非常年轻，像她的女儿似的。周小莉见了，也一边对中年女人招手，一边说："张老师，到这儿来坐到一起！"中年女人说："我们正说你们怎么没来呀？好吧！"说着朝左右两个年轻姑娘说了句什么，三个人便拿着自己的包走了过来。

到了她们面前，郑萍才指着中年女人对金蓉和乔燕介绍："这是我和小莉高中时的班主任老师，后来改行到县广播电视局工作，现在是县广播电视台总编室主任，天盆乡黄龙村第一书记！"金蓉和乔燕急忙去握住她的手，道："哦，原来是张老师，老前辈……"张老师道："什么老前辈，叫我张岚文或大姐好了……"话还没完，金蓉忙说："不敢，不敢，至少也应该叫张阿姨！"乔燕也道："就是，要不我们也叫老师好了！"张岚文听了笑了起来："我才不想当你们阿姨和老师呢！和你们平起平坐，我才显得年轻，你们说，要多少钱才能买到年轻？"说完又是一阵笑，然后才指了随来的两个年轻女孩对郑萍和周小莉道，"她们也是我的学生，她叫罗丹梅，她叫李亚琳，比你们低两个年级。丹梅是县邮政储蓄银行支行的客户经理，现在下派在重石乡黄泥村做第一书记。亚琳在县环卫所工作，现在是柏山镇红花村第一书记！"

周小莉、郑萍、金蓉和乔燕一听，也急忙去和丹梅、亚琳握了手。郑萍又向张岚文、罗丹梅、李亚琳介绍金蓉、乔燕，几个人又是一阵亲热，然后都留了电话号码、加了微信。

从此，几个人便上课同进教室，挤在一排座位上，下课同出校门，叽叽喳喳地交流议论，中午在党校食堂就餐时，也围在一张桌子上。除张岚文年纪稍大外，其余六个人无论年龄、阅历都相差不大，大家又有共同关心的话题，因此没过两天，便亲密得如同亲姐妹般无话不谈。

培训结束那天，七个人又建了个微信群，取名叫"七仙女姐妹群"，约定以后下了乡，要随时保持联系。当天晚上，七个女人一起到县城"尚义楼"。七人序了长幼，张岚文为大，被称为"大姐大"，又称"大仙女"。郑萍次之，金蓉再次之，以下分别为周小莉、罗丹梅、乔燕，李亚琳最小，为小仙妹。几个人排定座次，又推了丹梅为"七仙女姐妹群"群主，负责联系群里众姐妹，然后开了一瓶长城干红，以酒代血，结为"金兰姐妹"。

乔燕从贺家湾落荒而逃后，本来想把这事发到姐妹群里，问问大家该怎么办？可一想，这毕竟不是光彩的事，便打消了这个念头。

此时张健见乔燕半响没吭声，便道："在想什么呀？"乔燕道："没想什么！"

张健道："没想什么怎么不说话？"乔燕忽然冲张健笑了一笑，道："我不是正有件正经事要对你说吗？"张健马上又坐直了，却还是带着嬉皮笑脸的样子道："老婆大人请吩咐！"乔燕红着脸在张健身上打了一下，道："谁是你老婆大人了，美死你了！"说完才问张健，"要是我知道了贺家湾现在哪家哪户有些什么样的人，叫什么名字，多大年纪，那我进村入户调查时，是不是一下就能和村民拉近距离？"张健想了一想，反问："你说呢？平常我们在大街上见到一个熟人，要是一口叫出了他的名字，那人不是会显得特别高兴吗？"

乔燕突然激动地从床上站起来，一边在屋子里走动，一边兴奋地对张健说："这就对了，说明本书记这着棋走对了！现在本书记交给你一件光荣的任务：你叫黄石镇派出所把贺家湾村所有村民的详细信息，明天就发到本书记的邮箱里！"张健明白了乔燕的用意，却皱起了眉头道："我和黄石镇派出所所长不太熟，再说，那都是村民的个人信息，不知他们答不答应给呢……"话还没说完，乔燕便做出生气的样子，道："平常你不是老在我面前吹嘘，说你在治安大队如何如何牛上了天，这会儿怎么就不牛了？你不熟，难道你们治安大队几十号人，也没一个人和派出所所长熟的？你说那是村民的个人信息，可我是堂堂贺家湾村第一书记，我要了解本村村民情况，于情于理，也不算违纪违法，你说是不是？我可告诉你，贺家湾村脱不了贫，受损失最大的是谁？"张健听到这里，马上自作聪明地说："这个谁不知道？是贺家湾村民嘛……"乔燕打断他的话，道："回答错误，受损失最大的是你！"张健有些不明白地眨了眨眼，问道："我有什么损失？"乔燕把手背在背后，昂起头，一边踱着步子一边故作庄严地道："本姑娘刚才做出重大决定，现在正式宣布：贺家湾村一天不脱贫，本姑娘就一天不回城，回不了城，本姑娘就嫁不了人……"张健一听，忙道："我刚才只说了一句，你便说了一大箩筐，看来我天生就是一个'气管炎'（妻管严）的命了！"说完却看着乔燕不怀好意地问，"我要是完成了任务，你拿什么谢我？"乔燕知道他想做什么，却道："今晚你想也别想！等你任务完成了，本姑娘论功行赏……"话没说完，张健便做出可怜的样子道："好燕儿，我可等不得了，不管是上九天揽月，还是下五洋捉鳖，本公子甘愿赴汤蹈火，你就先赏了我吧！"一边说，一边扑过去紧紧地抱住了乔燕。

第三章

乔燕再次骑着小凤悦轻便电马儿向贺家湾进发时，比上次自信了许多，加上来过一次，有些熟门熟路的味道，感觉没多少时间，就看见了那棵枝叶旺盛、浓荫蔽天的老黄葛树。

刚要进村，忽听从旁边小路下面传来鸭子"嘎嘎"的叫声，乔燕不由得将电动车熄了火，朝那小路望着。

须臾间，从小路下面冒出一群摇摇摆摆的扁嘴毛货来，约有二三十只，身后跟着一个戴草帽的赶鸭人。

乔燕一看，这不是大前天在黄葛树下与人吵架的女人吗？

鸭子一上来，看见路两边沟渠里汪着的脏水，立即拍打着翅膀扑了下去，将嘴插进那些黑乎乎的腐殖物中钻探起来，把一股股臭气往乔燕鼻子里送。

那女人看见了乔燕，却像没看见一样，也不和乔燕说话，只顾去赶自己的鸭子。乔燕被一股股臭气熏得直想呕吐，正要走开，却想起这也是一个难得的机会，怎么着也要和她说说话，于是努力克制着不断涌上来的恶心的感觉，对妇人道："大婶，养这么多鸭子呀？"

女人听见乔燕喊她，这才回过头看了乔燕一眼，半天才像和乔燕有气似的愤愤道："多什么多？原来有三十多只，被贺勤那个砍脑壳的赶了十只去，只剩下这二十多只了。老娘叫天天不应，叫地地不灵，你说老娘怎么办呀！"乔燕一听这话，马上安慰道："大婶，你别着急，真是这样，事情总归要得到解决的！"女人却更像是余怒难消，道："干部都死光了，哪个来解决？"

听了这话，乔燕不知该说什么好，想了半天，才对女人问道："大婶，我问一下，住在黄葛树旁边那户人叫什么名字？"女人朝乔燕的手指方向看了看，像是有些不耐烦，过了一会儿才冷淡地说："你问那家人，不是贺世银吗？"

听到"贺世银"三个字，乔燕吃了一惊。原来，前天乔燕收到从黄石镇派出所发来的贺家湾户籍信息，找遍了所有户主的名字，都没有一个叫"贺世银"的人。她以为贺世银已经不在人世了，便忍不住叫了起来，道："贺世银还在世？"女人气咻咻地答道："你这个人才怪，好好地怎么就咒人死？"说完不再理乔燕，赶着鸭子走了。

乔燕听了女人的话，心里沉浸在又惊又喜中，喃喃自语道："户籍信息上明明没有贺世银的名字，这是怎么回事？管他有没有，我去问问就水落石出了！看他还把我当骗子不？"

乔燕在那天架电动车的地方架好车，走进院子，看见两扇木门大开。那天因为在院子里和大爷说话，也没细看，这阵儿才看清，那木门不但裂了筷子宽的缝，还有许多被虫子蛀出的眼。两边门框上一副对联已经褪色，上联是："天增岁月人增寿"，下联是："春满乾坤福满楼"，横批是"四季平安"。乔燕看了不禁有些好笑，这么两间歪歪斜斜的土坯房，怎么称得上"楼"呢？

这么想着，乔燕想喊，却又忍住了，她想给主人一个出其不意，于是径直朝屋子走去。到了门口一看，却见屋子十分低矮，除了大门和两边两扇小窗户外，后边墙上也没开窗户，因此屋子光线显得有些阴暗。靠近后墙是一张黑油油的老式方桌，几条长木板凳塞到桌肚子底下。从桌子前边直到大门前边的空间，都被一大堆带壳的苞谷棒子给占据了，还有一张已经掉了不少竹片的竹凉椅，也被苞谷棒子给挤到角落里。贺世银大爷正坐在一张小杌子上剥着苞谷棒子。靠近侧门旁边的小桌子上，一个十岁左右的小姑娘正趴在桌子上写作业，面前摆着一本又破又烂的课本。但小姑娘似乎有些心不在焉，身子歪坐着，两只眼睛不是落到课本和作业本上，而是不断东张西望。

乔燕忽然大叫一声："大爷——"

贺世银像是受惊似的抬起头，盯着乔燕看了一阵，眼里露出一种诧异的光彩。那小女孩也把笔头含在嘴里，瞪着一双大眼睛望着乔燕。

乔燕见贺世银只看着她不说话，便又露出调皮的神情，道："大爷，这才过了两天，你就不认得我了？"贺世银这才像没想到似的，说："你不是说不来了吗？"乔燕笑道："嘿嘿，那是我说的气话！这次来了呀，你们就是拿棍子撵我，我也不走了！再说，贺家湾不脱贫，我想走也走不了！"贺世银突然冷笑一声，道：“嘴巴说得很硬，倒像是有志气的样子！不过，姑娘，你也太小气了一点，我们庄稼人说话喜欢竹筒里倒豆子——干脆，可你就生气走了！"乔燕也有些不好意思了，道："大爷，我现在不会生气了！"又换了正经语气，对贺世银道，"大爷，我向你打听一个人，你知道贺世银吗？"

　　大爷愣愣地看着乔燕还没答，小女孩立即接过了话："我爷爷就叫贺世银！"一听这话，乔燕也愣住了，看着贺世银道："大爷，你真的叫贺世银？"贺世银道："上回我把你当作了骗子，你现在六月间还坛——热还，把我也当作了骗子是不是？我不叫贺世银还叫啥？"乔燕听他说得那么肯定，便道："大爷，你真叫贺世银呀？你把户口簿或身份证给我看看，我就相信了！"贺世银一听，马上说："姑娘，那本本上把我的名字写错了！我明明叫贺世银，可上面给我写成了贺世根……"乔燕明白了，便笑着说："原来你户口簿上的名字是贺世根呀！我知道你家里的情况了：你老伴叫田秀娥。大爷你生于1950年9月25日，今年六十五岁，婆婆比你小七岁，今年五十八岁。你儿子叫贺兴坤，生于1978年，今年三十七岁，你儿媳妇叫刘玉，今年三十四岁……"

　　贺世银惊得目瞪口呆，张着嘴半天没说出话来。乔燕还想继续往下说，小女孩却盯着她突然问："你晓不晓得我叫什么名字？"乔燕本来知道她的名字，可被小女孩猛然一问，到了嘴边的几个字却突然溜走了。乔燕努力想了一阵，没想起来，便拿过身边的单肩包，从里面掏出记有贺家湾人口信息的笔记本，对贺世银说："大爷，你们家厕所在哪里？"贺世银听乔燕要上厕所，便立即对小姑娘说："快带姑姑到茅房去！"小姑娘答应一声，正要带她去，乔燕却一下想起她的名字了，便道："算了，不去了！"说着又坐了下来，对小姑娘道，"你是爷爷的孙女，叫贺小婷，2003年5月23日生的，对不对？"小姑娘立即拍手叫了起来："可不是，我今年十二岁了！"

　　小姑娘还要说什么，贺世银却接过了话去："奇了，奇了，你怎么对我们家的情况了解得这么清楚？"乔燕马上向老头俯过身子，显出几分神秘的样子对他说道："大爷，我不但知道你家里现在的情况，你过去的情况我也知道呢！你过去住在尖子山燕窝坪，后来才搬下来，娶了田秀娥奶奶的……"

　　话还没完，贺世银就急忙问："这些陈时八年的事，你到底听谁说的？"乔燕继续卖着关子："大爷，你不管是谁说的，我反正知道呗！"贺世银想了一想，也忍不住了，便道："说起这话可长了！那时我和大哥住在尖子山上的破房子里，那天来了一个县里的干部，我一看，竟然是在我们大队当过知青的乔大年，回城后考上了大学，又在县里当了扶贫的官，就是他拿钱把我兄弟俩从尖子山给搬下来了。他可是个好人呀……"

听到这儿，乔燕差点叫了起来："那个乔主任就是我爷爷！"可想了想，觉得还是不让他知道她和爷爷的关系为好。

贺世银这时却像想到了什么，忽然盯着乔燕看了一阵，道："哎，他也姓乔，你也姓乔，你们莫不是一家人吧？"乔燕马上道："大爷，怎么会是一家人呢？天下同姓的人可多了呢！"

贺世银没再和她说什么，急忙对旁边小姑娘道："还愣着干什么？县上扶贫的姑姑到了我们家里，快去喊奶奶回来做饭！"贺小婷巴不得似的，立即撒腿就往外跑。乔燕想去拦阻，小婷早跑远了，一边跑一边大叫："奶奶，爷爷叫你快回来做饭，城里扶贫的姑姑来了……"乔燕没拦住小婷，便对贺世银道："大爷，吃饭就不必了！"话没说完，老头就道："你又没背起锅儿鼎罐下乡，一顿饭哪就把我吃穷了……"

贺世银一语未了，门外一声粗声大嗓的叫喊将他的话打断："县上来的扶贫干部在哪儿，啊？"随着话音，一个手拿破草帽的汉子便急匆匆地闯进了屋子，因为进来得急，也没注意到脚下，差点绊倒在苞谷棒子堆上。

乔燕朝那汉子瞥了一眼，认出了他就是大前天在黄葛树下和丢了鸭子的女人吵架的汉子。汉子大头阔耳，身子结实，面色虽然有些黑糙，但凭着宽阔的胸脯和手臂上露出的肌肉，就给人一种身强力壮的感觉。他拿着破草帽"呼呼"地扇着风，两只眼睛却不断朝屋子四处打量，闪着既伶俐又带着些狡猾贪婪的光芒。

乔燕急忙站起来对他说道："大叔，我就是，你有什么事？"汉子目光只稍稍朝乔燕身上掠了一下，又继续伸长脖子朝屋子四周看。乔燕奇怪了，便又问："大叔，你找什么呀？"汉子也没吭声，忽然扔下破草帽，弯下腰，双手在苞谷棒子堆上扒拉起来。贺世银忍不住了，冲那汉子没好气地说："你倒比三脚猫还来得快，是不是就在我门边上等着的？"汉子道："我正从你家地坝边路过，听到你孙女喊就过来了！怎么，难道你家里藏得有金银财宝？"说完又双手在棒子堆上扒起来。贺世银又大吼了一声："别扒了，莫得啥子东西！"汉子这才住了手，看着乔燕没好气地问："送了些啥子东西来？"乔燕愣了一会儿才道："我不明白你是什么意思。"汉子道："没送东西，来扶哪门子贫呀？"乔燕明白了，立即说："大叔，我是县上派到村里的第一书记不假，可今天才来了解情况！等情况了解清楚了，国家该帮钱的就帮钱，该建房的就建房，你别着急……"还想继续对那汉子解释，汉子却露出了不高兴的样子，道："别人扶贫都是要送钱送物的，你可别把国家给的东西给贪了……"乔燕立即涨红了脸，感觉受了侮辱，愣了一下才对那汉子说："大叔，你可别乱说，我不是那样的人！"汉子又马上道："谁晓得你是不是那样的人！"乔燕这下气得连话也说不出了。

　　贺世银见状，一下黑了脸，对汉子大声道："你就想国家给你一坨，国家给你再多的钱，也把你扶不起来！"汉子气呼呼地瞪了老头子一眼，似乎还想说点什么，又像是有短处捏在人家手里一样，想了一想，只好拿了那顶破草帽，悻悻地退了出去。

　　汉子走后，乔燕还红着脸站在屋子里。贺世银忙对她说："你不要跟他一般见识，他是湾里出了名的懒人，就希望从天上给他掉一坨……"乔燕一听这话，大吃一惊，看着老人道："看他身强力壮的，年纪也不大，怎么会是懒人？"贺世银反问乔燕："身强力壮就不会好吃懒做了？"乔燕又问："他叫什么名字？"贺世银道："倒有一个好听的名字，贺勤，却不是个勤快东西，白糟蹋了一个好名字！"乔燕"扑哧"笑出了声，立即追问道："他是怎么成为懒人的？"贺世银道："要说起来，他过去可不懒，还有一份泥水匠的手艺，家里人也不多，只一个儿子，女人在家里种庄稼，他在城里贺世海手下打工，把钱挣回来还修了新房子。可自从女人过世以后，不知怎的，手艺也不出去做了，地也种得丢三挂四，慢慢就变成今天这样子了！"乔燕又道："他女人是得什么病死的？"贺世银道："癌症，实打实话说，为治他女人的病，倒是欠了一些账！"乔燕正想问他究竟欠了多少账？贺世银却突然叹息一声，道："最可惜的，还是他的儿子……"乔燕问道："他儿子怎么了？"贺世银道："他儿子叫贺峰，真是歪竹子长直笋子，那可是个读书的料！在我们乡初中毕业时，以697分的成绩考到县中火箭班，全乡都轰动了，从我们乡上有初中以来，还没有人考出过这样好的成绩！可这孩子只在县中读了一年，上半年就出去打工了！"听了这话，乔燕的心情立即沉重了起来，忙问贺世银："他怎么不读书了？"贺世银道："没钱呗！遇到那样的老汉，你说那娃儿有什么办法……"

　　乔燕正想说话，忽然听见外面传来一个女人尖锐的叫喊声："打人啦！贺勤这个砍脑壳的打人啦……"乔燕先是愣了一下，接着便急忙冲出屋子。贺世银在后面叫道："你别去管——"可乔燕这时已经出了门。贺世银见乔燕跑出去了，想了想，像是不放心，也立即丢掉手里的苞谷棒子，一拐一拐地追了出来。

　　来到院子里，乔燕果然看见前面土路上，刚才来时看见的那个赶鸭子的女人和才出去的贺勤扭在了一起。那女人紧紧抓住了贺勤的衣领,像是要把他往什么地方拉,一边拉一边愤愤地叫道:"你以为躲得过初一,还躲得过十五?还我鸭子来——"贺勤一边去掰妇人的手腕,一边像上次在黄葛树下一样赌咒发誓起来:"哪个闺女娃子生的才赶了你的鸭子……"这话似乎更触怒了女人,更大声叫道:"你就是闺女娃子生的,才不要良心!今天不把鸭子还我,我和你去跳河!"贺勤把女人的手掰不开,又用手去推女人,女人又一次撒泼地喊起来:"打人啦!打人啦……"

  乔燕跑到两人身边,一边急忙去拉,一边对他们说:"大叔大婶,你们这是干什么呀?"女人瞥了乔燕一眼,仍紧紧揪着贺勤的衣领不放,道:"就是这个砍脑壳的赶了我的鸭子……"贺勤见有人过来劝架了,突然将身子一挺,同时也扭过头来对乔燕气咻咻地道:"你别信她,她这是栽赃陷害、血口喷人!"

  乔燕见他们互不相让,又急忙去拉女人的手,道:"有话好好说,大白天的,这样拉拉扯扯像什么样呀?"女人还不想松手,乔燕朝旁边鸭子看了一眼,突然大叫一声:"鸭子跑了!"女人急忙回头看去,贺勤用力挣脱了女人的手。女人知道上了当,回头想重新去揪男人,却被乔燕挡住了,道:"大婶,得饶人处且饶人!"那贺勤趁此机会,一边往外边跑,一边为自己打气道:"我好男不跟女斗,好男不跟女斗!"

  女人见贺勤跑了,恼怒起来,回头盯着乔燕问道:"你为什么要护着他?"乔燕正想回答,贺世银趔趔趄趄地赶了过来,急忙对女人说:"大妹子可不要胡来,她可是上级派到我们村的第一书记!"女人斜着眼把乔燕看了半响,突然对乔燕说:"哦,你原来还是个当官的呀?我还真以为你是贺世银家里哪门子有钱的亲戚呢!那好,我打酒只问提壶人,是你把他放走的,我不管你是第几书记,反正我就问你要鸭子!"乔燕一听这话,便道:"大婶,你放心,这事等我调查清楚了,一定给你们解决!"女人马上带了吓唬的语气说:"那好,既然你红口白牙说了这话,我就等你解决!你要解决不好,可别怪我一根眉毛扯下来盖住了眼睛!"说完这话,才赶着鸭子走了。

  等女人走远以后,贺世银和乔燕一前一后往回走。乔燕在前,贺世银在后,乔燕知道贺世银腿不方便,因此走得很慢。走着走着,贺世银突然在后面对乔燕说:"姑娘,你惹麻烦了!"乔燕突然停下脚步,回头惊诧地看着贺世银:"大爷,我惹什么麻烦了?"贺世银见乔燕眼里露出的惊疑神色,才对她解释:"姑娘,你不知道,这女人叫吴芙蓉。丈夫死了好几年,是村里有名的泼妇,没有人敢惹她！她那鸭子的事，丢了第二天，就到派出所报了案，派出所也来查过，一个一口咬定说鸭子被贺勤赶了，一个打死也不承认。黑毛猪儿家家有，你说那鸭子都是一个颜色，又没打记号，又不会说话，又没有个见证，怎么说得清楚？派出所来查了半天，也没说出个子丑寅卯，回去了。吴芙蓉见派出所没给她说个明白，又去把贺端阳和乡上的干部扭着不放。你说，连派出所都没法说清楚的事，贺端阳和乡上的干部难道长得有孙猴子那样的火眼金睛？找的回数多了，贺端阳和乡上的干部只要一见到吴芙蓉，就往一边躲！你刚才答应给她解决，岂不是给自己找麻烦？"

乔燕明白了，也觉得这事确实有些棘手，便沉默起来。见贺世银在看着自己，想了想却仍是笑着说道："大爷，你说得很对，这事确实麻烦，可再难，毕竟也要解决呀！"贺世银苦笑着摇了摇头，然后才道："姑娘，你才到村上来，我是个直性子人，有句话我想告诉你！"说完便看着乔燕。乔燕一见，立即笑着道："大爷，你有什么话，尽管对我说！"贺世银又沉吟了一会，才道："那我就巷子里扛竹竿——直来直去了！你扶贫就扶贫，别的事……"说到这里，贺世银又把话打住了。尽管贺世银只说了半截，但乔燕已经知道了他后面的意思，欲不回答老人，又觉得对不起他，欲回答他，又不知道自己该说什么。想了一会儿，才对贺世银说了一句："我知道了，大爷，谢谢你！"

才回到屋子，贺世银的老伴田秀娥扛着一把锄头回来了，身后跟着贺小婷。田秀娥个子不高，上身穿了一件短袖圆领花色衬衣，已经褪了色，乔燕看着，估计是别人的旧衣服。一条青色灯笼裤，也不像是老人本人的，一双黑色的平跟浅帮皮鞋，裂了许多口子，鞋帮上满是泥土，也像是刚从垃圾堆里捡来的一样。她的脸型本来很大，一头银灰色的头发又刚好披到耳朵尖，把一张满是皱褶且肌肉松弛的脸衬得更大了。但总的来说，她看起来身体还算结实，精神也不错。她先在阶沿柴火垛旁放下锄头，才进屋来。

乔燕忙站起来甜甜地喊了一声："婆婆！"田秀娥咧嘴笑了一下，算是回答。贺世银便对她介绍道："这就是上面派到我们村扶贫的书记！"田秀娥脸上的褶子颤动了几下，轻轻"哦"了一声，然后才道："屋里乱糟糟的，不像你们城里，姑娘可不要嫌弃……"乔燕马上打断了她的话："婆婆，你可不要客气，以后我要长期住在村里，嫌弃什么。"田秀娥有些不相信，道："你真的要长期住在村里？"乔燕道："上面要求，每个月最少也要在村里住二十三天，婆婆你说是不是相当于每天都在村里了？"田秀娥又露出了惊讶的神情，道："天天在村里，你怎么住得惯？"贺世银见她只顾和乔燕说话，便道："不要只顾站着说话了，姑娘来都大半天了，先去烧碗开水吧！"乔燕忙道："大爷，我不渴！"贺世银道："再不渴，开水还是要喝的嘛！"田秀娥就笑吟吟地转身去了厨房。

乔燕继续和贺世银一边剥着苞谷棒子，一边没话找话地闲聊。乔燕道："大爷，我看见村里道路两边的沟渠，都被秸秆和杂草堵住了，是怎么回事？"贺世银叹了一声，才道："唉，这事说来话长，还不是一些人图方便，把什么渣茅渣草都往水沟里扔！"乔燕道："他们难道不怕把沟渠堵住了？"贺世银笑了一笑，道："第一个往沟里扔的人往往会想，这点渣渣草草扔到沟渠里，大雨一来就被冲走了！第二个人也这么想，第三个、第四个见别人扔，自己不扔白不扔，于是都图省事，就把沟渠堵住了。上次下大雨，还冲毁了好几块地！"乔燕道："冲毁几块地固然是大事，可更严重的是影响了村里的环境卫生！我来时，老远就闻到一股臭味，难道村里人就没有闻到？"贺世银道："大家都习惯了，再说，这事要管，就是一件得罪人的事，谁愿意做这个出头椽子？"乔燕道："村里的干部也不发动村民清理清理？"贺世银道："干部现在只管自己的事，再说，即使他们发动，也不一定有人听，反正大家只把自己家里打扫干净就行！"乔燕道："家里打扫得再干净，外面的环境不干净，那也是容易生病的……"还没说完，贺世银马上把话接了过去，道："说起生病，我们村里好多人都拉肚子，我和小婷她奶奶前两天还拉肚子，今天才好一些！"

乔燕忙道："这一定是村里的水出了问题！"贺世银道："谁知道呢？反正大家三天两头总会闹肚子！"停了停，又带着一种缅怀的语气说，"要说清理，十多年前我们村里的贺世普退了休，回到村里来组织大家清理了一次，可他一走，又恢复原样了……"正说着，忽听得田秀娥在厨房里叫："把桌子收拾一下，喝开水了！"

贺世银听见这话，立即拐着腿把屋子边上的苞谷棒子往中间踢了踢，然后来到那张老式的方桌边，从下面桌架上拿起一根帕子将桌面掸了掸，又从桌子下扯出一条板凳，同样用那根帕子掸了掸。刚做完这些，田秀娥便把一只热气腾腾的大碗给端到了桌子上，亲热地对乔燕道："姑娘，你是贵客，我也莫得啥好的招待你，先喝口开水！"

乔燕一看那碗，小缸子一般，不觉吓了一跳，心想："这么大一碗开水，我喝下去岂不把肚子撑破了？"便对她道："婆婆，我真的不渴……"可田秀娥没等乔燕说完，便道："再不喝，我烧都烧起来，你不喝就是不给我老太婆面子了！"

乔燕只得硬着头皮走过去。可走近一看，却吓住了：原来那所谓的"开水"，却是一碗红糖醪糟，里面卧着四只白白的荷包蛋。那醪糟放多了，稠得像是一碗粥，一股浓浓的醇香味道直往乔燕的鼻孔里袭来。乔燕忍不住叫了起来："婆婆，你不是说开水吗，怎么煮这么多鸡蛋……"贺世银不等她说完，便道："姑娘，我们这里把醪糟蛋就叫作开水！"乔燕一下明白了，又道："婆婆煮这么多，我怎么吃得下去？"田秀娥马上道："吃，姑娘，年轻人跨条阳沟都要吃三碗干饭，几个鸡蛋哪有吃不下的！"又显出几分神秘的样子继续对乔燕说，"姑娘，红糖醪糟蛋，可是大补呢！"乔燕还是道："我真的吃不下去，婆婆！"说完又故意皱起眉头来，说，"大爷、婆婆，你们不知道，我肠胃不好，要是把这四只鸡蛋吃下去，明天准得进医院，你们岂不是一片好心办了坏事？"田秀娥一听，便看着贺世银。贺世银想了想，便道："既然这样，也不要害了姑娘，去拿只碗来匀些出来吧！"田秀娥听后，便对身边贺小婷道："站着把桌子盯到做什么，还不快到灶屋里拿两只碗来！"小姑娘转身就进厨房捧出两只小碗来。乔燕接过去，将大碗里的醪糟往两只小碗里倒了一多半，又用筷子将鸡蛋往两只小碗里各拨了一只，还要拨时，贺世银便道："姑娘，不要再拨了，我们这里的规矩是好事成双……"田秀娥没等丈夫说完，也道："就是，就是，吃了双的，以后才会事事如意！"乔燕听了这话，这才不拨了。田秀娥顺手端起一只小碗，递给孙女儿道："吃嘛，眼睛鼓得比灯笼还大，好像会少了你的一样！"那小婷也不说什么，端过便"呼哧呼哧"地吃了起来。

两个鸡蛋和半碗红糖醪糟一下肚，乔燕便觉得肚子已经撑着了，可田秀娥又忙不迭地下厨房去做午饭。贺世银也将桌上乔燕拨出来的一小碗醪糟和一只鸡蛋吃了下去，吃完后将嘴巴一抹，对乔燕说："姑娘，感谢你看得起我老头子，我把贺端阳叫来陪你一起吃饭，行不行？"乔燕一听这话，立即高兴地道："行，我也正要和他商量一下村里的事呢！"贺世银便问："你可有贺端阳的电话？"乔燕说："有，那天来报到，我们单位通知镇上，镇上就把贺书记的电话告诉了我！"贺世银说："你给他打吧，我给他打，还怕把他请不来呢！"

乔燕果然掏出手机给贺端阳打电话，两个人说了一会儿话，乔燕才对贺世银说："贺书记来不了……"贺世银忙问："连你的面子他也不给？"乔燕道："不是那个意思，他说他没在村里。我跟他约定明天下午开一个全村的干部会，我和大家见见面。可他说，见面会最好等我将村里的情况大致了解后再开，我想这也

24

好，世银爷爷你说呢？"贺世银却没回答乔燕的话，沉吟了一会儿才道："他呀，是只三脚猫，我就知道你不容易找到他！"

乔燕听他这样说，有些奇怪，立即道："怎么不容易找到他？"贺世银又停了一会儿才说："我告诉你，你可不要告诉人说是我说的！这几年，上面不是说要建设新农村吗？修房子的地方多了，贺端阳便和人联合买了挖机和推土机，在外面揽活儿赚现钱呢！"乔燕马上问："他都出去赚钱了，那村里的事还怎么管？"贺世银道："这年头又不收农业税和三提五统款了，还能有什么大事？遇到上面有人来的时候，便回来应付应付，没人的时候，便各自赚各自的钱呗！"说完这话，贺世银想了想又道，"你找贺端阳不好找，找他的儿子却很容易！"乔燕问道："他儿子在干什么？"贺世银慢慢道："姑娘，你不晓得，说起他这个儿子呀，也有的是龙门阵摆！他儿子名叫贺波，今年也是二十大几的人了，贺端阳一门心思希望他考上大学光宗耀祖，但他高中毕业那年却背着他老汉去报名参了军，直到快入伍了才告诉他老汉。贺端阳气得差点发了疯，你想，他就是一个独子，放着好好的大学不考，去当啥子兵嘛！在屋里气了一天一夜后，要到上面去托关系，想把他从应征名单中拿下来，但被贺波拦住了。贺波答应贺端阳到了部队再考军校，他老汉心想这也是一条路，又见上面已经定了，便再没去活动，让他去了部队。可当了几年兵，既没考啥军校，也没混个官儿当，怎么出去的，还是怎么回来了！去年秋天他复员后，贺端阳要赶他出去打工。姑娘你不晓得，这年头的农村男娃儿，不出去打工，连对象都不好找，但他回答他老汉说想在家里干两年，大胴胴的就这样在家待着，到现在也没出去，所以你随时去都能找到他！"

乔燕听了这番话，不免心中疑惑，又问道："世银爷爷，他是不是像贺勤一样有些懒惰？"贺世银道："那倒也不是，不过有力气也没使到正路上，尽搞些空活儿！"乔燕忙问："什么空活儿？"贺世银道："把前面好好的一块菜地，挖了来搞什么荷塘，又把屋后一块竹林，推了来搞什么花园，你说我们农村，哪里见不到花花草草，还要开了园子来种？还打了一个池子，叫什么沼气，又给猪盖了一个棚子，叫什么'八戒公馆'！还有更可笑的是，他常常说些傻话，说要把农村建设得更像农村，你说这话傻不傻？农村就是农村，怎么还能建设得更像农村？更让贺端阳气得不行的是，他竟然想把自己房屋外墙的瓷砖都敲了，改造成原来龇牙裂缝的老砖墙那个样子，你说这像是正经庄稼人干的事吗……"乔燕立即打断他的话问："那他父亲怎么说？"贺世银道："儿大不由爷，那贺端阳也没法，反正只抱着一条，看你怎么折腾，我就是不给你一分钱！这贺波便把自己的几个复员费全花在那些空活儿上了……"

乔燕从贺世银的话里听出了几分幸灾乐祸的语气，想了想便说："听你这么说，我认为他做的，并不是什么空活儿呀！"贺世银马上道："你还认为他做得对？村里人背地里都说，要不是他脑子有问题，便是在部队里犯了错误，怕出去见人，要不怎么连工也不敢出去打？"见乔燕还不肯相信的样子，又补了一句，"姑娘，你在村里住下来后，就晓得我说的是真是假了！"乔燕本来还想问点什么，一听这话，只得住了嘴。

吃午饭的时候，一个四十五六岁的中年妇女，上身穿一件白色碎花长袖套头衫，下面着一条灰褐色印花宽松卡其裤，脚着一双棕黄色凉鞋，一只手举着一把山茶花图案的圆柄防晒小黑伞，一只手握着一卷纸，袅袅娉娉地走了来。

贺世银和田秀娥老两口一看，急忙站起来对她说："大侄儿媳妇来了，吃没有？"女人朝屋子里看了一眼，先对贺世银和田秀娥说了一声："老叔老婶现在才吃？"说完眼睛便落到乔燕身上，道，"你就是从城里来的乔书记吧？"乔燕忙站起来道："我就是，大婶你……"话还没完，女人先把手里的那卷纸递给了乔燕，道："贺端阳叫我把这个给你！乔书记，那天贺端阳专门到镇上接你，没接到，回来却听说你被村里一些人气走了，他把他们狠狠批评了一顿！"乔燕见女人说这话时，贺世银脸上浮现出了很不自然的神色，便急忙道："没什么，那是我不对！"说着展开女人递过来的小册子一看，原来是一本装订好的《贺家湾村贫困户信息资料登记册》。乔燕来不及细看，只说了一声"谢谢"，就装进了自己的小挎包里。

女人又从裤子口袋里掏出几把钥匙放到乔燕手里，对她说："这是村委会办公室的钥匙，大钥匙是开外面大门的，小钥匙是开楼上你寝室门的！"乔燕将钥匙放进口袋里，这才朝女人仔细看去，只见她皮肤白静，身材匀称，给人一种妩媚端庄的感觉。乔燕已经有几分明白来者是何人了，忙感激地说："谢谢大婶，让你亲自送过来！"女人说："谢什么，我是贺端阳家里的，你就叫我王娇好了！贺端阳特地叫我尽快送过来，你好布置布置！他说屋子里桌子、椅子、床、床笆笮都准备好了，你只需准备床上用的东西就行。电扇是原来的吊扇，很久没用了，如果不转，他回来找人修理！"乔燕听了忙说："不要紧，大婶，请你转告贺书记，谢谢村上的关心！"王娇看着乔燕浅浅地笑了一下，问："乔书记还有没有啥事？没事我就走了。"贺世银急忙道："这么大的太阳，大侄儿媳妇不坐一下？"

王娇说："不打扰你们吃饭了！"说着，拿起阳伞朝外面走去。走到门边，才回头对乔燕道："乔书记，有空来家里坐坐呀！"

　　王娇走了以后，贺世银看着乔燕问："姑娘，你一个人住在村委会？"乔燕道："是呀，世银爷爷！"贺世银道："我说句不该说的话，那里可是孤庙一座，你一个人住在那里，你爹妈放心吗？"乔燕道："爷爷，我正说不知该怎么办呢！不过现在我有主意了，只要爷爷和婆婆答应帮我，我就不怕！"贺世银道："我们都七老八十了，能帮你什么？"乔燕把目光落到了贺小婷身上，嘴角掠过一丝自信的笑容，过了一会儿才对贺世银说："爷爷，我以后再告诉你，现在我先到村委会去看看！"说完，也不等贺世银说什么，拿了钥匙便往村委会办公室去了。

　　自从答应张青股长到贺家湾来担任第一书记后，乔燕就在为自己住的地方发愁。她不知是住在村民家里好，还是一个人单独住好。直到县上培训班结束的前一天，她才把这个问题提出来，让张岚文、金蓉她们给自己拿主意。这几个人中，张岚文、郑萍和罗丹梅都是住在村委会的。张岚文住的村委会紧挨着的就是一座大院子，她当然不会怕。郑萍是和村卫生室的女医生住在一起的。罗丹梅的丈夫也在她那个重石乡信用社工作，每天下午下班后就到村上来陪罗丹梅。周小莉那个九龙村离镇政府很近，镇领导为了她的安全，在镇上给她安排了住宿。李亚琳住在村支书家里——他们那个村的支书是个女的。六个人中，只有金蓉是住在村民家里的，所以一听乔燕的话便道："驻村的目的是了解实情，当然是住在村民家里最好哟！"郑萍、周小莉、罗丹梅立即反对道："住在村民家里不好，不好，还是建议你住在村委会！"乔燕道："上午党校的张校长还在会上讲，要我们和村民同吃、同住、同劳动，这样才能和群众打成一片，住在村民家里为什么不好？"郑萍道："我才下去时，也以为住到村民家里好，可没过两天，我就发现不但没能和人家打成一片，反倒给别人添了许多麻烦……"乔燕忙问："添什么麻烦？"郑萍弹了一下乔燕的脑袋，说："这你还不明白？你是从城里下来的娇娇女干部，人家怕把你照顾不好得罪了你，成天小心翼翼地安排你吃喝洗睡，你说给人家添麻烦没有？"罗丹梅道："可不是这样！我才下去时住的那家人太热情了，怕我住不惯，吃不好，又是去给我买新被子，又是去乡上买好吃的，还留下人来陪我！我一看，我这哪是下来扶贫，分明是扰民来了，就坚决要求到村委会住，让老公下了班来陪我！"

　　乔燕听她们说得在理，便问："可要是我一个人住在村委会，真要遇到坏人怎么办？"郑萍道："你也像我一样找个'女保镖'呀！"乔燕道："你倒有个女医生搭伴，可我找谁呢？"张岚文道："车到山前必有路，别急，别急！"听了这话，乔燕有了一些信心，所以当贺端阳在电话里问她住宿怎么安排时，她毫不犹豫地说先定在村委会，她来了再说。

乔燕到村委会办公室看了看，回来后便对贺世银说："爷爷，我得回城去拿席子、毯子、枕头、蚊帐，还有洗漱用的东西，你让小婷妹妹和我一起进趟城行不行？"说完又笑着问小姑娘，"小婷，愿不愿意和我一起进城去玩？"小姑娘像是不相信似的，先愣了一会儿，才高兴得跳了起来，一边拍手一边叫："愿意！愿意！"话音刚落，贺世银却瞪着眼睛喝住了她："去做啥子？不去！"然后又对乔燕道，"你不要带她去，她顽皮得很！"小姑娘听爷爷这么说，马上不满地叫了起来："我不会顽皮！"贺世银又瞪了她吼道："不顽皮也不准去，脏头脏脑的，别给人家把屋子弄脏了哦！就给我待在家里！"

小婷嘴唇哆嗦了两下，眼泪就簌簌地直往下掉。乔燕一见，又笑着对贺世银说："爷爷，看你说的，好像我们城里人就不食人间烟火一样！农村人哪里就脏了？再说，即使她身上脏了，我们家有洗澡的地方，我给她洗洗就是，怎么就会把屋子给弄脏？"

贺世银听了这话，有些理屈的样子，不再吭声了。旁边田秀娥见小婷流泪，便对老头道："她要去就让她去吧，人家姑娘都没嫌弃，你倒先嫌弃起来了！"又对小婷说，"莫哭了，奶奶给你把衣服换一下，你和姑姑一起去！"小婷立即破涕为笑，便随田秀娥到里面屋子换衣服去了。

乔燕用电动车载着贺小婷，顶着日头到了县城。两人脸上都晒得红扑扑的，尤其是小婷那张脸，像要淌血一样。

乔燕把电动车开到一个叫"可爱雪"的冰激凌店门口停下来，给她买了一盒香蕉巧克力冰激凌。小婷用小勺子舀着，一边往嘴里送，一边将嘴唇咂得"吧嗒吧嗒"直响。乔燕见了，忙笑着问："好吃不？"小婷立即大声道："好吃！"乔燕说："那好，吃了我们去买东西，晚上我带你去吃肯德基！"小婷一听这话，更乐得眉开眼笑。

吃过冰激凌，乔燕将电动车开到县城最大的百货超市——怡海商城，在外面找地方停了车，牵着贺小婷走了进去。那商场很大，人也很多，开着冷气，十分凉爽，和外面像是两个天地。小婷一走进去，眼睛就骨碌碌乱转，似乎看不够的样子。乔燕先去买了一床蚊帐，一只枕头，一床可折叠的双人竹藤凉席，又买了一套洗漱用品。她把装洗漱用品、枕头和蚊帐的袋子交给小婷提着，自己抱了那床凉席，又带着小婷往楼上走。

　　爬到三层楼上，只见整层楼上卖的都是儿童服装。一走进去，乔燕便对小婷问："这些衣服漂不漂亮？"小婷的眼睛早落到那些五颜六色的衣服上了，听见乔燕问，想也没有想便回答道："漂亮！"乔燕又问："你想买什么样的衣服？"小姑娘一听这话，立即不吭声了。乔燕又道："你看上哪件衣服好看，就告诉姑姑，姑姑给你买！"小婷不但不说话，还低了下头，脚在地下蹭着。乔燕问："怎么不说话了？"小婷没抬头，只看着地下幽幽地说："这些衣服太好看了！"乔燕突然笑道："衣服不好看买它做什么？"小婷想说什么却没马上说出来，过了一会儿才抬头对乔燕道："我妈说我吃长饭，再好的衣服穿一年就不能穿了，买那么好的做什么？"乔燕道："你妈妈的说法也是对的，我们就买一件你明年也能穿的衣服吧！"说着就带小婷在琳琅满目的衣架中穿行起来。最后乔燕看中了一件白色的短袖连衣裙，她让营业员将裙子取下来，仔细看了看质地，百分之百纯棉，标价二百三十元。乔燕将裙子在小婷身上比了比，现在是稍长了些，今年穿了，明年也能穿。乔燕叫小婷拿了裙子，到试衣间穿上看看。小婷红着脸，接过裙子进去了。等她换上裙子出来后，乔燕的眼睛不由得大了，兴奋地叫道："好呀，小公主出来了！"说着，过去给她把裙子前后理了理，然后一边围着她看，一边对她轻声说，"等会儿回家洗了头，扎上头巾，真的比公主还要漂亮哦！"说得小婷脸更红。乔燕又问："怎么样，喜欢吧？"小婷朝自己身上看了看，红着脸不说话。乔燕看出了她的心思，便叫她到试衣间把裙子脱下来，交营业员叠好给装到袋子里，自己去柜台交钱。正遇上商场搞活动，送了一张二十元的购物券，乔燕又带着贺小婷到卖鞋子的柜台，添了六十元，买了一双红色的凉鞋。

　　然后，乔燕拉着小婷的手，对她道："小婷，姑姑有一件事，你愿不愿意帮我？"小婷立即瞪着一双水灵灵的大眼望着乔燕。乔燕道："姑姑一个人住在村委会那座房子里，你们家隔那儿近，晚上来给姑姑搭伴，行不行？"小婷忙不迭地说："有什么不行的，我最不想和奶奶睡了！"乔燕忙问："怎么不想和奶奶睡？"贺小婷说："我在家里，爷爷老叫我做作业，我做不来，他又骂我，我最不想做作业了！"乔燕马上道："你不想做作业，那你长大想干什么？"小婷看着乔燕，不知该怎么回答了。乔燕便又对她道："你要来跟我睡，我可有两个条件，第一，每天必须先把作业完成了，才能来和我睡，如果作业有不懂的地方，你就来问姑姑！第二，睡前必须要洗澡，还要把指甲剪干净，要讲清洁，爱卫生，不能邋里邋遢，要不然，姑姑也不要和你睡！这两条你能不能做到?"小婷又愣愣地看了乔燕半晌，突然大声说："我做得到！"乔燕立即说："那就好，我们一言为定！你回去给爷爷奶奶说说，要是他们不答应，你就来告诉我。你成绩好了，听话了，过年的时候姑姑还给你买新衣服！"小婷听了这话，高兴得一下跳起来，撒娇似的将双手吊在了乔燕的脖子上。

第四章

　　回到自己家，晚上乔燕给贺小婷洗了澡，早早安排她在自己床上躺下后，才从床头柜上的挎包里取出贺端阳的女人送给她的那本《贺家湾村贫困户信息资料登记册》，就着从头顶泻下来的灯光细细地翻看起来。

　　原来这只是几张表格，每张表格上只有户主姓名、年龄、家庭人口、贫困原因、帮扶措施等简单几项。

　　第一张表格上填写着：贺仁全，七十三岁；家庭人口：五人；贫困原因：缺少劳力；帮扶措施：发展产业。叶青容，七十一岁；家庭人口：二人；贫困原因：因病；帮扶措施：发展产业。贺世政，七十五岁；家庭人口：四人；贫困原因：孙子上学；帮扶措施：发展产业。贺清华，四十八岁；家庭人口：四人；贫困原因：残疾；帮扶措施：发展产业……

　　乔燕把几张表格翻完，抬头看着天花板，有些蒙了。

　　这本登记册除了告诉她贺家湾村有七八十户贫困户和二百多位贫困人口之外，实在没法给她提供更多有价值的信息。贫困原因倒是有好几种，要么是残疾，要么是子女上学，要么是生病，要么是丧失劳动能力……可帮扶措施却清一色是发展产业。乔燕觉得有些可笑，既然丧失了劳动能力，还怎么发展产业？

　　她想了想，打开手机，在"七仙女群"内发了一条微信："燕儿明天就要开始到贫困户家中访贫问苦了，各位姐姐有什么好的经验和做法，请告诉燕儿，燕儿不胜感激！"又在后面加了三个抱拳的表情。觉得还没把意思表达清楚，又补了一条："新手上路，各位姐姐多多关照！"后面又是几个笑脸。

　　发出去没一会儿，郑萍先回信了："访贫问苦呀？可要多准备几包纸巾！"后面跟着几个长长的流泪的表情。紧接着周小莉回道:"访问时,要问清楚贫困户家里的人口状况、土地状况、住房面积、政策性补贴等情况,还要查看他们的户口簿、土地证、林权证、房产证、银行存折等佐证材料,并做好记录!"乔燕看罢,立即给周小莉回了一句"谢谢"和三朵玫瑰。接着,三姐金蓉也回了信。金蓉告诉乔燕的,除了周小莉说的那些以外,还要认真查看贫困户的住房、内部设施和家庭经营现场等情况。乔燕觉得金蓉告诉她的也非常重要,也给金蓉回了"谢谢"和玫瑰。刚回了金蓉,二姐罗丹梅的信息就到了。罗丹梅毕竟老成一些,提醒乔燕不但要注意保留贫困户文字资料,还要注意保留重要的物证,保留物证的方法就是要将一些重要的物件拍成照片存起来。李亚琳妹妹则写道:"可得准备一根棍子!我那次到贫困户家里去,路边草丛里横着一条胳膊粗的大青蛇,吓得我掉头就跑!"乔燕一看这条微信,陡然觉得身上的汗毛都倒立了起来,急忙给李亚琳回道:"你可别吓我!"又加了两个鬼脸的表情。最后是大姐张岚文的微信,到底是"大姐大",又是电视台总编室主任,回复像总结一样全面,而且还是韵文,又好记又朗朗上口:

入户调查歌诀

第一先看水电路,第二看他是啥屋,第三查看各种证,第四再看户口簿。猪羊圈里看牲畜,鸡鸭鹅兔莫忽视。看完房屋看装修,再把家电数一数。入户不能单独入,多带乡邻和干部。腿勤口勤手莫懒,多看多问多记录。以上方法要牢记,切莫粗心和大意。莫道新手才上路,雏凤清于老凤啼!

乔燕看完忍不住"扑哧"笑出了声。看罢,又感动地给大姐张岚文回了几个大蛋糕和玫瑰,再加上几张大笑脸。看了姐妹们这些热情洋溢的鼓励和告诫,乔燕突然有了力量,她感到有了这样一群朋友,就不是一个人在战斗。

第二天一大早,乔燕找出一只纸箱子,往里面装了一个小电饭煲,一只电磁炉和一口电磁锅,又将枕头、蚊帐塞在箱子里,用绳子绑在小风悦后座上,将席子绑在纸箱上。又找出一只黑色双肩包,将两套换洗衣服和洗漱用品还有一把太阳伞,以及昨天下午给贺小婷买的裙子、鞋子,都装在里面,让贺小婷背着,坐在她后面抱着她的腰,又"突突"地往贺家湾去了。

到达贺家湾时,许多人家都才吃过早饭,乔燕在村办公室前停了电动车,从小婷肩上取下背包,对她说:"回去跟爷爷奶奶打声招呼,然后到我这儿来,姑姑还有事要你做!"小婷果然转身就跑,乔燕又急忙喊道:"你的裙子!"小婷这才停住脚。乔燕从背包里取出裙子和鞋子,交给小婷并叮嘱道:"给我搭伴的事,可别忘了告诉爷爷奶奶!"小婷说:"怎么会忘呢!"说完又跑,乔燕又在后面喊道:"等会儿来的时候,把新裙子穿上!"

　　乔燕打开村委会办公室的门,把自己的东西提到楼上的屋子里。这屋子昨天下午贺端阳肯定派人来打扫过,因为比昨天中午她来看的时候干净得多。乔燕刚把东西放到床上,小婷便跑来了,双手往乔燕的脖子上一吊,就喊了起来:"爷爷奶奶答应我给你搭伴了!"乔燕道:"真的?"小婷道:"哄你是小狗!不过我睡觉脚爱乱蹬,奶奶要我小心点!"乔燕道:"不要紧,姑姑睡觉也不老实!"说完把小婷放下来,看着雪白的裙子映衬着小姑娘鲜艳的脸蛋和脚上红彤彤的鞋子,竟比昨天在商场银白的灯光下还要好看!于是连声夸道:"婷婷长大了一定是个大美女!"小姑娘被乔燕说得不好意思了,露出小白牙笑了一下,却道:"奶奶也说好看,爷爷却说这么好的衣服穿在农村人身上,真是浪费了!"乔燕说:"别信你爷爷的话,农村人就不配穿漂亮的衣服?只要你爱干净,就不会是浪费!"小婷又点了点头,然后问:"你说有事,是什么事?"乔燕道:"我要到一些贫困户家里看一看,你给我带路,行不行?"小婷马上叫道:"行!湾里我哪儿都熟悉!"说完便歪着头问乔燕,"你说先到哪儿去?"乔燕又从挎包里掏出那份《贺家湾村贫困户信息资料登记册》瞥了一眼,道:"我们先去贺仁全家里,你知道他住在哪儿吗?"小婷道:"他住在檬垭口!"乔燕说:"那好,趁现在太阳不大,我们马上就走!"一边说,一边去背包里取出那把太阳伞,就随小婷下了楼。走出门外,发现贺小婷什么也没戴,便对她说:"回去戴顶草帽吧,我等你!"小婷却说:"我不要!"话还没完,便一头扎进了阳光里。乔燕道:"等等,我们打一把伞!"小婷又道:"真的不要,我们晒惯了!"乔燕便不再坚持,只道:"那也等着我!"

　　小婷果然站了下来,乔燕紧走几步追上了她,然后一手撑伞,一只手拉起她,把她遮在自己和伞的阴影之下。小婷感激地紧紧靠着乔燕。乔燕抚了抚她的头发,轻柔地问道:"昨天晚上,叫你喊爷爷奶奶,你怎么只红着脸不开口?"小婷道:"我不知道该喊什么。"乔燕奇怪了,又问:"怎么连这点都不知道?就喊爷爷奶奶呗!"小婷皱了眉道:"我不该喊爷爷奶奶的。你喊爷爷奶奶,让我也喊爷爷奶奶,我们不就成了一个辈儿的了?"乔燕笑了起来,摇了摇小婷的手,道:

"称呼只是个代号，看见年纪大的人，叫声爷爷奶奶，或是叔叔婶婶，只是表示尊敬，你就不用纠结辈分什么的了。"小婷点点头，不说什么了。

刚走到村委会前面那棵老黄葛树下，忽然从旁边冲出一个人，冲她们叫了一声："你们到哪去？"乔燕吓了一跳，定睛看时，却是昨天在贺世银家里见过的那个叫贺勤的汉子，此时头上仍戴着昨天那顶破草帽，定定地看着她。乔燕正想回答，小婷抢在了她前面："我们到贺仁全爷爷家去！"话音刚落，贺勤又问："到他家去干什么？"小婷不知该怎么回答了。乔燕道："去贫困户家里走一走……"话还没完，贺勤马上道："我也跟你们一起去？"乔燕愣了一会儿才道："你去干什么？"贺勤的目光紧紧盯着乔燕斜挎的小挎包，道："你别管，我就要和你们一起去！"生怕乔燕不明白，又补了一句，"你可要一碗水端平！"

乔燕立即明白了，想起昨天他在贺世银的苞谷棒子堆里扒拉的样子，不由得又"扑哧"笑了起来，心想："原来他是怕我厚此薄彼，私下里给其他贫困户送东西而忘了他！"她突然想起张岚文昨晚微信中写的"入户不能单独入，多带乡邻和干部"的两句话，眼下贺端阳没在家里，其他村干部她还没和他们见过面，能带谁呢？想到这里，乔燕便笑着对贺勤说："好哇，大叔，我正希望你来监督呢，那我们走吧！"

走了大约半个小时，来到一处房屋前。乔燕一看，这房屋原来是一幢老式的穿斗屋子，房顶好几处地方已经塌了，一些木板壁上的木板破了，开着洞，整个房屋像一艘风雨飘摇的破木船，随时都要散架的样子。院子里到处都是杂草、烂木棒、烂塑料袋、烂砖头、烂筑箕、烂扫帚等东西。

乔燕见大门开着，以为屋子里有人，便小心翼翼地从那些杂草、木棒、烂砖头、烂筑箕中选择下脚的地方，朝屋子走去。到了大门口，这才看见堂屋屋顶有一根椽子断了，屋顶开了一个洞，一片灿烂的阳光从洞口争先恐后地倾泻进屋子里，将屋子照得十分明亮。

乔燕再一看，这堂屋也十分凌乱，胡乱堆放着一些破椅子、破桌子、烂风车、烂犁头和烂筛子、烂簸箕、烂晒簟等，从这些破烂中间散发着一股霉气。

乔燕虽然在城里长大，却听人说过乡下人的堂屋好比城里人的客厅，是一个家庭的脸面。可看了看这客厅，她不由得皱紧了眉毛，便喊了一声："贺仁全爷爷……"没有人回答，她又用力咳了一下，还是没人应声。她朝小婷看了一下，便跨进屋子，站到了从屋顶破洞泻下来的阳光里。她看见屋子里一共开了三道门，左边的木门虚掩着，右边那道门上已没有了门板，只挂着一块灰不溜秋、不知从哪里捡来的破布,而后墙壁上则只有一个黑乎乎的门洞。

乔燕看了一阵,忽然走到那块破布边,撩开朝里面看去。屋子里很黑,半晌乔燕才看清屋子里有一张床,床上堆着一些东西,也不知是棉絮还是衣服,揉成一团,无法看清颜色。除了床铺和一口柜子外,屋里再没有其他家具。乔燕原想进去打开柜子看看里面有什么东西,可一看屋子黑黢黢的样子,兀地有些害怕起来,便将布放了下来,又拉着小婷的手,绕过一堆破烂,来到后墙洞边,将头伸了进去。后房不但黑,而且潮湿。过了一阵,才看清原来这是一间小偏房,靠后面墙壁是一口土灶,柴草胡乱堆在地上,紧挨着煮饭的地方是茅房,苍蝇在这里嗡嗡乱飞。乔燕还想进去看看,一股浓重的霉臭味扑面而来,乔燕急忙捂住口鼻,拉着贺小婷退回到阶沿上。

正在这时,一个蓬头垢面的女人从院子外边小路上突然冒了出来,看见乔燕他们,便惊风似的叫了起来:"你们怎么把我房子砸坏了?"

乔燕一看,只见女人六十多岁,披着一头花白油腻的凌乱头发,豁着一张牙齿差不多掉光的嘴,脸上的皱纹如磨盘的齿纹一样坚硬粗糙,穿一套脏兮兮的男式衣服,赤着脚,身子瘦得像根干柴棍,却从眼睛里闪出两道逼人的寒光。

乔燕正想答话,贺勤在一旁叮嘱乔燕道:"这就是贺仁全的老婆,她有精神病,你们可不要和她搭话!"乔燕一听这话,忽觉得头皮都绷紧了,立即把话咽回肚子里。那女人见他们不说话,一边往前走,一边又道:"我家的门是不是你们捶破的,你们是不是来杀我的?"乔燕听她这么说,更不敢接话,只求援似的看着贺勤。贺勤似乎看出了乔燕的心思,便道:"贺仁全大概没在家,她什么都不知道,我们不如先走吧!"乔燕一听这话,便顺坡下驴道:"也好,下次再来!"说完拉着小婷,逃离似的便往外面走去。

走了一里多路,直到拐过弯看不见贺仁全的屋子了,小婷才拉着乔燕的衣服问:"我们又到哪家去?"乔燕站下来,又掏出册子来瞧。正要答话,忽然想起了什么,像有意考考小姑娘,看着她道:"你知道村里哪一家最穷?"话音刚落,小婷就不假思索地叫出了声:"贺兰家里!"乔燕急忙去册子上找,却没有找到"贺兰"这两个字,便又问:"贺兰是谁?"小姑娘道:"是我同学!"乔燕明白了,又问:"贺兰的爸爸叫什么名字?""贺大卯!"乔燕又在册子上找"贺大卯",仍然没找着,却找着了"贺大卵"这个有些稀奇古怪的名字,便把册子递到小婷面前,指着那几个字对她问:"你说的是不是这个人?"小婷急忙点头。乔燕问道:"他怎么又叫了这个名字?"小婷道:"听大人说,他本来是叫贺大卯的,不知怎么变成了现在这个名字。他是个哑巴。贺兰的妈妈叫曹彩霞,是个傻子,贺兰每次考试都是全班倒数第一名,同学们欺负她,就冲她喊她爸爸的名字:贺大卵、贺大卵……"

乔燕不由得又把眉头皱紧了,看着小姑娘像是要刨根究底:"后来呢?"小婷道:"贺兰哭过好几次呢!"乔燕的目光在小婷脸上逡巡着,道:"你欺负过她没有?"小婷脸一下红了,半天没说出话来。乔燕见她发窘的样子,便摸着她的头道:"欺负人不好,欺负比你贫穷和弱小的人更不好,以后可不能这样了!"小婷急忙点头,一副乖巧的模样。乔燕便笑了,道,"那好,我们就到贺兰家里看看!"小婷道:"贺兰住在麻地角,我知道路!"说罢一转身就朝前跑了。乔燕正要去追她,忽然想起贺勤,回头看去,贺勤早就没了踪影。乔燕知道贺勤一定是见她并无"好处"给其他贫困户,便悄悄溜回去了。

乔燕觉得走了很远很远,直走得汗流浃背,衣服紧紧贴在了皮肤,才看见一个山坡底下立着一座摇摇欲坠的土坯房,房前有一座不到五十平方米的院子,里面长满了茂盛的杂草。

乔燕来到院子里,脚踏茵茵绿草,有种踩在公园草坪上的感觉。可这并没有给她带来惬意,因为首先映入她眼帘的,是房屋上那道特殊的门。那不是用木板做成的门,而是用铁丝和几根树条和几块窄木板绑成一道篱笆似的栅栏。

她看了看,土坯房一共有三间,每间屋上都开有窗户,但窗子上既没有玻璃,也没有木板,只有几块破烂的塑料布在窗洞口旗帜一般随风摇曳。乔燕不由得心酸起来,她朝小婷看了看,便朝屋子里大声喊了起来:"家里有人吗?"等了半天,不见屋子里有动静,小婷也喊:"贺兰!贺兰!"仍没人回答。

乔燕以为屋里没人,便拉着小婷往屋里去。刚走到那道用铁丝绑成的所谓"大门"口,冷不防从屋子里拱出一个蓬头垢面的女人,把乔燕吓得直往后退。小婷急忙把她拉住,说:"这就是贺兰的妈妈!"乔燕这才站住,朝女人仔细看去。只见这女人四十多岁,个子不高,一张鸭梨脸,皮肤倒算白净,可脸上却呆滞得像是木雕泥塑一般。一件像是从垃圾桶里捡来的蓝灰色衣服松松垮垮地套在她身上。

乔燕便弯了弯腰对她喊道:"大婶,我是村里的第一书记,我来看你!"女人却像没有听见,仍只呆呆地看着她,突然又咧开嘴,憨憨地笑了几下。乔燕见她这样,心里又不禁害怕起来,一时走不是,不走也不是。

正在这时,突然听见院子外面传来脚步声,乔燕急忙回头一看,却见从阳光下走进一个汉子和一个小女孩。那汉子也是四十多岁，身材不高，面孔黝黑，上面穿着一件说蓝不蓝、说青不青的汗褂子，下着一条土黄色大裤衩，背上背了一大背篼青草。小女孩和小婷年纪差不多，却比小婷瘦小许多，这个季节，还穿着厚厚的校服，手里拿了一把镰刀跟在汉子身边。乔燕便知道这一老一少是这家的主人贺大卯和他的女儿贺兰了，正准备打招呼，小婷冲那女孩高兴地喊了起来："贺兰！"

乔燕看见贺兰的眼里分明掠过了一道惊喜的光彩，嘴角动了动，似乎就要回答小婷了。可一看见她这个陌生人，眼色又立即暗淡了下来，急忙怯怯地躲到汉子身后去了。小婷一见，便急忙对她说："这是从城里来扶贫的姑姑，专门来看你们的！"一听这话，贺大卯几步奔到阶沿边，放下背篼，双手一边比画，一边冲着乔燕"哇哇"地叫起来。

乔燕虽然不知道他说的什么，但从他兴奋的样子和进屋拍板凳的动作，知道是招呼她坐，便走进屋子，对他说："大叔，你不要客气，我就是来看看！我是村里的第一书记，叫乔燕！"说完朝屋子里掠了一眼，只见这屋子四面墙壁上，都被抠出了许多坑坑洼洼，像是癞蛤蟆的皮肤一样。屋子里除了一张方桌和三条板凳以外，简陋得再无任何家具。

贺大卯见乔燕的目光在屋子里搜索着，又一边比画一边叫。乔燕不懂哑语，实在弄不明白他说什么，便道："大叔，你带我看看你家里好不好？"汉子听了这话，像是十分乐意的样子，急忙带了乔燕往里面屋子走。通向里面屋子的门也没门板，乔燕随主人走进左边屋子，正欲看时，却发觉屋子里光线一下子暗淡了下来。抬头看时，才见满脸呆笑的女主人和默默无语的贺兰站在了窗户边，挡住了从外面射进来的阳光。

适应了一会儿，乔燕看清了屋子里有一张老式的木床，木床上堆了一床褪了色、打着几块补丁的花被子。屋子中央摆着一个水桶、两个塑料盆。乔燕朝房顶看去，原来上面的屋瓦烂了，她便知道这桶和塑料盆是用来接屋顶上漏下的雨水的。再看看四面墙壁，也有许多坑坑洼洼的洞，便不由得奇怪了，也忘了贺大卯不会说话，竟然对他问："这墙上怎么会有这么多洞呢？"贺大卯急忙"哇哇"地又比又画，但乔燕一点也不能理解。这时，一直沉默不语的贺兰突然说了一句："我妈抠的！"怕乔燕还不明白，又补了一句，"她没事就抠家里的墙壁！"

一听这话，乔燕又朝只顾呆笑的女主人看了一眼，心里像是灌了铅般沉重了起来，于是什么也没说，马上退了出来，连另一间屋子也没心思去看了。

她一出来，贺大卯、曹彩霞和贺兰也跟着走了出来。堂屋里光线明亮了许多，乔燕再朝他们看去，此时这一家三口站在了一起，贺大卯见乔燕看了屋子后没说话，脸上已没了刚才的激动和兴奋，取而代之的是一脸的惆怅酸楚，而女主人脸上也又恢复了先前如木雕一般的呆滞。只有小女孩贺兰的目光，这时一动不动地落在了小婷漂亮的裙子上。乔燕看见那稚嫩和纯净的目光里，既有着羡慕、期盼，也交织着哀愁与无奈！那是一种什么样的眼神呀！乔燕只觉得鼻子一酸，她忍了忍，把眼泪憋了回去，突然想起了罗丹梅告诉她的要将一些重要物件拍成照片保存起来的话，便掏出手机对他们说："大叔，来，我给你们一家人拍张照，好不好？"

　　一听说拍照，贺大卯的神情又变过来了，先对乔燕比画了一下，乔燕看明白他的意思，是答应可以。然后他又对着妻子的头一边比画一边对女儿说着什么。贺兰不等父亲说完，便跑进屋子拿出一把梳子和两只发卡，贺大卯接过梳子，一上一下给妻子梳起发来。此时奇怪的事发生了，乔燕看见从那女人眼里飞出了两道明亮的光芒，并且将身子十分温顺地依偎在丈夫的怀里。乔燕看着，再次有想哭的感觉。

　　梳毕，贺大卯又从女儿手里接过发卡，给女人把两边的散发卡上。乔燕叫他们站好，打开手机给他们拍了一张全家福。照完，乔燕从自己的小挎包里拿出钱包，从里面掏出了五百元钱，塞到贺大卯手里说："大叔，我今天主要是先来认认门，也没带什么东西来，这五百块，是我自己的，给你们先补贴一下家用。"话刚说完，贺大卯眼眶湿润了起来，立即紧紧抓住了乔燕的手。乔燕知道这个汉子心里有很多话想说，却没法向她表达出来，便又拍了拍他的手说："大叔你放心，我今后会经常来，我们共同努力，把日子过好！"贺大卯这才一边点头，一边松开了乔燕的手。正在这时，忽然从屋后传来一阵"咩咩"的羊叫声，乔燕便问道："你们还养得有羊？"贺大卯朝乔燕伸出了两根指头。乔燕明白贺大卯告诉她养了两只羊，便说："好，等政府发展产业的资金下来了，你可以多养一些！"说着便和小婷一起走了出去。这时贺兰过来对乔燕恭恭敬敬行了一个礼，并说道："谢谢！"乔燕一见，又不觉心痛起来，立即把她揽在怀里，一边抚摸她的头发，一边对她说："贺兰是个好孩子，好好照顾你妈，过几天我再来看你！"小女孩"嗯"了一声，没有说出话来。

　　乔燕和小婷走了很远，回头还能看见贺大卯和贺兰父女俩站在院子边上看着她们。拐过弯，乔燕见看不见他们了，突然"哇"的一声哭了起来。小婷一见，像是吓住了，急忙拉住她问："姑姑你哭什么？"乔燕见小婷问，又急忙用手掩住了嘴，过了一会儿才说："没什么，眼睛刚才进了沙子！"小婷道："你哄人，进了沙子怎么要哭？"乔燕没话回答了，便道："人小鬼大，你可不要告诉别人，啊！上午我们就看这两家，下午接着再看。姑姑虽然把电饭煲这些带来了，可还没来得及买米买面，中午姑姑还是在你们家里吃饭，你看行不行？"一听这话，小婷立即大声说："好呀！"说完便往前跑去。乔燕道："你跑什么？"小婷道："我先回去告诉奶奶，姑姑今天又在我们家吃饭！"

下午，乔燕继续到贫困户家访问，一共访问了四家，看见的情况比贺仁全、贺大卯家好得多，至少每家的主人能把家里的情况给她讲清楚。晚上，等小婷睡下以后，乔燕才把当天看到的情况记在本子上。

对下午的四家，她是这样记录的：

  王国玉，五十五岁，丈夫贺世祥四年前患胃癌去世，据她说欠下债务十多万元。户口簿上登记人口六人，除本人外，还有婆婆徐继琼、女儿贺兴英、儿子贺兴明、儿媳妇汤芳、孙女贺苹。贺兴英八年前已经出嫁，但户口没有迁出贺家湾。贺兴明和汤芳结婚以后，感情不和，经常吵架打架，后贺兴明外出未归，前年由汤芳提起离婚诉讼，法院缺席判决离婚。贺兴明现在浙江打工，月工资三千元左右，贺苹由王国玉照管。王国玉除种包产地外，现养有肥猪一头、鸭十只，住房一般，不是危房，但要达到脱贫规定的标准还有很大距离。徐继琼患有严重的风湿性关节炎，行走有些不便。徐继琼一人享有农村低保待遇。

  贺茂，四十五岁，家庭人口四人。妻子伍泽英，四十四岁；儿子贺杰，二十岁，省财贸学院二年级学生；女儿贺琴，十五岁，县第三中学高一学生。村上的《贫困户信息资料登记册》贫困原因一栏上写的是"因病"，但在我看来这家人是典型的因学致贫。贺杰每年学费和生活费至少三万元，贺琴至少一万元。贺茂十年前搭乘本村贺贵全的摩托车到乡上赶集，因刹车失灵翻进水沟里，造成脊椎和左腿骨折，好了后无法干重活。家里开支和贺杰、贺琴学费，主要靠伍泽英在外做保洁工的收入和贺杰、贺琴的外公外婆及舅舅的资助维持。家里虽是砖房三间，可十分简陋，同王国玉家里一样，离脱贫标准还差很远。

贺道平，五十五岁，残疾；妻子李安碧，与贺道平同年，患有慢性支气管炎。贺道平十五岁时挑红苕到公社加工苕粉，不小心将手伸进粉碎机，导致右手五指被粉碎机齐齐绞断。老两口一生没有生育，可户口簿上却写着他们不但有儿子，还有孙子。原来十五年前，老两口为了养老，将李安碧娘家十岁的侄儿过继到膝下，改名贺辉。贺辉娶妻生子后，媳妇孙梅对两个老人渐渐生了厌恶之心，唆使贺辉搬回了老家。现在贺辉不但没和贺道平夫妇住在一起，也没有经济上的任何往来。但因为贺辉的户口还保留在贺道平的户口簿上，贺道平夫妇名义上属于"有子女"的人，所以他们对没有享受到农村低保很有意见。夫妇俩除靠庄稼以外，没有其他收入。老屋三间，C级危房。

贺世维，五十岁，全家五口人，两个学生，两个病人。两个病人，一是他母亲罗素清，患有糖尿病；一是他妻子，高血压和风湿病。两个学生，一是大儿子在城里读高中，一是小儿子在乡上读初中，属于严重缺乏劳动力的家庭。房子很破烂，但主人给我的感觉不但憨厚肯干，而且吃苦耐劳，有种不服输、不认命的感觉。除了种包产地外，这家人贷款养了十五只羊，今年可收入一万元。贺世维有时还进城打点短工，也可收入一万多元。妻子罗素清除协助丈夫种包产地和照顾家庭外，圈里还养了两头大肥猪和一头小猪，春节计划杀一头卖一头，估计可收入三千元。这家人很乐观，贺世维说：家里穷，必须靠自己改变现状！

乔燕在记着这四家人的情况时，脑海里老是浮现着上午看见的贺仁全和贺大卯这两个家庭的画面。因为这两个家庭特殊，她没有了解到他们家庭的详细资料，所以决定等今后把情况了解清楚了，再客观记录下来。可是，她现场看见的这两个家庭破烂、凌乱和贫困的状况，贺仁全有精神病的老婆那张憔悴的脸、干柴棍似的身子和满嘴的疯言疯语，以及贺大卯脸上的惆怅酸楚，曹彩霞时而呆滞时而傻笑的表情，尤其是小姑娘贺兰那对本该明亮干净、享受童年快乐的大眼中流露出的哀愁、无奈却又交织着羡慕、期盼的目光，都像电影画面一般，一幅一幅不断在她眼前交替出现。她不时地摇头，想把这些干扰她的画面甩开，可是这些画面不但牢固地占据着她脑海，还在她眼前不断地放大、交替和重叠，怎么也不肯离去。乔燕费了很大的劲，才将当天的笔记记完，她松了一口气，合上本子，去洗漱了，爬上床挨着小婷躺了下来。不知是因为累了还是乡下的空气清新，头一挨枕她便很快就睡着了。

乔燕做了一个梦。她梦见自己来到一个地方，周围有山有水，遍地绿草，草丛中还偶尔夹着一朵朵叫不出名的山花，非常漂亮。她不知道这是什么地方，只继续往前走，猛然间就来到一座房屋前，院子里长满杂草，土房摇摇欲坠，门是用铁丝和木板绑起来的，窗上挂着塑料布。她想起来了，这是贺大卯的家，她喊了一声，突然从屋子里拱出三个人，她一看，正是贺大卯和她女人曹彩霞，以及他们的女儿贺兰。贺大卯一看见她，跳过来就抓住她的手，"哇"的一声哭了起来。曹彩霞一见丈夫哭，也跟着哭，她的哭声像婴儿一般细。她心里很不好受，于是也跟着流泪。她决定离开这里，可刚要挣脱贺大卯的手，贺大卯忽然摇身一变，成了贺仁全的女人。那女人披散着头发，面目狰狞，对她恶狠狠地问："你为什么把我房子砸了？为什么？"一边叫，一边张开五指朝她扑过来，像要掐她喉咙的样子。乔燕急忙撒腿便跑，一边跑一边大叫："小婷……"

乔燕猛地惊醒过来，才发觉是一场梦。她急忙拉开灯四处瞅着，心还"扑通扑通"地跳着。她觉得脸上湿漉漉的，伸手摸了摸眼角，眼角上还挂着泪水，证明刚才梦中确实哭过。幸好小婷还睡得十分香甜。

她对自己做了这样的梦一点不感到奇怪。长这么大，她还是第一次看见如此贫困的家庭和不幸的人，要不是亲眼所见，她无论如何也不肯相信！她小时候生活在蜜罐子里，父母宠爱，爷爷奶奶更是把她当作心头肉，要吃有吃，要穿有穿，虽不奢侈，却从不会缺少什么，哪知道世界上还有穷人！从小学到大学，她一路顺利，不曾经历过任何风雨，也不知道人生还有坎坷。走出学校门，就顺利地考上了国家公务员，尽管工资不高，却不会为吃穿发愁。眼下城里年轻人都在为居高不下的房价而愁肠百转，可爷爷奶奶和爸爸妈妈正酝酿在城里合适的地段为她订购一套结婚的新房。如今爱情甜蜜，工作顺利，领导、同事之间关系和谐，又有爷爷奶奶、爸爸妈妈护着，她的生活真可以说得上幸福美满了。她甚至还为自己和张健的未来做出了规划，那就是结婚以后，一方面经营自己温馨的小家，一方面慢慢实现向上的流动，到最后成为像母亲那样的人。

可令她没有想到的是，仅今天半天时间，她所看见的就一下击破了自己原先对世界的看法。原来，这世上还有和岁月静好完全相反的一种生活。或者说正因为过去她从没有和这种生活打过照面,今天猛一见,那些景象才像一把刀子猛地扎在她的心上,不但使她的心战栗不已,还让她的心尖淌血。她想起了一句话,叫"贫穷限制了想象力",如果说这句话是对的,那么,她二十多年衣食无忧的生活,同样也限制了她对贫穷的想象力。

"我该怎么办?"她瞪着大眼看着天花板,喃喃地问着自己。

"我一个女孩子,心理这么脆弱,也许不该来这里!"她对自己这样说。

可是她又马上否定了自己:"可是来都来了,还能当逃兵吗?再难也要硬着头皮干下去了!何况,张岚文大姐、郑萍、周小莉、金蓉、罗丹梅、李亚琳这些姐妹都能干,为什么我就不能?"这么一想,一种不服输的念头又涌上来了。可是她马上又想:"可是我该怎样解决这些难题呢?我能帮他们走出贫困吗?"这么想着,她又茫然了,眼前又晃动起小女孩贺兰那双闪着哀愁与期盼的眸子来。想了半天,她又对自己说:"是的,靠我一臂之力肯定不行,不过我也许可以从点滴做起,帮助帮助他们!"

一个主意突然涌进乔燕的脑海里,令她激动不已,她急忙抓起手机,想给单位工会主席姚姐打个电话。可一看手机显示的时间,已过了午夜,她知道除了夜猫子,一般城里人都已经睡了,便又犹豫地将手机放下。可是她又实在压抑不住自己的兴奋,她知道自己的脾性,不把这事落实好,今晚上别想睡安稳觉,于是又把手机拿过来,还是拨通了对方的号码。

电话响了半天,乔燕才听见话筒里响起对方朦胧的声音:"乔燕,这么晚了你打什么电话?"乔燕急忙道:"对不起,姚姐,我有事想给你汇报……"姚姐道:"你还没睡呀?"乔燕道:"姚姐,我睡不着,我今天去看贫困户了……"姚姐道:"看了贫困户就睡不着,怎么回事?"乔燕听姚姐这么问,鼻子又不觉发起酸来,便有些瓮声瓮气地道:"姚姐,太可怜了!"说完不等对方问,便把上午贺仁全和贺大卯两家的情况给姚姐简单地说了一下。她本来还想把下午走访的四家人的情况给对方说一说,但一想这么晚了,便把话打住了。

姚姐听完,过了一会儿才对乔燕说:"你辛苦了,乔燕!你说,需要我们工会做什么?"姚姐做了十多年工会干部了,知道乔燕深夜打电话来,一定是有什么事。乔燕听了姚姐这话,急忙道:"姚姐,我就是有一件事想要得到大家的帮助!你能不能以工会的名义,发动大家给村里的贫困户捐一些旧衣服?旧衣服城里人可能嫌过时了,可对贺大卯、贺仁全这样的贫困户,却正用得着!你看行不行?"话刚说完,对方便快人快语地回答:"那没问题,乔燕!明天我就给局长汇报，然后召开一个职工大会，保证完成你的任务！捐好以后，我就给你打电话。"乔燕高兴了，忙说："谢谢你，姚姐！不过……"姚姐问："还有什么不放心的？"乔燕笑了笑，仿佛姚姐就在眼前一样，红着脸道："姚姐，给大家提醒一下，可别把那些太旧的衣服捐出来……"姚姐又忙道："那是自然的，你放心，没有八九成新，我让他们拿回去！"乔燕听了这话，又一连说了几声"谢谢"，正要挂电话，忽听得姚姐问她："那个……你说的那个叫贺兰的小女孩多大了，个子有多高？"乔燕道："十三岁，可看起来却像十一岁的样子，又干又瘦。"说到这里，乔燕有些明白了，急忙道，"我今天给他们照了一张全家福，我给你发过来！"姚姐马上用了一副命令的口气对乔燕说："好，你马上给我把照片发来！"说完结束了通话。乔燕立即把上午在贺大卯家拍的那张照片从手机相册里找出来，发到了姚姐的微信号上，这才心满意足地睡下了。

第五章

　　吃晚饭时，贺世银像透露重大机密似的对乔燕说："贺端阳回来了！天擦黑时，我从地里回来，从他屋子后面路过，看见他在院子里和王娇说话！"

　　乔燕听了没吭声，心里略略产生了一丝不快："回来了也不告诉我一声，我还等你给我介绍村里的情况呢！"可她很快就把这种不快压下去了，心想，"也许他匆忙地从外面回来，一时没顾上，说不定明天就会联系我了！"

　　可是直到第二天吃过早饭，乔燕也没等到贺端阳的电话，便对小婷说："今天我们先去贺书记家里，然后再去看贫困户！"小婷说："姑姑你说到哪里，我就到哪里！"乔燕微笑着摸了摸小婷的头，便和她一起走了。

　　贺端阳的家离村委会并不远，走了不到二十分钟，一幢外墙嵌着白色墙砖的漂亮建筑便矗立在她们面前。小婷高兴地指了那房叫道："这就是支书叔叔家！"

　　来到院子里，只见大门洞开，乔燕以为贺端阳还在家里，便一边抬脚跨上台阶，一边大喊："贺书记！"叫了两声，没人回应。小婷也帮着乔燕叫："王娇婶婶！王娇婶婶！"仍然没人答应。还要叫时，忽然从房屋左边转出一个人来，口里应道："哪个在叫？"乔燕回头望去，只见这人二十三四年纪，身高一米七五左右，宽宽的肩膀，厚厚的胸脯，直直的背，一张棱角分明的国字脸，上穿一件白背心，后背印着"八一"两个红字，下着一条迷彩裤，脚上一双部队的作战鞋，一头刺猬似的短发直直硬硬。

　　乔燕一见，便知是一个桀骜不驯的人，不等他开口，主动对他道："如果我没猜错，你就是贺波吧？"贺波两条浓眉闪了闪，眼中露出一道机智的光芒："你是……"乔燕忙说："我是县上派到贺家湾村的第一书记……"话还没完，贺波便高兴地道："我听说了，那我们握个手吧！"说着便向乔燕伸出一只大手，可刚把手伸到乔燕面前又马上缩了回去，不好意思地道，"算了，手上全是泥巴，给你敬个礼吧！"说罢对乔燕鞠了一躬。乔燕慌得不行，也忙忙地对他回了个礼，这才说道："贺书记没在家里？"贺波道："他昨天天快黑的时候回来了一趟，今天一早又走了……"乔燕一听这话，失望的表情浮现在了脸上，道："又走了？我想和他交换一下村里的情况呢！"贺波看着她，虽然没说什么，脸上却有一种同情的神色。

乔燕不想让他为自己的事担心，马上把话题转移了："你妈妈也没在家里？"贺波道："闹肚子，去贺春诊所打点滴了！"一听王娇也闹肚子，乔燕立即想起了大前天在贺世银家里，老人对她说过"村里好多人都拉肚子"的话，于是问道："你们村怎么这多人闹肚子？"贺波道："我前两天也闹了一次，今天才好了一些。"旁边小婷也接了话说："我也闹过肚子，爷爷奶奶也闹过！"

乔燕沉默了一阵，才对贺波道："听说你在家里建了沼气，挖了荷塘，还修了一个小花园，我特地来参观参观！"小伙子显出几分腼腆的神情，说："有什么可参观的，别人都认为我是不务正业呢！"乔燕道："是不是不务正业，你让我也开开眼界！难道你舍不得让我参观？"贺波道："你现在也算得上我们村的父母官了，我怎么敢拒绝？"说罢便带了乔燕往外面走。

走出水泥院子，乔燕又看见了一个院子，这院子十分别致，地面用三合土与旧砖铺成。三合土院子外面，有一个一亩多大的荷塘，塘的四壁也是用三合土和石块砌成。塘内莲荷尚未长满，但荷叶已高过水面，此时亭亭玉立，绿得晃眼，那种绿，像有层青雾罩在上面。一些荷叶中间，挺立着饱满的莲蓬，迎着阳光。

乔燕看了一阵，便问："这荷塘是什么时候挖的？"贺波道："去年冬天，春天才栽上藕，还没长满，明年肯定会满塘荷花！"乔燕见贺波的神色十分自豪，又问："你怎么想起把菜地挖成荷塘？"贺波道："美呗！我喜欢荷花，出淤泥而不染嘛！我们庄稼人为什么就不能爱美？再说，种荷的经济价值也高，莲叶、莲藕、莲子都可以卖钱！还有，我这塘里，不光有藕，还有鱼！"正说着，就听"拨喇"一声，塘里水波荡漾起来，一群鱼儿在莲叶间不断穿梭，然后浮到水面来，圆圆的小嘴一张一张地吸着气，仿佛向他们撒娇似的。乔燕看见阳光下闪光的鱼鳞，不觉叫了起来："鱼戏莲叶东，鱼戏莲叶西，好一幅诗情画意！"贺波像是抑制不住兴奋，又顿了顿脚下的地，说："我们站的地方，下面还有机关……"乔燕忙问："该不会藏得有宝吧？"贺波说："底下是一个生活污水净化池，我们家做饭、淘菜和洗东西的水,通过管子流到这个池里,经过净化沉淀过后,流到荷塘里,成为莲藕的肥料和鱼的饲料,这叫循环利用……"乔燕佩服地说道:"原来是这样!"又看着西南角上两间小屋子问,"那是什么?"贺波道:"你随我来吧!"说着,又带乔燕走过三合土院子,从一条铺着旧碎砖的甬道走到那两间小房子前面。乔燕见两间房子都用青砖砌成,两边墙上有窗,一间房子外墙上贴了土黄色墙砖,另一间房子则是清水墙,墙上爬满了爬山虎、丝瓜藤、牵牛花,密密的枝叶覆盖了整个墙面,不仔细看,根本看不出墙的颜色。在屋子正面有一块牌子,用油漆写着"八戒公寓"四个红字。

乔燕不由得"扑哧"一笑。贺波也不等乔燕说话,便道:"这是猪圈,所以我给它起了这个名字!"乔燕乐了:"猪八戒都有了别墅,那孙悟空、沙和尚,还有唐三藏呢?"贺波也被乔燕逗笑了,说:"暂时还没考虑他们呢!"又指了那间贴了墙砖的小房子,"那是厕所,前面我用旧砖垒了一道屏风,分了男女……"听了这话,乔燕不禁好奇起来:"又是厕所,又是猪圈,我怎么一点没闻到什么气味?"贺波道:"你知道中间那块空的地方是什么吗?是沼气池!猪粪和人粪拉下来,便流进了沼气池,你怎么闻得到气味。"乔燕道:"这太好了,要是全村家家户户都这样,不但村里整洁多了,还把废物利用了起来!"然后对贺波说,"我们再到后面看看!"

贺波又带着乔燕顺着甬道往后面走,来到了屋子西北角,只见那里还有一块园子,有七八分面积,正在建设,地上堆着许多旧青砖。贺波对乔燕说:"这里原来只有几笼毛竹!过去大家住茅草房时,毛竹是主要建筑材料,很金贵。现在大家都住楼房了,毛竹派不上用场,农村编筐织篓的也少了,所以毛竹现在经济价值极低。我便把毛竹也挖了,在这儿建一个园子,里面栽点花,种点草,再栽几棵经济价值高的果树,既可观赏,又可产生经济效益。"乔燕就问:"你想好栽什么花草和果树没有?"贺波道:"还没,等建好了再说!"乔燕道:"我有个同学在县园林所,到时候我找她给你做参谋!"贺波说:"真的?"乔燕说:"这是我看见的最干净、整洁、优美的农家小院。我们回屋里说说吧!"贺波红着脸道:"你这么说,我感到太荣幸了!"

回到屋中,乔燕坐在贺波对面,问:"你是怎么想到栽藕、养鱼和种花这些的?"贺波将双肘支在桌上,捧着头,过了半天才说:"说来话长!我们部队有次搞演练,到了一个村庄,那村庄正搞新农村建设。村庄有许多穿斗木结构的老房子，看起来都十分破旧了，可人家没大拆大建，也没有集中建楼，只进行了局部改造。重要的是改厕、改水、建沼气，让生活污水一部分流入沼气池，一部分通过地埋式管道流到村庄四周灌溉土地，家家户户房前屋后栽花种草，村里又统一建了一个几十亩大的荷花池！你猜怎么样？那村原先是一个屙屎都不生蛆的穷村，这样一改造，吸引得周围几百里的人都去参观旅游。人家就趁机在老房子里办家庭旅馆，他们叫民宿。我们去演练时，家家住满了客人，户户都富得流油！当时我一看那村子，青瓦粉墙、吊脚楼、跑马廊、撑拱长檐，当地还有一首顺口溜，专门是说这房子的：'青瓦出檐长，穿斗白粉墙。悬崖伸吊脚，外挑跑马廊！'加上屋前屋后花草树木，人真是像在画里游一般！我就想，等我复了员，回去也把贺家湾改造得像这个样子！"

乔燕一直听得十分认真，这时忍不住打断了他的话："听说你爸爸一心想让你考大学，你怎么忽然想起去当兵了？"贺波又露出了几分不好意思的浅浅的微笑，过了一会儿才道："提起这事，真有点不好说出口。你不知道，我这个人从小好动，有些不安分，读初中时就迷上了看小说，尤其是打仗的小说，觉得当兵的真了不起！到了高中，数学成绩一塌糊涂，可不敢对我老汉说，老汉还指望着我考北大清华，给他争光呢！毕业这年，正好部队来学校征兵，我便报了名，等体检政审什么都通过后，才告诉老汉。老汉想阻挡我去，可这时木已成舟了！"说完又得意地笑了起来。乔燕又道："你答应到部队后考军校，怎么又没考呢？"贺波道："你看我是考军校的料吗？我要是能考军校，就参加高考了哟。那都是我哄我老汉开心的！"说到这儿又咧开嘴笑了笑。乔燕也笑了笑，又继续问："接下来你准备干什么？"贺波似乎早想好了："还能干什么？我老汉要赶我出去打工，可我搞都搞到这样子了，开弓没有回头箭，假若我就这个样子半途而废，人家才会看不起我！"说到这儿，他停下来望着乔燕，似乎在观察乔燕的反应。

看了一会儿，见乔燕笑眯眯地看着他，眼神含着鼓励和希望，贺波从喉咙里发出"咕咚"一声，吞了一口口水，才继续对乔燕说道："我现在想把这房子改造一下，可我老汉不答应……"听到这里，乔燕又饶有兴趣地看着他问："怎么改造？"贺波想了想，说："我讲不清楚，不如我画个图你看看！"一边说，一边进里屋找出了一张纸和一支笔，伏到桌子上画起来，一边画一边对乔燕说："我先画侧面，我们家的房子是上下两层，每层三开间，顶上虽然加了盖，却并没有像过去老房子那样把屋檐挑出来，仅仅是防屋顶漏雨！首先，我要把房顶的人字形屋架加宽，将屋檐加长成像过去那种撑拱长檐，在下面设计跑马转角廊……"

乔燕马上内行地看着他问:"人字形屋架加宽,屋檐加长,这个好办,可这墙,只有正面才有一米来宽的阳台,你怎么设计跑马转角廊?"贺波道:"你说得太对了!这房子两边山墙和后面都没有阳台,但我可以在这房子四面,再加几根柱子上去呀……"说着,便在示意图表上画了几根柱子通到一楼,然后对乔燕解释,"柱子我设计成工艺形,下窄上宽,逐渐起弧,又好看,又不占地方,然后在墙上凿一个洞,将一根水泥梁一头塞进墙洞里,一头搁在柱子上,梁上再搁上水泥板,水泥板边上安上木栏杆,一个跑马转角廊不就形成了!"乔燕不得不佩服,道:"是的,稍稍一动,这房子就有味道了!"贺波得到鼓励,又道:"这还不算,这山墙不是没有窗户吗?这顶上一层,我不但要开窗,还要开门,不然怎么能走到廊上来!"说着在图纸上画了门和窗,又在下面画了两扇窗户,继续对乔燕道,"所有门和窗,都不用现在的防盗门和铝合金,门是木门,窗也是百叶木窗,栏杆也用扶木,更重要的,我要把外墙所有的墙砖全部去掉……"乔燕道:"你把墙砖去掉了,用什么来装饰?"贺波道:"不用什么装饰!我们家这墙,本身就是用我们这儿的毛口灰砖砌成的,不要外面的墙砖,反倒显得古色古香!"又把纸翻过来,"刚才是侧面,现在我把正面示意图也画给你看看!"说着,好像这图在他心里早已画好,几笔就勾画出了一个大概,然后又对乔燕一一解释他要在哪儿安窗,哪儿造门,哪儿的墙用本地毛口灰砖加一点,哪儿还是保持原来的样子……

乔燕一边听他说,一边不断点头称是。等他说完,乔燕才道:"太好了!如果真按照你说的改造出来,不但有传统,也有现代的因素,是传统和现代的完美融合,加上周围的环境,我敢说,不但是贺家湾,就是全镇、全县也少找!"贺波眸子里闪出几点明亮的火星,接着便将浓黑的眉毛又垂了下来。乔燕忙问:"怎么了?"过了一会儿,贺波才神色有些黯然地说道:"可是我老汉不但不给我一分钱,听说我要改房子,就大骂我是败家子,说要是敢动房子一块砖,就敲碎我的脑袋!村里人还认为我在部队犯了错误,要不怎么连工也不敢出去打?我在部队里犯了什么错误?我还立了三等功的呢……"

说着,贺波突然把话打住,两眼一动不动地看着乔燕。乔燕被他看得有些不好意思了,便红了脸,问:"怎么不说了?"贺波叹了一口气,道:"人言可畏,弄得我心里很不好受,你能不能帮我消除村民对我的误解?"乔燕明白了他的意思,想了想便大包大揽地道:"没问题,等开村民大会时,我在会上讲一讲……"贺波急忙摇头:"你那样讲一点用也没有,别人还会说我们是一伙的!"乔燕忙问:"那又怎么办?"贺波张了张嘴,却又马上摇起头来:"算了,说了也是白说,也就不麻烦你了!"又道,"我想在村里发展点产业,可复员的一点钱,现在都花光了……"乔燕马上问:"想发展什么产业?"贺波道:"我想在尖子山办个生态养鸡场!"乔燕忙鼓励道:"你做的事都是对的,终究有一天,你爸爸和贺家湾的乡亲们会理解你的!"说完又停了一下,像在考虑什么,然后才道,"现在上面也在号召发展产业,不过我才来贺家湾,对整个村情都还不十分了解,也正愁不知该怎样打开局面呢!你真的想养生态鸡,我尽量努力,看能不能帮你想点办法……"贺波马上叫了起来:"真的?要是你能帮助我,那就太好了!"

乔燕没回答他,因为她心里确实没有把握,于是把话题转到一边道:"你妈打点滴,怎么还没回来?"贺波道:"肯定在贺春的诊所打麻将!"乔燕又吃了一惊,道:"你妈也打麻将?"贺波露出了不满意的神情,道:"不但打麻将,还是打麻将的大王!村里男人女人,只要是动得了的,谁不打麻将!"乔燕道:"既然这样,那我过去看看……"贺波道:"要不要我带你去?"乔燕指了指小婷,道:"小婷在给我当向导呢!耽误了你大半天,谢谢你给我上了生动的一课!"贺波道:"我这算什么课?你不要讽刺我了!"乔燕认真地看着他说:"我说的都发自肺腑,今天受益匪浅!"又问,"我们加个微信,好不好?"贺波急忙拿出手机,高兴地说:"我加你!"乔燕便让贺波扫了她的二维码,然后向贺波伸过手去。贺波愣了一会儿,才把自己的手伸到乔燕面前。

走到贺春的诊所,乔燕老远便看见大门上方一块不锈钢牌子:"贺家湾村卫生室"。乔燕想:"既然是村卫生室,为什么不设在村委会?"她带着满腹疑问走上台阶,一眼就看见几个人围在屋子中间一张桌子上,果然在打麻将,其中三个女人手上还打着吊针,药瓶就挂在桌子上方。一个男人四十五六岁年纪,个子不高,圆头大耳,一脸络腮胡,穿一件淡蓝色圆领短袖汗衫和一条宽大的方格短裤,脖子上挂着听诊器,乔燕估计他定是主人贺春。再一看那三个女人,其中一个就是王娇,还有个女人竟然和王娇长得一模一样。另一个妇人年纪在六十岁上下,身材有些干瘦,脸上布满了细密的皱纹,一件绿色加肥加大的长袖衬衣看起来像道袍一般。乔燕刚走到门口,那几个人便都看见了她,王娇急忙停下了手里的麻将,对乔燕道:"乔书记来了。"另三人也马上盯着她看。王娇便对他们道:"你们还不认识,她就是上面派到我们村里的第一书记!"说完又指了他们对乔燕介绍,"这是贺春,村里的医生。这是我姐姐王娟,这是程素静嫂子!"

乔燕正想说点什么，贺春和程素静急忙笑着对乔燕说："哦，原来是乔书记！"一边说，一边起身让座。乔燕笑着说："你们真可以评上'铁娘子'了！"王娇问："什么'铁娘子'？"乔燕说："打着吊针还打麻将，治病娱乐两不误，怎么不该评为'铁娘子'？"

几个人都笑了起来，笑完过后，贺春才对乔燕说："反正她们打着吊针也不能走，我就陪她们打几把，免得她们东家长、西家短地说些空话，传出去还影响村里的安定团结。"乔燕听了，想说："如此说来，这打麻将还该大力提倡哟？"可想到才第一次见面，便把这话打住了，目光顺着药橱看上去，只见上面墙壁上，挂着几面已经褪色的锦旗，写着"妙手回春""华佗再世"等，再看旁边的小字，却是送给贺万山的。乔燕便问贺春："贺万山是谁？"贺春立即道："是我老汉！"乔燕道："原来是子承父业，那你父亲现在在哪儿？"贺春道："年纪大了，把摊子交给了我，自己到贺世忠那儿打长牌去了！"

过了一会儿，乔燕才疑惑地问贺春："我看见大门上方挂着'贺家湾村卫生室'的牌子，既然是村卫生室，村委会里还有空屋子，却怎么把诊所开到家里呢？"贺春一听这话，瞥了瞥王娇，脸上露出了有些尴尬的神情，半天才说："反正都是看病，哪里都一样嘛！"乔燕见贺春遮遮掩掩的样子，猜出他肯定有什么不好明言，便不再追问，转移了话头问："她们得的是什么病？"贺春还没答，王娇便接了过去："拉肚子！"乔燕又看着王娟和程素静问："你们也是拉肚子？"王娟和程素静答："可不是！"说完，王娟还补充了一句："只要一拉肚子，都要到这儿打点滴！"乔燕又停了一会儿，突然问贺春："村上自来水取水点在哪儿？"贺春立即回答："自来水取水点在老房子下面那口山堰塘里面。"乔燕"哦"了一声，道："你们慢慢打牌吧，我先告辞了！"说罢站起身来要走。王娇道："不再坐一会儿了？"乔燕道："不坐了，我到别的地方看一看！"说罢对小婷挥了一下手，两人便往外走。贺春在后面喊了一声："慢走！"几个人大约要忙着打牌，也没谁动弹一下。

走出来，小婷便问乔燕："我们还要到哪儿？"乔燕道："你知道老房子下面那口山堰塘吗？"小婷马上回答说："我们经常到那塘里洗澡呢！"乔燕便道："啊，自来水取水点还经常去洗澡？好，你带我去看看！"小婷说："从那里回家很近！"说着就带乔燕往前走。

走了大约两里路，拐过一道弯，果然看见了下面山湾里窝着一口堰塘，三面翠竹环绕，唯有堤坝那一面光着，下面是水田。乔燕站在路边朝那堰塘看去，只见塘有三亩多大，波光粼粼，蓝天白云和周围翠竹都倒映水里。堰塘左面靠近竹林的地方，立着一口圆形水泥池子，上面封了顶，乔燕估计那便是村里自来水的取水塔了。正看着，忽见水面荡起了几圈圆圆的水纹，一圈又一圈地前面扩大，把倒映在水里的蓝天和周围的景物全打乱了。乔燕便问小婷："堰塘里有鱼吗？"小婷朝水里看了一会儿，对乔燕说道："有人洗衣服！"乔燕一惊，道："还有人在里面洗衣服？"小婷似乎觉得乔燕的话有点好笑，看了乔燕好一阵，才对她说："全湾人都把衣服背到这儿来洗呢！"乔燕过了一会儿才对小婷说："我们下去看看！"

走下去，果然见两个女人，一个三十来岁，穿一件粉色圆领短袖T恤；一个五十来岁，着一件碎花上衣，两人都把裤腿缩到大腿上，白皙肥胖的双脚泡在水里，正在水管处的石梯上使劲地捶打着衣服。一边捶打，一边在说着什么。

乔燕见两个女人只顾洗衣服，并没有看见她，便忍不住问："你们怎么在这里洗衣服呀？"两个女人这才抬起头，愣愣地看着乔燕。过了片刻，那个穿粉色圆领T恤的女人道："不在这里洗，在哪儿洗呀？"乔燕道："这里可是自来水的取水点呀！"女人马上伶牙俐齿地道："取水点不是离这儿远着吗？再说，取水点是另外的池子，河水不犯井水，怎么不能洗？"穿碎花上衣的女人也说："全湾人淘菜、洗衣服都在这里呢！这堰塘还是大集体时候修的，要没有这个堰塘，全村人还不知到哪里去洗衣服呢！"乔燕听了她们的话，还想说点什么，可想了想，却什么也没说，朝小婷使了一个眼色，两人便离开了。

走过堤坝，小婷才对乔燕说："我认识她们，年轻那个是梅英婶子，年纪大的是董秀莲奶奶！"乔燕听见也没吭声，她已经沉浸在了自己的心事中。

上午就这样结束了。下午，乔燕又去看了五户贫困户。晚上，她把这五户贫困户的情况记录完了以后，想去卫生间冲冲凉，刚把换洗的内衣找出来，放到桌子上的手机响了。她以为是姚姐打来的———整天她都盼着单位职工捐献旧衣服的消息呢！可一看，却是金蓉的。她急忙接通电话，还没等她说话，金蓉便在电话里急急地问："你在哪儿呀，燕儿？"乔燕道："在贺家湾呀！"金蓉又问："明天是周末，你回不回城呀？"乔燕叫了起来："啊，明天是周末了？你不说我还忘了呢！怎么？"金蓉道："群主姐姐提议，明晚上七姐妹在临江楼小聚，不准缺席！"乔燕忙问："有什么事……"金蓉没等乔燕说完，便用了指责的语气道："你忘了'切磋交流，华山论剑，取长补短，共同前进'的宗旨了？"不等乔燕回答，又关切地问，"'访贫问苦'进行得如何？"乔燕听金蓉这么问，心情一时又

51

不好受起来，便有些沉重地道："三姐别说了，我昨天上午看完一家贫困户，就悄悄哭了……"金蓉忙道："哦，哭了就好，说明你思想受到触动，我们当初也是这样！哭一两次行，可别小姑娘似的，随时都把眼泪挂在脸上，听见没？明天晚上姐姐们给你压压惊！"一听这话，乔燕又高兴了，立即说："我正不知道该怎样开展工作，群主姐姐召集的聚会真像及时雨，明天晚上你们每个人可都要给我出一个主意，不然就不配做姐姐了！"金蓉道："你想得美，怎么能一个人占便宜呀？就这样了，6点半，不见不散，记住没有？"乔燕道："请姐姐放心，小妹遵命！"金蓉听了，在电话里说了一声"明晚见"，便挂了电话。

第六章

乔燕到达城里时，正是下班高峰，她没有回家，而是把电动车径直骑到单位办公楼下的停车棚里。中午时，姚姐给她打来电话，旧衣服上午已经捐赠好，也已经打好了包，问她是单位送下来，还是她自己回来拿？乔燕一想起下午要回来参加聚会，便急忙道："姚姐，真是太感谢你了！正好我下午要回来一趟，明天我就顺便带下去吧！"所以她把车停在单位，明天来取衣服时，省得再骑着车在人流如织的大街上穿来穿去了。乔燕出来，在门口的小店里买了一瓶矿泉水，拧开盖，一边"咕咕"地往嘴里倒，一边往临江楼走去。

乔燕居住的县城虽然不大，却风景秀美，一条叫渠江的河流横穿其中，将城隔成了东区和西区两大块。东区地势平坦，土地肥沃，原来是国有菜场，近年来也成了水泥森林。因为是新区，规划自然比对岸的老区好，工业园区、火车站都建在东区，因此东区很有一点现代都市的味道。西区的建筑陈旧凌乱，街道狭窄，却因是老城区，政府机关、文化馆、图书馆、电影院，还有一座保存完好的文庙，都在西区，西区的几条小街小巷，也多少还保留着一些古旧的气息。因此，西区虽然不如东区那般摩登和现代，但文化气息却比东区浓厚。临江楼在老城区，下面就是滨河路，这儿地势很好，推开窗户，不但可以一览一江春水，还可以从东区的水泥森林的缝隙中望出去，远眺猫儿梁和狮子岩的一抹黛色，更可享受习习江风的清凉。乔燕和朋友曾在这里聚会过几次。

一走进临江楼的555包间，乔燕便看见张岚文、罗丹梅、郑萍、金蓉、周小莉几个围在桌子边，每个人面前一杯柠檬水，谈兴正浓。乔燕一见便叫了起来："我迟到了？"周小莉道："你还算有自知之明！"乔燕有些不服气道："还没到6

点半呢！"金蓉道："我说6点半，你就硬要等到那个时间？是不是公安局那个帅哥舍不得你走？"乔燕一听这话，马上嘟着嘴对罗丹梅道："她欺负人，群主姐姐还不撕她的嘴！我连家也没回呢！"罗丹梅忙道："好了好了，我等会儿打她，你喝什么茶？"乔燕道："也来杯柠檬水吧！"罗丹梅便朝外面喊了一声，又对乔燕说："吃饭的时间定的是7点，我们好摆龙门阵！"乔燕说："最好，再晚点都行！"说罢将桌子再扫一眼，便又叫道，"哦，亚琳妹妹还没来，还有迟到的嘛！"说着将肩上的包取下来往椅子上一放，坐下了。

等服务员把茶端上来后，张岚文才笑着对乔燕说："刚才大家还在说你'访贫问苦'的事呢！有什么感受？"乔燕马上收敛了脸上的笑容，道："大姐，那可是一言难尽！"郑萍道："你一句都没讲，怎么就一言难尽了？"乔燕便认真地看着大家说道："这么说吧，看第一家是震惊，看第二家是震撼……"周小莉道："怎么个震惊、震撼法？"

乔燕便把贺仁全、贺大卯家里的情况讲了讲，然后说："这还不令人震惊、震撼呀？"金蓉道："这贫困户嘛，一般情况下都是残疾病痛的多，家庭破裂的多，危房的多，欠债的多，这四多往往交织在一起，看来你没有走过场！"乔燕道："我怎么敢走过场？我真没想到农村还有这么多穷人呢！"张岚文道："要不国家为什么要开展精准扶贫？不补齐农村这个短板，现代化怎么能实现？"

刚说到这里，李亚琳走了进来，罗丹梅等人又嘻嘻哈哈地叫了起来："最后一个终于姗姗来迟，等会儿可得罚你喝一大盅！"李亚琳朝大家笑了笑，说："对不起，对不起，有事耽搁了，姐姐们可要手下留情！"乔燕道："那可不行，谁留情谁就帮她喝！"话刚说完，不由得叫了起来，"亚琳妹妹，你脸色怎么那么白？"众人一看，李亚琳的脸色果然十分苍白，两只眼圈也是黑黑的。乔燕又叫道："眼睛也变成了熊猫眼，是不是昨晚没睡觉，出去当小偷了？"张岚文也认真将李亚琳打量了一遍，然后问："亚琳，你是不是病了？"李亚琳忙说："没有哇，大姐！"说着，双手在脸上搓了搓，然后又看着众人说，"真的没有什么呀！"

众人见她不说，也就不再问，罗丹梅又回过头看着乔燕道："燕儿你吃了贫困户多少荷包蛋？"众人一听，也跟着起哄："对，老实交代！"乔燕一下愣了，有些像丈二和尚摸不着头脑地道："什么荷包蛋？"罗丹梅道："你到贫困户家入户调查，如果连一个荷包蛋都没吃，说明贫困户还没把你当作贴心人！"乔燕明白过来，想起在贺世银家吃醪糟蛋的事，便道："我吃过呢！"便把那天田秀娥奶奶"烧开水"的事说了一遍，然后才笑着道，"我还以为真的只是烧开水呢，没想到'开水'的内容这么丰富,干巴巴的一大碗,可吓死我了……"话还没完,众人捧腹大笑,道:"以后再听村民说给你烧'开水',你可要注意了!"乔燕道:"前车之覆,后车之鉴,我一定记住教训!"又有些不明白地问,"乡下人怎么这么爱吃鸡蛋?"罗丹梅道:"不是乡下人爱吃鸡蛋,而是他们的待客之道!"乔燕道:"为什么不可以拿其他东西待客呢?"罗丹梅还没回答,张岚文把话题接了过去:"你就不明白了!过去农民生活困难,还能拿出什么待客的?鸡蛋就是最好的待客之物,而且只有贵客来了才有资格享受。"罗丹梅跟着对乔燕说:"这里除了你和亚琳是生在城市、长在城市,不知苦为何物外,我们这些从农村长大的孩子,谁没受过苦……"话还没完,李亚琳便叫了起来:"谁说我没吃过苦?我爸妈二十年前就下了岗,我妈去给人做清洁,我爸晚上摆地摊,挣钱供我和妹妹读书,哪儿能和燕子姐姐相比,她才是落到福窝里的呢!"

乔燕听了这话,突然有些不好意思起来,又想起这两天在贺家湾看见的贫困户的情况,觉得自己以前的人生真的太幸运了!于是脱口而出:"我以前确实是落到福窝里了,可这次下乡扶贫,也许是我人生转折的开始……"张岚文她们几个像没想到似的,纷纷看着她问:"怎么开始?"乔燕想了一想,才十分认真地道:"刚才二姐和亚琳妹妹说得对,我过去真的不知道苦为何物,所以我才一直活得很乐观、很单纯!现在即使想像你们小时一样去吃一遍苦,也根本没可能!从现在开始,我可以尝试着去为穷人分担点什么,或尽量帮他们一点什么呀!"

听完她的话,大家却沉默了。乔燕不解地看着众人,不安地问:"我说错了?"半天,张岚文才说:"你不但没说错,而且也说出了我们心里的话!我们过去虽然或多或少吃过一些苦,可现在都已改变了命运,但只要我们深入贫困户家里了解了他们的生活状况,我们都会产生你刚才那种想法!"又看着大家问,"你们说是不是?"众人便齐声道:"怎么不是,说得好呢!"张岚文道:"既然说得好,大家为什么不鼓掌呢?"众人果然就"噼噼啪啪"地鼓起掌来。这一来,倒弄得乔燕脸红了,急忙说:"你们快别给我上粉了!"说罢,站起身来,先朝众人打了一躬,然后才真诚地道:"各位姐姐,我是赶着鸭子上架,感觉贺家湾的工作千头万绪,却不知道该从哪里下手?你们都比我早下去,现在给我出出主意,我该怎样打开局面?"

周小莉听了这话,玩笑道:"你还没交学费,我们为什么要白给你当老师?"乔燕道:"那我交学费就是!"郑萍道:"怎么交?"乔燕道:"我等会儿买单!"周小莉道:"今晚上有人买单了!"乔燕道:"那我下次嘛!"罗丹梅道:"这个态度还算端正！不过，你还没把贺家湾的情况告诉我们，我们怎么给你出主意？"

乔燕就把这几天在贺家湾所看见和经历的事，除了前面已经说过的贺仁全、贺大卯两家贫困户的情况，都一一告诉了大家。话刚说完，张岚文便叫起来："什么，你去了这么多天，村上的支部书记还没有主动给你介绍过村上的情况？"乔燕道："我这次去了后，就跟他说开一个村两委干部会，和大家见见面，可他叫我先熟悉一下村情……"张岚文打断了她的话："这可有点儿不正常！一般来讲，村支部书记应该在第一时间向你介绍村上的情况！"金蓉道："就是！我一到村上，支部书记和村委会主任就主动给我介绍村上的情况了！"郑萍、周小莉、李亚琳也道："我们也是！"罗丹梅道："下去都这么几天了，只让你去瞎子摸象，是不是想把你晾在一边哟？"张岚文道："总的来说，我们这些第一书记下去，大多数村支部书记都很欢迎，可也有少数心胸狭隘的支部书记，认为第一书记是去夺他们权，所以就不配合、不支持第一书记的工作。你们那个贺支书，恐怕也是这样的人！"

乔燕听她们这么一说，又认真想了一想，感觉贺端阳确实有这个苗头，便问："那现在我该怎么办？"张岚文道："你是组织用红头文件派下去的第一书记，要像俗话说的，两只公鸡打架——各自雄起！他不主动给你汇报，你便正儿八经通知他，说我需要了解村里的情况，你来给我介绍一下！他不召开村干部会，你就对他说：某日某时我要召开一个什么会，请你通知参会的人！他要不听，你先找他严肃地谈一次话。他要再不配合，你应该主动给镇上汇报，实在不行，你还可以请求镇上换人！"众人也都七嘴八舌附和。郑萍道："就是，要不你怎么开展工作！"罗丹梅道："别说开展工作，恐怕你在村上连脚都没法扎下去！"周小莉道："说到换人，我倒想起我们村上一件事。我刚到村上不久，就听村民议论村上低保评得不准。我通过调查，发现确实有问题，恰好当时乡上喊村上报低保人数，我就召集村两委会干部开会，一家一家比对，然后再经过大家一起表决，确定了六户人家为享受低保的对象向村民公示。第二天，我妈生病住进了医院，我请了几天假回去照顾我妈。可是等我回到村上时，有村民拦住我问：'你们干部开会说是只有六户吃低保，怎么现在变成了七户？'我说：'不可能！'他说：'不可能？你去看看公示！'我回到村办公室一看，墙上的公示上真的多了一户。我急忙把村上干部都招到村办公室来，盯着他们问是怎么回事。村书记和村主任都不回答，最后村文书才说是他做资料时，把他一个亲戚加上去了。我一听，这还了得？一个村文书做个资料，想把谁加上就加上，怪不得这个村的群众过去对干部意见这么大！于是我想把村文书换掉。可村支书是村文书的堂兄，坚决不同意换，说这只是一个小小的工作失误，我说，这还是小事呀？于是我去对镇委书记说了自己的想法。我说：'这个村的干部以前都是各吹各的号，阳奉阴违的问题太深了，治沉疴需要下猛药，不把村文书拿下来，达不到杀鸡吓猴的作用！'镇委书记支持我，终于把那个村文书拿了下来。就这么一下，我告诉你，现在不管是村支书还是村主任，都不敢阳奉阴违了！"

乔燕听了张岚文和周小莉的话，深受鼓励和启发，便道："好的，我回去就这么办！"又问，"除了找贺端阳谈话和召开村干部会外，我还该做一件什么样的具体工作来打开局面，取得村民的信任呢？"众人听了这话互相看了看，张岚文道："你刚才说村里环境很差，我倒觉得你可以从整治村里环境卫生入手！"一句话像是提醒了大家，罗丹梅也说："我觉得大姐说得很对！前两天联系我们片区扶贫工作的程常委来镇上检查工作，他给我们透露了一个消息，说过去我们确定贫困户的工作很不规范，存在许多错报、漏报的情况。现在上面正在制定一些新的标准和政策，说要回头看，按照严格的标准把真正的贫困户评选出来，这样才体现'精准'两个字。重新确定的贫困户还要建档立卡，进入全国的大数据库。趁这个工作还没开展前，将村里的环境卫生整治好，也算给村民办了一件实事！"一句话触动了乔燕的心思，便道："我也有这个想法，可要是贺支书不支持怎么办？"张岚文道："你不是说村里很多人拉肚子吗？"乔燕道："可不是，我怀疑是村里自来水出了问题！"张岚文道："那你就这样跟你们那个贺支书说呀！"乔燕又道："要是他不相信呢？"李亚琳道："燕子姐姐，县上不是有防疫站吗？你把自来水拿到防疫站化验一下，如果真是自来水有问题，人命关天，那个姓贺的敢置人命不顾吗……"一听这话，乔燕马上高兴得跳了起来："太好了！我有个高中同学正好在县防疫站工作呢！"一边又连连对众人打拱道，"今晚上真是听君一席话，胜读十年书，受益匪浅呢！"金蓉笑道："你冒什么酸水？还有纸上得来终觉浅，绝知此事要躬行呢！"李亚琳道："还有人在事中迷，就怕没人提呢！"罗丹梅道："都不好，不如干脆说听君一席话，从此不读书呢！"众人听后又哈哈大笑起来。

吃罢饭，乔燕抓起自己的包说："谢各位对我的帮助，我去买单……"正要走，周小莉一把拉住了她，道："刚才我就说了，今晚上有人买单了，你下次吧？"乔燕看着众人问："谁买单了？"周小莉道："今天是群主姐姐生日，她请客，钱早压在吧台上了！"众人一听这话，又纷纷看着罗丹梅道："怎么不早说啊,害怕我们买不起蛋糕呀?"罗丹梅道:"都这么大的人了,还吃什么蛋糕?我就是想和大家聚一下呢!"张岚文道:"这样也好,反正每人都有一个生日,我们再立一个规矩,谁生日谁请客!"众人一听这话,都拍手叫好。然后几个人又坐下来说了一会儿工作中的酸甜苦辣,又相互鼓励和出主意,一直到服务员开始打扫清洁了,这才散去。

  第二天,姚姐早就在单位等着了,因为乔燕在吃早饭时,就给姚姐打了电话。令乔燕没想到的是,她以为衣服只有一包,到了单位一看,却有满满的三大口袋,不由得叫了起来:"这么多呀?"姚姐道:"你用什么运回去?"乔燕道:"我有电动车!"姚姐道:"电动车怎么装走?要不你等一等,上班后我请示一下领导,能不能派辆车送你回去……"乔燕忙道:"不用了,姚姐,我能想办法!我电动车的后座上绑一只,两边再各绑一只,三只口袋不就运走了!"姚姐道:"那太危险了!"乔燕道:"没事,姚姐,我车技好着呢!"姚姐不再说什么,帮乔燕把口袋搬到楼下车棚。乔燕去单位对面的杂货店买了几根尼龙绳,将口袋牢牢地绑在了电动车上。最后姚姐从自己办公室提下来一个鼓鼓囊囊的购物袋,对她说:"我给那个……叫贺大什么……"乔燕立即道:"贺大卯!"姚姐道:"对,他家里那个小姑娘买了两件衣服,一件冬天的,一件夏天的!这里面还有一件T恤,是我上半年才买的,可买来后我又嫌它太老气了,一次也没穿过就挂到衣柜里,你给贺大卯那个女人,我估摸她能穿!"乔燕心里一阵感动,接过衣服,顽皮地叫了起来:"请接受我代他一家给大善人行礼!"说着向姚姐深深地鞠了一躬。姚姐在乔燕肩上拍了一下,嗔道:"都快嫁人了,还不正经!"乔燕没回答,只朝姚姐做了一个鬼脸,将购物袋绑到后座的口袋上,然后将电动车推出车棚,一蹁脚跨上去,回头对姚姐道了一声"再见",小小的电动车便像托着一座小山,"突突"地往大门外驶去了。

  到了村委会,乔燕将口袋从电动车上解下来搬到了自己屋子里,将里面的衣服倒在床上,见所有的衣服果真全是八九成新,有的甚至还是全新的。她挑选了几件适合贺大卯、曹彩霞和贺兰穿的,连同姚姐给她的购物袋,重新装在一只口袋里,提着下楼来便朝贺大卯家去了。到了那个叫麻地角的半山腰的小屋子前,乔燕一下惊住了。原来,那个小院子中的杂草全被铲光了,铲出的杂草就堆在院子外边,整个院子变得既干净又平整,给她一种焕然一新的感觉。

  乔燕在院子里站了一会儿,才向屋子里走去。到阶沿上,就看见屋子里那些被女人抠得坑坑洼洼的墙也用泥土抹平了，此时还潮乎乎的，泛着新鲜泥土的淡淡的腥味儿。乔燕不由得高兴起来，觉得这家人像是突然有了生气，于是大声喊了起来："大叔……"叫声刚落，从屋子里跑出了贺兰。小姑娘露出了又惊又喜的表情，却又在几步远的地方呆呆地看着她，一副不知该怎么办的样子。乔燕忙问："你爸爸妈妈呢？"小姑娘嘴唇动了动，没发出声音。乔燕正想走过去，小姑娘却嗖地从她身边跑过，眨眼就从屋角消失了。

没一时，这一家三口便从屋子后面转了出来。贺大卯一见她，又像上次一样，一边比画一边"哇哇"地说着什么。等他们走进了屋子里，乔燕才对贺大卯问："大叔，你在干什么？"贺大卯又连比带画地说了几句，乔燕一点也没弄明白，便把目光移到曹彩霞身上，曹彩霞像是压根儿不记得了她一样，仍是满脸漠然，没有一丝表情。乔燕又把目光落到女人身边的小姑娘身上，问她："贺兰，你爸爸说的什么？"小姑娘此时虽然仍有些害羞和胆怯的样子，但还是回答了乔燕的话："爸爸说，他在挖地。"乔燕"哦"了一声，又回头看着贺大卯道："这院子的杂草都是你铲的吧？这墙也是你重新糊的吧？"贺大卯急忙点了点头，却又指着贺兰说了两句什么。乔燕明白了，便又问贺兰："你和爸爸一起干的，是不是？"贺兰没回答，却红了脸，那儿贺大卯又急忙"哇哇"地点头。

乔燕心里又酸酸地涌起一种说不出味道的滋味来，便对贺兰招了招手，道："贺兰，到姑姑这里来！"小姑娘犹豫了一下，没动。乔燕又说了一遍，小姑娘这才迟迟疑疑地走了过来。乔燕一把将她揽在了怀里，抚摸着她的头说："好样的，孩子，你看姑姑给你带什么来了？"说罢松开她，拿过口袋，先掏出姚姐给她的购物袋，取出衣服对她说，"这是城里一个阿姨给你买的新衣服，你看喜不喜欢？"一边说，一边撕开了包装。这时乔燕才看清，姚姐给小姑娘买的夏装是一件靛蓝色的翻领牛仔连衣裙，冬装是一件韩版样式的两面穿毛绒宽松外套。她将衣服抖开，一边在小姑娘身上比着，一边又对她说："你看看，这个阿姨可真会买衣服！这件连衣裙虽然颜色不怎么鲜艳，却既耐脏，又耐穿，可比小婷那件裙子实惠呢！还有，那个阿姨知道你妈妈不会洗衣服，所以给你买的这件外套是两面穿的，就省得经常洗了！哦，好像宽松了一点，不过不要紧，等你明年穿就合适了呢！"一边说，一边拿眼去看小姑娘。小姑娘脸上虽然还挂着扭捏的神情，一双大眼睛却熠熠放光，仿佛夜晚天空两颗明亮的星星。乔燕把衣服塞到她怀里，对她说："穿上给姑姑看看！"小姑娘先有些犹豫，过了一会儿，便抱着衣服进里屋去了。

乔燕又抖开姚姐送曹彩霞那件纯毛的长袖圆领湖绿色 T 恤，对贺大卯说："大叔，这是我们单位姚姐送给大婶的，这 T 恤一次也没穿过，还是新的，你看大婶能不能穿？"贺大卯一张大嘴咧开，露出两排发黄的牙齿，嘴角的皱纹括号似的一圈一圈荡着，一边"哇哇"地叫，一边伸开满是老茧的大手把衣服接了过去。正要离开，乔燕又突然喊住了他："慢，大叔！"说着把口袋里的衣服拿出来，一一摊到桌上，然后才对他说，"大叔，这都是我们单位的同事给你捐的，虽是穿过的，却也不算太旧，我给你们挑了一些来，冬夏的都有，你和大婶还有贺兰都试一试，不能穿的我再换！"那贺大卯的眼睛更圆圆得像是一轮满月，再次高兴地冲乔燕叫了几声，拉着曹彩霞走了。

过了一会儿，贺兰穿着那件牛仔连衣裙出来了。她一边走，一边朝自己身上看，有些不好意思似的。乔燕一看，裙子穿在小姑娘身上，显出了几分清新自然和活泼的气质，便夸道："小兰穿上这身衣服，像个小仙女了！"一句话说得小姑娘红了脸。乔燕还想说点什么，贺大卯两口儿也从里屋走了出来。贺大卯穿的是一件浅黄色的条纹衬衣和一条深蓝色裤子，曹彩霞上面穿的正是姚姐送她的那件湖绿色 T 恤，下面是一条略微显瘦的茶绿色休闲裤。贺大卯脸上也挂着不太自然的神情，冲着乔燕"嘿嘿"地笑。乔燕见了，不但觉得这家子今天格外精神，而且连屋子里也似乎明亮了许多，心里一动，便叫道："大叔，你们站拢一些，我再给你们拍张全家福！"贺大卯一听，急忙又去把曹彩霞拉到身边，乔燕让贺兰站到了父母前面，然后掏出手机，又给这一家人拍下了一张照片。

拍完后，乔燕才问贺大卯："大叔，那些衣服合不合身？"贺大卯急忙点头，一边"哇哇"地比画。乔燕懂了贺大卯的意思，便道："大叔，能穿就好！你们忙，我就走了……"话还没完，贺大卯却一下跳过来挡在了她前面，又是比画又是说。乔燕又茫然地看着贺兰。小姑娘这时比刚才大胆多了，便对乔燕道："我爸爸说你要喝了开水才准走！"乔燕马上想起昨晚上大家说的吃荷包蛋的事，不由得笑了，便对小姑娘说："给你爸爸说，我还有事，开水就不喝了！"小姑娘说："爸爸说不行，你一定要喝了开水才能走！"乔燕一听有些急了，便对贺大卯撒谎道："大叔，我下次专门来喝你的开水，贺端阳书记还在村办公室等我，真的有重要事情呢！"说着，趁贺大卯没回过神，便从他身边一下跑过，冲到了院子里，急得贺大卯在后面"哇哇"直叫。

直跑到下面的小路上，再听不见贺大卯的声音，乔燕才放慢了脚步。可这时却听见后面传来"踢踏踢踏"的脚步声，乔燕急忙回头一看，原来是贺兰跟在她身后。乔燕忙站住问:"你来干什么?"小姑娘来到她面前,突然对她鞠了一躬,然后涨红着脸说:"谢谢姑姑!"乔燕一惊,看着她问:"你来就是为了对我说一句'谢谢'?"小姑娘像是被乔燕问住了,抬起头愣愣地看了乔燕一会儿,再次弯了弯腰,把刚才的话重复了一遍。乔燕的眼角突然湿润起来,又情不自禁地把小姑娘揽在怀里,抚摸着她的头说:"不用谢,这都是姑姑该做的!贺兰,你的头发有味儿了,回去洗一洗,啊!"贺兰听了这话,急忙从乔燕怀里挣脱出来,又退开了两步,然后才红着脸对她"嗯"了一声。乔燕见她发窘的样子,又问:"家里有洗头的没有?"贺兰道:"我们有洗衣粉……"乔燕忙道:"洗衣粉洗头怎么行?"贺兰道:"我和我妈都是用洗衣粉……"乔燕没等她说完,又道:"记住,洗衣粉会对头皮有损伤,下次姑姑给你带瓶洗发液来!"贺兰听了这话,脸上又浮现出天真和愉快的笑容。乔燕道:"回去吧,姑姑过几天再来看你!"贺兰又"嗯"了一声,却站着没动。乔燕道:"你不走,姑姑可走了!"说着就真的往前走。走了很远,乔燕都不敢回头——她知道贺兰肯定还站在那里,她没有勇气再去直视小姑娘那对充满感激的眸子。

回到村委会,乔燕把床上的衣服又装进口袋里,决定等全村贫困户走访调查完毕后,再把它们分发给确实需要的人家。然后便坐在桌子前,打开笔记本,开始思索起自己在下午会议上的讲话来。昨天得到姐妹们的鼓励后,晚上回到家里,乔燕果然给贺端阳打了一个电话,用了坚定不移的口吻告诉他自己决定今天下午开一个村两委扩大会,请他通知参会的人员。不知是因她语气坚定还是其他什么缘故,贺端阳没反对。虽然还不知道贺端阳和村两委干部对自己究竟是什么态度,但第一次亮相,给大家留下一个什么样的印象至关重要,所以她一定要精心做好会议准备。于是她一边思考,一边在本子上把发言提纲记了下来。

乔燕以为下午的村组干部会一定会开得很顺利,因为这是她第一次以第一书记的身份主持召开村两委会,大家总不至于连这点面子都不给她。可令她没想到的是,不说别人,就是贺端阳,离规定的开会时间过了半个多小时,才慢吞吞地赶来。贺端阳穿了一件浅蓝色的休闲T恤,最上面的两颗纽扣没扣,胳肢窝里夹着一只黑色的公文包。一走进会议室,便跑到吊扇底下,解开T恤的两颗扣子,让风直接吹到皮肤上。吹了一阵才对乔燕说:"对不起,有事回来晚了点儿。"

乔燕想问他是什么事耽误了,可想了想没问,只道:"你给大家说清楚了3点开会吧?"贺端阳道:"你别着急,农民不像你们机关干部,说什么时候开会就什么时候到……"说话时，开会的人陆续来了，来一个，贺端阳给乔燕介绍一个：村委会副主任贺文，村会计兼文书贺通良，综合干部郑全智，妇女主任张芳，一组组长贺庆，二组组长贺贤明，三组组长贺兴平，四组组长贺兴伟，郑家塝组组长郑泽龙。乔燕这才知道，所谓村两委会，实际上也是一委会，除了贺端阳是村支书和村主任一肩挑，村委会副主任贺文也是村支部副书记，村会计兼文书的贺通良、妇女主任张芳和综合干部郑全智也都是支部委员。几个村民小组长，又都是各组的党小组组长。在和张芳握手时，乔燕便扯着她的衣服看，道："张姐这件衣服真好看，是蕾丝的，还是雪纺的？"张芳道："我也不知道是什么料子的，昨年瞎买的！"乔燕马上做出吃惊的样子："我还以为是今年才出来的新款呢！"又补充一句，"张姐你真会打扮！"张芳红了一下脸："乔书记别夸我了，农村人知道什么打扮。"乔燕道："我说的是真话。"

闲话了一会儿，大家各自找位置坐下，会议便开始了。贺端阳开宗明义，先对大家道："今天我们这个会，目的大家已经知道了。那就是上级给我们村派来了扶贫的第一书记，今天大家见见面，认识认识。乔书记还要就当前工作，给我们讲些重要意见！在乔书记没讲之前，我先汇报一下贺家湾村的大致情况！"说罢，从旁边的黑提包里拿出一个本子，翻开，开始念了起来，无非是村里一共有多少土地，多少森林，多少人口，有多少人在外面打工，留在家里的又有多少人，全村一共有多少贫困户，等等。讲完，又对大家说，"下面我们以热烈的掌声欢迎乔书记给我们做重要讲话，大家可要认认真真地听啊！"说完便将两只手举起来，做出欢迎的示范样子。众人果然"噼噼啪啪"地鼓了一阵掌。

乔燕急忙站起来朝众人鞠了一个躬，不卑不亢地说了一声"谢谢"，坐下来便按照上午想好的，对大家娓娓地道了起来。她讲得十分真诚，没有套话大话，一副掏肝掏肺的样子："各位叔叔伯伯你们好！我叫乔燕，出生在县城，从小父母和爷爷奶奶宠我，从小学到大学，再到参加工作，一路顺当。也正因为这样，我的人生经历十分简单。这次来贺家湾村担任第一书记，并不是组织上强迫我来的，而是原来在你们村担任驻村干部的张青股长对我说：贺家湾风光好，山清水秀，可美着呢，你下去就当旅游！我以为真是这样，于是我就答应替代张青股长，来贺家湾做这个第一书记了……"

说到这儿，乔燕不由得笑了笑，众人一见，一张张黧黑的面孔也跟着绽放出了笑容。乔燕接着说："第一天当我骑着电动车往贺家湾来的时候，看见公路两边郁郁葱葱的树木，秀丽逶迤的山峦，整整齐齐的村庄，还有头顶上鸟儿的叫声,我当时心里就想:贺家湾村是不是也这样美丽呀……"说到这儿,她突然把话打住了。原来,她正想说出那天看见的村庄环境之差的话来,一见大家的目光都在专注地看着她,听得十分认真,于是稍稍停顿了一下,话锋一转又说道:"可是当我真正沉到贺家湾,尤其是走访了十多家贫困户的时候,我才深深知道肩上的责任有多大!不瞒在座的爷爷叔叔伯伯说,这几天我心里的压力特别大,白天晚上都在想着贺家湾扶贫的事,一点欣赏风景的心情也没有了……"说着,她又自嘲地笑了笑,然后道,"我希望爷爷叔叔伯伯们多帮助我,我给大家鞠躬了!"说罢站起来,给大家深深鞠了一躬。没想到还没等她鞠完,会场上就响起来了一片掌声,乔燕听得出来,这掌声是真诚和热烈的。

乔燕见自己的开场白赢得了大家的信任和尊重,信心更足了。接着她向大家表了态,除了虚心向大家学习,以身作则做好表率外,还着重讲了一定按照上级对第一书记的要求,做好贺家湾村的党建统筹员、村情调研员、政策宣讲员、项目协调员、群众办事员,不打赢这场脱贫攻坚战,她绝不回去!讲完,大家再次给了她热烈的掌声。

接着,乔燕把话题转到了脱贫攻坚上。可她还没把贺家湾前阶段脱贫攻坚方面存在的问题说完,便看见贺端阳一张脸沉了下来。乔燕知道自己的话,惹得他不高兴了。她原想继续说下去,可又一想,自己刚来,就完全否定了人家原来的工作,是不是有点不给人面子?这样一想,便打住没有说完的话,道:"当然,上面我说的情况,并不只是贺家湾一时一地才有,全国各地都存在,是一个普遍现象。要不,党中央为什么要做出'回头看'的决定,重新制定一些新的标准和政策呢?"说完,就把昨天晚上罗丹梅告诉她的消息,透露给了大家。说完,她才看见贺端阳的脸色又慢慢好转过来。

乔燕决定这个话题就此打住,便道:"贺家湾村如何打赢这场脱贫攻坚战,以后如何发展,需要大家群策群力。等过了这段时间,我们再坐下认真讨论!趁现在上面脱贫攻坚政策还没明朗以前,我想讲眼下一件非常重要的、刻不容缓的大事……"她这么一说,众人都把身子坐直了,脸上也带着一种严肃认真的表情望着她。乔燕稍稍停了一下,目光又扫过会场,才接着道:"是一件什么重要的事情呢?便是整治村里的环境卫生……"

一语未了,大家忽然"扑哧"笑了起来,连贺端阳都定定地看着她。乔燕正想解释,贺通良像是开玩笑似的说道:"乔书记,刚才我尖起耳朵听,还以为你宣布上级给我们村多少扶贫资金呢!"众人也笑着说:"就是,我们以为县上给我们村的钱太多，你一个人搬不动，要我们大家一齐去搬呢！"乔燕一听这话，窘得涨红了脸，说："上级给我们村多少扶贫资金，这些资金怎么用，都有严格的规定，大家放心！可扶贫也不是光等着上级的资金和项目，扶贫有物质的，也有精神的，我觉得，治理好环境卫生也是扶贫……"众人又交头接耳地议论起来，这次是郑家塝组长郑泽龙问乔燕："乔书记，把环境卫生打扫干净了，村民就能富起来？"乔燕道："把环境卫生整治好了，虽然不能立即让村民富起来，可养成了好习惯，形成了好观念，才能从根本上拔穷根不是？再说，大家把环境打扫干净了，就会少生病，身体是致富的基础，怎么不能致富？"众人不再吭声了。乔燕还想进一步讲讲环境整治的重要性，忽听得张芳说："说实话，我们村里的环境也确实太差了，到处都是垃圾，一些人不但图方便把庄稼秸秆推到水沟里，还把死耗子、死鸡、死鸭扔到里面，泡得白翻翻的，看着都想发呕！"听了这话，乔燕立即朝张芳赞许地点了点头，然后道："可不是这样！我第一天进村，看见贺家湾这个环境，真有种想吐的感觉！"说完，向贺端阳瞥了一眼。贺端阳见乔燕看他，便道："乔书记说的这事，确实非常重要，大家就讨论讨论吧……"

　　贺端阳的话刚完，众人还没来得及开口，第二村民小组组长贺贤明口袋里的老年手机突然尖锐地响了起来，声音之大，仿佛一只高音喇叭，叫得有些声嘶力竭。

　　乔燕吓了一跳，众人却是熟视无睹的样子，也没出声，只是默默地望着贺贤明。贺贤明不慌不忙地从口袋里掏出手机，先看了一眼，按了一下接听键，也不管屋子里有人没有，便冲着电话大喊大叫了起来："你个×婆娘，你吃多了，去管啥子闲事，咸吃萝卜淡操心，啊？你敢走！看我回来不捶死你个×婆娘！"乔燕听他说话，不但粗俗不堪，而且恶狠狠的，便沉下了脸道："你骂谁？"贺贤明见乔燕问，这才关了手机，然后若无其事地道："骂我家里那个婆娘呗！"乔燕道："你为什么要骂她？"贺贤明道："乔书记你才从城里来不晓得，我屋里那个瓜婆娘就是爱管闲事！她娘屋里嫂子和儿媳妇打了架，这个瓜婆娘要去帮她嫂子的忙，问她儿媳妇的罪。俗话说清官难断家务事，你说说，她一个女流之辈，能去断什么理？"乔燕一下明白了，想批评他几句，又忍住了，过了一会儿才对众人道："我这里强调一下，下次开会的时候，希望大家把手机关了！即使不关，也要调成静音，实在要接电话，也请到外面去接！还有，希望大家不抽烟，或者尽量少抽！你们看看，这才好长时间，烟头都扔了一地！还有，大家也不要随地吐痰，也不要交头接耳开小会，还要记笔记！你们自己检查一下，今天有几个人记了笔记的？你们回去怎么给村民传达会议精神？"她这么一说，众人便互相看看，沉默起来。

乔燕停了一会儿，才接了贺端阳刚才的话道："贺书记刚才说了，让大家讨论讨论，大家就畅所欲言，充分发表意见吧！"过了一会儿，贺通良打破了沉默说："要说我们村里的环境，整是该整治，可钱从哪里来？"众人听了这话，也纷纷跟着贺通良问："就是，就是，没有钱怎么整治？"乔燕道："自己的事情，还要什么钱？"众人一听都笑了起来，道："现在没钱还有谁给你办事？"乔燕有些糊涂了，便又看着贺端阳，道："贺书记怎么说？"贺端阳想了一会儿才道："这事呢，乔书记说得完全正确，村里的环境确实应该得到整治，可众人的话也有道理，经济是基础，现在办什么事情都需要钱，我看这事情先搁一搁，以后上面有资金下来了，我们再抓紧办就是，大家说行不行？"乔燕还想说什么，却听见众人都道："对，反正这么多年都过去了，也不在这一时！"乔燕只好把跑到嘴边的话给咽回去了。贺端阳说了这话后，又看着乔燕道："乔书记还有什么？"乔燕看得出来，众人压根不想整治，她再坚持下去，也不会取得什么好的结果。她便不再坚持，尽管心里不快，还是对贺端阳说："没有了！"贺端阳道："那就散会了？"乔燕道："散吧。"贺端阳便对众人说："今天的见面会就开到这里，以后大家要多支持乔书记的工作！"说完就宣布散会。

众人来得慢，走得却快，一听散会，立即起身便往外走。乔燕看见贺端阳也要走，便喊住他道："贺书记请留步！"贺端阳站住了，回头对乔燕笑着问："乔书记还有什么事？"乔燕说："你坐吧！"贺端阳便坐下来看着乔燕。乔燕过了一会儿才对他说："听你刚才给我介绍，村里班子成员，除了你和张芳主任外，其余都是六十多七十岁的人，一屋的老头子，是不是年龄都偏大了点？"贺端阳哈哈地大笑起来，道："我也知道他们年纪偏大，但你从哪儿去找年轻的？别看他们年纪大，在我看来，还是农村的中坚力量呢！"乔燕问："七老八十的了，还是中坚力量？"贺端阳道："怎么不是中坚力量？在他们这个年龄，人生中的大事也完成了，到外面去闯荡，一是已没那份力气，二是老板也不会要他们，他们只好安心在自己那点土地上，最多再照看一下孙子，你说他们不是农村的中坚力量，还有谁是？"

一听这话，乔燕觉得有理。贺端阳见乔燕沉默了，又道："你今天下午不该提整治环境的事。"乔燕说："我认为这是村里当前的大事！"贺端阳道："这是多年积存下来的问题，你以为村里没有整治过？但整治了也管不到几天，又死灰复燃了！我以为今天开会，你只讲扶贫方面的事，没想到你要讲这个，早知道，我就会提醒你最好别讲！"乔燕仍有些不服气，说："贺书记，这不是小事！村里这么多人闹肚子，我觉得跟环境卫生差有直接关系！不治理，说不定会出大问题！"贺端阳见乔燕神情严肃，便问："出什么大问题？"乔燕想告诉他自己的怀疑，但一想现在没拿到证据，便道："什么大问题我现在还说不定，但我有这么一个不祥的感觉。我建议再开一个村民大会，让大家讨论讨论！"贺端阳做出了为难的样子："你都看见了，干部会都没统一认识，村民大会更是会像麻雀打破了蛋，吵一番就完事！再说，现在叫村民来开会，开口就会向你要钱……"乔燕一听这话，露出了不相信的神色，道："真的？"贺端阳道："不但村民开会会向你要钱，就是党员开会，也会向你要钱，不然他就不来！"乔燕沉思了半晌，才对贺端阳道："我还是第一次听说开村民会和党员会都要钱！但不管怎么说，我们总不能不开会吧？"贺端阳听了这话，又想了一会儿才说："你是第一书记，你说开就开吧，我听你的！"乔燕说："你真听我的？"贺端阳说："难道你还怀疑我说话不算数？"乔燕道："那好，我们说一不二！"说完，主动把手向贺端阳伸了过去。

　　贺端阳和乔燕握了手，夹着皮包又要走。乔燕再次喊住他："贺书记，我还要请教你一件事！"贺端阳不得已又坐了下来，目光定定地看着乔燕。乔燕便道："我想问问贺大卯，他的名字是叫贺大卯吧？"贺端阳道："是呀！"乔燕便翻开《贺家湾村贫困户信息资料登记册》，道："那怎么又变成了现在这个名字？还有贺世银大爷的名字也变成了贺世根，这是怎么回事？"一听这话，贺端阳的神情一下松了下来，道："你要问这个，说来话就长了！我告诉你，不但他两个，贺家湾许多人的名字，土地承包证上写的是这个字，林业证上写的是那个字，户口簿上又是另一个字！比如贺世银那个世吧，本来是他的辈分排行，应该是世界的'世'，可有时写成战士的'士'的，有时又写成仕途的'仕'的，有时还写成一二三四的'四'，反正叫得答应就行！"乔燕糊涂了，又问："怎么会这样？"贺端阳便笑了起来，道："你就不知道了！过去农村填个表写个证明什么的，都是用手写，遇到一个文化高点的人，字就写得工整正规一些，错误就少。遇到一个文化不高的人，怎么好写、怎么简单就怎么来，所以就出现了这样的问题！"乔燕紧皱起眉头说："这样前后不一，不但会给当事人带来生活上的不便，也会给社会管理带来一些麻烦，怎么没人管呢？"贺端阳摊了摊手："我也没法，只能将错就错！你不是问贺大卯吗？那我告诉你。贺大卯是卯时出生的，他父母也没啥文化，随口就给取了一个大卵的名。说起他，也确实可怜。他原本不哑，四岁那年生病，被公社卫生院的针给打哑了！哑了后，也没上学，三十多岁才娶了现在这个智障老婆。那年国家开始办身份证，挨家挨户登记人口，我们村是老会计贺劲松登记的。身份证办下来，他不识字，又是个哑巴，也不出门，便一直夹到一本书里。前几年，他见别人用摩托车拉客赚钱，也想买一辆来跑运输，可又没钱，便拉我给他担保，到镇上信用社贷款。信用社那个信贷员拿到他的身份证看了，才发现上面写的是'贺大卵'三个字！你说，他身份证和户口簿上都写的'贺大卵'，村上的贫困户信息资料登记册，不那样写行吗？"乔燕明白了，过了半天才道："他后来没要求把名字改过来吗？"贺端阳道："谁去给他改啊？你以为改个名字容易吗？又是村上，又是镇上，又是派出所，听说还要经过县公安局，公章都要盖几个！他一个哑巴只知道'哇哇哇'，又认不到一个字，公安局的大门都不知道怎么开的，怎么去改？"乔燕听完，本来还想对贺端阳说点什么，却一时没了说话的兴趣，便把头仰靠在椅背，看着天花板发起呆来。想了一会儿，她打算再和贺端阳讨论讨论。可等她坐直身子一看，贺端阳不知什么时候已经离开了。

第七章

　　吃过早饭，小婷要去上学，乔燕叫小婷顺便把她带到张芳家里去。小婷说："张芳婶婶家里的贺丽是我同学，我正好喊她去！"说罢带了乔燕就走。
　　张芳住在老院子的横房里，但那横房已经改造过，也是像贺端阳家里一样的楼房。张芳正在给女儿梳头，一见乔燕，便高兴地道："乔书记，吃饭没有？"乔燕道："吃了，这两天我暂时把伙食搭在贺世银爷爷家里的。"张芳马上说："要是不方便，就到我家里来吃吧！我家里那个人很少回来，多个人还多个伴！"乔燕道："谢谢张姐，我已经把电饭煲和电磁炉都带来了，等空了去买点米面油回来，就可以自己做饭了！"张芳道："一个人做啥饭？难得洗锅洗碗哟！"说着，已经给小姑娘绑扎好一对羊角小辫。打扮得花枝招展的，小姑娘有些兴奋，见小婷在旁边等她，忙不迭地从母亲怀里挣脱出来，背起书包便和小婷一起走了。
　　乔燕等两个女孩走后，才对张芳说："张姐，感谢昨天下午你在会上帮我！"张芳道："怎么是帮你？我说的是实话，村里的环境早就该整治了，可就是没人来带这个头，你提出来也是为我们好！"乔燕忙说："可不是这样！我觉得一个村的环境，就代表一个村的形象！所以我今天来，想请你陪我到全村都走走，看看村里的环境卫生到底怎么样？"张芳道："这有什么不行的？反正上午我也没什么事。"乔燕高兴地叫起来："那好，趁天凉快，我们就走吧！"张芳却说："乔书记，你难得到我们家来，最起码也得喝口开水吧？"一听喝开水，乔燕脑袋马上大了，拉了张芳便说："好姐姐，你快莫去烧开水！我知道贺家湾的开水内容丰富，我刚吃了早饭，让我装到什么地方去？"张芳这才罢了，去找了两顶草帽，一顶扣在自己头上，一顶给了乔燕。

走在路上，乔燕便把昨晚想好的话，对张芳说了出来："张姐，我发觉我们女人，要比男人爱干净和整洁得多！"张芳道："可不是这样！我家里那个人，有时候回来连脚都不洗就想上床，被我把他赶下去几次！东西也乱扔，早上起来铺盖也不叠一下，我没少骂他！"乔燕道："就是！记得我们上高中和大学时，我们女生宿舍最干净整洁，而男生宿舍则乱得像狗窝，你说这是为什么呀？"张芳道："还有什么为什么？女人天生爱干净嘛！"乔燕一拍双手，道："张姐回答得太对了，女人不但比男人爱干净，还更爱美！所以我认为，一个女人是一个家庭的灵魂，一个女人爱干净、爱美了，就会美了一个家，张姐你说对不对？"张芳立即道："怎么不对？家里女人邋遢了，这个家难道还会干净？乔书记到底是城里人，看问题一针见血！"乔燕道："谢谢张姐的鼓励！不过我还有一句话想请教张姐，你说一个家庭是这样，一个村庄会不会也是这样？"

张芳听了这话，突然站住了，两眼落到乔燕身上，半晌才笑嘻嘻地对乔燕答非所问："乔书记，你知道我今天为什么要给你带路吗？"乔燕一下愣住了，半天才看着张芳疑惑地问："为什么？"张芳忽然笑了笑，才道："你昨下午讲得太好了，说的都是掏心窝子的话。我就喜欢你这样直来直去，没有一点架子的人！要不，村上还有贺端阳贺文贺通良等主要干部，我才不会来陪你晒太阳呢！"乔燕急忙抓住了张芳的手，道："谢谢张姐，我也看出张姐是个爽直的人！"张芳说："乔书记，你有什么就给我明说，你的意思是……"乔燕马上道："我想，既然女人可以成为一个家庭的灵魂，为什么不可以也成为村庄的灵魂？假如全村的家庭主妇都养成了爱干净整洁的好习惯，不再乱扔垃圾、乱倒东西，村里的环境不就好起来了？"张芳马上道："可不是这样！一个女人可以让一个家庭美起来，全村的女人自然也可以让一个村美起来！乔书记你是怎么想到这点的？"乔燕道："这可还要感谢张姐，正是你昨天下午启发了我！那么多男人都不赞成整治村里的环境卫生，独独你支持我。"张芳道："可不是这样，我们这些脑袋里面装的都是猪脑浆，怎么就想不到这些呢！"乔燕又抓着张芳的手晃动起来，道："这么说，张姐赞成我的做法了哟？"张芳马上道："你放心，乔书记，我这个人心直口快，这个村里不但留守的女人多，而且很多女人都还听我的！"又轻声对乔燕道，"别看男人在外面喝酒聊天吹牛皮，实际上村里都是女人管家！"乔燕道："我知道，张姐，城里也是这样！"说毕，两个女人都开怀地大笑起来。

一边说，一边走，便到了一户人家，只见房前屋后垃圾遍地，蝇蚊乱飞，乔燕也没问这户人家姓甚名谁，便掏出手机照起相来。张芳有些不解，问："你照相做什么?"乔燕故作神秘地道:"可有大用途呢,你以后就知道了!"

话休烦絮,且说这日上午,张芳带着乔燕,从老贺家湾走到新贺家湾,又从贺家湾走到郑家塝,两人都热出了一身大汗,将近晌午时分,终于将全村走完。乔燕一边走,一边看,一边"咔嚓咔嚓"地拍照片,拍了将近一百张照片在手机里。完了以后,张芳非要拉乔燕到家里吃饭,乔燕告诉她自己还有重要事情,需要回办公室去处理,好说歹说,张芳放过了她,约定哪天乔燕空了,一定得到她家去,否则就不让她再叫"张姐"了!乔燕留了张芳的电话,一口答应了下来。

然而乔燕却没有马上回办公室,而是又拐上了去贺端阳家的路。到了贺端阳家,仍只有贺波一人在家里,乔燕便道:"我估计你就在家里。"贺波道:"我爸一早就走了,我妈又打麻将去了!"乔燕便开玩笑道:"村里人说,找你老汉不好找,找你很容易,看来话不虚传!"贺波笑了一笑,问乔燕:"乔书记你又有什么事?"乔燕道:"你不要叫书记,叫姐就是!"贺波道:"那可不敢!"乔燕道:"有什么不敢的?你不叫我姐,我可就先叫你弟了!"贺波听了这话,才道:"既然这样,我恭敬不如从命!姐有什么事?"乔燕便笑着道:"我就是有一件事求你帮忙!"说完不等他说话,便看着他问,"今上午我到全村走了一遍,村里环境太差了,我拍了许多脏、乱、差的照片,你有电脑吗?"贺波立即答道:"一台笔记本电脑!"乔燕马上道:"那好,我请你帮我把这些照片制成幻灯片,能行吗?"贺波道:"动动手指头的事,有什么不行的?你拍这些照片有什么用?"乔燕便把昨天下午村上开会的情况和自己想整治村里环境的事对贺波说了。贺波一听,便高兴地说:"整治环境,这太好了!我回来看见村里环境这么差,也向我老汉说过,可老汉听了却是冷水烫猪——不来气!"乔燕道:"可不是这样!你帮我把这些照片制成幻灯片,说不定我能派上大用场!"

贺波明白了,马上道:"原来是这样,没问题,姐!我保证完成任务!"乔燕便把手机里的照片发给了贺波。发完过后,才对贺波说:"村里这么多人闹肚子,我怀疑是自来水受到了污染!我有个高中同学叫王东莉,大学学的是卫生防疫,毕业后正好考到了县防疫站。下午我想将村里的自来水,送给她化验化验!我不在村里,有什么事就给我打电话。"贺波道:"行,姐,你的事就是我的事,放心好了!"乔燕道:"那就谢谢你!还有,你昨天上午对我说的事,我一定会想办法帮助你!"说完,告别贺波回去了。

乔燕给王东莉打了一个电话,叫她下班后在单位等一等她。王东莉问她有什么事，乔燕没直接回答，只说："回来你就知道了，反正你不能重色轻友，这么早就回去陪你那个秀才！"王东莉的男朋友是县委办公室的笔杆子，所以乔燕这么说。

下午5点来钟，乔燕骑着小凤悦上了路。回到县城，乔燕径直去了防疫站。防疫站的人已经下了班，大楼空荡荡的，王东莉还在办公室等着她。一见面，乔燕先发制人道："还是你们安逸，坐在办公室吹空调！"东莉说："哪有你这个第一书记安逸，在自己一亩三分地上就是山大王，一呼百应！"乔燕这才对东莉说："对不起，让你久等了！"东莉问："有什么事，电话里又不说，搞得神神秘秘的？"乔燕从包里取出可乐瓶，往东莉面前一放，道："无事不登三宝殿，就是为这个专门来求老同学的！"东莉一看是瓶水，已经有些明白了，却故意道："我又不渴，给我送瓶水来做什么？"乔燕道："你就是想喝，我也不敢让你喝！"便把贺家湾的环境卫生和很多人闹肚子的事给东莉说了一遍，又对她说，"老同学不看僧面看佛面，一定抓紧时间帮我把这水化验了！"东莉又玩笑道："帮你化验了，拿什么谢我？"乔燕道："到时我接你到贺家湾去观光！"东莉道："这还差不多！"两个老同学又说了些闺蜜间的私话，便散了。

回到家，乔燕打开门，看见奶奶坐在一张小塑料凳子上，爷爷坐在她后面的沙发上，正一下一下地给奶奶梳着头。奶奶虽然比爷爷年轻了十多岁，可头发却比爷爷白得多。此时她坐得端端正正，像个十分听话的小姑娘。乔燕见两个老人恩爱的样子，便"扑哧"笑了起来，弯了腰对爷爷说："模范爷爷！"两个老人有些不好意思了，乔奶奶道："死丫头，没大没小的，我头皮痒得很，叫你爷爷给我梳一下呢！"乔燕道："奶奶，我表扬表扬爷爷呢！"乔大年听了乔燕这话，便道："要表扬就发点物质奖，我不要口头表扬！"乔燕道："哦，那我可不敢轻易表扬爷爷了！"祖孙俩调笑了一会儿，乔奶奶从凳子上站了起来，问乔燕："还没吃晚饭吧？你想吃什么，奶奶去给你做！"乔燕道："吃什么不要紧，奶奶，我得先洗一个澡，不然一身臭死了！"说罢进了自己的屋，从衣橱里取出干净的衣裤，进了卫生间。

洗完澡出来，乔燕感到一身清爽，乔奶奶给她煮的一碗家常馄饨，早已端到了桌上。那馄饨是肉馅，还拌有五香粉、黄酒、鲍鱼汁、香油、淡虾皮等，汤里也有洋葱、鲜虾仁、生抽、姜末、大葱，一股香味扑鼻。乔燕早已饿了，趴到桌上便狼吞虎咽起来。乔老爷子一旁看着孙女吃饭，一边问她："怎么样，旗开得胜了吧？"乔燕正将一只馄饨送进嘴里，猛地一咬，一股汤汁立即顺着嘴角流了出来，她从纸盒里抽出一张纸巾，将嘴角擦了擦，这才对乔老爷子说："马马虎虎，万里长征开始迈出了第一步！"乔老爷子道："你妈昨天晚上给我打电话，问你在村上的情况怎样？我说你养的女儿你还不知道，她是轻易肯认输的人？好着呢！你妈叫我不要跟任何人打招呼，让你自己去闯！"乔燕一听这话，马上停了筷子说："我才不要哪个去给我打招呼呢！我就知道，老妈从来就不心疼我……"乔奶奶马上打断了乔燕的话，道："胡说，你妈怎么不心疼你？"乔燕道："我可不是胡说，工作才是我妈的亲生女，我不是嘛！"说完这话，只顾埋头吃饭，心里却是暖乎乎的。

原来乔燕的母亲吴晓杰，20世纪90年代初大学毕业后分到乔大年手下工作。吴晓杰是一个从农家奋斗出来的女孩子，知道自己端上"铁饭碗"不易，也一心想为父母争光，争取进步，所以工作十分卖力。她是全县第一个学会使用电脑的人，"八七"脱贫攻坚时期，全县争取世界银行贷款项目的所有资料，都是出自她那台386电脑。乔大年是一个务实的领导，也十分喜欢埋头苦干的下属，见这个年轻的女大学生工作踏实肯干，就乐意教她，下乡时都带着她。吴晓杰起初卖力工作只是想引起领导重视，但随着乔大年下过几次乡以后，看到一些贫困地区的农民比自己家里不知还要贫困多少倍，深受震撼，加上乔大年的言传身教，渐渐地爱上了这个扶危济困的工作。后来乔大年的儿子乔峰从部队回来探亲，乔大年创造条件让两个年轻人接触，促成了这对年轻人的婚事。所以一些同事和领导与乔大年开玩笑，都说他的儿媳妇是他亲自选的！乔大年在任期间，为了避嫌，和吴晓杰一同参加工作的同学，有的成了单位的中层干部，有的成了副职领导，吴晓杰却仍是一个普通的办事员。可乔大年退休时，却大胆地向县委领导推荐了自己的儿媳妇。当时的县委领导并没有马上采纳他的建议，而是在第二年，把吴晓杰推荐到了国务院扶贫办锻炼。在国务院扶贫办期间，吴晓杰给县上办了两件很重要的事，一是把国务院一个扶贫贷款的会议争取到了县上召开；二是牵线搭桥，引荐县委领导和国务院扶贫办领导见面，争取到一个国家重大扶贫项目在县上落地生根。结束在国务院扶贫办锻炼回到县上不久，县委便宣布对她破格提拔——担任县扶贫移民局副局长，不久又升为局长。去年新一轮精准扶贫工作开展后，她又被市委破格提拔为市扶贫移民局一把手。在去年全国扶贫系统先进集体、先进工作者表彰活动中，她被表彰为全国脱贫攻坚首批先进工作者。

从乔燕懂事起，就知道妈妈是一个工作狂，所以她听了爷爷的话，会给她这样一个结论。乔大年见孙女没说话，以为她不高兴了，又道："可别胡说，你妈特别提醒我，叫你下去以后少喊口号，也少讲大道理，而要给老百姓多做一些看得见、摸得着的实事。"乔燕马上道："我正是这样做的！"乔大年又道："你妈还叫你在乡下，要学会自己照顾自己……"一听这话，乔燕眼眶立即有些发热起来，便又不吭声了。

　　吃完饭，乔燕又把自己关进了卧室里，乔大年知道孙女有大事要做，于是也不问她什么，只和乔奶奶一道出去了。

　　第二天上午，乔燕把电动车开到马大路上，找了一家卖电动车的门店，从店里买了一副电动车自动伞的套筒和一把自动太阳伞，并请店员给焊接在自己的小风悦上。她付了款，正要骑着往回走，包里的手机响了。掏出来一看，正是东莉打来的，道："你快来！"乔燕知道水的事有了结果，便把车头一拐，"突突"地往西城防疫站而来。

　　一跨进门，东莉便严肃地对她说："你们村里的自来水，受到严重的病原体污染，特别是大肠杆菌，所以才会引起那么多人腹泻，不能再饮用了！"乔燕一点没感到惊慌，说："这和我的预感完全一样！老同学你可要帮忙帮到底，送佛送到西！"东莉道："我还能怎么帮你呢？"乔燕道："下午你和我一同到贺家湾去，我回去说大家不会相信，你是专家，说话才有分量！我还要请你给我'扎场子'！"东莉道："我能给你扎什么'场子'？"乔燕便把自己整治村里的环境卫生的想法给东莉说了，又笑着对东莉说："我这次是专门请你到贺家湾去，你如果不去，下次想来也没门！"东莉便说："我本来就是搞卫生防疫的，这是我义不容辞的责任，不过外出，还得给我们领导说一下！"乔燕便道："那你快去说，我在这儿等你！"

　　东莉果然去给单位领导汇报，没一时便笑吟吟地回来了，对乔燕道："领导同意了，还答应派一辆防疫车，让检验科的小赵同我一起去！"乔燕欢喜地敲了东莉一下，道："这太好了，我也沾你们的光，顺便带点米面油到乡下去！"又问，"你们单位有没有投影仪？"东莉问道："你要投影仪做什么？"乔燕如此这般，把自己的打算说了。东莉道："我们要做防疫宣传，怎么会没投影仪？我让小赵带上就是！"

　　乔燕喜不自胜，急忙出来给贺端阳打电话，让他如此如此，通知晚上开村民大会。贺端阳在电话里也没说什么，只说："我答应过你开村民会，我就按你的话通知吧！"说完挂了电话。乔燕又给张芳打电话，也告诉她这般这般。完了又给贺波打电话嘱咐了一通。一番遥控指挥后，才和东莉约定好出发时间，放心地回去了。

黄昏时分，乔燕和身着白大褂的东莉、小赵来到了贺家湾，车子刚开进村口，便被一群人"呼啦"给围住了，叫道："来了，来了，城里的医生来了！"一些小孩一边叫，一边又飞快往回跑，嘴里重复着刚才的话。

原来，上午乔燕给贺端阳打电话，叫他通知村民晚上开会，只告诉他们说，因为村里闹肚子的人多，她特地从城里请了著名的大夫，晚上在村委会集体义诊，欢迎那些闹过肚子和正在闹肚子的人前来就诊！即使没闹过肚子，只要身体有其他病，也可以来，大夫给大家免费诊断，过了这个村，就没那个店了！这一说，湾里岂有不沸腾的？于是村民们不管是否闹过肚子，都生怕轮不到给自己诊断，便早早地在村口等着了。

到了村委会，乔燕让司机停了车，和东莉、小赵从车里下来。小赵是个一米七八的帅小伙子，手里提着装投影仪的箱子，有人一见那箱子，便兴奋地叫："连检查的机器都带了！"说罢就往前挤，问乔燕，"什么时候开始检查？"乔燕笑着道："放心放心，保证每个人都会诊断到！"说罢带了东莉和小赵往村委会办公室走。

众人又跟在他们屁股后面拥来，乔燕又只好回头道："去去去，都吃了晚饭再来，空肚子检查不准确！"众人虽然不知是真是假，仍慢慢散开了。到了村委会办公室，贺波已在那儿等着了。原来上午乔燕给张芳打电话，说的是让她准备两个客人的晚饭，今晚上她要陪着城里的贵客到她家里。给贺波打电话，问的是他会不会操作投影仪。贺波告诉她，他这人什么都爱弄，连队里放投影电影，都是他鼓捣投影仪。乔燕把东莉、小赵给贺波介绍了，贺波接过小赵手里的投影仪，自去准备不提。

乔燕、东莉、小赵在张芳家吃过晚饭，回到村委会，只见贺家湾那棵老黄葛树下，早已坐了黑压压一大片人。一只五百瓦的白炽灯泡，将会场照得亮如白昼，那头顶又密又厚的树叶，显得益发黑亮。贺波已在粗大的树杆上，挂好了投影仪幕布，幕布下面，摆了两张从村委会办公室搬出来的办公桌，桌子上放着一只麦克风和那瓶乔燕带到防疫站化验过的自来水。桌子后面又摆了几把椅子。乔燕知道这是今晚会议的主席台。主席台前面，又放了一张桌子，上面是投影仪和扩大器。

一见乔燕，贺波便跑过来对她说："姐，我见原来开会的那间教室坐不下，也没征得你同意，便和贺文叔把会场搬到外面来了！"乔燕小声道："搬得好，你们平时开村民大会也有这么多人吗?"贺波正要回答,贺文走了过来,道:"平时开会哪能来这么多人?就是选举,把喉咙喊破了也没来这么多人!看来人还是怕死呀!"直到现在,他还真以为是乔燕请了城里医生来给大家看病。乔燕朝会场看了看,便问贺文:"贺主任,村组干部都来了吗?"贺文道:"还有贺书记没来!"乔燕便又对贺波道:"你爸还没回来?"贺波说:"你们来的时候,我就给他打了电话,他说他天黑前一定赶回来!"

乔燕退到一边拨通了贺端阳的电话,道:"大伙儿都到了,就等你来主持会议呢!"贺端阳说:"快了!快了!我马上就到!"乔燕道:"那就好,我们再等你一会儿!"说完回到主席台边,和东莉、小赵拉起话来。等了十多分钟,还没见贺端阳的影子,乔燕又打电话,贺端阳又道:"已经快要到村口了!乔书记要不你们先开着,我随后就到!你放心,你是第一书记,你怎么说,我就怎么做,坚决服从你的领导!"乔燕有些不高兴了,道:"这不是领导不领导的问题,这样的事,具体工作都应当由村委会来做,你都不在场,谁来具体安排?"贺端阳听出了乔燕话里不满的意思,又立即说:"乔书记,你尽管发动群众,只要群众没意见了,具体工作我来做,做不好你拿我是问好了!"乔燕坚信今晚上自己一定能把村民发动起来,于是说:"那好吧,贺书记,我就等你回来具体安排!"

说完,乔燕便回头对贺文说:"贺主任,你来主持今晚上的会……"话还没完,贺文有些愣了,道:"我主持?"乔燕道:"你是村支部副书记、村委会副主任,贺书记不在,为什么不可以主持会议?许多村民还不认识我,你把我向大家介绍介绍,强调一下会场纪律就是了!"贺文果然过去拿起麦克风,对着话筒"噗噗"吹了两口,才亮着嗓子道:"大家安静,现在开会!我先介绍一下,这是县上派到我们村的第一书记,乔燕乔书记,就是乔书记从县上请了专家来给我们诊病,大家欢迎!"众人一听,"噼噼啪啪"地鼓起掌来,有人还喊:"乔书记一来就给我们办好事,好样的!"乔燕听后急忙上前一步,对大家鞠了一躬。贺文介绍完,又道:"乔书记给我们办了好事,可我们也要守纪律,等会儿看病的时候一个一个地来,不要打拥堂……"话音还没落,早有几个人在人堆里叫了起来:"我先来,先给我看……"一边说,一边就往前面跑,人群马上跟着骚动起来。

乔燕急忙接过贺文手里的话筒,大叫一声:"都回去,都回去!"那些人立即站住了。乔燕又道:"贺书记在通知里不是说明白了吗?今晚上是城里的专家到贺家湾来集体义诊,不接受个人诊断!回去坐好,等会儿听城里的专家怎么说!"

那些人只好悻悻地退了回去。乔燕等他们重新坐好了，这才对大家说："爷爷奶奶、叔叔婶子们，你们既然得了病，就要知道病是怎么来的？下面先请大家看一组幻灯片，再听专家的话，你们就知道自己的病是怎么得的了！"说完，对贺波做了一个手势。

贺波打开投影仪，关了黄葛树枝丫上的灯，放起幻灯片来。于是，那些被草叶、秸秆堵塞的沟渠，那些如墨汁一般的黑水潭，那些在水潭里享受着快乐的孑孓、不知名的虫子，还有那些房前屋后一堆堆发黑的垃圾以及围着垃圾四处飞舞的黑头苍蝇，还有一摊摊遍地横流的生活脏水，等等，都经过投影仪放大，一一呈现在幕布上。大伙儿先没认出这是哪儿的画面，还互相问："这是哪儿，怎么这么龌龊？"乔燕听见了大家的窃窃私语，便又拿起话筒对大家说："大家仔细认一认，难道认不出吗？"众人又看了一会儿，终于认出了，便道："哎呀，这不就是我们贺家湾吗？"乔燕道："光认出了贺家湾还不行，你们再认认，哪些画面是你们自己家的？"众人听了这话，都不吭声了。

正在这时，贺端阳来了，借着幻灯的光走到桌边，挨着乔燕坐下，低声问道："是谁这么没事干，这不是成心出贺家湾的丑吗？"乔燕立即道："是我拍的！本身就这么脏，还怕别人拍吗？"贺端阳马上改口道："平时没怎么在意，现在把这些画面集中在一起，实在恶心！"乔燕道："更恶心的还在后面呢……"一语未了，幕布上出现了一只躺在水沟里的死耗子，经过投影仪的放大，肿胀得犹如一只褪光了毛的小猪，满身蛆虫乱爬。乔燕正想问贺端阳看了这幅照片恶心不恶心，身边东莉背过身去，朝地下"哇"的一声，便呕吐起来。乔燕急忙去拍打东莉的背，正想安慰，忽听得像是传染似的，人群又有几个女人"哇哇"地吐了起来。东莉吐完，过了一会儿才抬起头，按着胸口，对乔燕喘着气说："别放了，别放了，恶心死了，我都为你们贺家湾感到难过！"乔燕便叫贺波停止了播放。

乔燕等黄葛树枝丫上的灯光重新亮起来后，看清众人脸上都挂着十分凝重的神色，便又拿过话筒说："还有很多照片没放完，我也不想多说了，下面我们就请专家给大家说说你们的病情！"说罢便把话筒递给了小赵。小赵接过话筒，咳了一下，说道："首先我要给贺家湾各位父老乡亲申明一下，我并不是一个治病的医生，我只是县防疫站的化验员！刚才你们看了自己湾里的环境卫生，现在我要向大家宣布……"说着他用另一只手举起瓶子里的自来水，接着道，"你们贺家湾的自来水，受病原体污染，细菌严重超标，其罪魁祸首就是刚才那些垃圾，所以患腹泻的人才这样多……"话还没完，人群里爆发出"呀"的一声，不知是怀疑还是惊讶。小赵道："我只是化验员,至于你们的自来水还会给你们带来什么危害,下面听我们所里小王给你们讲,她是搞卫生防疫的,是这方面的专家!"说完,把话筒递给了东莉。东莉把话筒拿到手里,半天都没说话,似乎还没有从刚才的呕吐中缓过气来。村民见她不说话,都有些紧张地看着她,过了半天,东莉终于对大家说开了："看了刚才的幻灯片,我感到非常难过,没想到贺家湾卫生这么差!我也不想多说,只想告诉大家,那些垃圾中的细菌,通过地下水传播到了你们的自来水里,我们把它叫作'介水传播'!你现在得了感染性腹泻还是轻的,如果不马上治理,接着还会引发霍乱、病毒性肝炎、脊髓灰质炎、阿米巴痢疾、伤寒和副伤寒、钩端螺旋体病、血吸虫病等几十种……"众人还没听完,便纷纷叫道："天啦,那自来水不能喝了,从今往后,我们还是从井里挑水吃吧!"东莉道："自来水都被污染了,水井难道没被污染?"众人像是被吓住了,沉默了半天才七嘴八舌地问："挑水吃也不安全,那怎么办?难道我们不吃水了?"

　　乔燕将胳膊肘支在桌上,用手撑着下巴颏,静静地看着会场。等众人说完以后,才拿过东莉手里的话筒道："事情明摆着,解铃还须系铃人!我们贺家湾的水源是干净的,只是大家平时不爱卫生,秸秆乱扔,垃圾乱倒,造成细菌繁殖!现在要想吃上干净水,不得病,唯一的办法,就是将村里的垃圾清理干净!"众人便马上叫了起来："清就清理吧,你们说怎么清理,我们就怎么清!刚才贺文主任说得对,啥子都比不过命重要呢!"乔燕听到这里,意味深长地看了贺端阳一眼,却见贺端阳板着脸,紧紧咬着嘴唇,两道长长的皱纹从嘴角往上荡漾开去,顺便把鼻子两边也牵起一些纹缕,那神情像是脸上挂了一层霜。

　　乔燕摸不清楚贺端阳心里究竟在想什么,她本想逼他当场表态,可又怕他没想好,或者说出来村民不买他的账,会使他在这么多人面前出丑,想了想便道:"贺书记早就想整治村里的环境了,只怕大家不齐心,所以才开了今晚上这个会来统一思想!至于具体怎么清理,贺书记早已心中有数,散会后请村上和组上的干部留下来,听贺书记具体安排!"说着便扭头对贺端阳问,"贺书记还有什么?"贺端阳的脸色这才活泛过来,摇了摇头,瓮声瓮气道:"没什么了。"乔燕便宣布散会。

第八章

  贺家湾的环境大整治进行了三天，村庄面貌焕然一新。在这三天里，乔燕一边继续到贫困户家中走访，一边到各组督查清理情况。从这件事中，乔燕不仅看出了贺端阳的魄力，而且发现他在村干部和村民中的威信还是挺高的。

  那天晚上村民走了以后，贺端阳也不等乔燕再说什么，就对坐在会议室里的村组干部一顿夹枪带棒地大声训斥："腊月三十天的磨子——你们现在想转了？早些时候叫你们不要把地里的杂草和秸秆扔到水沟里，也不要乱倒垃圾，嘴巴都磨起茧疤了，你们哪回听进去了？现在晓得得了瘟病痨病孬毛病，才晓得锅儿是铁打的了……"乔燕也不制止他。贺端阳一番发泄后，才道："还能怎么清理？刚才乔书记说得对，解铃还须系铃人，你们有手丢，就有手清理，各人自扫门前雪！从明天起，以小组为单位，各组清理各组的，管你们回去想啥子办法，我打酒只问提壶人！三天后，村上组织检查！我丑话说到前头，哪个还像过去那样冷水烫猪——不来气，影响了全村人吃水，对不起，我就找你们！"那些村组干部只顾低着头。

  刚把村里环境卫生清理完毕，镇上忽然通知乔燕和贺端阳开会。到了镇上一看，县上负责这个片区脱贫攻坚工作郭副县长、县扶贫移民局的伍副局长都来了，还有往这个镇派驻了第一书记的几个县级单位，有的来了主要负责人，最不济的也来了一个党委委员以上的领导。乔燕的单位来的是姚姐。乔燕一见，便知道今天这个会议不但和扶贫工作有关，而且特别重要。果然，会议一开始，县扶贫移民局伍副局长传达了一份省上的文件。文件的内容和那天晚上罗丹梅透露的差不多。主要是针对前段时间脱贫攻坚工作中存在的"六个不准"现象，省上决定开展"回头看",重新调整数据,重新识别建档立卡贫困户,重新制定帮扶措施,以做到"扶贫对象精准,项目安排精准,资金使用精准,措施到位精准,因村派人精准,脱贫成效精准"等"六个精准"。文件还规定了纪律和注意事项。伍副局长传达完毕,郭副县长又做重要讲话。

郭副县长四十多岁,前面的头发掉得差不多了,一张圆脸,胖得下巴叠了起来,看起来像是长了两个下巴。他说:"为什么要开展'回头看'?就是因为精准识别是精准扶贫的第一步,过去各地报上来的贫困户,有许多错评、冒评和漏评的现象,这次一定要纠正过来!该清退的必须清退,没评上又符合条件的,该补就要补上!村两委班子、村民代表、第一书记以及驻村干部,对建档立卡必须按照农户申请、入户调查、民主评议、乡村部门审核、初选贫困对象、公示公告、结对帮扶、制订计划、填写手册、数据录入、联网运行、数据更新等严格运行,少一个也不行!为了进一步检查大家是否真正做到了精准识别,市上和县上将组织检查组明察暗访,如果出了问题,不管涉及谁都将严肃问责!"

会议最后,镇党委罗书记就全镇贫困户的摸底识别工作做了具体安排。会议开得十分严肃和紧张,大家只顾往本子上记着笔记,生怕遗漏了什么。

会议完毕,乔燕才走到姚姐身边,拉着她的手说:"姚姐,谢谢你给贺兰买的衣服,小姑娘穿上可高兴呢!"姚姐道:"一点小事,有什么值得谢的!"又看着乔燕问,"这次重新识别贫困户,不但要求十分严格,而且时间很紧,你有压力没有?"乔燕道:"压力肯定会有,可别人能完成,我也能完成……"正说着,看见贺端阳走了过来,便拉着他向姚姐介绍了,又对姚姐说,"贺书记是一位很有魄力和农村工作经验的老支书了,有他支持,我们村贫困户的识别工作一定会顺利完成!"说完看着贺端阳问,"是不是,贺书记?"贺端阳脸上一边荡漾着笑容一边对姚姐说:"领导们放心,我一定支持和配合乔书记的工作,保证完成任务!"姚姐听见这话,便高兴地说:"好哇,你们有这种团结合作的精神,我们就放心了!我来的时候,局长还对我说,你问问小乔,需不需要单位再派个同志去协助她……"乔燕立即打断了姚姐的话,道:"不需要了,姚姐。单位的工作也紧,我真的能够完成任务!"

回到村上,乔燕和贺端阳商量了一下,决定立即召开一个村干部会,尽快落实镇上会议精神。乔燕让贺端阳传达镇上会议精神,贺端阳道:"你是第一书记,还是你讲!"乔燕也没推辞,她首先表扬了村里环境整治的成绩,尤其表扬了贺端阳,道:"贺书记在环境整治工作中,认真负责,不愧是一个敢作敢为、有勇有谋有为的好干部，特别是他在这段时间里，天天都在第一线督促检查，才换来了全村面貌的大改变，这一点是值得我们所有人学习的！"说完这话，乔燕才详详细细地把镇上会议精神给大家讲了，然后道，"对贫困户摸底识别，是精准扶贫的第一步，时间紧，任务重，涉及家家户户……"说到这儿，她扫了大家一眼，神色也变得凝重和严肃起来，目光从所有两委成员身上一一扫过，最后才道，"从现在起，我们所有村干部，都要把自己的事停下来，深入全村每个家庭，逐家逐户去算账摸底，并按照上级八个比对的要求，把村里的贫困户都精准识别出来，不能落下一家一户！谁要是在这个工作中再把自己的私事放在第一位，或者工作不深入、不仔细，出了问题，后果大家都是知道的。"说完又犀利地扫了大家一眼。

贺文便道："你是第一书记，具体怎么分工，你说吧！"乔燕又看了贺端阳一眼，见贺端阳仍不动声色，便道："我是这么想的，加上我，一共六个村干部，分成三个调查小组，每个小组调查两个村民组，大家看怎么样？"众人便去看贺端阳，贺端阳抿着嘴虽没明确表态，却也没有反对的意思。贺文便道："怎么不行？你就直接分一下吧！"乔燕道："那我就分了！我和张主任一个组，调查郑家塝和第一村民组。贺书记和郑全智一个组，调查二、三村民组，贺文主任和贺通良会计一个组，调查四、五村民组，大家看行不行？"众人都道："有什么行不行的，反正都是调查！"乔燕便道："既然没有意见，那就这么定了！"说完才看着贺端阳，道，"贺书记还有什么没有？"贺端阳见乔燕点了他的名，便对众人道："刚才乔书记都讲了，我完全赞成和服从她的安排！我只补充一点，大伙儿不可能在家里等着你去调查，只能利用早、中、晚他们在家的时候，你去了才找得着人，所以大家不得不辛苦一些！特别是乔书记这个组，郑家塝路最远，还得爬坡上坎的，这更要辛苦你了……"乔燕马上说："你们别管我，我在村里没什么拖累，倒是你们，这半个多月时间，不但要起早睡晚，还得日晒雨淋的！"贺端阳道："乔书记从城里来，平时也没有这样辛苦过，你都不怕，我们怕什么！"说完又强调了几句，道是既要抓紧，又必须准确，若是谁调查回来的资料不准确，要返工重来，所有损失都由自己负责。乔燕这才知道自己疏忽了最关键的话，不由得在心里佩服起贺端阳来："到底是姜老才辣，我只强调了时间，他却既强调了时间，也强调了调查的质量，看来我真得好好向他学习！"

待贺端阳说完，乔燕正想宣布散会，突然又记起了一件事，便急忙对大家说："还有一件事，这几天忙我差点忘记了，就是吴芙蓉和贺勤的鸭子纠纷……"

可话还没完，贺端阳便道："乔书记，你要说其他什么事，大家该使力的使力，该出钱的出钱，攒一把劲也就过去了。可他们这事，就是神仙下凡也没法说清楚！"众人也纷纷附和说："就是，连派出所都出动了，也都没法做出决断，我们怎么能做出了断？"乔燕又看着贺端阳说："可我们总不能让他们这样无休止地闹下去呀？"贺端阳仍做了个不想接招的手势，道："他们吃饱了撑的，愿打愿闹，我反正是巫师捉鬼——啥办法都使尽了，他们不听，我也没法！"众人也说："一个要个整坛子，一个要个整南瓜，都不听劝，确实没办法！"乔燕皱着眉，觉得有些下不了台，半晌才说："我也没非要大家给个青红皂白，只是想提醒一下，大家在逐家逐户识别贫困户时，顺便问问村民，看还能不能发现什么新的线索？雁过留声，她十只鸭子丢了，就一点线索都没留下？要是有了线索，这事情就好办了！"众人听了这话，便说："好，我们再问问嘛！"

晚上，乔燕又在"七仙女群"里发了一条微信，告诉了大家上午镇上会议精神与自己村上落实的情况，然后说："各位好姐妹，我好紧张！尽管我把任务布置下去了，可突然又感觉没了信心。求各位好姐姐好妹妹把你们的经验分享一下，谢谢！"没一时，李亚琳回信了："燕儿姐：永远不要说没信心，也不要说自己没经验或不会做，当你没了依靠，就什么都会了，什么都行了。努力！"乔燕兀地为李亚琳的话感动起来，立即回道："谢谢你！"刚发出去，张岚文发言了："对不起，刚才给小孙子换尿布，来迟了！你们别忘了，现在有一种争当贫困户的倾向，不露富，只叫穷，不说真实情况，大家可要注意！我编了一段顺口溜在村里宣传，现提供给大家，不知有用没用。"接下来便是一段歌谣：

真是贫困户，大家都帮助。想当贫困户，肯定没出路。争当贫困户，永远难致富。抢当贫困户，吓跑儿媳妇。怕当贫困户，小康迈大步。拒当贫困户，荣宗展傲骨！

乔燕看完，深受启发，马上留言道："太好了，大姐，既通俗易懂，又说到了点子上，明天我就叫人写出来在村里张贴！"紧接着，众人也献花的献花，点赞的点赞，留言的留言。

第二天一大早，乔燕便去约张芳一起去郑家塝，没想到张芳一见乔燕，却皱着眉头道："乔书记，我家小丽昨晚上又发高烧又咳嗽，还吐了两次，把我吓坏了！我起来用老酸萝卜给她洗了两次额头和胸口，烧只稍稍退了一点，现在还咳嗽和发干呕，我得把她带到乡卫生院打针，上午只有请假了……"乔燕便道："张姐你去吧，孩子是大事，我一个人先去郑家塝，走访一户算一户……"话还没完，张芳便道："乔书记，大伙儿都趁早晚天气凉快时干点活儿，你这么早去，找不着人的！不如休息半天，等我回来后，我再陪你去！"乔燕想了想，道："张姐，你快把小丽送医院吧，我出都出来了，还是先去看看，如果找不着人回来就是！"说完，告别张芳走了。

贺家湾村的老湾、上湾、下湾和新湾，都清一色姓贺，唯有郑家塝是一个郑、王、刘、罗诸姓都有的杂姓村落，和贺家湾隔了一条沟。这条沟郑家塝人把它称作"夹皮沟"，贺家湾人却把那沟称作"和尚坝"，原因是那沟里的田过去是元通寺的庙产。

乔燕从张芳家出来，下了一道坡，顺着一条小路走了大约十分钟后，又下了十多级石梯子，再顺着一条弯弯曲曲的河堤路又走了十来分钟，便到了被郑家塝人称为"夹皮沟"的沟里。只见那沟两边虽说不上是崇山峻岭，却也巍巍峨峨，颇有几分气势，沟底也有几十丈宽，尽是良田沃土，一条两丈来宽的小河，又把那些良田沃土劈为两半。河上立了一座双孔石拱桥，也不知建于何朝何代，南北走向，桥拱两边的石栏中间，有一浮雕石龙，首尾各向东西方向，上翘伸出桥身之外，昂首奋须，栩栩如生；桥两头又竖石狮二尊，造型美观，雕工精细，线条流畅；桥面的石板也不知经了多少人踩踏，已凸凹不平。桥墩石头，不但布满了青苔，也裂了道道石缝，显出一种沧桑的味道。

过了小河，乔燕才看见，原来这桥不但是贺家湾和郑家塝连接的纽带，而且还连着两条大路。乔燕到贺家湾时间不长，还不知道这两条大路连着哪里，但却看出这座小石桥十分重要，怪不得古人把它修得这么漂亮！过了小石桥，从一条缓坡似的土路走上去，便看见一块坝子，坝子中央散落着零零星星的房屋，如随便摆放在棋盘上的棋子，乔燕便知道这就是郑家塝了！

正抬头观望时，忽然看见前面小路上颤颤巍巍地走着一位老太婆，手拄一根拐杖，背上背一只背篼，那腰几乎弯到地上去了。乔燕见她银发如雪，急忙跑了几步赶上她，才看见她背篼里装的是半背篼才挖出的新鲜土豆。再从侧面看那老太婆有七十多岁，满脸尽是褶子，眼睛也深深地陷进了眼窝里。乔燕马上道："婆婆，你快歇下来，让我给你背！"那老太婆吃力地抬起头看了乔燕一眼，问："你是哪个？"乔燕道："婆婆，我是村里的第一书记，你不认识我没关系，你这么大的年纪了,还背这么重的土豆,让我来!"一边说,一边就要去接老太婆的背篼。老太婆又忙说:"那可不行,姑娘!我一看你就是城里人,别把你衣服给弄脏了……"乔燕没等她说完,又道:"衣服脏了可以洗,你这么大年龄,要是摔倒了怎么办?"说着,又去拉老太婆的背篼。老太婆只好把背篼靠在路边一块石头上,歇下了,嘴里感恩不尽,说:"好人啦,姑娘,菩萨会保佑你的!"乔燕等老太婆歇好以后,才将肩上的挎包取下来,递给老太婆,将两只胳膊伸进背带里。乔燕见土豆只有半背篼,以为不太重,可使了一下劲,背篼只是动了动,却没将它背起来。老太婆又说:"姑娘,你们城里人,没干过这样的粗活,背不动,还是我来!"说着又要去背,乔燕又把老太婆挡开了,道:"婆婆,你这么大的年龄都背得动,我怎么背不动?你看——"说着将双腿张成八字形,脚趾抓着地,咬紧牙关,一用力,终于将背篼背了起来。

　　背篼虽然背起来了,但那用竹篾编成的背带却像长了牙齿一般,透过她薄薄的裙布,无情地咬噬着她肩膀的肉。尽管痛得龇牙咧嘴,她却没打算放下来。为了减轻肩膀上的疼痛,乔燕一边走,一边和老太太拉起话来:"婆婆,你今年多大年龄?"老太婆朝乔燕比画了一下,道:"再过三年,就满八十了!"乔燕吃了一惊:"婆婆,你都快八十了,这么早就挖了一背篼土豆?"老太婆道:"三早当一工,我们庄稼人,不就是趁早晨凉快才好干活吗?长工活,慢慢磨,自己地里的活儿,自己不干,也没别人帮你干。"乔燕又问:"婆婆,你家里还有什么人?"老太婆道:"儿子媳妇在外面打工,屋里还有三个孙子,我一大早起来把饭给他们煮好了,叫他们吃了去上学,还不知走没走?"乔燕又问:"婆婆,你叫什么名字?"老太婆道:"姑娘,我叫罗桂珍……"乔燕马上想起了,便道:"我知道了,婆婆,你儿子叫刘勇,是贺家湾村唯一姓刘的人家!"罗老太婆一听这话,就像贺世银当初一样,又惊又喜,立即对乔燕道:"是的,姑娘,我儿子可不就是叫刘勇!"

　　说着话,到了老人家里,乔燕看见郑家塝的房子,除少数几幢楼房外,其余的都还是过去的穿斗老房子,有三开间的,有五开间的,还有七开间加两边厢房,形成一个小三合院的。院子都是用青石板铺成,人字形屋顶,小青瓦,屋檐有一挑,也有两挑,说不上大出檐,但屋檐下还是足够宽敞。阶沿也都是用条石砌成的高勒脚,也算不上有多漂亮,但乔燕却感到了一种朴实自然的美。大约因为才开展了环境大整治活动,院子都扫得非常干净,房前屋后也不见一点垃圾。

　　乔燕和罗老太婆刚进院子,立即从屋子里跑出了高高低低的三个孩子来,一齐好奇地看着乔燕。乔燕随着罗老太婆把土豆背到堂屋，这才发现屋子里已经堆了一堆黄灿灿的、小山似的土豆。乔燕便问罗老太婆："婆婆，这些土豆都是你背回来的？"罗老太婆道："姑娘，不是我背回来的，还有哪个给我搭把手？"乔燕不吭声了。罗老太婆把乔燕肩上的背篼接下来，将土豆倒在了土豆堆上。背带刚离开乔燕肩膀的时候，乔燕仿佛觉得是从她肉里取出来的一样，疼得比压在肩上还厉害。她用手摸了摸肩膀，发现裙子的布都紧紧陷在肩上的肉里，便用手扯了出来，然后又揉了揉肩膀，虽然肩膀还有些发烧，但慢慢地不那么疼了。

　　罗老太婆见三个小子还远远看着乔燕，便道："叫你们吃了饭快去上学，你们还站起看什么？"其中一个道："我们吃了！"罗老太婆道："吃了还不去上学，挨杀场呀？"另一个道："我们一哈儿就跑拢了！"说完又盯着乔燕看。乔燕一看三个孩子满脸的调皮相，便对罗老太婆问："婆婆，三个孩子都是刘勇叔叔的？"罗老太婆悄声对乔燕道："大的那个是他和我原来那个儿媳妇生的，两个小的是现在这个媳妇带来的！"乔燕便看着那三个孩子道："你们叫什么名字？"孩子们看着她却不答。老太婆于是帮他们答道："老大叫刘明，老二叫刘亮，老三叫刘全！"乔燕仔细一看，老二、老三的模样果然和老大有些不一样。正看着，罗老太婆又叫苦道："我这是前世作了孽，带了虱子带虮子，他们又不听话，怄死我了！我又要给他们带娃儿，又要种地。我说不种吧，可又莫得喂嘴巴的……"说着便抹起眼泪来。

　　乔燕一见老太婆伤心抹泪，心里忽然觉得很难过，好像是自己遇到了不幸的事。她想起老太婆刚才走路颤颤巍巍的样子，又朝门口三个半大不小的孩子看了看，突然感到义愤填膺：这刘勇夫妇也太不孝顺了！你们不在家里赡养年迈的老母亲倒也罢了，却为什么还要把三个孩子交给这样一个风烛残年的老人来照顾？要是老人在家里出了个意外怎么办……越想越气愤，便对刘明道："你有没有你爸爸的电话？"那小子一听，像是想邀功，立即响亮地答应了一声："有！"乔燕便说："你去把你爸爸的电话拿来！"那小子却没有动，斜眼看着奶奶。罗老太婆便看着乔燕问："姑娘，你要他的电话干什么？"乔燕道："婆婆，我要给刘勇叔叔打个电话，告诉他，我们穷归穷，可该尽的孝道和责任却不能不尽，你说是不是？"罗老太婆却说："姑娘，你就别给他打这个电话了！"乔燕显得很坚决："不，婆婆，今天我一定要打这个电话！"又对刘明说，"快去给姑姑拿来，好孩子就要听话！"那小子这次不再犹豫，果然"咚咚"跑去拿了一张记着电话号码的作业本纸来。

乔燕把手机拿出来，当着罗老太婆和几个孩子的面，拨通了刘勇的电话，还没等对方说什么，便抑制不住怒气似的对刘勇数落了起来："你是刘勇叔叔吗？我是县上派到贺家湾来的第一书记，我叫乔燕！我现在正在你家里，你妈都快八十岁了，还在家里给你带三个小孩，你说说，你们应不应该这样做？这是我对你的第一个不满意！第二个不满意，你不应该在三个未成年孩子的成长阶段，就让他们缺少父爱母爱。你要知道，你母亲虽然能管到他们的吃穿，却管不到他们的教育，也没法从精神上关心他们，父母的爱是任何人都不能给予的！缺少父爱母爱的孩子，在性格上多多少少都会有些缺陷！如果哪天孩子在学校或社会上走上了犯罪的道路，哪个来负责？所以，我以第一书记的名义要求你们，你两口子最起码应该回来一个，尽你们赡养老人和抚育孩子的责任和义务！你好好想想吧！如果你不按我说的办，我以后还要给你打电话，直到你们回来一个为止！"说完也不给刘勇解释的机会，便把电话挂了！

乔燕把想说的话一股脑儿地倾诉完以后，突然觉得心里一阵清爽，好受多了。回头一看，罗老太婆却又开始擦起眼泪来。乔燕忙安慰道："婆婆，你不要怕，如果刘勇叔叔打电话回来说你什么，你告诉我，我再批评他……"话没说完，罗老太婆却一把将眼角的泪花擦净，然后对乔燕道："姑娘，你是好心，说的话也都是真话，可是你不该这样说他！"乔燕半晌才问："婆婆，我说错了？"罗老太婆道："你们城里人不知道乡下人的难处，我那个儿媳妇，也是一身的毛病，在外头也就是给他们爸爸煮煮饭。一大家人，就靠他们老汉挣钱养家呢，回来了怎么办？"乔燕一惊，难道自己好心办了坏事？可是如果不叫刘勇回来，老太婆在家里真出了事怎么办？想了半天才对罗老太婆说："婆婆，你别担心，这次精准扶贫，要把产业发展放到首位，我们村也要发展产业，刘勇叔叔回来了，我给他找项目，他就在近处挣钱，又照顾了家，又能挣钱！"罗老太婆听了这话，一把抓住了乔燕的手，道："姑娘，你要是真能在家门口给他找个挣钱的活儿，我老太婆就给你烧高香了！"

乔燕便开始了解罗老太婆家里的收入及开支情况，没想到罗老太婆虽然还耳聪目明，却是什么也说不清楚，把个乔燕急得手足无措。罗老太婆见乔燕着急，像是自己亏欠了乔燕什么，越往下越说越糊涂起来！乔燕只得把话题暂时打住，等张芳一起来和罗老太婆慢慢算账。

乔燕收了本子，刚想和罗老太婆告别，想起了吴芙蓉鸭子的事，于是又问罗老太婆："婆婆，你知道吴芙蓉鸭子的事吗？"罗老太婆想了想才说："倒是听说过，可耳听为虚，又隔了一条沟，是不是真的也不知道，可不敢吊起下巴颏乱说！姑娘，不是我老太婆多管闲事，吴芙蓉可不是省油的灯呢！"乔燕见老太婆说不出什么，只得站起来答道："我知道，婆婆！"说着离开了罗老太婆的家。

　　晌午时分，张芳顶着太阳到村委会找乔燕来了。一见乔燕，便急匆匆问道："乔书记，上午到郑家塝怎么样？"乔燕便把上午到罗老太婆家里的情况对张芳说了。张芳便笑着道："乔书记，这老太婆七老八十，她可不是存心想糊弄你，这个你也不要怪她！"乔燕道："我没有怪她，不过我心里有些着急，照这样下去，我们怎么能把全村每家每户的情况弄准确？"张芳道："乔书记你放心，吃了晌午饭我和你一起去，保准能把家家户户的情况摸个八九不离十！"乔燕有些狐疑地看着她，张芳看出了乔燕的心思，马上又道："这有什么？俗话说，家中有金银，隔壁有戥秤。我也是种庄稼的，谁家里有多少亩地，种的是什么，一年大概能收多少粮食，出槽了几头肥猪，卖了几只羊，这些他哄得到你这个城里人，哄不到我，我一算就给他算出来了！还有，我原来也在外面打工，我家里那个人现在也还在外面打工，什么样的工种能挣多少钱，虽不敢说一分不差，却也大不过一尺的帽子，想拿洋花椒来麻我，那是灯芯草掉到水里——不成（沉）！"乔燕高兴起来，便说："张姐，果然是三生不如一熟！时间还早，我们不如现在就去！"张芳见乔燕一副迫不及待的样子，便道："去就去吧，你都不怕热，难道我还怕！"

　　果然如张芳所言，有了她这个熟悉农村内情的行家里手，调查工作便顺利多了。忙了七八天，终于把郑家塝村民组的入户调查工作做完了。

　　这天上午，天气阴凉，转到了上湾村民组。乔燕和张芳一连走了好几家，大门都上了锁，乔燕便道："看来我们只有晚上再来了！"张芳想了一想，道："别着急，有一个人保准在家里！"乔燕忙问："谁？"张芳说："贺懒！"乔燕想了半天，没想起这个人，便问张芳："谁是贺懒？"张芳笑着道："你把懒字换成它的反义词，不就知道了？"乔燕恍然大悟，笑了起来："是他！那我们去看看他是不是真的在家里？"

　　到了贺勤家里，就看见贺勤穿了一件蓝色迷彩背心和一条麻灰色短裤，像是刚吃过饭，正懒洋洋地躺在堂屋墙边的一把竹凉椅上，一边用竹签剔着牙齿，一边轻轻晃着脚。竹椅旁边放着一只银灰色的小收音机，播音员正用一种甜润、柔和而不失激情的声音，播送着一则新闻："本台消息：为切实加强对贫困户的帮扶和责任包保，昨天，市卫计局张国卫局长带领局干部深入火麻乡金燕子村扶贫联系点，开展入户走访慰问活动，并为贫困户送去慰问金及衣服、米、油等慰问品……"

贺勤正听得津津有味，忽见乔燕和张芳跨进门来，急忙将身子坐直了，对乔燕问："乔书记送慰问金来了？"一句话就把乔燕问愣了，正想回答，却见张芳过来，拿起收音机，"咔嗒"一声就把它关了。贺勤脸上露出不满的神情来，对张芳怒气冲冲地问："你给我关了做啥子？"张芳道："说话费精神，弹琴费指甲，难道你听话就不费精神？我把它关了，让你好好养精神还不对？"贺勤知道张芳是在讽刺他，便变得正经起来，道："你们来找我，不会又是吴芙蓉鸭子的事吧？要又是这事，我没有什么奉告的！"

乔燕一听，便道："大叔，我们来了解一下你的家庭情况，包括你家庭人口、健康状况、经济来源、子女上学、经济开支等，你可要对我说实话！"贺勤听后，便看着乔燕问："你们了解这些做什么？"乔燕正想回答，张芳又道："你刚才不是在问慰问金吗？了解清楚后好给你送慰问金呀！"贺勤瞪了张芳一眼，道："我又没和你说话，我和乔书记说话呢！"说完便看着乔燕，带了几分讨好的口气，"姑娘，你问吧，我保证百分之百回答你的问题！"

乔燕就从背包里取出笔记本和笔，在一条小凳子上坐下，打开笔记本，开始问起来："大叔，你家里几口人？"贺勤道："两个！"乔燕又道："你儿子叫什么名字？"贺勤道："贺峰！"乔燕道："你儿子现在在干什么？"贺勤道："打工！"听到这里，乔燕忽然停下笔，盯着贺勤，把话题岔到了一边，道："大叔，我听湾里的人说，你儿子读书非常用功，从小学到初中，都是镇中心校的第一名。中考时，以将近七百分的高分考入县中尖子班，可刚刚念完高一，就不读了，是什么原因？"贺勤连想也没想便马上说："没钱！"乔燕见他说得这么干脆，也没有一点内疚之心，心里便有些生气，又直捅捅地道："可我听说是你不让他读的，要他出去打工挣钱回来让你花……"一语未完，贺勤跳了起来，涨红着脸，看着乔燕问："哪个说的？哪个在背后说我坏话，有种的站出来……"乔燕知道自己的话触到了他的痛处，想再批评他几句，又怕他更急起来让自己下不了台，便求援似的看了张芳一眼。张芳忙道："嘴巴长在别人身上，别人想怎么说，你把别人的嘴巴堵得住？关键是你自己，心中无冷病，就不怕吃西瓜！"贺勤听了这话，只狠狠瞪了张芳一眼，想说什么没有说出来，又坐下去了。

乔燕又对贺勤道："好了，大叔，我们先不忙说贺峰的事，说说你的收入情况吧……"话还没完，贺勤就一口接过去说："没有收入！"乔燕道："一点收入也没有?"贺勤又干脆地道:"没有!"乔燕眉头皱了起来,正想继续问他,张芳抢在了她前面,道:"怎么没有收入,你刚才不是还说贺峰在外面打工,打工的工资就不是收入?"乔燕以为张芳这话把贺勤给问住了,没料到贺勤连想也没想一下,便回答张芳道:"他打工没有挣到钱!"张芳道:"没挣到钱还出去打工做什么?你只告诉我他在什么地方打工,做的什么活儿就行了……"张芳还要说,贺勤打断了她的话:"我不知道他在哪儿打工,也不知道他做的什么活儿!这娃儿翅膀硬了,连他老子也不管了!"

一听这话,乔燕和张芳都愣住了。半晌,乔燕又问:"大叔,你儿子打工的事你不知道,那你今年收了多少粮,你该知道吧……"同样没等乔燕话完,贺勤又道:"没有粮食!"十分干脆。旁边张芳更生气地说道:"没有粮食你吃的是什么呀?"贺勤道:"我是上顿吃了凑下顿,凑合一天算一天,你管得着吗?"噎得张芳直翻白眼。

乔燕见他们要顶起来了,忙又把话题岔开,问:"大叔,你身体有什么病没有……"贺勤又马上道:"我全身都是病!"说着立即把手反过去,一边捶打着腰,一边做出痛苦的神情,呻吟着说,"哎哟,我这腰,我这腰……痛死我了!乔书记,我可是全村最穷的贫困户,哎哟哟……我老婆死的时候,我还欠账……"乔燕马上又问:"欠了多少账?"话音刚落,贺勤腰也不痛了,也不呻吟了,从椅子上一下站起来,对乔燕道:"欠得可多了,乔书记,不信我去把医药发票拿给你看!"也不等乔燕说什么,便"咚咚"地跑到里面屋子去,端出一只抽屉,将一堆乱糟糟的发票呈献在乔燕面前,嘴里说道,"你看嘛,看嘛,我可不是哄你的!"

乔燕见他这样,知道今天没法从他这儿了解到真实情况了,也没去接他的发票,只是把眉头皱紧了,对他道:"大叔,你把发票拿开,我说句不好听的话,我们穷不要紧,关键是人穷志不能穷!我听说你还有一份砖工的手艺,为什么我们不能像别人那样,自信自强,树立起克服困难的信心和勇气,来发展产业,增加收入……"说到这儿,乔燕忽然想起昨天晚上张岚文阿姨发来的那段谣儿,便对贺勤背了一遍。贺勤听后,立即道:"姑娘,这谣儿写得好,真的写得好!我是想发展产业,可这身体……"说着又立即用手撑着腰叫了起来,"哎哟哟……好痛哟!"乔燕没管他,仍看着他道:"要想从根本上摆脱贫困,还要靠知识、靠文化,你儿子是块读书的料,得让他重新走进课堂……"贺勤马上又不叫唤了,却又从牙缝里吐出了两个字:"没钱!"乔燕道:"只要你答应让他重新回来读书,钱的问题我来帮你解决！"贺勤眼睛立即亮了，看着乔燕问："真的？"乔燕道："我说了的话是要算数的！"贺勤想了一会儿，目光又暗淡下来，咧开嘴，露出讨好的笑脸，对乔燕道："乔书记，你真有那心，还不如把那钱给我打酒喝！"说完竟"嘻嘻"地笑出了声。乔燕忙问："为什么？"贺勤道："现在遍地都是大学生，读了书还是没有用，不如给我吃到肚子里实在！"

乔燕无可奈何地摇了摇头，再接着便想站起来狠狠地抽他一下，心想："世界上哪还有这样的父亲呢？贺峰摊上这样一个父亲，也不知他心灵受到了多大伤害？"想了半晌，心情慢慢平静下来，又换了一个话题问贺勤："大叔，请你给我说句实话，贺峰究竟在哪儿打工？"贺勤又看了乔燕半天，仍然说："不知道！"乔燕又说："大叔，你能把贺峰的电话给我吗？"贺勤看着乔燕警惕地问："你想干什么？"乔燕说："县上出台了一个政策，鼓励本县的企业招收贫困户子女就业，我在县上的朋友多，想给他就在家门口找个既轻松又能挣大钱的职业，你说好不好？"贺勤一下高兴起来："姑娘，你说的可是当真？哎呀呀，这当然好！你不晓得那小子在外面，身体又不好，又不能干重活，一个月只挣一两千块，要是你帮他找到一个挣大钱的活儿，我可倒要给你磕头了！"说完，就忙不迭地把儿子的电话给了乔燕。

乔燕记下贺峰的电话，这才对贺勤严肃地说："大叔，我再问你一件事，你究竟赶吴芙蓉大婶的鸭子没有？"问完不等他答话，马上又说，"人一辈子，可要活得光明磊落……"贺勤立即又跳了起来，梗着脖子，像是和乔燕吵架似的道："谁说我不光明磊落了？谁说我不光明磊落了，啊？吴芙蓉是血口喷人，你也相信她的……"乔燕听他这么说，目光犀利地落到他脸上，看着他的眼睛问："真没赶？"贺勤马上道："我只有一个儿子，我拿我儿子来赌咒！我要是真赶了……"乔燕见他脸急成了紫茄子的颜色，又拿出了贺峰来发誓，便打断了他的话道："你鸭子在哪儿，能不能带我去看看……"贺勤道："你看不见了！我的鸭子卖了，全卖了！"乔燕大惊："什么……"贺勤道："不卖我还等着她来捉呀！"乔燕不禁目瞪口呆。

乔燕和张芳从贺勤家里走出来，张芳有点泄气地对乔燕说："一上午的时间算白费了！"乔燕反而安慰起张芳来，道："别着急，张姐，一次不行，我们多来几次就是嘛，我不相信就打不开他这把锁！"又突然想起似的问张芳，"张姐，听说他过去并不像这样，你说他是怎么变成现在这个样的？"张芳想了想，也道："实事求是地讲，他过去真的不是这样，从他老婆死后，他才变成这样的。也许家里没个女人，破罐子破摔，他才这样的吧！"乔燕听了这话，便没吭声了。走到分路的地方，张芳又要拉乔燕到家里吃饭，还是被乔燕拒绝了。

打从贺端阳屋后的小路上过时，乔燕看见贺波屋角小庭院四周的围墙已经建了起来，约有一人来高，也全是用本地的青砖建的。最使乔燕惊讶不已的是园子中间，贺波用本地的碎红砖铺了一块方方正正的地。地的正中，又用碎青砖和从河里淘来的卵石，做成了一个八卦太极图，那"阴阳鱼"的眼睛，却是用两块簸箕大的磨扇嵌上去的。"黑鱼"的眼睛磨齿朝上，"白鱼"的眼睛磨齿朝下，看起来十分别致。其余的地方，不是用砖铺成的甬道，便是经过平整后的泥土，万事皆备，只等着天气凉爽以后，往园子里植树和栽花种草了。乔燕想起自环境整治以来，因为忙，她也没去看过贺波，想下去看看，可马上又想起自己承诺的事还没给他办，去见了他说什么呢？想了一想，便回了村委会。

第九章

　　老天爷下了两场雨，虽然不大，早晚却凉爽了起来。乔燕没带秋衣下来，这天把老湾村民组调查完了后，决定回城里一趟。

　　一大早到了单位，何局长刚好才来，拿着一把鸡毛掸子掸办公桌上的灰。乔燕庆幸自己来得合适，不然等会找局长的人一多，自己今天就没法和领导说上话了。乔燕在单位工作了一年多时间，知道像她这样一个小办事员，要和局长说上几句话是一件不容易的事。现在见局长一个人在办公室里，便做出调皮的样子，对何局长喊了一声："领导！"

　　何局长三十八九岁，个子不是很高，穿一件蓝色条纹的棉质免烫衬衣，一条藏青色的裤子，肚皮微微凸起，过早地显出了福相。听见有人喊，抬头见是乔燕，马上就笑着说道："哦，书记回来了？"

　　乔燕看出何局长今天似乎很高兴，竟然还用了开玩笑的口吻和她说话，顿感十分亲切。见领导心情好，便又笑着说道："再不回来给领导汇报工作，领导说不定哪天就要对我兴师问罪了！"何局长听了这话又笑了起来，道："可不是这样，还以为你把单位都忘了呢！那你说说你在村里工作的事吧！"

　　乔燕急忙在何局长对面坐了下来，汇报了将近一个月的工作情况，却隐瞒了上任那天村民把她当骗子的事。何局长越听越高兴，道："干得不错呀，看来我们没看走眼！好好干，千万别给我们单位丢脸！"乔燕却道："不过还有一件事，领导可要支持我！"说完便把贺波的事给他说了，何局长听了却说："你扶贫便扶贫，一个复员退伍军人在部队犯没犯错误，和我们有什么关系？"乔燕道："可他这个复员退伍军人不一样！别的军人一退伍，早就出去打工了，而且哪儿钱多便往哪儿去！可他复员后却选择了留在家里。留到家里还不算，在得不到任何人理解和支持的情况下，把家里环境搞得这样好，现在能有几个年轻人能做到这点？"

何局长没吭声，似乎在思考什么，乔燕马上又道："我知道扶贫的目的是建设小康村，而建成小康村就包括村容村貌和精神文明！贺波做的几件事，代表了今后农村发展的方向，我觉得我们应该支持他！"何局长看了乔燕一眼，过了半晌才说："我们只是业务部门，复员退伍军人的事又不归我们管，我们能有什么办法支持他？又怎么去证实他在部队犯没犯错误？我们总不能去乱证实吧？"乔燕道："怎么乱证实？县上难道就没有管复员军人档案的地方了？"何局长立即道："你要查复员军人档案，县武装部那么大一块牌子，怎么走到我这儿来了？"乔燕看出领导不高兴了，突然对他"扑哧"一笑，道："领导，你道我不晓得县武装部管复员军人档案？你看看我，一个小丫头，想去查档案，又没介绍信，人家会理我吗？"何局长明白了，便道："说了半天，原来你想让我跟你到武装部查一个退伍军人的档案？"乔燕仍笑嘻嘻地道："我知道你还是预备役营的副营长呢！今年夏天省军区首长到我们县检查民兵预备役工作，我看见你穿着军装接受首长检查，可威武着呢！"何局长听了这话，有些哭笑不得，道："什么副营长，那只是挂名的！好了，我很忙，没时间和你去……"乔燕也马上道："我也很忙，是专门为这事跑回来的！"没等何局长答话，又紧接着说，"我下去的时候，你说过，有什么困难就回来找你，你永远是我的坚强后盾！你这个后盾今天可不能倒！"何局长想笑笑不出来，想恼却又不便恼，只好苦笑着对乔燕道："你呀，你呀，真是小孩子，我拿你没法！好了，武装部政工科赵科长和我是哥们，我给他打个电话，你尽管去查，这行了吧？"说完，果然掏出手机便打起电话来。乔燕没再说什么，等何局长打完电话，便站起来朝他鞠了一躬，说了一声"谢谢"，出去了。

到了县武装部，找到了政工科赵科长，赵科长将乔燕上下打量了一番，然后道："你查一个复员退伍军人的档案做什么？"乔燕便又把贺波的事对赵科长讲了一遍。赵科长不听犹可，一听眼睛就熠熠地闪出光彩来，对乔燕道："你说的可是真的？"乔燕道："我怎么敢在领导面前说假话？可惜我当时没拍照片，要是拍了照片就好了！"赵科长喜得想抓乔燕的手，可想了想又把手缩了回去，高兴地道："小乔同志，你可帮我们大忙了……"乔燕眨了眨眼睛，问："我帮你们什么忙了？"赵科长仍只是喜滋滋地看着乔燕笑，没有回答，旁边一个军人道："你不知道，我们正在找一个复员退伍军人回乡建设社会主义新农村的典型呢！"乔燕一听，惊讶地叫了起来："真的?"赵科长道："可不是这样！国庆节过后，省上要表彰一批复员退伍军人在各条战线建功立业的典型，给我们县分配的是一个扎根家乡、建设社会主义新农村的模范人物，可我们找遍全县，也没找到这样的一个人，如果你说的是实，不正是一个典型吗?"乔燕听赵科长如是说，高兴起来，马上道："我说的句句是实，不信，你们可以到村上来考察！"赵科长便道："好的，小乔同志，我给首长汇报过后，争取尽快下来考察考察！"说完便对旁边那个军人道，"小黄，去查查贺波同志的档案，看看他在部队的表现如何。"

没一时，小黄回来了，对赵科长道："档案查了，这个同志在部队还立过三等功，没有犯错误的记录！"赵科长道："这就更没问题了！"回头对乔燕说，"小乔同志，感谢你给我们送来一个好典型，你先回去，过两天我们一准下来！"乔燕便笑着对赵科长道："谢谢赵科长，你们可一定要早来呀！"

刚走过县武装部所在的八一街，在十字街口，乔燕忽然看见李亚琳从对面街道走来，立即欣喜地叫道："亚琳！"亚琳见是乔燕，也喜出望外地向她挥了挥手，然后站在街边，等绿灯亮后，就从斑马线上跑了过来，两个人便紧紧地拉住了手。

亚琳道："你们村上贫困户摸底排查结束了?"乔燕道："还没有，我请了半天假回来办点事！你们村呢?"亚琳道："只能说初步结束，还没开始甄别鉴定，这是最难的！我也半个多月都没回家了，今天请假回来到医院看看病……"一听说"看病"，乔燕马上叫了起来："你有什么病?"亚琳不好意思地笑了笑，半天才道："医生说我是劳累过度，神经衰弱，还有……"乔燕忙看了亚琳一眼，见她脸色不但和那晚一样苍白，而且苍白中还仿佛敷了一层黄蜡，眼圈周围的黑影也比先前更深更浓，便急忙问道："还有什么?"亚琳道："那方面也有问题……"乔燕没听懂，寻根究根地问："哪方面?"亚琳在乔燕肩上打了一下，道："那方面都不懂?"然后放低声音附在乔燕耳边说，"就是月经也不正常！前几天来的时候，可把我肚子痛惨了，连腰也直不起，像刀子在肚子里面扎……"乔燕忙问："医生开药了吗?"亚琳拍了拍挎在肩上的包，道："开了，叫我自己到药店再买两盒安神补脑液喝！"乔燕问："买了吗?"亚琳道："我正要去买呢！"乔燕道："那好，我陪你去买！"

两人到旁边一家药店买了药，乔燕又问亚琳："你什么时候回村上去?"亚琳道："下午。"乔燕道："我也是！"说完看了看时间，便道，"还有点儿时间，我送你回家吧！"亚琳立即道："我怎么会要你送……"乔燕道："反正我也是往那个方向走，我还想和你说话呢！"说完，也不管亚琳同意不同意，挽着她的手便往前走了。走到西门石子岗外面的小园子时，见园子里两棵筛子般粗的黄葛树浓荫蔽日，几个老人正坐在树下的石凳上下棋。乔燕看见另一边的石凳还空着，便对亚琳说："我们也歇一歇再走吧！"亚琳没反对。

　　在树下坐下后，亚琳才看着乔燕问："乔燕姐你想说什么？"乔燕却一时没说出话来，半天才笑着说："这将近二十来天忙得晕头转向，刚才一看见你，感觉像是有好多日子不见，想说的话一时又说不出了……"亚琳也道："我也是一样！"乔燕道："那我们就坐坐吧！"亚琳道："好，我们就这样坐坐！"说着把头偏过来，就靠在了乔燕肩上。刚靠了一会儿，像突然想起了什么，马上又坐直了身子，看着乔燕道："乔燕姐，这次每家每户重新摸底排查，没遇到什么大的难缠的事吧？"乔燕立即笑着说道："没有。"亚琳像是放心了，也笑着答道："没有就好！你在微信里说感到有些紧张，大家还真担心你遇到不好处理的事呢！"两人依偎着说了一会儿话，看看时间不早，乔燕又反复对亚琳说了一通保重身体的话，这才分开。

　　回到家里，乔奶奶正在做饭，乔燕便直催道："奶奶，快点，快点！"乔奶奶道："你回来就像催命鬼似的，忙什么呀？"乔燕道："奶奶，我村上有事呢！"乔奶奶又道："有事你又回来做什么？"乔燕一听这话便不作声了，进屋去收拾起自己的衣服来。收拾好出来一看，乔奶奶已经把饭菜盛到了桌子上。乔燕知道爷爷一定又是跟几个老爷子打牌打到了兴头上，一时半会儿不会回来，也不客气，过去端起碗便狼吞虎咽起来。一碗饭下肚，将嘴一抹，对乔奶奶说了一声："奶奶，你给爷爷说，我没等他，对不起！"说完抱起衣服就往外走。乔奶奶急忙喊住她："回来，奶奶问你一件事！"乔燕只好站住了，看着她道："什么事呀，奶奶？"乔奶奶道："我问你，这段时间你和张健联系过没有？"乔燕道："奶奶，你问这做什么？"乔奶奶道："你们说要在国庆节结婚，这段时间怎么没听到响动了？"乔燕走过去，在乔奶奶脸上亲了一口，这才没正经地道："奶奶，你放心，误不了的！"说完，转过身子"咚咚"地走了。

　　回到贺家湾，乔燕到楼上"咕咕"地喝了一瓶矿泉水，便赶到贺波家里来。贺端阳没在家，趁这个时候去调查自己组剩下的几户农户去了。乔燕把武装部赵科长的话告诉了贺波，贺波先是惊得瞪圆了眼睛，咧开大嘴，露出两排洁白的牙齿，像小孩一样傻笑着，接着又将十指紧紧地交叉在一起，然后又用力扯开，一副手足无措的样子，看着乔燕道："真的？真的……"乔燕道："你看我会是骗你的吗？他们一来，村里人对你的所有误解，不都解决了？"贺波脸上浮现出一层红晕，眼睛里闪着一种羞赧的光芒，道："姐，可我怎么说呢？"乔燕道："假如你在部队，首长问你什么话，你会怎么说？"贺波道："我在部队，见过的最大的首长也就是团长，就是那次给我们颁发立功证书，我想和他握握手，可他把证书递给我，手就缩了回去，更说不上和首长说话了！"乔燕一听这话笑了起来，道："你不用紧张，到时你爸和我肯定都在场，你答不上来的，还有我们呢！"说完回去了。

晚上，贺端阳突然来了，对乔燕说："乔书记，县武装部真的要来考察贺波？"乔燕道："怎么连你也怀疑起来了？"贺端阳道："可这小子有什么成绩？"乔燕道："把菜地改成荷塘，既养了鱼，扩大了经济效益，又美化了环境。建沼气、污水池，改厕所和猪圈，废物利用，循环发展，又进一步使环境更卫生，实现了绿色发展。把旁边经济效益和观赏价值都不大的毛竹刨了，换成小花园，把村庄变得更美，这可不是一般的成绩呢！"贺端阳道："可在正经庄稼人看来，这些都是瞎折腾……"乔燕没等他说完，便看着他说："贺书记，村里人怎么看我管不着，只要你不这么看就好！"贺端阳道："儿大不由爷，要是像小时候那样，我哪能让他这么瞎折腾？早把他赶出去打工了！"乔燕笑着对贺端阳道："贺支书，我说句不怕你生气的话，这就是他和你不同的地方！贺支书，你想想，如果贺家湾家家户户都像你们家现在这个环境，你说贺家湾美不美？"贺端阳被乔燕问住了，过了一会儿才说："不可能家家户户都像他那样做呀……"乔燕又笑了，道："正因为这样，所以我们得支持、宣传、推广他的事迹呀！"贺端阳像是再也找不到合适的话回答乔燕了，便道："我没想到你会欣赏这小子，在我眼里，他就是一个不务正业的'搞搞神'！万一上面领导来看了不满意，不光是打了这小子的耳光，你脸上也不光彩，当然我也会没面子，所以我心里有点像细娃仔唱歌——没有谱儿！"乔燕知道了贺端阳心思，便也想起了一句歇后语，笑着对他说："老婆婆吃豆腐，贺书记你就一百个放心，出了问题你拿我是问就是！"

第二天上午，镇上就给贺端阳打来电话，说明天县武装部高政委要亲自率人到贺家湾来，调查复员退伍军人贺波扎根家乡、建设社会主义新农村的先进事迹。

贺端阳挂了机，还没把电话放进兜里，镇党委罗书记的电话又打来了。罗书记在电话里十分严肃地道："高政委明天要带人来考察贺波，高政委是县委常委，他来就代表了县委，你知道在县委领导面前该怎么汇报吧？你们的汇报材料准备得怎么样了？"贺端阳道："罗书记，我们才接到通知，正在考虑从哪些方面汇报呢……"话还没说完，罗书记便说："我让党政办的小冯下来帮你们把贺波同志的经验和事迹整理整理，这可是向县委汇报，材料没有说服力怎么行？"说完也不等贺端阳回答，又马上说了一句，"就这么定了！"

贺端阳听了罗书记的话，便又拉了贺波一起来找乔燕。一见面，贺端阳便把罗书记的话对她说了。乔燕对着贺波道："这有什么难的？就像你那天对我讲的，是怎么想的、做的，就怎么说……"贺端阳马上打断了乔燕的话，道："这怎么行？中国的事，你不突出领导，是万万要不得的……"乔燕没接贺端阳的话，却看着贺波问："贺波你的意见呢？"贺波红着脸说："我从来没经历过这样的事，不知道见了领导该怎么说。"乔燕想了想，便对贺端阳道："罗书记不是已经派了党政办的小冯来帮我们整理汇报材料吗？我听说这小冯可是镇上的一支笔！他怎么写，贺波就怎么说，你看怎么样？"贺端阳立即道："这样最保险！"

翌日上午，镇上罗书记、熊委员果然陪着县武装部高政委来了。跟着高政委来的，还有赵科长和小黄，以及扛着摄像机的县电视台记者。高政委是北方人，身材魁梧，一张国字脸盘儿黑里透红，高颧骨，高鼻梁，眼睛炯炯有神，穿一套军官服，迈着军人有力的步伐，虽然没戴大檐帽，却也给人一种威武雄壮和精神气儿十足的感觉。赵科长和小黄都是南方人，个头儿比他们领导低了一大截，身着军装，军服上的风纪扣扣得工工整整。贺波这天也把退伍时那套崭新的暗棕色虎纹作训服穿到了身上，将上衣扎进裤子里，脚着一双低帮迷彩作战军靴，红润着面孔，两道浓眉，一双大眼，也显得英姿飒爽。

一见高部长，贺波说了一声："首长好！"双腿并拢，"啪"的一声便行了一个标准的军礼。高政委还了礼，又抓住贺波的手摇着说："你好！"贺波又给赵科长和小黄也都敬了军礼，镇上罗书记才过来介绍。赵科长和乔燕握过手后，对高政委说："这就是我给你说过的小乔同志！"高政委又过来抓住乔燕的手，连说了几声"谢谢"，又道："小乔的扶贫工作做得不错嘛，啊，回去我让县委给你记功！"说得乔燕脸红了起来。

贺家湾偏僻，平时连镇上罗书记也难得下来，现在听说县上来个大官看望贺波，一是不知这个官有多大，长得什么模样，二是不知贺波这小子究竟做了什么惊天动地的大事，就连县上的大官也要来看望他。因此一得到这个讯儿，一个传一个,没多久,便拥来了一大群人。镇上罗书记一见,便对贺端阳道:"这是怎么回事,啊?"贺端阳立即过去假意驱赶那些村民,道:"有什么稀奇看的,啊?退开,退开,该干什么干什么去,啊!"一些村民知道贺端阳驱赶是假,便往后面退,退到院子边上,便不肯退了。贺端阳还要去赶,高政委道:"别赶了,让他们都过来听听也好!"贺端阳一听这话,巴不得似的,便又道:"过来过来,大家都过来,站那么远缩头缩脑地干什么?"村民果然又一齐拥到了院子里。

高政委坐下来,和众人说了几句闲话,便叫贺波带他们去看现场,罗书记却道:"高政委,你难得深入到我们这样的地方来,还是先听听小贺汇报一下情况再去看现场吧!"贺波一听这话,尽管有乔燕昨天的提醒,但此时一见电视台记者的摄像机镜头,突然紧张得头上冒出了热汗,忙从迷彩服口袋里掏出昨天小冯给写的材料,准备照着念。高政委却挥手制止了他,道:"小贺别念材料,我们一边看,你一边给我们介绍就是了!"贺波如获大赦,急忙把材料往口袋里一塞,便带了高政委等一行人,先去看了荷塘、猪圈、厕所、沼气池,最后才看后面还没来得及栽花草的小园子,一边看,一边对高政委讲解。

高政委看完,十分高兴,拉了贺波的手,一边往院子里走,一边问他退伍后为什么没出去打工。贺波又把当兵演练时的见闻和退伍回来的打算,也对高政委汇报了。高政委喜不自禁,回到院子里便对周围的村民做起演讲来:"贺波同志很了不得呀!他不愧是我们光荣的人民解放军培养出来的好战士,不但在部队荣立过三等功,退伍回乡后,还保持部队的本色,立志为社会主义新农村建设做出贡献,这是很了不得的呀!尤其是在这轮精准扶贫、精准脱贫中,我们希望有更多的年轻人,特别是经过部队锻炼的复员退伍军人同志,扎根农村,把农村建设得更加美好,在这方面,贺波同志给我们做出了榜样。下一步,我们将号召全县退伍军人都向他学习!"说完又对镇上罗书记说,"罗书记,典型引路,是我们党一贯的工作方法,你们以后也可得多注意培养典型呀!"罗书记忙道:"我们一定落实常委的指示!"乔燕等罗书记话完,趁机向高政委说了贺波想办生态养鸡场缺资金的事。高政委听后想了一下,便道:"这可是好事呀!如果小贺把生态养鸡场办起来了,这个榜样不就更有说服力了?"说完对赵科长道,"记下来,回去帮小贺协调一下!"赵科长果然忙不迭地在本子上记了下来。记完后,高政委又和贺端阳、贺波、乔燕说了一会儿话,看看时间不早,便和贺端阳、乔燕及贺波告了别,和罗书记、熊委员一道回镇上吃午饭了。

高政委等走后,乔燕问了一下贺端阳、贺文入户摸底调查的事,知道他们今天下午便可以结束，很高兴，决定明天上午开一个村组干部会，汇总一下三个组调查的情况，也算是村两委对全村贫困户的一个初步认定，下一步便是提交村民大会来讨论和投票。

　　商量完以后，乔燕回到村委会，简单地弄了一点饭吃到肚子里后，想睡会儿午觉。自从入户调查开展以来，为了利用中午的时候好找人的这点机会，乔燕半个多月都没在中午眯过眼了。刚刚眯着，忽然响起了一阵拍门的声音，她惊得从床上跳了下来，理了理裙子，一边问："谁？"一边过去开了门。

　　门外站着的却是贺波！小伙子仍穿着上午那件虎纹迷彩服，脸上红扑扑的，眉梢眼角都带着笑。乔燕急忙把他让进屋子，又给他倒了一杯水，才道："什么事把你乐的？"贺波嘴唇动了动，只是看着乔燕笑。乔燕以为他是为上午的事高兴，便道："这下村里人再不会怀疑你在部队犯错误了吧？"贺波"嘿嘿"地笑了两声，仍是没说话，脸却更红了。乔燕道："就这么点事，犯得着这么开心吗？二万五千里长征，才刚刚迈出一步呢……"贺波这才打断乔燕的话，说："不是的，姐。"乔燕又忙问："那是为什么？"贺波又停了一会儿，这才道："有人向我提亲了……"乔燕马上叫了起来："真的，姑娘是谁？"贺波道："就是郑家塝郑全兴的女儿，叫郑琳，你没见过，她在外面打工……"乔燕见他高兴的样子，便打断了他的话，道："那好哇，都是一个村的，知根知底，我向你表示热烈的祝贺……"话还没完，贺波却瘪了瘪嘴，道："一点也不好，我不想答应……"乔燕马上盯着他问："她不漂亮？"贺波摇了摇头。乔燕马上又问："那你为什么看不上人家？"过了半天，贺波才对乔燕说："姐你不知道，他们一家人都是耗子眼睛，只看一寸那么远。我退伍回来不久，有人就向我提过这门亲事，可他家嫌我当了几年兵，也没混出个名堂，现在又窝在家里不肯出去，肯定是个没出息的，便没答应，现在又提，我觉得自己有点贱……"乔燕明白了，便道："农民都是务实的，加上现在女孩在婚姻市场上占优势，尤其是农村女孩不愁嫁，人家要挑挑拣拣，有什么奇怪！关键是你心里有没有这个女孩？"贺波又不好意思地笑了笑，半天才又对乔燕说："她是我小学和初中时的同学，过去上学放学，我都等她一路……"乔燕一听这话，再看小伙子脸上羞赧的神情，心里明白了，马上道："既然这样，那你还要等什么？还不赶快答应下来！"贺波什么也没说，只含笑对乔燕点了点头。

　　乔燕又问："还有什么事没有？"贺波看着乔燕道："我老汉答应出钱，让我把房子按那天我向你讲的那样改造一下……"乔燕又吃了一惊："真的……"贺波道："我老汉说，没想到你小子东搞西搞，倒还搞出点名堂来了，给老子脸上长了光！这房子你想怎么改就怎么改，大不了贴点钱进去，你总不会把房子给老子扛起走了！"乔燕也喜不自禁地说："这可是大好事，这房子一改造出来，更是锦上添花！"小伙子见乔燕夸奖他，两道浓浓的眉毛扑闪几下，又道："还有呢！我老汉还说，办养鸡场的事，他也一定帮我……"乔燕更高兴了，道："这真是好事连连，你可是大有作为了！"贺波却在这时候又摇了摇头，道："改造房屋老汉帮了我后，办养鸡场我可不想让他再帮我了……"乔燕马上问："为什么？"贺波道："我想凭自己的努力干出点事业！"乔燕听贺波这样说，又觉得有道理，便道："这样也好，既然武装部首长已经答应帮你想办法，那就等一等，车到山前必有路，你说是不是？"贺波高兴地点了点头。

第十章

　　乔燕在村两委会上，先把三个入户调查组的摸底情况分类汇总，然后根据文件的要求一家一家地鉴定甄别，用排除法，初步评选出了全村的贫困户。正在大伙儿七嘴八舌地将全村贫困户按贫困程度排序的时候，会议室的门忽然"嘡"的一声被撞开。众人回头望去，只见吴芙蓉双手叉腰，脸黑得如雷雨前的天空，进屋来也不说什么，两眼只盯着乔燕，像要一口把她吃下去的样子。

　　乔燕知道她是为什么事，便站起来道："大婶……"后面的话还没说出来，吴芙蓉便没好气地质问起来："姓乔的，你是不是耗子吃灰面——白嘴一张？"乔燕脸倏地白了，嘴唇不由自主地哆嗦了起来——长这么大，还没人这样说过她呢！正不知该怎么回答时，贺端阳站了起来，沉着脸对吴芙蓉不客气地道："你来干什么？"吴芙蓉哪是善茬，一听贺端阳的话，马上回敬道："这屋子你买下的？"贺端阳道："我们正在开会……"贺端阳还要说，吴芙蓉更朝前走了两步，冲贺端阳大声道："开会我就不能来？我来了你敢把我咬两口？"贺端阳一见吴芙蓉这样，也气得煞白了脸，便指着吴芙蓉道"你出去……"话音未落，吴芙蓉一屁股坐在一张椅子上，双手抱了怀，挑衅地看着贺端阳道："我就不出去，你又怎么样？"贺端阳脸上的肌肉哆嗦了一阵，将衣袖往上一缅，便要去拉吴芙蓉。

　　乔燕急忙过去拉住了贺端阳，回头对吴芙蓉道："大婶，有什么事说得，何必要这样……"吴芙蓉马上又把矛头转移到了乔燕身上，道："有什么事你还不明白？你说了给我解决鸭子的事，过了这么长时间，为什么还不解决？"乔燕一听，果然是为这事，便道："大婶，不是我不给你解决，这二十多天时间，我们问遍了全村的人，都说没看见贺勤赶你的鸭子！一点证据都没有，我们凭什么给你解决?"吴芙蓉突然又从椅子上跳了起来,指了乔燕道:"没有证据?我看你是得了贺勤这个挨刀杀的好处……"乔燕满脸绯红,半天才哆哆嗦嗦从牙缝里吐出几个字:"谁得了好处?"吴芙蓉却像是得理不饶人,马上又对乔燕问道:"没得好处那天你为什么要放走贺勤这个挨刀杀的?没得好处为什么一直不给解决?"说完又一屁股坐在了椅子上,继续道,"反正我们孤儿寡母是墙上挂团鱼——四脚无靠,姓乔的你不解决我就不走了!"

贺端阳擂了一下桌子,道:"太不像话了!你这是秤砣掉进鸡窝里——故意捣蛋!冬瓜藤爬到葫芦架上——胡搅蛮缠!"吴芙蓉道:"管你怎么说,反正我知道你们干部穿的都是连裆裤!连这点事都解决不了,还来当什么第一书记?我看就是下来混饭吃的……"

贺端阳怕她说出更难听的话,便朝贺贤明、贺兴平、贺兴伟、郑泽龙等几个村民组长努了努嘴。这几个村民组长虽然都是贺家湾人,却和吴芙蓉不是一个村民组,因此不怕得罪了她,见贺端阳对他们努嘴,心下会意,立即过去抓住她的手,拉的拉,推的推,口里假意劝着"大妹子消消气",把吴芙蓉拉出了会议室,然后"哐当"一声关上大门,任凭吴芙蓉在外面又踢又打,又哭又闹,只是不管。吴芙蓉闹了一阵,也只得回去了。

乔燕觉得十分委屈,眼泪不争气地扑簌簌滚落了下来。众人见了,急忙又劝她:"乔书记你别把这事放在心上,她是全村出了名的泼妇,为她哭不值得!"乔燕从包里抽出纸巾,将眼泪擦了一遍又一遍,这才将泪水止住,抽噎着对大家问:"她、她究竟想、想干什么?"贺端阳道:"还有什么?想钱!"众人也道:"可不是,如果贺勤赔她一笔钱,就什么事都没有了!"乔燕还是不解,又道:"村里这么多人,她为什么只说是贺勤赶了她的鸭子,难道她和贺勤有什么冤仇?"众人都道:"冤仇?我们可没听说过!"

散会以后,乔燕连午饭也没顾得上吃,便来到吴芙蓉家里。入户调查的时候,是贺文负责的这个组,因此这还是乔燕第一次来吴芙蓉家里。

吴芙蓉家虽然是砖房,却只是一层平房,墙体也没粉刷,大约房顶漏雨,那天花板和墙面东一道西一道到处都有雨水流过的痕迹,有的地方发黑了,像是长了苔藓一般。但屋子里却收拾得井井有条,不但地板干干净净,就是锄头箢箕等东西,该挂在墙上的挂在墙上,该放到墙角的放到墙角,一点不像乔燕看过的许多人家那样杂乱无章。一大一小两个女孩,正在桌上写作业,那大的十二三岁,上面穿一件粉色的学生运动T恤,下面一条牛仔短裤,额前整齐的刘海,把一张鸭蛋形的脸衬得十分好看；小的十岁左右，模样儿和姐姐差不多，上面穿了一件白色短袖衬衣，下面是一条藏青色的裙子。姐妹俩一见乔燕，便抬起头，从弯眉下面的大眼里，射出既好奇又热烈活泼同时还有几分早熟的光来。

乔燕一看见两个姑娘对她微笑，顿时觉得屋子都明亮了许多。可吴芙蓉似乎还在生乔燕的气，看见她，既没打招呼，也没让乔燕坐，却对着两个孩子吼道："看啥？信不信我把你们眼珠子抠了？"两个女孩一听这话，急忙又把头埋了下去。乔燕没和吴芙蓉计较，仍对她笑着说："大婶，吃饭没？"吴芙蓉鼻子里哼了一声，没回答。乔燕又道："大婶，可不可以参观参观你的屋子？"吴芙蓉听了这话，半天才气呼呼地道："穷家小户，哪比得上你们的洋房子？"乔燕仍然笑着回答："大婶，我下来就是专看穷家小户的呢！"说完也不等吴芙蓉同意，几步跨进了里面屋子。一看之下，乔燕更惊讶了：那床上的被褥虽旧，却是叠得整整齐齐，床前的柜子，虽然有些泛黄，却擦得油光锃亮。屋角瓦缸和泡菜坛子，也是一尘不染，从窗户照进来的阳光，正好射在瓦缸的大肚子上，瓷釉便闪闪地放着光。

这是乔燕在村子里第一次看见如此整洁干净的家，深为惊讶，不由得对吴芙蓉有了几分好感，于是退出来对吴芙蓉说道："大婶，你这个家，都可以和城市里一些家庭媲美了！"吴芙蓉听了这话，虽然仍是板着脸，话却和蔼了许多，道："人又生得穷，要是再邋遢，更会被人踩到脚下了！"乔燕知道吴芙蓉一定有什么委屈的事，可今天来，她只是想解决鸭子的事，其他的事，她想等以后慢慢解决。见吴芙蓉态度和蔼了些，便开门见山地对她说："大婶，前些日子我忙着入户调查，没来得及处理你鸭子的事，我给你赔礼了！"不等吴芙蓉回答，又接着说，"鸭子丢是丢了，你和贺勤大叔都是乡里乡亲的，这事你们双方都各退一步……"吴芙蓉立即盯着她问："怎么个退法？"乔燕便道："贺勤大叔把家里的鸭子全卖了，他也没法还你鸭子了，我想让他适当赔你一点钱……"吴芙蓉听说钱，马上道："我那鸭子可贵，每只两百元。"乔燕吃了一惊："大婶……"吴芙蓉似乎知道乔燕要说什么，不等她说出来，又立即道："我那可是养了三年的老鸭子，全是土鸭，就值那个价，少一分也不行！"乔燕愣了一会儿，才对吴芙蓉道："那好，我这就去给贺勤大叔商量商量吧！"说完走了出来。

乔燕却没往贺勤家里去，而是回到村委会，泡了一桶方便面吃。现在，方便面成了乔燕的家常便饭，她到乡场上那家小超市一买就是几箱，摞在小风悦的后座上拉回来，搁在村委会办公室自己的屋子里。一桶方便面下肚后，看看时间差不多了，便掏出自己的钱包，从里面数了二十张一百元的人民币，又向吴芙蓉家走去。

到了吴芙蓉家，那两个小姑娘已经睡午觉了，吴芙蓉还在厨房里洗碗。乔燕喊了一声，吴芙蓉走了出来，乔燕便将两千元钱掏出来，对吴芙蓉道："大婶，这是贺勤大叔给你的鸭子钱，你可收好！得饶人处且饶人，以后不要再提这事了，啊！"说完把钱递到吴芙蓉面前。吴芙蓉却并没有伸手来接那钱，却盯着乔燕，脸上带着怒气道："这真是那挨刀的钱？"乔燕道："不是他的钱，还有谁给你钱？"吴芙蓉仿佛受了侮辱似的，突然大声道："既是他的钱，他为什么不亲自来？"乔燕停了一会儿方才道："大婶，也不是我批评你，他既然答应赔你的钱，就证明他知道错了，你还要怎么样？俗话说，打人不打脸，揭人不揭短，你说是不是？"吴芙蓉却冷笑了两声，道："我吴芙蓉穷归穷，却不是要饭的，不需要人来同情！真要是他的钱，你叫他亲自来给我！"说罢转身进了灶屋，又把厨房门"砰"地给关上了。

乔燕没想到自己一番好心，倒没有得到应有的好报，不觉尴尬起来。她握着钱站了一会儿，见吴芙蓉这副决绝的样子，知道自己再怎么对她说，她也一定不会收这钱的。想到此，乔燕倒觉得吴芙蓉并不是像村干部在会上所说的，是一个"想钱"的人，而是一个有尊严、有志气的女人。她转身出了屋子，朝贺勤家里走去。

贺勤正躺在凉椅上呼呼大睡，一丝涎水顺着嘴角流下来，把胸前的衣服都洇湿了一大块，呼出的气中带着一股强烈的酒味。乔燕喊了半天，也没把他喊醒，只好用手去推他。

推了半天，贺勤才醒来，觑着眼睛把乔燕看了半天，方坐直了，却对乔燕道："我正和贺老三划拳，我赢了，才说端起酒要喝，你把我推醒了！"乔燕一听这话，有些哭笑不得，便道："你一天三顿都要喝酒呀？"贺勤道："我喝我自己的，别人管不着！"乔燕也不想和他废话，便掏出刚才给吴芙蓉那沓钱来。贺勤眼睛倏忽闪过一道光芒，两手便伸了过来，道："原来你是来给我送钱的，我有眼不识泰山，谢谢，谢谢！"乔燕急忙将手又缩了回来，道："这钱可不是给你的！"贺勤立即瞪圆了小眼睛道："是给谁的？"乔燕道："你和吴芙蓉的事也该了了吧？你跟着我去，就说你赶了她的鸭子，对不起她，可鸭子已经卖了，现在赔她的钱……"可话还没说完，贺勤一下跳了起来，叫道："你这是什么话？我没赶她的鸭子，凭什么赔她的钱……"乔燕道："这钱不要你出，我出……"贺勤却紫涨着脸，脖子上的青筋一跳一跳，圆睁着布满血丝的双眼道："不管哪个出都不行，我这一去，就证明我是贼了！我一辈子都背上贼名声了！"乔燕又没办法了，半天才道："大叔，你和吴芙蓉大婶两个，究竟有什么冤孽解不开？就这么一点小事，你们想闹到什么时候才了结？"贺勤沉吟了一会儿，然后才像咕哝似的说："了结我也不能背个贼名呀！"说着便对乔燕下了逐客令，"你走吧，今天我也是看到你是一片好心的分上，才嘴下留情，要是另一个人来，我的话便不是这些了！"说完，又一下躺在凉椅上，闭上眼，做出一副再不想理睬乔燕的样子来。

乔燕又站了半晌，只好走出来，走过院子，到了一处僻静没人的地方，才突然像是一个受委屈的小姑娘，两行热泪又倏地从眼眶中滚落出来。

正应了好人必有天佑这句古话，就在乔燕珠泪涟涟，拿着两千块钱如俗话所说"端起供品却找不到庙门"，不知该怎么办的时候，就在她眼皮底下，三个不起眼的小东西却帮了她的大忙。这三个小东西是谁？原来是郑家塝罗老太婆家的刘明、刘亮、刘全三个小子！

这三个小子正是调皮的年纪。现在放暑假了，三个小子天天到处捣蛋。这一天吃过午饭，趁罗老太婆上茅厕的机会，三个小子溜出门，跑到石拱桥旁捉螃蟹去了。

到了石拱桥边，三个家伙像做贼似的放慢了脚步，过了桥，悄悄蹲下来打望。离石拱桥桥墩不远，有一道石壁，石壁靠近水面不远的地方，有一道石罅，那石罅虽然有两三尺宽，却只有一个人的手掌那么厚，石罅缝里，果然有一只背壳金黄的大螃蟹，此时也正在石罅缝边，往外翘着两只眼睛，嘴里不断吐着泡泡，似乎在逗弄他们一样。刘亮就要马上往下跳，被刘明一下拦住了。刘明自己在前，踮着脚尖不声不响地走了过去，刘亮、刘全也学着他的样，走过离石罅两丈远的地方，从那儿下了河，又悄无声息地顺着河堤往回走。到了石罅跟前，那螃蟹还在那儿吐泡泡，三个家伙高兴极了，可等他们正在过去时，螃蟹的八只爪子一动，迅速地退到石罅里边去了。

刘明对刘全道："你手掌薄些，伸进里面去摸！"刘全一听，急忙往后退，道："我不去摸，我怕夹！"刘明又对刘亮道："你去摸！"刘亮也道："你整治我，我晓得，把我手指夹到了你才高兴，要摸你去摸！"刘明道："你以为我不敢去摸？你们都是怕死鬼，看我的！"说罢，果然挽起衣袖，要去石罅里摸，可刚把手伸到石罅边,又改了主意,对刘亮、刘全道:"你们哪个去折根树枝来,我们把它赶出来!"刘亮便自告奋勇地道:"我去!"说罢往四周一看,只见离拱桥两丈远小河拐弯的地方又有一道石壁,石壁离水面一米高的地方,有一个筛子大的石洞,石洞上面有一棵朝河道斜长着的油桐树,便几步跑过去,想从树上折下枝条来。可正要踩着洞口往上爬的时候,忽然听见从洞里传出了"嘎嘎"的鸭子叫声。刘亮把耳朵贴进洞口再认真一听,又惊又喜地叫了起来:"鸭子,鸭子,洞里有野鸭子!"刘明和刘全马上跑过去,头碰着头地把耳朵贴到洞口,果然是鸭子叫声无疑。三个小子也顾不上那只螃蟹了,刘明立即道:"我们回去拿东西来捉!"说罢,三个小子便跳上岸,一齐往家里飞跑而去。

原来贺家湾的石洞,分阳洞和阴洞。阳洞就是地面上的洞,又称明洞;阴洞就是地下的洞,又称暗洞。这暗洞又分两种,一种是与阴河相连的洞,贺家湾人又把它称作"活洞"。还有一种暗洞,没和阴河直接相连,但水是通的,贺家湾人又把它叫作"死洞"。

一个月前,吴芙蓉家那群鸭子正在贺家湾小河沟的清水潭内觅食,刚才老天爷还是一副笑嘻嘻的脸,却突然间黑了下来,紧接着便是狂风大作,电闪雷鸣,瞬间便下起了暴雨来。没一时,山洪裹挟着泥土和垃圾滚滚而下。那在河里觅食的鸭子来不及上岸,被洪水冲到石拱桥前边的洄水沱里,那里水势平缓些,一些鸭子爬上了岸,可还有十只鸭子被洪水冲进了那个暗洞里。那洞虽是活洞,却和阴河没有直接的连接洞口,只是洞壁和洞底有或宽或窄的罅隙。鸭子被冲进洞里以后,见外面不断有水往洞里涌,便纷纷朝里面挤。没一会儿,雨停风止,鸭子又不知道及时出来,还呆头呆脑地挤在洞壁边,随着那洞里的水往下降。没一时,满洞的水便没了,只留下遍地的小鱼小虾在洞里活蹦乱跳,喜得鸭子们"嘎嘎"地饱餐了一顿,但从此却没法出来了。好在那洞随着阴河的潮汐,不断有水从罅隙漫进来,每漫一次水,那洞里便留下一些小鱼小虾,鸭儿们倒生活得无忧无虑。

刘明、刘亮、刘全三个小子,像后面有人追赶一样,跑得气喘吁吁,满头大汗,回到家里。刘明找了几根绳子,刘亮将一支充电手电筒拿在手里,刘明取了一只背篓叫刘全背上,刘全不背,刘明只好叫刘亮把手电筒交给刘全,让刘亮背背篓。三个小子跑到洞边,刘亮先爬进洞口,用手电筒一照,果然看见了鸭子,便朝洞外高声叫道:"真的有鸭子!"刘明急忙将带来的绳子接上,一头拴在腰上,一头拴在洞口上面的油桐树上,让刘全在外面等着接鸭子。叮嘱完毕,爬进洞口，只见那洞壁上到处都是赭黑色的石头和一道道巴掌厚的石缝，洞底紧紧地挤着一群鸭子。刘明便叫刘亮不要息了电筒，用手攀着绳子，脚蹬着石缝，一步一步下到了洞底。那洞只有一丈来深，却是冷飕飕的，像是四壁都在向洞里吹凉气。刘明只顾着抓鸭子，哪顾得凉气不凉气？鸭子见有人来，立即"嘎嘎"地叫着向四面扑去，早被刘明捉住一只，却没法递给刘亮。便解了一段绳子拆开，用细麻缚了鸭子的脚，再绑到绳子上，让刘亮提了上去，再解开递给了外面的刘全。

三个小子忙活了大半天，终于将洞里十只鸭子全捉住了，刘明和刘亮从洞里爬出来，背了鸭子便要走，却不防一伙人拥了来，把三个小子拦住了。

原来，贺家湾不大，刘家三个小子找工具、捉鸭子的情形让人看见，早传回了村里。别人听了犹可，吴芙蓉一听，急急忙忙朝石拱桥跑了来，一看刘家三个小子背了鸭子要走，便一把抓住刘明肩上的背篓，道："这是我的鸭子，哪里走？"三个小子也不示弱，刘亮、刘全一边一个抱住了吴芙蓉的两只胳膊，道："是我们看见的，捡的就当是银子钱买的！"吴芙蓉两只胳膊被刘亮、刘全紧紧吊住，动弹不得，刘明乘机挣脱，背起背篓又向前跑去，急得吴芙蓉直骂："短命鬼儿，你是哪里捡的？你再去捡几只来给我看看！"说罢一用力，将刘亮、刘全甩在地上，又跑过去抓住刘明的背篓。刘亮、刘全见自己不是吴芙蓉的对手，便在地上"哇哇"大哭起来，一面哭，一面大叫："吴芙蓉打人了！吴芙蓉打人了——"一时闹得鸡飞狗跳起来。

正在这时，乔燕赶了过来，一见这场面，便先去把刘亮和刘全扶了起来，把他们哄住不哭了，接着又过来叫吴芙蓉放开手，然后对刘明说："你们都是好孩子，先把背篓放下，让姑姑来解决！"刘明果然把背篓放下了。乔燕看了看背篓里的鸭子，对吴芙蓉问："大婶，你可看清楚了，这真是你家的鸭子吗？"吴芙蓉说："化成灰我都认得，不信你数数，不多不少十只！"乔燕听了，又对刘明道："你是少先队员，捡到东西要归还失主，才是好孩子，知不知道？"刘明虽然红了脸，却道："不啦，我就不还她，她一凶二恶的！"吴芙蓉听了这话，又道："短命鬼儿，我哪儿一凶二恶了？你捡到东西不还，明天我就告你老师去！"刘明仍道："你去告，我才不怕呢！"吴芙蓉还要说什么，却被乔燕又拦开了，回头对刘明道："我知道刘明是好孩子，刘亮和刘全也是好孩子，这样，你们把鸭子还给吴大婶，姑姑给你们五百块钱，作为对你们的奖励，你们看怎么样？"一边说，一边掏出刚才那两千块钱，从中数了五张，递到了刘明面前。刘明眼里闪着迟疑的光彩，犹豫了一阵，正想伸手来接，吴芙蓉却一把按住了乔燕的手，道："给他这么多做什么？我这鸭子卖还卖不到五百块钱呢！"乔燕看了吴芙蓉一眼，想说什么却没说出来，半晌才对吴芙蓉说："大婶，你不要管，鸭子找回来就好了！"又把钱递到刘明面前，"这是姑姑奖励你们拾金不昧的钱，不是鸭子钱！"那刘明这才接过钱，转身要把背篼里的鸭子倒出来。乔燕又忙道："背篼就借给吴大婶用一用，明天她就给你们还过来，行不行？"三个孩子听了，果然放下背篼转身跑了。

吴芙蓉背起背篼正要走，忽然又过来一个人，一把抓住吴芙蓉的背篼道："想就这样走，没那么容易，先给我搁下哟！"众人回头一看，不是别人，正是贺勤。那贺勤此时涨红了脸，一双发红的眼睛紧紧盯着吴芙蓉。吴芙蓉便道："你想怎么样？"贺勤道："不怎么样，先给我把贼名声洗干净了，我便放你走……"吴芙蓉一听这话，也立起了眉毛，对贺勤没好气地问："我要是不给你洗干净呢？"贺勤正要答，乔燕见他们又要针尖对麦芒地吵起来，忙横在他们中间，对贺勤道："大叔，天天开门都相见，你这是何必呢？"贺勤道："我背了一个多月的贼名声，就这样白背了？"乔燕道："事情不是都弄清楚了，清者自清，谁还会认为你是贼了？"一句话说得贺勤找不着话回答，吴芙蓉趁机背着鸭子离开了。

乔燕又一连开了两天村、组干部会，将三个入户调查组调查来的数据，一一摆到桌面上来，逐户进行评议。几个村民小组长嫌耽误了活儿，有点不高兴，便对乔燕道："乔书记，这贫困户又不是拿戥子秤称，针过得、线过得就算了，哪里评得那么准！"乔燕听了，便对他们道："不能仅仅满足针过得、线过得，上级一再强调必须得精准呢！"组长们道："怎么个精准法？你家里人均可支配收入2736元，便是贫困户，我家里人均可支配收入2738元，就不是贫困户，你说我们两家有多大区别？拿戥子秤也称不到那么准！"乔燕仍旧道："正因为这样，我们才要谨慎又谨慎，不能出任何差错！"组长们更不满了，道："你们谨慎十天八天都没关系，反正国家给你们拿了钱的，我们可是椒（焦）盐板鸭——干绷，干绷一天半天可以，长期干绷可不行，老婆孩子还要吃饭呢！"乔燕明白了，原来国家转移支付，村上只补助了村支书、村主任和村文书三个主要干部的工资。贺家湾村支书和村主任是贺端阳"一肩挑"，可工作可以"一肩挑"，工资不能也"一肩挑"了，贺端阳便把村主任这份工资拿出来，一分为二，补助了村综合干部郑全智和妇女主任张芳，至于几个村民组长，则什么都没有，全凭他们的觉悟在干工作。乔燕便笑着对几位组长说:"各位大爷,我知道你们辛苦了,等这个事情过后,我请客,慰劳慰劳几位!"

乔燕这话并没有把几个村民组长给笼络住。但几个村民组长也聪明,不再继续说待遇的事,而把话题转移到了一边。贺庆说:"乔书记,说句不怕你丧失信心的话,不管我们怎么谨慎、怎么弄,到头来都会搁不平!"乔燕听这话吃了一惊,忙盯着贺庆道:"怎么会搁不平?"贺庆冷笑了一声,道:"搁得平?那我说个例子你听!我们组里的贺道平,右手没了手指只剩一张手掌,婆娘李安碧又长期是个'气吼包',两口子年纪虽说才五十多,日子却过得很艰难。他们没生育,房子也是危房,风都吹得倒,你说该不该算贫困户?"听他这么一说,乔燕脑海里马上浮现出了那天在贺道平家里看见和了解的情况,便说:"他们家里我去过,像他们家里的情况当然应该!"话刚说完,贺庆又道:"好,全组的人都认为应该!可早些年贺道平却抱养了李安碧娘家侄儿做养子,准备等两口子动不了的时候给他们养老送终,那娃儿原来的名字叫李辉,抱养过来后改名叫贺辉,我们都叫他'辉儿'。可辛辛苦苦养了二十年,那辉儿娶了婆娘又生了娃儿,却不知听了谁的话,又带着婆娘娃儿回到了他亲生父母那里,但又没有把户口迁走,你说他和贺道平还算不算一家人?"一句话把乔燕问住了,想了半天才问贺庆:"你说呢?"贺庆道:"要说不是一家人,那辉儿一没把户口迁走,娶了婆娘后也没和贺道平分户!要说是一家人,可自从辉儿两口子走后,就一直没管过贺道平老两口!更要命的是,辉儿回去不久,在亲生父母的帮助下,不但在镇上买了商品房,还买了一个门市。乔书记你说,怎么来搁平贺道平这事?"几个组长听了这话,也马上说:"就是,就是!你把下面搁平了,上面搁不平,你把上面搁平了,下面又会翘起来!"

听了几位组长的话,乔燕为难了。通过到每家入户摸底排查后,乔燕就发觉贺家湾的人口,无论是按照户籍本还是按照实际的常住人口,或是理论上的乡村人口,都无法说清楚。她查看了许多家庭的户籍登记簿,发现上面有些人,特别是出嫁的姑娘,人早到了外地并已生了几个孩子,户口还留在娘家。反过来,一些小伙子结婚很久以后,也没把老婆的户口迁到贺家湾,成为贺家湾有人无户的"黑人"。乔燕曾经问过她们怎么不把户口迁过来。她们说:"迁过来有什么用?又分不到土地!即使分得到,谁还稀罕?再说,现在凭一张身份证就能走遍全国,户口在哪里还不一样?"贺家湾还有几个非常特殊的人,是户口不在贺家湾却又实实在在是贺家湾人,且从来没离开过贺家湾的"城镇居民"。乔燕也问过他们为什么，他们告诉她，原来在20世纪80年代末90年代初的时候，父母为了让他们当上吃商品粮的"城市居民"，给他们买了"城镇户口"，当时叫作"转城"。可户口是变成了城镇户口，却没被安排工作，他们仍留在贺家湾种地，然后又到广州、深圳打工。现在他们年纪大了，又回到贺家湾种地，成了在贺家湾的"城里人"。

乔燕感到有些左右为难，想了想才道："要不我们讨论一个标准，或者以户籍上的人口为准，或者以实际住在贺家湾的人口为准，讨论好了，我再向上级汇报，看上面怎么答复吧？"乔燕说完，几个组长便看着她道："按户口本上登记的人口肯定会全部乱套！"乔燕立即问："为什么？"贺庆道："秃子脑壳上的虱子——明摆的，如果按户口本登记的人口算，人家嫁过来娃儿都生了几个的却不能算进贫困人口里，可那些嫁出去好多年的，却能生拉硬扯算进来，还不会乱套？"贺庆的话刚完，贺兴平又接着道："如果按户籍人口算，我说一个人，你也是知道的，就是我们组的光棍汉贺兴义，原来的几间土坯房在地震中被震得只剩下一间正屋和一间偏房。后来他出去打工，房子前年塌下来，现在连房子影影也看不见了。他出去以后也一直没有音信，我们都联系不上他，也不知他死到外面没有。你说把他算进来，上面今后来查，连人都没有，你们怎么还把他算作贫困户？"

乔燕一听确实是这样，便又道："要不就按住在湾里的实际人口算吧……"可话还没完，贺兴伟马上道："那更不行！"不等乔燕问，便接着解释道，"如果按住在湾里的实际人口算，那外出打工的一年四季很少住在家里，有的甚至两三年才回一趟家，他们算不算？如果把他们排除在外，贺家湾几乎家家都要成贫困户！"

乔燕听完突然不知怎么回答他们了，便拿目光乞求地看着贺端阳，问："贺书记的意见呢？"贺端阳没看乔燕，也没回答她，却只顾沉着脸盯着几个组长道："你们说得牛屁股合了缝，硬是没有办法了？我问你们，让贺道平、李安碧两口子当贫困户，你们究竟有没有意见？"贺庆立即道："天理良心，我们有啥意见？"贺端阳又看着其他几个组长，他们也马上说："我们也没意见！"贺端阳又问："如果拿到村民大会上，你们估计通得过不？"贺庆道："如果他们两口子都通不过，全村很多人都怕通不过！"其他几个组长也说："就是，像贺道平两口子的情况，全村有几个？"贺端阳便道："既然知道，还掰啥子弯牛角？就是从今天讨论到明天，哪个有能力解决这个问题？只要群众不反对不就得了？好了，不再说这事了，接着往下甄别！"几个组长这才不吭声了。乔燕感觉脸颊发起烧来，似乎贺端阳指责的就是自己，但她仍然向贺端阳投去了感激的一瞥。

散会后，乔燕才对贺端阳说："贺书记，文件上虽然没有写明贫困户人口是按户籍人口还是家庭实际人口计算，但贺辉没和贺道平大爷把户口分开，他们从理论上讲确实还算一家人，而且贺辉现在又在镇上买了房，这家人情况很特殊，要不我们向上级请示一下……"不等乔燕话说完，贺端阳便说："你只要去请示，贺道平和李安碧老两口百分之百进不了贫困户！"乔燕糊涂了起来："为什么？"贺端阳道："你一去请示，人家肯定会叫你按照文件办！你按文件办，他们还能进贫困户吗？"见乔燕眼里还闪着怀疑的神色，便又道，"现在上面那些官儿，有几个愿意担责的？要不一推六二五，要不就是按上面那些条条给你回答，还不如我们揣着明白装糊涂，睁只眼闭只眼报上去！俗话说民不举，官不究，我敢给你担保，湾里绝对没有人去和这么造孽的两个老人过不去，你就把心放肚子里好了！"说完也不等乔燕说什么，便夹着包走了。

可是第二天一大早，乔燕便给贺端阳打了一个电话，告诉他贺道平和李安碧的事，她觉得这样处理还是有些不妥，要是真有人向上举报或上级来检查到了，我们受处分事小，把两个老人的贫困户资格拿下来了事大……贺端阳没等她说完，便道："那你说怎么办？"乔燕道："昨晚上我和贺辉通了电话，他同意分户……"贺端阳忙说："不是说派出所为了防止有人用户口在脱贫攻坚中谋取不正当利益，已经停止迁户和分户了吗？"乔燕道："上面是有这个规定，可我向镇派出所详细汇报了他们家里的特殊情况，他们说具体情况具体处理，但要村上提供一份分家见证书，也就是通常说的分家协议。还要提供一份财产分割情况，其中房屋分割是重点。最后，要有三个以上的见证人……"贺端阳打断了她的话："贺道平老两口一共才三间烂房子，怎么给贺辉分割房子？再说他也没在贺家湾住。"乔燕道："派出所说，另建有或买有房屋也行！我已经跟贺辉说了，他今上午就回来办！你给贺庆说说，让他给找三个人在见证书上签个名字！"又特地嘱咐，"日期不要写到今天，最好提到两个月或三个月前！"贺端阳便道："好吧，我就按你说的办吧！这也不是大不了的事，等他来盖章时我给他写三个证人的名字就是，你放心好了！"说完挂了电话。

第二天上午，乔燕就拿到了贺辉送来的以他为户主的单独户口簿复印件，乔燕一看开户日期，果然是三个月前，心里的一块石头这才放了下来。

下午，乔燕便正式召开村民大会，把村两委会提出的贫困户名单交村民评议和投票。因为牵涉自己的利益，开会的人到得很齐整，在正式投票以前，乔燕先把上面的规定对大家读了一遍。

乔燕还没读完，底下便有人叫道："你念一下贫困户的名单，我们就知道你们摸得准不准？"乔燕便叫贺通良将村两委确定的初步名单念了一遍。念完，人群中贺老三、贺四成、贺丰、郑伯希、王茂国、贺联海、敬华芳、赵小芹等人，听见没有他们的名字，便站起来怒气冲冲地道："你们评得不准！反正莫得我们，我们在这里陪什么杀场？"说罢便纷纷往会场外面走。乔燕忙唤住他们："各位大叔大爷婶子们，请你们听我一句话……"见贺老三等人站住了，乔燕急忙道，"评得不准，大家可以提意见，不是专门叫大家来评议的吗？可要是一句意见也不提便要走，说轻点，叫无政府主义，说严重点，这叫胡搅蛮缠！我听说贺家湾人都是一个祖宗下来的，难道是这个样子的？再说，这贫困户也不是今日被评为了贫困户，就一辈子都是贫困户，而是动态的，明年脱了贫，就不是贫困户了！而各位要走的大叔大爷婶子们，你们今天不是贫困户，可人一辈子，谁能保证不遇到个天灾人祸？真的遇到了什么不幸，你们还要不要别人给你们捧个场？"说着，又想起张岚文那段谣儿，又道，"大叔大爷婶子们，我们一定要端正对贫困户的态度！真是贫困户，大家都帮助。想当贫困户，肯定没出路。争当贫困户，永远难致富。抢当贫困户，吓跑儿媳妇。怕当贫困户，小康迈大步……"

说到这儿，贺老三等人又脸红脖子粗地叫了起来："谁争当贫困户了，啊？谁争当了？"乔燕见他们咄咄逼人的样子，也不和他们计较，只道："我知道大叔大爷婶子们不会连这点觉悟也没有！既然没有争当贫困户的想法，那就坐下来好不好？"一听这话，这伙人便又在人群里坐下了。有人叫："乔书记，我们庄稼人不会讲大道理，就凭讲良心！你说三人对六面，谁也不好说什么。就不评议了，把票发给我们画吧！"这话一完，一些人也跟着叫："就是，家中有金银，隔壁有戥秤，乔书记你放心！"

乔燕看了贺端阳和贺文一眼，就叫大家推选监票员和计票员，众人又叫："又不是选村主任，要啥监票员和计票员？"乔燕道："虽然不是选村主任，可这事并不亚于选村主任！"众人便推了李红、贺长明、梅英、贺老三做监票员和计票员。李红和贺长明把票发给了大家，梅英和贺老三则站在会场两边，看大家埋头画票。画完票的，则把票叠好，投到前面的票箱里。等众人投完票后，李红、贺长明、梅英和贺老三便抱着票箱，到一旁清理票去了。

没一时，贺长明便过来报告，道："其他人都通过了，只有贺勤和吴芙蓉，一个只有三十票，一个只有四十五票，没有通过！"说着将一份名单递给乔燕。乔燕有点不相信，对贺长明道："没统计错吧？"贺长明道："百分之百正确，错了我负责……"乔燕正要答话，忽听得吴芙蓉在人群中，忽然呼天抢地地大叫起来："天啦，这是一笼鸡啄我一个人，欺负我孤儿寡母，叫我怎么活呀……"一边叫喊，一边拍打着大腿，一屁股坐在地上大哭了起来。贺勤也面红筋涨地冲到前面来，挥舞着拳头对乔燕大叫："这不公平，不公平！为什么他们都有，我没有？我当不成贫困户，我要到上面去告状……"众人一听这话，忽然哄的一下，往四面八方散开了。

第十一章

　　村民离开后,村干部也想走,但乔燕把他们喊住了:"村两委干部和村民组长再留一留。"村、组干部听了这话,便往村委会办公室走。
　　吴芙蓉还坐在地上号啕,脚蹭起的灰尘扑到头发和衣服上,蒙上了厚厚一层土。乔燕过去把她拉起来,说:"大婶,你这样更会被人看不起!你放心,你的事我不会不管!"吴芙蓉没再对乔燕胡搅蛮缠,也拉了乔燕的手,一边流泪一边对乔燕道:"姑娘,你可要给我做主呀!"乔燕忙道:"大婶,我到村上来就是做扶贫这件事的,如果把真正的贫困户漏掉了,我这个第一书记就不称职,所以你放心,不管有什么问题,我们都不会漏掉一个贫困户!"吴芙蓉泪眼蒙眬地向乔燕投来感激的一瞥,想说什么却没说出来,拍打拍打衣服上的灰,回去了。
　　乔燕回到村委会办公室,大伙儿都向她投来询问的目光,乔燕便严肃了面孔,对大家说:"把你们留下来,主要是为吴芙蓉和贺勤没评上贫困户的事。他两个怎么都没评上?"贺文道:"这有什么不好理解的?你和他们都打过交道,又不是不知道他们的性格?一个是泼妇,就像俗话所说,张三恨一湾,一湾恨张三!一个好吃懒做,身强力壮的却不爱劳动,只想天上掉馅饼。这样的货色,正经庄稼人最看不起……"他说到这儿,众人也急忙附和:"是呀,群众不给他们画圈圈,我们能有什么办法?"
　　乔燕看着贺端阳:"贺书记你的意见呢?"贺端阳沉默了半晌,这才慢慢说道:"我能有什么意见?该做的工作我们都做了,群众不买账,我实在想不起还有什么招了?要不,把他们两个的名字添到后面,给报上去吧!"乔燕道:"文件明明规定建档立卡贫困户必须经过群众投票，我们就这样报上去，以后追责下来，谁负责任？"贺端阳便看着乔燕问："那你说怎么办？"乔燕的目光从大家身上扫了一遍，突然道："我想再开一次村民大会补评……"话没说完，众人一下像炸了锅，贺庆道："再补评也是瞎子打灯笼——白费蜡！"郑全智道："一个是一湾人都被她得罪光了，一个是臭名远扬，你就再开十次八次会，村民不投还是不投！"贺兴伟道："要投早就投了，还等开二次会来补投？"乔燕听着大家七嘴八舌的议论，抿着嘴唇没吭声，等众人说完，才正了颜色道："无论怎么说，这个会我都认为必须要开，不然要我们这些人做什么？"众人见乔燕的态度坚决，便都住了嘴。

这时天已经黑了下来，屋子里一片昏暗，张芳过去拉开了灯。灯一亮，乔燕的目光又朝大家掠了过去，见贺通良点了一支烟，狠狠地吸着。吐出的烟雾在贺文和贺庆的头顶翻腾，像是不肯离去的样子。贺端阳抿着嘴唇，双手抱在胸前，像是肚子不舒服。郑全智嘟着嘴，似乎在憋气，没一会儿果然从胸腔里长长地嘘出一口长气来。其余的人则都把头靠在椅背上，眼睛看着灯管，也不说话。

乔燕知道自己刚才的话说得重了些，便放轻了语气，又对大家道："我知道吴芙蓉大婶脾气不好，其实吴芙蓉该不该纳入建档立卡贫困户，村民心里一清二楚！就是因为她得罪了人，众人就把她排斥在了贫困户之外！至于贺勤，确实如大家所说，他有好吃懒做的脾性，可在这好吃懒做的背后，确实也有一些客观原因。比如他女人的去世对他打击很大，还有，他女人生病和去世使他欠了信用社十多万元贷款。再说，我已和他儿子贺峰联系了，他马上要回来复学，不把他纳入贫困户，贺峰今后的学费怎么办？所以，这两个人都是因村民的个人成见，才没投他们的票，而不是他们本身不够条件。大家说是不是？"

众人又沉默了一阵，贺文才道："如果不是，我们当初又不会同意把他们纳到名单中来了哟！"贺通良扔了烟，也道："秃子头上的虱子——明摆着的，可群众不投他们的票，你说怎么办？"乔燕只顾顺着自己的思路说了下去："上面一再强调在这轮精准扶贫中，不能落下一人一户！退一万步说，因为吴芙蓉和贺勤两个家庭脱不了贫而影响整个贺家湾、整个黄石镇甚至全县，不光是我这个第一书记向上级交不了账，在座各位都不好向组织交账，大家想一想是不是这样？"众人都低下了头。乔燕继续说："再说，通过几次接触，我发觉他们两个人身上，都还保持着一种可贵的品质，那就是做人的尊严和自尊的思想并没有消失，要是通过这件事，他们都改了自己的脾气，回归到贺家湾的主流生活中来，不是更好吗？"

乔燕说得很动情，见大家都默默地看着她，还想继续说，贺文突然问："要是他们不改呢？"乔燕说："人心都是肉做的，你怎么知道他们不改？"贺通良又问："补投还是通不过怎么办？"乔燕看了一眼贺端阳，说："我想了想，现在只有靠我们去做群众工作！从明天起，我们组成几个群众工作小组，到六个村民组挨家挨户做村民的工作！我相信给村民讲清道理了，大家还是会通情达理的。"大家却没吭声，乔燕便又看着贺端阳。贺端阳见乔燕看他，突然一巴掌拍在了桌上，先叫了一声："就这样干！"然后对众人道，"你们都听清楚乔书记的话了吧？是骡子是马，我们得到道上遛一遛！喊明叫现说，刚才我没吭声不等于我不重视这个工作。乔书记刚才说了，别看是两户人，却关系到全村、全乡甚至全县的大局，我有言在先，不管你们心里怎么想，下去一定要给我把工作做通，做不通的我就拿你们是问！"听了这话，几个村民小组长才说："做就做嘛，反正变了鳅鱼，还有怕糊眼睛的？"于是乔燕分了工，会便散了。临走的时候，乔燕特地和贺端阳握了握手，说了声："谢谢！"

因为落实了吴芙蓉和贺勤的事，乔燕心里高兴，上床没多久便睡着了。正做着梦，枕边的手机铃声把她从睡梦中一下惊醒。

她抓起手机，从床上坐了起来，又摁亮床头的电灯，见屏幕上是一个不熟悉的号码，便把手机贴到耳边问："喂，你是谁？"对方隔了一会儿，才压低声音道："乔书记，你别管我是谁，现在我要给你反映一个情况！贺世银的儿子贺兴坤在县城锦尚苑买了一套房子，还是电梯房……"还没听完，乔燕就惊得叫了起来："你说的可是真的？"那人道："我拿性命担保，房子都装修得差不多了！"乔燕过了一会儿才问："贺兴坤前几年做核桃生意，听说亏了本，还欠了很多账，怎么还能在城里买得起楼房？"匿名人道："他做核桃生意亏了本倒不假，可他后来改做小包工头，多少也赚了些钱！你要不相信，我还可以告诉你：房子买成五十六万，锦尚苑3单元15楼1号……"乔燕又问："下午会议上你怎么不说？"匿名人道："当着贺世银和那么多人说，我傻呀？信不信由你，反正我给你说了，你看着办吧！"话中带着一股威胁的语气。乔燕还想问点什么，那人已挂了电话。

过了一会儿，乔燕才像被人打了一闷棍似的，慢慢将手放下来。她有些惶恐不安起来，握电话的手还微微颤抖着，睁着大眼一动不动地望着对面墙壁，好像那墙壁上有什么东西似的。看了一阵，果然发现屋顶的灯光泅在墙壁上像水波似的在一圈儿一圈儿往外漫，可细一看又没泅漫了。在没开村民会前，她还以为自己的工作做得很细，组织也十分严密，一定不会出什么娄子。没想到，刚出了漏评的两个事，现在又出错评的一个事，这农村的事也真够复杂的！

这么想着，一眼看见床那头睡着的贺小婷。这小姑娘天天晚上来给她搭伴，现在，差不多都把这间小小的屋子当作她的第二个家了。乔燕看见小姑娘睡得很沉，两扇鼻孔微微翕动，嘴角向上，似乎在微笑的样子，便想："也不知小婷知不知道她爸爸在城里买房子的事？按说，虽然她年纪不大，可毕竟是一家人，多多少少也应该知道一些吧。"这样想着，便去摇小婷，嘴里喊着："小婷醒醒！小婷醒醒！"摇了半天，小婷一骨碌坐起来，揉了半天眼睛，才睡眼惺忪地看着乔燕问："姑姑你还没有睡？"乔燕正要问，一眼看见小婷眼里明澈的目光，是那么单纯，对自己充满信任和尊敬，突然又觉得不好开口了。可小婷还望着她，等待她的回答。她心里一急，突然冒出了一个主意，便笑着问："小婷，村里有多少学生在乡中心校读书？"小婷歪着头想了想，道："可多呢，有二三十个！"乔燕道："太好了，小婷！我想趁现在放暑假，把村里的学生组织起来，成立一个环保小卫士队，看见有人乱扔垃圾，你们就上去劝告，你看好不好？"小婷说："怎么不好，可他们要是不听怎么办？"乔燕说："他们要是不听劝告，你们就回来告诉我们！"小婷说："行，姑姑你怎么说，我们就怎么做！"乔燕道："你来做这个环保小卫士队的队长，谁表现得好，我们还给谁奖励……"小婷忙说："刘明不会让我做队长，他一定要做队长！"乔燕又想了想，道："那就分成两个队，刘明做郑家塝那个队的队长，你做贺家湾这个队的队长，你们两个队互相比赛，看谁做得好！"小婷大声答应了一声："好！"乔燕也高兴了，急忙抱了她一下，道："那就这样定了，明天下午你就把大家召集到村委会，我给你们开个会，好不好！"小婷又答应了一声："好！"小婷没一时便又睡过去了，可乔燕却没睡着，想起贺兴坤买房子的事虽然还没落实，可这事无疑让她左右为难。她第一次到贺家湾来，虽然贺世银爷爷把她当作骗子，可是她并不怪他，这只不过是一个上当受骗太多的老人的一种本能的反应，他没有坏心眼。但从她第二次进村开始，贺世银爷爷和田秀娥奶奶就把她当亲人一样。乔燕的眼睛盯着屋顶，眼前一会儿浮现出了那碗香喷喷、甜蜜蜜的"醪糟开水"，一会儿又晃动起老人双腿上那些歪歪扭扭的动脉瘤，一会儿那些像小蛇似的动脉瘤忽然又幻化成他们那座低矮房屋墙壁上的裂缝……乔燕被这些不断出现的幻象弄得心烦意乱。最后她在心里下决心地说："不想了，不想了，明天把贺端阳叫来问问，如果他说没有，就算没有，反正是匿名举报！"

第二天早饭后，贺端阳果然到村委会办公室来了，一进门就问："乔书记，有什么事？"乔燕故意把语气放松，道："也不是什么大事，昨晚上有人向我反映，说贺世银的儿子贺兴坤在城里买得有商品房……"一边说，一边看着贺端阳的反应。贺端阳只盯着乔燕问："什么人反映的？"乔燕又有些紧张地说："匿名电话，我也不知道是谁！我叫你来，就是想问问有没有这事？"贺端阳没有立即回答乔燕，过了半天，才说了一句模棱两可的话："我们晓得啥？只听说他两口子做核桃生意欠了一屁股债，在外面躲债连家都不敢回来，没想到竟悄悄地把房子买上了！"乔燕听了这话，知道贺端阳在耍滑头，又径直问："贺书记，你就打开窗子说亮话，他家里究竟买房没有？"此时，她好期望贺端阳嘴里说出"没有"两个字呀！可是贺端阳却又说："他买他的房子，也没向我们报告，我们怎么知道？"乔燕见贺端阳没有直接否认，便明白了八九分，心里不由得为贺世银爷爷叹息一声，说："既然你们也不知道，举报人又是匿名，那这事就等等再看吧！"

　　乔燕想把这事拖一拖，如果再没人举报，说不定就过去了。可这个匿名举报人像是和贺世银有仇似的，第二天晚上又打电话了，而且还带着恐吓的口气："乔书记，昨晚上我说的事你们查了没有？你们不查，我可要向上面举报了！"乔燕听了这话，知道这事是无法拖过去的，便说："我们正要查，你放心，如果他确实在城里买了房，贫困户的资格该取消就一定取消！"说完放下电话，又坐在床上发起呆来。

　　第二天一早，乔燕给贺端阳打了电话。吃过早饭，贺端阳来了，乔燕把昨天晚上匿名举报人再次举报的事告诉了他。然后像是为贺端阳开脱似的说："你昨天说的也是，隔了这么远，他只要不说，村干部又没长千里眼，不知道也是正常的！"贺端阳听后，看着乔燕问："那你说怎么办？"过了半天，乔燕才像是商量似的对贺端阳说："我们一起到贺世银老大爷家里问一问，你看怎么样？"乔燕自己都觉得这话说得很没力气，这不符合她平时的工作作风，可现在而今眼目下，她只能这样了。贺端阳听了这话，露出了迟疑的样子，道："这样不好吧？我们又没有什么证据，要是他不承认，我们又怎么办？"乔燕知道贺端阳的顾虑是什么，便大包大揽地道："我知道你们都是一个祖宗下来的，拉不下来这个黑脸，我是外人，过两年就走，你放心，今天这个黑脸我来唱！"说完就往外走，贺端阳只好跟了上来。

走出来，阳光遍地，微风轻拂，老黄葛树的树叶簌簌有声。乔燕对贺端阳问道："听贺波说，你同意他改造房子了？"贺端阳一听来了兴趣，立即道："这小子等不及，已经进城买材料去了！"乔燕做出了惊讶的表情："好哇，贺书记！我可要提前祝贺你，你那房子改造出来，一定会非常漂亮！"贺端阳道："这小子东搞西搞，没想到他还有点狗屎运！昨天晚上镇上熊委员给我打电话，说县武装部通知他，让写贺波的先进材料，他们要推荐这小子参加省上的退伍军人建功立业表彰大会呢！"乔燕真的高兴了起来："这是好事呀，贺书记！你可不要小看了贺波，他是乌龟有肉在肚子里，以后你可要多培养他！"贺端阳道："我是他老子，怎么培养？你是上面派下来的第一书记，不怕别人说闲话，有机会了，请你多关心他一下吧！"乔燕忙道："没问题！我正想让他参与一些村上的事，你不会有意见吧？"贺端阳道："我的儿子我会有意见？"乔燕便道："既然这样，我们就这样定了！"又对贺端阳道，"听说有人把郑兴全的女儿郑琳介绍给他，定下来没有？"贺端阳道："那女娃儿没在家里，郑兴全两口子倒是答应了，可一切还得等女娃儿回来才定得下来！"乔燕便道："那好，喝订亲酒那天，贺书记可别忘了告诉我！"贺端阳道："我能忘了别人，也不敢忘了你，你是贺波的大恩人嘛！"

　　贺世银正在大门口的阶沿上编着一只背篓，院子里到处都是凌乱的篾条和竹丝。看见乔燕和贺端阳来了，便急忙道："两位书记慢点，我把篾条挽一挽你们再过来！"说着站起来，一拐一拐地要过来收拾院子里的竹丝。乔燕几步跨过去按住了他，道："爷爷，你别动，一点篾条和竹丝，怎么会把我们绊倒？"贺世银又要去给乔燕和贺端阳端凳子，乔燕自己从屋子里端出板凳，和贺端阳坐了。

　　乔燕看着贺世银，嘴唇微微颤抖着，没有发出声音。半响，才像下定了决心，对贺世银道："爷爷，你这背篼编得可真好！"贺世银忙道："好啥？老了，手艺不在了……"还要说什么时，乔燕转移了话题，突然对贺世银问道："爷爷，兴坤叔最近可给你打过电话？"贺世银两只眼睛露出了警觉的神情，看了乔燕一眼，半天才道："打啥电话？都是白眼狼，娶了婆娘忘了娘……"乔燕又没等他说下去，紧接着说："爷爷，你把叔的电话告诉我，我要了解一下村里在外务工人员的情况！"贺世银听了这话，又看了看乔燕，见乔燕脸上一副十分平静的颜色，像是放心了，便说："那可好，我给你说，你记电话号码吧！"乔燕急忙拿出手机，贺世银说了一串数目字，乔燕就拨通了贺兴坤的电话，并按下免提键。

　　电话响了几声，贺兴坤接电话了，刚"喂"了一声，乔燕便说："兴坤叔吗？我是贺家湾村第一书记，叫乔……"还没自我介绍完毕，贺兴坤便在电话里高兴地叫了起来："我晓得，乔书记，我爸爸妈妈一直念叨你是好人……"乔燕也没等他说完，就道："可是你和刘玉婶子一直没回过村里，什么时候也该回来看看呀！"贺兴坤道："人虽然没回来，可心里一直记着你的！感谢你一上任就来看望我爸，昨晚上我爸又给我打电话，说村里也把他们纳入建档立卡贫困户里……"听到这儿，乔燕突然猝不及防地问："叔，房子装修得怎么样了？"贺兴坤没有防备，也在那边脱口而出："装得差不多了……"一句话还没说完，马上又将话改了，"什么房子？乔书记，你可千万别听人胡说，没有的事，根本就没有的事，我哪能买得起房子？"听到这里，乔燕放缓了语气，道："叔，你怎么这么糊涂？我不是批评你，你有十万八万块钱，想藏倒藏得住，一套房子，明明摆在那里，你怎么藏得住？把房子装漂亮一些，过几天我回城了，不管你欢迎不欢迎，我都要来看看你的新房，祝贺祝贺呢！"

　　乔燕挂了电话，发现贺世银老人目瞪口呆地望着她。过了很久，他脸上的皱纹才像蚯蚓似的动了一下，又动了一下，眼里露出了一点光来，接着嘴唇动了动，像是要跟乔燕说什么，却又讲不出来的样子。乔燕立即过去坐在了老人身边，把他满是青筋的手拉了起来，一面在他手背上摩挲，一边像是赔罪似的说："爷爷，实在对不起，你这么大的年龄了，我不该撒谎诈你！但政策规定有房有车的不能进贫困户，我想帮你，全村又有这么多双眼睛盯着，你可要原谅我……"老人嘴唇哆嗦着，还是没有发出声音。乔燕心里有些疼，便又对他说："爷爷，我十分理解你和奶奶的心情，这么大的年纪了，兴坤叔做生意又曾经亏过本，怕老来了没依靠，希望政府能给你兜一些底，并且还想把这土坯房给改造了。请你放心，你虽然享受不了易地扶贫搬迁政策，但我们正在想法，将村委会周围的土地流转出来发展产业。土坯房改造县上要给一定补助，你如果愿意拆迁房屋，还可以享受农地整理项目补助！你和奶奶有什么困难，我们一定不会不管！"贺世银嘴唇颤抖了半天，终于说出一句话："你说的可是真的？"乔燕道："如果爷爷信不过我，贺书记在这儿，你可以相信他吧！"说完就拿眼看着贺端阳。贺端阳便道："老叔，乔书记说的都是真的！扶贫的优惠政策很多，不一定非要贫困户才能享受！"

　　乔燕见老人仍有顾虑，又说："爷爷，我听贺书记和村里干部说，你和奶奶年轻的时候，可都是勤劳人，也是有志气的人！那时干一天农活只有几分钱，生活那么困难，你又要抚养孩子，又要缴纳农业税，都没有叫过一声苦。人穷志不穷，值得很多人学习！眼下怎么说也比过去好，农有农保，医有医保，国家惠农政策这么多，相信我们，一定会让你晚年生活得很幸福！"贺端阳也道："你放心，我和乔书记商量了好几个晚上，一个地方要发展起来，一定要有产业支撑，村委会周围的土地，迟早要集中流转！你最好不要在这儿建房子了，只要你愿意搬出去，我们一定帮你把新房子盖起来！"贺世银过了半晌，终于瓮声瓮气地说了一句："那我听你们的，这个贫困户，我不当了！"这才把实情告诉乔燕，"我们也不想瞒你的，姑娘，可你兴坤叔说，上面文件虽然说了有房有车不能进贫困户，可我们那房起码还要等一两年才拿得到产权证，即使有人举报，你们去房产部门查不到房产证，打个囫囵眼就过去了，没想到姑娘你一句话就诈出来了。"乔燕想笑却没有笑出来，最后才说："兴坤叔想得太天真了，虽然房产部门还没发不动产证，可有购房合同，怎么会查不到证据呢！"

从贺世银家走出来，贺端阳才对乔燕道："乔书记，我以前把你小看了，没想到你才是乌龟有肉在肚子里，短短几句话，便把事情弄清楚了！"话里充满真诚和敬意。乔燕却只顾低头走路，像是装了一肚子心事。贺端阳见了又道："乔书记，我给你说句实话吧，我们早就知道贺兴坤在城里买了房子……"乔燕这才猛地抬起头对贺端阳问："那你们为什么不早说？"贺端阳诡秘地笑了笑，才说："明给你说吧，大家都知道你在贺世银家吃了十多天饭，贺小婷又天天晚上给你搭伴，就是要看看你是不是会徇私情。"乔燕听了这话，突然觉得一股冷风从背脊飕飕地蹿了上来。她怔怔地看着贺端阳，仿佛傻了一般，半晌才回过神，什么也没说，大步大步地往前走了。

过了两天，乔燕又召开村、组干部会，问大家工作做得怎么样了。贺文道："该做的我们都做了！"村民小组长也说："就是，该跑的路我们都跑了，该说的话我们都说了！"乔燕听他们说的都是模棱两可的话，又问："说具体一点，你们是怎样做的工作？"几个村干部不吭声了，组长们过了一会儿才道："还能怎样做？求爹爹告奶奶，磕头作揖说好话呗！"乔燕听了"扑哧"一笑，说："辛苦大家了，真要这样也不错！该跑的路都跑了，该说的话都说了，可关键是要看效果！你们觉得再开村民大会，大家是不是都愿意投吴芙蓉和贺勤的票了？"这一说，会场立即沉默了。过了半天，贺文才道："这很难说，人心隔肚皮，我们怎么知道他们心里是怎样想的？"小组长们也说："就是，反正他们当到我们的面，说愿意投他们两个的票，那就不知道他们嘴上说的和心里想的是不是一个样！"乔燕听了这话，有些作难了，便看着贺端阳。贺端阳抿着两片厚嘴唇，像是深思熟虑的样子，过了半天，才突然说道："娃娃们下棋——见一步走一步，你们的工作做没做到家，今下午再开一个村民大会，不行又重新来！"

下午开会时，在投票以前，乔燕又尽量用通俗易懂的语言对村民发表了一通演讲，道："爷爷奶奶、大叔大婶们，吴芙蓉大婶脾气是不好，但都是乡里乡亲的，低头不见抬头见，千万不能就把个人恩怨带到这次扶贫中来。贺勤大叔虽然也有很多毛病，可看人看本质，我听说他过去可不错，有门手艺，四邻八里有个什么事，也爱帮忙，因为家里大婶没了后，又欠了很多账，才变得这样的！我年轻，也不懂什么大道理，从小爷爷奶奶和爸爸妈妈就告诉我，不管做什么事，都要公平、公正！就是要讲天理良心。我到贺家湾来，还学到了一句俗语，叫'人凭良心斗凭梁！'大家想一想吧……"有人听见这话，便对乔燕喊道："行，行，我们投他们一票就是，可他们两个人，今后也得把坏脾气改一改！"乔燕去看吴芙蓉和贺勤，发现他们一边角落里坐一个，都把头埋在胸前，有些不好意思的样子，于是大包大揽地替他们回答了："你们放心，他们一定会改正自己身上的错误和缺点的！"众人就喊："那就投票吧，别为他们两个人的事，老耽搁活儿哟！"

投票结果还是出乎乔燕意料——虽然两个的票数都比上次增加了，可离上级要求的最低得有超过半数以上的村民通过才有效的规定，每个人都还各差二三十票。一句话，吴芙蓉和贺勤还是没法纳入建档立卡的贫困户。

散会以后，乔燕又把村上干部和小组长留了下来。她也不说话，像贺端阳一样，只抿着嘴看着大家。村上干部和小组长都知道乔燕的心思，没等她说话，贺通良便道："乔书记，这可不能怪我们了！"贺庆道："就是，我们就像巫师捉鬼，该使的办法都使了，群众还是不投他们的票，我们再也没办法了！"郑全智道："要叫我说，这政策定得就有些不合理，为什么非要半数以上村民通过才行？这些村民素质低，有拉砣砣的，有妒忌的，有吃不到葡萄喊酸的，他们一味不投票，你拿他们有什么办法？"贺文看着乔燕，有点小心翼翼地道："乔书记，全智说的都是实在话，你也算尽力了，实在不行，我看这事就算了……"还想说下去，却见乔燕脸色不对，便住了嘴。

乔燕等大家说完，才说："不行！只要他们够得上贫困户的标准，就一定得纳进去！再说，你们今天看到吴芙蓉的表情没有？那天大伙儿没画她的票，她又哭又闹，今天却不吵不闹，散了会埋着头就走了，这说明她思想上真的受到了触动，贺勤也是一样！"又看了贺端阳一眼，接着道，"从明天起，我和贺书记亲自到各个组来，一个组一个组地开会，白天不行就晚上开，晚上不行就到他们田边地头开，直到把他们思想工作做通了才走！你们小组长的任务，就是负责把每个村民都通知到，缺一个人也不行！"说完便问，"贺书记你看行不行？"

贺端阳对乔燕笑了一下："乔书记，你的精神可嘉，可这样一个组一个组地走，一个家一个家地做工作，要做到什么时候？"突然脸色一变，手在桌子上拍了拍，目光盯着几个小组长，严肃地说道，"什么大不了的事，非得要乔书记一个组一个组地来回跑？你们几个组长，年龄都比我大，有的我该叫哥，有的我该叫叔，可现在我喊明叫现说，这点小事，不但是我，乔书记我也不会让她一家一户去跑，村上干部也不参与这件事，我打酒只问提壶人！不管你们这两天做了什么工作，现在我再给你们一天时间，后天我再和乔书记到你们组上来，直接召开村民小组会投票，哪个小组投票超不过半数，说明你没有能力当小组长，下面的事你们各人去想！"说完也不征求乔燕意见，便大声宣布，"散会！"

众人走后，贺端阳却主动留了下来，对乔燕道："对不起，乔书记，我没征得你的同意，就这样决定了。"乔燕心中正对贺端阳的决定疑惑不已，听了这话便道："贺书记，我们真的不到组上去做工作了？"贺端阳道："你去干什么？如果事事都要你去，你就是有三头六臂，也做不完！再说，他们几爷子不使劲，即使是你亲自去做工作，同样会费力不讨好……"听到这里，乔燕有些不明白了，又问："这是怎么说？"贺端阳笑了一笑，道："我现在给你说不清楚，以后你自己就会明白的！这农村的事，看似复杂，却又简单，看似简单，却又复杂！"乔燕更加糊涂了，但不答话，只用疑惑的眼睛看着他，等他继续说下去。贺端阳却不说了，只问乔燕："你是不是觉得我的工作方法太简单粗暴了？"乔燕便点了点头。贺端阳又笑了笑，道："你放心，这次肯定能成！"乔燕见他说得这么坚定，更纳闷了，便问："为什么肯定能行？"贺端阳道："你别小看了那几个村民组长，要说他们这两天没做工作，那是冤枉了他们，要说他们做了工作，可又没有尽心尽力给你做，反正就是那种表表皮皮给你说一下……"听到这里，乔燕马上问："你怎么知道他们没认认真真做工作？"贺端阳道："你不知道，这些人能够做村民组长，都是各组的大社员，家族里三兄四弟，不然做不了组长！三兄四弟下面，又像树发枝丫一样，侄儿侄孙一大帮！这样牵扯起来，几乎就占了这个组的一半人以上。他们只要把他们这帮'内伙子'的工作做通了，那吴芙蓉和贺勤的事还有通不过的？你放心，过两天你再开会，保证没问题了！"乔燕恍然大悟，道："原来是这样！"贺端阳脸上露出了得意的表情，道："所以我说农村的事，说复杂就复杂，说简单就简单！我还告诉你，如果他们不和你一条心，要整你的冤枉，也是容易得很的！"

　　乔燕一听这话，不由得背脊上飕飕地往上冒起了一股寒气，觉得真不能小看了这些人。过了一会儿又问贺端阳："可他们又没报酬，真要撂挑子怎么办？"贺端阳道："你以为他们真会撂挑子？上回我不是给你说了，他们这个年纪的人，撂了挑子想出去打工，没有哪个会要他们，在家里只守着那点土地，几天农活儿一完，又没事干了。反正闲着也是闲着，不如找点事儿干。到了年底，村上总要想方设法，给每个组长补助那么两三千块钱，这是第一。第二，组上总还要做些事的，只要做事，组长都能占点儿便宜。这哄得到别人，哄不到我！当然，更重要的是当组长有面子，村民家有个红白喜事，不是把组长请去做支客师，就是把他安排坐上席，庄稼人稀罕的就是这个面子！"乔燕心里更明白了，便说："谢谢你，贺书记，我从你的话里又学到了许多从书本里学不到的知识！"

　　又过了两天，乔燕再召开村民大会投票，吴芙蓉和贺勤两个建档立卡贫困户的资格，不但顺利通过，而且票数相当高。

　　乔燕十分高兴，晚上，她先去了吴芙蓉家里。吴芙蓉正在厨房做饭，一大一小两个姑娘趴在桌子上做作业，一见乔燕，便喊了起来："妈妈，乔姑姑来了！"乔燕径直去了灶房，喊了一声："大婶！"吴芙蓉从灶膛前的板凳上站起来，在围裙上擦了擦手，便一把抓住了乔燕，道："姑娘，谢谢你，要不是你……"话没说完，吴芙蓉突然松开乔燕的手，掩着面，伤伤心心地哭了起来。

第十二章

　　盛夏过后，天气一天比一天凉爽。树叶虽然还绿着，可细细一看，叶片边缘有些鹅黄的颜色点缀在绿色之间，色彩显得比夏日丰富了些。乔燕身上的连衣裙也换成了翠绿色的立领拉链短袖T恤。

　　这天，她来到贺端阳家里，想看看贺波将房屋改造得怎么样了。贺端阳又不在，院子里到处堆着砖块、水泥和木料，砖工师傅们正在砌山墙两边的砖垛，准备在上面搁放跑马转角廊的水泥板。房顶上原来的人字形屋架也取了下来，两个木工师傅在院子里重新做加长的撑拱长檐的屋架，斧斫声、木锯声响成一片。

　　贺波见乔燕来了，急忙顶着满头的灰从屋子里出来，笑着说道："姐，你来得正好，我正说要来找你呢！"乔燕忙问："找我干什么？"贺波看着乔燕，像个孩子似的说："你猜！"乔燕道："你是想问我这房子改造出来，漂不漂亮？我现在就回答你，我就是专门来看看的。改造好了后，肯定是全村最漂亮的房子了！"

　　贺波的四方脸上泛着红晕，眉梢、眼角因为含着掩饰不住的喜悦，而露出了许多平时难以察觉的非常细小的纹路，说道："才不是呢，姐！我告诉你吧，县武装部赵科长刚才给我打电话，说他们给我联系到了县上一位女企业家，她十分热心扶危济困，答应给我无偿提供鸡苗和塑料网子，帮我办生态养鸡场！这还不说，县武装部首长也答应给我提供两万元生态养鸡场的启动资金，叫我尽快到县上去和女企业家对接，还有到武装部办理资金手续……"贺波还没说完，乔燕高兴地拍了一下手，道："这太好了，那你就去呀！"贺波望着她，有些迟疑地说："姐，你能不能和我一起去？"乔燕有点不明白："我去做什么？"贺波红着脸："我……我没和企业家打过交道，何况她又是个女的……"乔燕想了想，便道：

"行，你这是大事，姐陪你走一趟！我回去换件衣服，你到村委会来等我吧！"

没一时，贺波便到村委会办公室来了，两人骑着各自的电动车往城里去，到县城，径直去了县武装部。赵科长一见他们，便拉了贺波的手，连声道："祝贺！祝贺！"说完又过来和乔燕握手，也这样说。乔燕便道："祝贺我什么？"赵科长道："当然要祝贺你！你想，如果贺波同志的生态养鸡场成功了，对他来说，当然是如虎添翼，对村上来说，不是多了一项产业吗？"乔燕道："所有这一切，都得归功于武装部首长！"赵科长道："首先得归功于你这个第一书记，要是没有你，我们怎么知道还有这样一个典型？"接着又对贺波道，"首长非常重视你办生态养鸡场的事，说如果你办好了养鸡场，推荐你到全省复员退伍军人建功立业表彰大会上发言，就更有说服力了！这事还是首长亲自出面联系的呢！"说着便对贺波和乔燕讲了女企业家的故事。

原来这女企业家叫陈仁凤，是全国道德模范和"三八"红旗手。过去和丈夫都是县玻璃厂的工人，20世纪80年代末，工厂破产，夫妻俩都下了岗。两口子从收破烂起家，逐步发展壮大，现在光是她手下的公司、商场、酒店、幼儿园，就有几十家，资产已经过亿。可她富了不忘回报社会，先后拿出了一千多万元资金，在贫困地区建学校、建图书室，资助贫困户发展产业。

赵科长讲完，贺波和乔燕都惊讶不已，急忙道："哎呀，真是了不得，那我们快去拜访她吧！"赵科长却说："别忙，先把这张表填了！"说着从抽屉里拿出一张表，递给贺波。贺波接过来一看，是一份《复员退伍军人创业扶持申请表》。贺波急忙填了，赵科长收了表，又给女企业家打了一个电话，这才带着两人坐了武装部的车，往外开去。

汽车过了跨江大桥，又在水泥森林中开了一会儿，才在一所建筑前停下来。乔燕下车一看，是一幢七八层高的建筑，在两边高楼的映衬下，显得十分别致，门口挂着一二十个铭牌。

赵科长也下了车，对他们道："这就是陈总的公司！"说完便带了贺波和乔燕往里面走去。来到三楼一间办公室门前，乔燕见那门上也没挂什么牌子。门是虚掩着的，赵科长轻轻一推，门便开了，接着喊了一声："陈总！"便走了进去。乔燕和贺波也跟进去，一看，原来是个套间，十分宽敞，但屋子里布置得十分简单，外间只有两张沙发、一个茶几、一台饮水机。

他们还没在沙发上坐下，从里间屋子走出一个四十六七岁的中年女人；短发，上穿一件咖啡色的印花衬衣，下着一条白色的阔腿休闲裤，面色红润，脸庞上已爬上了几条不深不浅的皱纹，耳朵、脖子、手指和手腕上，没有一样能显示她是富婆的标志。乔燕只觉得她和县城里任何一个中年女人都没有区别，只是她脸上的笑容特别有魅力。

赵科长过去和她握了手，又把贺波和乔燕向她介绍了。陈总和贺波、乔燕握了手，在他们对面坐下，这才问贺波："小伙子，你为什么要办生态养鸡场？"贺波愣了一下，便把自己对乔燕和赵科长说过的话，对陈总说了一遍。陈总听了十分高兴，道："你有在农村创业的决心，我非常高兴！现在的年轻人，都想往城里跑，可城里的钱也不是那么好挣的！再说，农村也得有人建设呀！所以我决定支持你办生态养鸡场。"贺波急忙站起来对陈总鞠了一躬，道："谢谢陈总……"陈总挥了挥手让他重新坐下："你先别谢我，我话还没说完！我支持你办生态养鸡场，是有条件的……"

一听这话，贺波和乔燕都有些紧张了，忙看着她问："什么条件，陈总？"陈总说："这条件很简单，我支持你把养鸡场办起来，但你成功以后，对周围的贫困群众，你该帮助的就要帮助，该扶持的就要扶持，让爱心一个一个地传递开来，扩大开去，这样我的支持才有意义！你能不能做到这一点？"贺波又立即站起来答应了一句："陈总放心，我一定能做到这一点！"怕陈总还不相信，又道，"我让乔书记给我做证！"陈总听了这话，才不慌不忙地说："既然这样，我也就开门见山了，因为你是第一次办鸡场，我还不敢把鸡苗给多了，这一次，我只能给你一千只鸡苗，二十筒塑料网子，先把鸡场建起来，等积累了经验，再慢慢扩大，我再根据情况支持你……"贺波听到这儿，又想站起来对陈总表示感谢，但陈总又挥手制止了他，继续说了下去，"你这是第一次养鸡，又是在林中自然环境中饲养，所以我不准备给你出壳鸡苗，而全给脱温鸡苗……"听到这儿，乔燕急忙问："陈总，什么叫脱温鸡苗？"陈总道："脱温鸡苗就是指从蛋壳中出来后，又在保温室中度过了至少半个月到一个月的鸡苗，有的甚至达到了三个月，每只体重差不多都在半斤到一斤了。为了保证你饲养成功，我尽量给你买脱温最长的鸡苗！这种鸡苗成活率高，把它们放到自然环境中，它们便可以自由生长，会省很多事，成长也快！当然这种鸡苗比才出壳的鸡苗，价钱要贵了许多！"一听这话，贺波更高兴了，也不顾陈总同意不同意，站起来就对她行了一个礼，又一连说了好几声"谢谢"。

陈总等贺波在沙发上坐好以后，又接着说："过两天我便会安排人，先把二十筒塑料网子拉来，并派技术人员来协助你把养殖场建起来，你回去抓紧做好准备吧！以后有什么事，就给我打电话！"然后又再三叮嘱贺波，"小伙子，一定不要忘了自己的话，成功后可要帮助你身边还没脱贫的人，啊！"一边说，一边给贺波递过一张名片来。贺波急忙站起来，一边毕恭毕敬地接了名片，一边又接连对陈总说了几个"是"。

赵科长见陈总把话说到这个份上，也站起来对贺波说："陈总是个一诺千金的人，既然她已经表了态，就一定会实现自己的诺言的！你也不要辜负了陈总的希望！"又道，"陈总很忙，我们不再打搅陈总了！"说罢就和陈总握手告别，也对她说了一番感谢对武装部工作支持的话。乔燕和贺波也跟着告别，随赵科长回武装部。

从武装部出来，贺波便对乔燕说："姐，你回家去吧，我一个人先回去！"乔燕忙道："我回家做什么？"贺波道："你都回到县城了，难道不回家看看？学古人三过家门而不入呀？"乔燕道："哪儿那么多废话，走！"贺波道："你真的不回去？"乔燕道："我发觉你有点婆婆妈妈的了！"贺波："你要不回家，那你就在这儿等等我，我去买本书就回来！"

原来离武装部不远，就是新华书店，贺波跑进去不久，便抱了两本书回来。乔燕接过一看，一本是《怎样养鸡》，另一本是《鸡病防治手册》。乔燕道："好哇，这才像是建功立业的架势嘛！等你成了养鸡专业户后，也好指导全村人养鸡，到时贺家湾就成个养鸡专业村好了！"贺波道："我真成功了，那没问题！"说着把书放进了电动车后座的工具箱里，然后才对乔燕说，"姐，你想吃点什么？我请客！"乔燕一听这话，这才感到肚子真的饿了，掏出手机看了看时间，原来已经过了中午12点，便说道："怎么要你请客？回到城里我就是东道主，你说，想吃什么？"贺波道："姐，你今天是专门为我的事来的，这个客我请定了！"乔燕道："真是废话多，好像你现在就成了大款！不管谁请，这儿不好停电动车，我们到县政府那条街去，那儿好停车！"

县政府离步行街只有几十步的距离，两人停好车，朝步行街走去。走到街口，选了一个叫"野鱼庄"的食店进去。店主人迎进去安排他们在一个卡座的小桌子上坐了，拿了菜谱过来。贺波对乔燕道："姐，你喜欢吃辣的还是清淡一点的？"乔燕道："你喜欢吃什么我就吃什么。"贺波于是对老板道："什么鱼不辣？"店主道："你们想吃得清淡，都可以不放辣椒！"贺波便看着菜谱道："那就来一份粉蒸鱼，一份水煮鱼，一份糖醋鱼，一份番茄鱼……"贺波还要说，乔燕便道:"你想胀死猪呀?"贺波忙道:"那就这样,先吃了再说吧!"店主听了这话,转身要走,乔燕喊住他道:"将水煮鱼去掉,有三个菜完全够了!"

店主走后,乔燕才问贺波:"你家里的房屋还没改造出来,现在又要忙办养鸡场,你怎么忙得过来?"贺波道:"这有什么?房屋改造我把总的思路给工人说了,工人知道怎么做,我就是不办养鸡场,在家里也只是给他们安排指导一下。再说,我老汉知道县武装部和女企业家都在无偿支援我办养鸡场,他还有不支持的?他对我说,这段日子他就留在家里,帮我把养鸡场建起来!"乔燕听了这话才道:"这还差不多,我还担心只有你一个人呢!"贺波道:"怎么会只有我一个人?如果我遇到困难,我还会来找你,难道你不支持我吗?"

说到这里,贺波像是突然想起了什么,眼睛落到乔燕身上,看着她问:"姐,我想问你一个问题,却不知道该问不该问?"乔燕道:"你觉得该问就问吧!"贺波便道:"姐,你有男朋友了吗?"乔燕"扑哧"一笑,看着贺波反问:"你看呢?"贺波道:"我看不出!若说像你这样优秀的姐姐,现在还没男朋友,打死我也不相信!可要说有呢,为什么回到城里,也不去约会呢?"乔燕便笑着道:"没去约会就没男朋友了?要是我男朋友离我很远呢?"贺波一听,便认真地说道:"你们真的隔得很远?"乔燕这才道:"我是和你开玩笑的,我男朋友就在城里,我们国庆节就要结婚了……"话还没说完,贺波就又惊又喜地叫了起来:"真的,姐?那我可一定要来祝贺祝贺!"又道,"姐,你男朋友一定非常帅,是不是?"乔燕又笑着道:"你看我都这样丑,男朋友有什么帅?"贺波道:"你还丑呀?在我眼里,你就是天下最漂亮的了!"一句话把乔燕说红了脸。贺波也似乎觉察出自己的话有些唐突,便把话题岔了开去:"姐夫他父母一定都是当官的吧?"乔燕道:"恰恰相反,他父母都是老实巴交的农民,他是家里唯一靠读书出来的!你怎么关心起他父母是不是当官的来了?你和郑琳的事,进行得怎么样了?"贺波立即红了脸,半响才说:"她也没在家里,我们只是在QQ上聊天,还不知道她心里是怎么想的呢?"乔燕便对贺波叮嘱了一句:"你可要抓紧……"

正说着,菜上来了,乔燕便打住了话,说:"好了好了,我们不说这些了,快吃饭,吃了我们好早点回去!"贺波这才闭了嘴,吃起饭来。吃完饭,贺波要去结账,被乔燕一把拉开了,道:"今天算我请客,祝贺你生态养鸡场终于要开办了!等你成了陈总这样的大款后,你不请客,到时我就来兴师问罪!"贺波只好让她去结了账。

陈总果然说话算话，在乔燕和贺波去见了她的第二天，便让人拉来了塑料网，同时来的还有提供鸡苗的养殖专业合作社的一名技术员。贺波忙不迭地来找乔燕，乔燕却到镇上开会去了。

等乔燕回到村里听说后，急忙赶到贺波家里，贺端阳、王娇和贺波早带着技术员上了尖子山。乔燕又往尖子山赶去，到了那儿一看，技术员正指挥贺端阳、贺庆、贺兴平、贺安国等一伙男人，找了一块避风向阳、地面干燥、树木稍稀疏的地方架设塑料网子。技术员说，因为还是雏鸡，先不要把鸡场建大了，只圈了五六亩大的一块地方，便于管理。随着鸡苗成长，再慢慢把场地扩大。鸡的活动场地越大，以后鸡的品质越好！人多力量大，没一时便把网子架好了。下山来，技术员对贺波等人又讲了一通雏鸡的饲养管理技术，然后说了一声："等送鸡苗的时候，我再来！"说完便回去了。

山上原有一间看林员的工棚，已多年没住人了，屋顶已开了裂，墙上的门窗也早已被人取走。技术员一走，贺端阳便忙不迭地找人重新修了屋顶，安了门窗，又从山下贺国宪家里，拉了两根电线上去，还在林子里建了好几个大鸡舍。刚把这些做好，陈总便把一千只鸡苗给拉来了。那些鸡苗比成人的拳头还要大，却十分胆小，把它们从笼子里放到林地上后，不但不跑，小眼睛里还露出惊惶的神色，"叽叽"地叫着往一处挤。

贺波喜得眉开眼笑，在一旁拍着手想把它们轰赶开，可越轰，它们挤得越紧。送鸡苗来的技术员便道："别赶，它们在饲养场的屋子里生活惯了，才放到大自然里，还不习惯呢！"说完从车上拉下几麻袋饲料，对贺波道，"这几天就喂这口袋里的饲料，等它们的肠胃慢慢适应了，再喂你们的苞谷、小麦、稻谷什么的！"又从车厢里抱出两捆塑料彩条布，对贺波道，"按说这样大的鸡，现在的气温晚上已经用不着担心了，但为了保险起见，陈总还是让带来两捆彩条布，你可以接上绳子捆在树上，晚上给它们挡挡露水！"说完又交代了一番怎么喂食，怎么饮水，直到贺波完全懂了以后，才告辞回去。

当天晚上，贺波就住在山上守着小鸡。第二天吃过早饭，他母亲王娇来把他替换了回去。从此王娇也不打麻将了，和儿子轮流当起了鸡倌来。

那些小鸡过了几天就慢慢适应了野外的环境，开始在林子里乱跑。于是整个林子里面，成天响着小鸡们快乐的叫声，给整个尖子山带来一种生机与活力。乔燕每天也在没事的时候，骑起小风悦往尖子山上跑。和贺波一样，她也喜欢看那些小生灵遍地奔跑的样子，听它们那"叽叽喳喳"的声音。

时间如流水，她来的时候，太阳还像毒针一样刺得身上火辣辣地难受，可现在照在裸露的皮肤上，却像丝绸一般温暖和柔和。那时满山的树木一派葱翠，绿得像是化不开的染料，现在却是黄的黄，红的红，绿的仍绿，用五彩缤纷来形容一点也不过分！

　　乔燕想起自己来的时候，贺世银大爷把自己当骗子，可才短短三个多月，她现在不管走到哪家，贺家湾人都会亲切地拉着她的手，要么喊她"书记"，要么喊她"姑娘"。她更喜欢"姑娘"的称呼，觉得更有一种亲人的味道。

　　还有一件使她更高兴的事，那就是贺端阳家的房屋按贺波的设计改造出来后，比他和乔燕见面那天所讲的还要漂亮。底屋的十多根柱子，贺波设计成了圆形，在接近梁的地方，才慢慢起弧，最后形成一朵莲花状托住水泥梁。梁上铺了三张水泥板，楼上便形成了将近两米宽的走马廊，楼下自然也和楼上一样，宽得可以摆上一张大桌子吃饭。走马廊的栏杆和所有的门窗，用的是仿古门窗。外墙那既俗气质量又差的白瓷墙砖，贺波让工人给铲了，原想露出青砖的天然颜色，但铲掉一看，才知道那青砖是本地砖匠烧的，颜色深浅不一，反不如原来的墙美观了。贺波一不做，二不休，又去城里买了深灰色的仿古墙面砖来贴上。这样，倒和那些仿古门窗和铁艺栏杆结合得天衣无缝。加上房顶上的小青瓦和屋脊上二龙戏珠等小饰件，整个建筑古色古香。

　　乔燕最喜欢的就是这种灰色，她觉得灰色不但古朴、凝重，而且是天地的原色。每次从这里走过，她都想，要是贺家湾家家户户的房屋，都改造成这个样子，整个村庄岂不都在画里了？

第十三章

一到 9 月中旬，张健每天都要打几个电话来，催乔燕回去拍婚纱照，说已经和婚纱影楼联系好了，再不拍，国庆节举行婚礼，便没法给他们把照片制作出来。三个多月连轴转，要不是张健催，乔燕几乎忘记了结婚的事。她本想再推一推，可是国庆节结婚是她自己提出来的，怎么好反悔呢？趁这段日子村里的工作基本告一段落，这天吃过午饭，乔燕便回城去了。

乔燕径直去了公安局张健的办公室。张健的同事们都知道张健要在国庆举行婚礼，一见乔燕，起哄说："新娘子来了！""拥抱一下，拥抱一下！"还有人喊："亲一个！"乔燕才不惧这些场合，对着他们做了个鬼脸，道："美得你们！"一边说，一边拉着张健走了出去。

到了外面走廊，张健便说："你来得正好，我才和影楼联系过，他们后天有空。明天你去影楼选一下婚纱，后天好去拍照。"乔燕却道："你下午请两个小时的假，陪我去办件事！"张健忙问："什么事？"乔燕道："陪我到县中去一趟……"张健道："哦，你扶贫扶到县中去了？"乔燕道："真还让你说着了！"便把贺峰辍学，现在想重新回学校复读的事对张健说了一遍。之后又道："原准备开学就让他回来的，可他的身份证被老板扣住了。前天给我打电话，说身份证他拿到了。我想，开学还不久，让他现在插班进来读，总比又拖半年强！"说完便看着张健。张健像是有些不明白，过了一会儿才道："我去做什么？"乔燕道："贺峰的班主任是陈绍礼老师，陈老师不是你以前的班主任吗？"张健露出了迟疑的样子，半晌没有回答。乔燕便盯着他问："怎么，老婆的忙都不愿意帮了？"张健这才道："我和陈老师好多年都没联系了！说不定他早已不记得我了……"乔燕没等他说完，便道："再不记得，毕竟在他手下读了三年书，你一说他不就知道了？你放心，买礼物的钱本姑娘出！"张健不由得笑了，道："你以为我是吝啬那点买礼物的钱？那好，下午就陪夫人走一趟吧！"

　　乔燕回到家里，乔大年正拿着一把喷壶在阳台上浇花。乔大年退休之后，便喜欢上了种花，不但阳台上用花钵种了各种花，因为住在底楼，房屋台面还有一块几尺见方的地，他也翻出来种上了花草。乔燕见爷爷阳台上的花儿竞相开放，姹紫嫣红，美不胜收，便叫道："爷爷，好香！"说完故意皱了皱鼻子。乔大年急忙放下喷壶，过来道："回来了，怎么这么早？"乔燕双手搂着乔大年的脖子，在他脸上亲了一下，方道："想爷爷了呗！"乔大年满脸的皱纹直颤，像是一朵金菊开了花，道："假话，就是嘴巴儿甜！"乔燕道："真的，爷爷，我不哄你！"

　　乔大年拉着乔燕在沙发上坐下来，道："这么久没回来了，给爷爷说说，村上的情况怎么样了？"乔燕挨着乔大年坐着，把村上的几件事给他说了。乔大年一听，又乐得满脸皱纹直颤，叫道："好哇，我孙女干得漂亮呀！比你母亲当年还要能干呢！"乔燕听爷爷这样说，有些不好意思了，便道："爷爷，你可别夸我，我也是油黑人——不受粉！我还拿不准这整治村里环境和扶贫是不是沾边呢！"乔大年道："怎么不沾边，啊？我孙女真的不简单呢，把农民祖祖辈辈沉积下来的东西都改变了！我可要给你妈汇报……"一听说给她妈汇报，乔燕忙说："你可别给我妈说！"为了把话题岔开，马上问，"爷爷，我老妈这段时间，又给你下达指示没有？"乔大年道："她敢给我下达指示？不过她对我说，要我少管你，让你自己去闯，闯对了，发扬成绩，失败了，总结教训，就是这样！"乔燕道："我老妈这话，放之四海而皆准！还有呢？"乔大年想了想，又道："还有就是让我告诉你，不要打她的旗号要求工作上得到领导特殊照顾……"乔燕马上说："我才不会打她的旗号呢！实话告诉你吧，爷爷，到现在为止，村上和乡上还没有一个人知道我是吴大局长的千金！"乔大年忙说："这样好，这样好，这才像我的孙女！"乔燕又搂着乔大年的脖子，附在他耳边轻声说："爷爷，我真的比我妈当年还能干吗？"乔大年愣了一下，这才看着乔燕笑着道："你要不比你妈强，我乔大年就白疼孙女了！"

　　刚吃过午饭，张健便来找乔燕了，道："我和陈老师联系上了，他说，要去就是现在去，下午第二节他有课！"乔燕便和张健一起出去了。出了小区门口，乔燕到一家水果店买了苹果、梨子和柑橘，装在一只大塑料袋里让张健提着，两人叫了一辆出租车,直奔陈老师住的地方去。

到了楼前,乔燕一看,这是一幢老式建筑,没有电梯,房屋很旧,梯道又陡又窄,楼道里贴着各种各样的小广告,什么开锁、通下水道、贷款、修煤气灶……到了八楼,张健敲了敲门,没一时,陈老师亲自来开门。乔燕一看,陈老师头发白了一半,脸色白里带红,说是健康吧,那白里又有点带青的颜色,但眼神却不乏慈祥温和。张健和乔燕走进屋去,换了鞋,在沙发上坐下,陈老师要去给他们倒水,乔燕忙道:"陈老师,我们自己来,哪有老师给学生倒水的道理?"说着抢过了陈老师手里的纸杯,去饮水机上接了水放到茶几上。

陈老师说:"你们来看我,我很高兴,这年头还有几个学生记得老师的?"张健忙说:"老师,我本来很早就想来看你,可想到自己不像刘俊、曹玉玲他们,念完硕士又念博士,给你争了光。我只混了一个小警察,所以不好意思来见你!"陈老师道:"警察怎么的?坏人见了警察躲都躲不赢呢!"说完又看着乔燕对张健问,"这位是……"张健急忙把乔燕给陈老师介绍了。乔燕等张健介绍完以后,才对陈老师道:"陈老师,我也是县中的学生,比张健低两级,我的班主任是万莉老师!"陈老师立即"哦"了一声,看着他们问:"你们找我有什么事?"乔燕便把贺峰的事说了出来。

陈老师听完,半晌没吭声,皱着眉头,像是在回忆的样子,神色越来越凝重。半天,忽然叹息了一声,才对乔燕和张健侃侃谈了起来:"要说这个学生,辍学了真是可惜!可惜!他是从黄石镇初级中学以697分的成绩考到我班上来的!一个偏远落后的乡镇初级中学,能以这样高的分考到全国重点的县中来,过去从没有过。而且他家就是个普通农民家庭。他母亲在他十二岁时生病死了,家里欠了很多债,他父亲又有些不成材,所以这孩子非常自卑,思想负担很重,身体又不是很好。以他的成绩,本来考个重点本科完全没有问题。可上期开学,我见他一个多星期都没到学校,一打听,才听说他出去打工了。我带信给他父亲,让他来上学,可他没有来,后来就不知到哪儿去了……"陈老师说到这儿不再说了,只是不断摇头叹息。

乔燕便把贺峰想重新回来上学的事,跟陈老师说了。陈老师还有些不相信,看着乔燕问:"你们是他什么亲戚?"乔燕这才道:"我是村上的第一书记,是他家里的帮扶人!我觉得他家要从根本上脱贫,贺峰必须要把书念出来才行!所以我们动员他重回课堂,他也同意了!陈老师,如果贺峰重新回到学校,仍在你班上读,没什么问题吧?"陈老师忙道:"他本身就是我班上的学生,回到班上有什么问题?他虽然缺了一个学期的课程,但我相信凭他的底子,一定能赶上来的!到时我再给他开点小灶不就得了!"乔燕一听,马上站起来握住了陈老师的手,道:"太好了,陈老师,我代表他父亲,也代表村上感谢你!"

从陈老师家出来,乔燕和张健在街边一家小店随便吃了晚饭,华灯初上,小城笼罩在一派祥和温馨的气氛中,两人便挽了手,朝滨河公园走去。过几天便是中秋,一轮明月将圆未圆,像镜子一般璀璨皎洁,柔和的清辉和灯光一起照耀着大地,整个城市像是披上了一层朦胧的面纱。

乔燕过去没少和张健来滨河互述衷肠,勾画未来美好蓝图。虽然相隔才三四个月,可当她挽着张健的手往这儿走的时候,却有种恍若隔世的感觉。等他们走到公园里一看,公园早被东一群、西一伙跳广场舞的大妈给占领。乔燕道:"吵得人心慌,要不我们回去吧!"张健道:"那边湿地公园人少些,我们去那儿吧!"原来在滨河路北头靠近县中的位置,县政府去年刚打造了一个湿地公园,因为还没建成,加上路远,去的人少。两个人急急忙忙从一群群跳舞的大妈身边跑了过去。

乔燕和张健找了一把临江的铁条椅坐了下来。这儿果然清静,即使偶尔有一对恋人经过,也是把脚步放得很轻,把话语儿压得如耳语一般,生怕打扰了别人。看着江里摇晃的灯光,乔燕把头靠在张健的肩膀上,张健则把乔燕的一只手握在了自己的宽大的手掌中,两人都没说话。

过了一阵,张健终于鼓起勇气对乔燕道:"中午从陈老师那儿出来,我看你心里像是有什么事,是什么事?"乔燕从张健肩上抬起了头,然后看着他。月光下,她忽然觉得张健的脸比白天更立体。乔燕瞧了瞧河面,只觉得倒映在河水中的几颗星星在对她眨眼睛。又沉默一阵,她回过头看着张健的眼睛,道:"我和你商量一下,我想资助那个贫困学生完成高中甚至大学的学业……"话没说完,乔燕发现张健的两只眼睛瞪得圆圆的,也仿佛变成了两颗明亮的星星在惊讶地望着她。乔燕知道他在想什么,便打住了自己的话。半天,才听见从张健嘴里吐出了两个字:"什么?"乔燕对张健解释起来:"中午我在陈老师家里就说了,我是他们家的帮扶人!"说完也不再说什么,两个人四目相望,却像是不认识了一样。几对牵着手的情侣从他们身边走过,以为他们吵架了,一边走,一边回过头朝他们投来诧异的目光。

这样过了十多分钟,乔燕终于忍不住了,对张健说道:"你都听见陈老师说了，我只是觉得这个学生不读书太可惜！一个重点大学的苗子，一个国家未来的栋梁，就因为老子不大成器和家里穷，一辈子就这样完了……"说到这里，她的声音有些嘶哑起来，立即将目光又移到江中摇晃的灯光上，平息着自己的情绪。张健仍然没有吭声，但他的手仍紧紧抓着乔燕的手没有松开。乔燕的目光看着水中的灯光，像是把自己满腔的情感都告诉江水似的，声音幽幽地继续说道："他才十七岁，陈老师也说他身体不是很好……"她说得很慢，一边说一边看张健，但张健还是没说话。乔燕停了一下，只得又自言自语继续说下去："虽说我们的工资也不是很高，可我们节约一点，每月省出几百块千把块钱来，也是做得到的……"张健仍沉默。乔燕又说："再说，他家脱不了贫，我这个第一书记……"说到这里回头见张健仍像哑巴一样，突然火了，从张健手中抽出手来，然后冲他大叫了一声，"行不行，你吭个气呀？"

张健一惊，从深思中回过了神，他朝乔燕匆匆瞥了一眼，没看见乔燕眼里已噙满了晶莹的泪花，突然从椅子上站起来，像有人追赶似的，迈开步子就走了。乔燕本想去追他，却一时觉得身子很软，迈不动步，便坐在椅子上没动，看着张健很快消失在人群中，眼泪这才"哗哗"地流下来。

乔燕也不知在河边坐了多久，公园里游人渐渐稀少，最后只剩下了很少几对情侣，趁着这人少的时候，躲在树下拥抱接吻。河风吹在脸上和脖子上，寒意阵阵，乔燕这才收住眼泪起身，一个人往家里走去。一边走，一边想着张健刚才怒气冲冲、不辞而别的样子，心里不断问着自己："他连招呼都不打一个便跑了，是什么意思？是想和我分手，还是一时赌气？如果真想和我一刀两断……"一想到这里，她心里忽然有些疼了起来，觉得刚才提的要求确实有些唐突！仔细想一想，他们都是才参加工作的年轻人，没有积蓄，工资又不高，张健现在还在租房住，以后还得供孩子读书。更重要的是，张健的父母都是农村人，今后父母得靠他赡养，所有这些比山还大的压力，都压在他的肩上，可自己突然就对他提出了资助贺峰读书的事，还说得颇为容易，如果自己是张健，难道不会生气吗？这么一想，乔燕十分懊悔地拍了拍脑袋。可是她马上又想起贺峰，如果没有人资助，他上学的事不但又会成为泡影，更要紧的是，他刚刚树立起来的对生活、对社会和对人生的信心，会因为她的承诺无法实现而再次瓦解，这对一个少年，将会是多大的打击呀！

她一边走，一边在心里打着架，最后决定回去和爷爷商量。这样想着，便到了爷爷家门口，进了小区，刚到单元的门洞前，突然从一棵银杏树下冲过来一个人,一把将她抱住了。乔燕吓了一跳,正想喊叫,见是张健,便用双手撑住他,生气地道:"你不是跑了吗,在这里干什么?"说着,鼻子一酸,眼泪掉了下来。张健一见,将乔燕抱得更紧,十分内疚地说道:"对不起,我错了……我怕你生气,特地在这儿等你!"说完又连说了几个"对不起",又掏出纸巾给乔燕擦眼泪。乔燕一边无声地流泪,一边也对张健像道歉地说:"刚才说的那事,我知道我们有困难,就算我没说,行了吧……"张健却打断了她,看着她问:"那贺峰……你不打算帮他了?"乔燕说:"我回去找爷爷……"没等乔燕说完,张健便捂住了她的嘴,说道:"爷爷奶奶那几个保命钱,你也忍得下心去打主意?"见乔燕的眼泪怎么也擦不干净,便不等她说话,接着说道,"资助的事我认了!"乔燕突然抬起头,像是不相信地看着她。张健立即露出讨好的笑容,对乔燕说:"谁叫我找了个第一书记做老婆呢?"又学起乔燕当初曾对他说过的一句话,"贺家湾村一天不脱贫,本姑娘就一天不嫁人!"说完又补了一句,"本公子可不想打一辈子光棍呢!"乔燕一边流泪一边却"扑哧"笑出了声。

　　第二天吃早饭的时候,乔燕忽然对乔老爷子说:"爷爷,你说我到贺家湾扶贫,你们感到光荣不?"乔老爷子道:"孙女做善事,我们怎么不感到光荣?"乔燕便笑着说:"爷爷,嘴上说光荣不行,你和奶奶都得帮我办一件实事,才算真正的支持!"说完也不等他们问,便先看着乔奶奶道,"奶奶,你先说给我办件什么实事?"乔奶奶道:"奶奶挑也挑不动了,抬也抬不动了,能给你办什么实事?你每次回来都是吃现成的,还不算奶奶给你办的实事?"乔燕忙叫了起来:"这算,奶奶!"说罢又对乔老爷子道,"爷爷呢?"乔老爷子道:"你要爷爷给你办件什么实事?"乔燕道:"哈,爷爷,那我说出来你可不准说不哦!"于是把打算资助贺峰上学的事,原原本本地对乔老爷子说了。乔老爷子听完突然"呵呵"地笑了起来,道:"我道什么事,这有什么大不了的?那孩子读书那点钱,爷爷认了就是……"乔燕一听,立即睁大了眼睛,道:"爷爷,你答应了?"乔老爷子道:"准你做好事,就不准爷爷也做点好事?那孩子的老汉叫什么名字?说不定我还认识呢!"乔燕马上道:"贺勤!"乔大年歪着头想了半天才摇着脑袋,道:"没印象了!"乔燕便笑道:"爷爷,你当知青那时,说不定贺勤还没出生,或者还穿开裆裤呢!资助贺峰上学的钱,也不要爷爷全出!你和张健各出一半……"乔老爷子没等她说下去,就大声道:"什么各出一半?我全出了,这事就这么定了!"乔燕见爷爷一副仗义的样子,没再说什么,过去一把搂住乔老爷子,附在他耳边轻声说："爷爷，我知道，你比疼我还要疼孙女婿呢，我这就告诉他去！"说着在乔老爷子脸上亲了一口，转身便向外面跑了。

走出门来，乔燕给张健打了一个电话，告诉了他刚才爷爷的话，然后朝婚纱影楼去了。走到影楼外面的橱窗前，看见里面的婚纱样品和那些新娘新郎照片，不由得心旌摇动，那些女人是多么漂亮呀！怪不得人们都说，女人穿上婚纱那一刻，是一生中最幸福、最美丽，也是最圣洁的时刻，也怪不得女人们在走进婚姻殿堂时，一定得披上婚纱，留下永恒的纪念。当芳华逝去，记忆也随着时间的流逝而模糊的时候，这美丽的婚纱照便是自己一生满满的回忆！这么想着，一种幸福和甜蜜的感觉不禁油然而生，便大步走了进去。

在影楼里，乔燕花了整整半天时间，才定下婚纱的款式和颜色，以及打算拍摄的几种照片风格。最后经理告诉她明天一早来影楼化妆，再乘坐他们的摄影车到景区去。

回到家里，乔燕对爷爷奶奶说了明天到龙潭风景区拍婚纱照的事，乔大年和乔奶奶都很高兴。乔大年说："好哇好哇，我孙女到龙潭风景区去拍一个披婚纱的小龙女照片回来！"乔燕正说："我可不稀罕什么小龙女！"却听得那边乔奶奶问："你结婚的事，告诉你妈了吗？"乔燕忙说："我妈是个大忙人，她怎么顾得上我结婚……"话还没完，乔奶奶立即说："说什么话，她再有什么大事，还能比得上你结婚的事大？快去给你妈打电话，不然我可不依你……"乔燕看见乔奶奶着急的样子，突然过去搂着她，在她脸上先亲了一口，这才说："奶奶，我和你说着玩的，我怎么不给妈打电话呢？我这就告诉她去！"

吴晓杰听完女儿的话，像是没想到似的，突然冒了一句："你都要结婚了？"乔燕觉得母亲这话非常好笑，便调皮地问："妈，你知道我今年多大年纪了？"吴晓杰这才像猛然清醒过来，立即说："我怎么会不知道你的年纪？"却又仿佛喃喃自语地说了一句，"在我心里，你还是个孩子呢……"乔燕听母亲这话有些伤感，便立即说："我本来就是你的孩子嘛。"吴晓杰一改过去干练的作风，半天没有答话。乔燕有些等不住了："妈，你怎么不说话了？"过了一会儿，才听见吴晓杰问："国庆哪一天，定下来没有？"乔燕道："还没有！我们明天去龙潭风景区拍婚纱照，等拍完婚纱照回来后，我们再定日子！"吴晓杰这才变得干脆起来："把日子定下来后，就告诉妈，啊！"乔燕答应了一声，又和母亲说了几句闲话，才挂了电话。

第二天一大早，乔燕和张健便往婚纱影楼去。走到婚纱影楼，化妆师已经等着了,是个二十多岁的女孩子,她让乔燕在一张大镜子前坐下,把她额前的刘海用尖尖的食指撩到耳际后面,将乔燕一张鸭蛋形的脸完全露了出来,然后拿过一只十分精致的小瓶子,用食指挖出少量散发着香气的像是乳膏一类的东西,抹在乔燕脸上,又用手指将乳膏从脸颊向两边均匀地推开。乔燕问:"这是什么膏?"女孩对乔燕解释:"这是打底霜,你的皮肤稍有点粗糙,打了底霜才能使皮肤显出轻盈透亮和细腻的效果,更能营造出女性温婉的魅力!"乔燕听了这话,偷偷地往镜子里瞥了一眼,果然脸上的皮肤不但比过去细腻了,还光亮了一些。接着,化妆师又拿过一只十分漂亮的盒子打开,里面是一大堆大大小小的刷子。化妆师一边两手不停地修饰,一边对乔燕解说着化妆的工序。慢慢地,镜子里乔燕那张脸变得漂亮甜美起来。

突然,乔燕背包里的电话尖锐地叫了起来,铃声把化妆师和乔燕都吓了一跳。化妆师急忙把乔燕的挎包递给她,乔燕掏出电话一看,见是贺端阳打来的,便对化妆师说了一句:"我接个电话!"一边说一边便往外跑。化妆师在她后面喊:"快点,下面画眼线眼影是最复杂的!"乔燕也没回头,一边把电话贴到耳边一边回答:"我马上来!"说完出去了。

没一时,乔燕回来了,刚刚经过修饰的眉毛像怕冷似的往眉心皱拢了,脸上也明显地挂上了着急的神色,一进屋便对张健和化妆师说:"对不起,我得立即赶回村上……"话还没完,众人都呆了。在刚才化妆时,影楼的老板已经把他们那辆加长型的敞篷野外摄影车开到了影楼门口,摄影师和助理摄影师也来了。一听说她要立即赶回村上,过了半响老板才问:"出了什么事?"乔燕没理他,只看着一旁惊得目瞪口呆的张健解释道:"村上贺书记通知我,市里规定,全市所有贫困户的信息,必须在国庆前录入省上的系统里!村上干部都不会使用电脑,更不会使用这个系统,而且全省只有一个网站,叫我立即回去,乡上扶贫办的马主任已经在村上等着了。"张健回过了神,看着乔燕道:"婚纱照不拍了?"乔燕一边去拿椅子上的背包,一边对张健说:"等我录完信息回来再说吧!"一边说,一边便匆匆忙忙地往外走。

影楼老板在后面叫道:"姑娘,妆都化得差不多了,我车子也开来了,摄影师也请了,损失怎么办?"乔燕听了这话,回头说了一声:"老板,他还在那儿,不会亏待你的!"说毕便匆匆跑了。张健追了出去,对乔燕喊道:"你算算还有多少时间?"乔燕像是没有听见,招手拦住了一辆出租车,在往车里钻的时候,才对张健叫喊着说了一句:"村上贺书记说得很急,我录完信息就马上回来!"说完钻进车里，司机一踩油门，车子便往前开去。

乔燕一走，就像泥牛入海，一连三天都没给张健打电话。张健给乔燕打电话，她的手机又关了机。离国庆假期只剩几天，张健着急了，别说拍婚纱照，就是一些准备工作也来不及了。更使张健不放心的是，他联系不上乔燕，不知她出了什么事情。在他们两个人的交往史上，从没发生过这样的事。这几天，他的左眼皮一直"突突"地跳。小时候父母曾经说过，左眼跳岩，右眼跳财，都是不好的兆头。这天，他终于向领导请了半天假，骑上电动车，急匆匆地赶往贺家湾。

这是张健第一次到贺家湾，一边走，一边问，终于到了村委会办公室。村委会办公室静悄悄的，大门却是虚掩着，等张健推开办公室大门一看，一下子惊住了。只见乔燕伏在电脑前面的桌子上，歪着头睡着了，桌上的电脑还开着，液晶显示屏上不断闪着蓝光。旁边还有几个人，有的和乔燕一样，东倒西歪地趴在办公桌上，有的干脆就坐在椅子上，仰着头，张着大嘴，也睡着了，睡相十分难看。

乔燕还穿着那天到婚纱影楼化妆时的蓝色牛仔长袖小外套，张健急忙脱下风衣，走过去轻轻给她披上。他觉得自己的动作很轻，没想到乔燕却突然惊醒过来，睁开眼睛后，像是要赶走什么似的，重重地拍打了一下脑袋，嘴里说道："我怎么睡着了？"一边说，一边又去拿桌上的鼠标。一低头，猛地看见了身上的衣服，回头一看，这才发现站在身后的张健。乔燕瞪大了眼睛，起身一站，却打了一个趔趄，差点又坐了下去，幸好手撑在了桌子上，嘴里道："你怎么来了？"张健的目光紧紧落在乔燕两只充血的眼睛上，嘴唇哆嗦着想说什么却没发出声音。两个人就这样怔怔地看着，半响，张健忽然紧紧地将乔燕抱住，声音颤抖地道："你、你们怎么这样了……"乔燕急忙"嘘"了一声，用手指了指那些趴在桌子上和坐在椅子里的村干部，低声道："轻点，他们也一样熬了几个通宵……"话音未落，那几个人也醒来了，一见张健，都红着眼睛望着乔燕。

乔燕急忙从张健怀里挣脱出来，理了理耳边蓬乱的头发，对他们说道："这是我男朋友张健！"说罢又把贺端阳、贺文、贺通良、郑全智、张芳等村干部给张健介绍了，最后剩下一个年轻人，乔燕对张健说他叫贺波，是贺书记的儿子，这几天全靠他帮了自己大忙。几个人都过来和张健握手。贺端阳像是自己做错了事一样，对张健道："张同志，实在对不起，都怪我们这些土包子墨水喝少了，不会使用什么系统、网络的玩意儿，才把乔书记累得这样子！"那几位村干部听了这话，也都愧疚地说："就是，就是！"一边说，一边互相使眼色，退了出去。张芳走在最后，出去时还把办公室的门给拉上了。

　　众人一走，乔燕便像一个受了委屈的小孩似的，伏在张健怀里，眼角沁出了晶莹的泪花。张健又心疼地捧起乔燕的脸，轻轻地擦去了她脸上的泪水，这才问道："你们这究竟是怎么回事？"乔燕停了一会儿，告诉张健：原来全市所有的村这几天都在往省上的系统里录贫困户资料，赶着要在国庆节前录完，而一个贫困户的信息就有几十条，大家都进一个网站，都去点击，就像成百成千的人同时争着往一个小门里挤一样，有些时候录一户信息就要一个多小时，眼看着就要录完了，一点击保存，电脑屏幕上却现出"保存失败"的字样，气得人恨不得把电脑抱出去砸了！原来挤的人多，服务器罢工了。没办法，白天根本录不进去，晚上还稍微好一些，她便只有在晚上录。村干部见她连夜加班，不过意，便也来陪着她，一会儿给她买水，一会儿又送饭，陪着她熬夜。后来她让贺端阳把贺波叫了来，贺波懂电脑，却不懂贫困户的软件资料，更不懂得这个录入的系统，录的质量很差，但好歹给她把那个坑占住了，后期她修改起来至少有了基础数据。

　　张健听完心疼地问："你有几个晚上没睡觉了？"乔燕道："我没睡觉不要紧，你帮我去给村上几位干部道个歉，他们陪着我熬夜，我录不进去信息，心里烦躁，他们一会儿给我递水，一会儿送饭叫我吃，我却把他们的好心当成了驴肝肺，甚至把他们递来的水都给倒在了地上，还冲他们发火，对不起他们……"张健一听这话，眼眶突然湿润了，又将乔燕抱到怀里说："我不知道是这样，你受苦了！"又抚摸着她的头发说，"打你电话也不通，我还以为你出了什么事。"乔燕道："我把电话关了机，免得有人打扰我！我恐怕没时间拍婚纱照了，你会不会生气？"张健想了想，道："还说什么婚纱照？看见你没有什么事，我心里就踏实了！"怕乔燕不相信，又说了一句，"有没有婚纱照，你在我心中都是一样的好看！"乔燕不想让张健失望，便说："你放心，等今后空了，我们补几张婚纱照回来！你不要，我还想要呢！刚才迷糊时，我还梦见正披着婚纱拍照片呢……"说到这儿，她的脸泛上一层红晕，比那天化妆师往她脸上抹的腮红还要红！

第十四章

　　乔燕不知道，往系统里录入贫困户的信息，还只是她整个扶贫过程中软件资料建设迈出的第一步。后来贫困户软件资料之多，手续之繁复，牵涉部门之广，以及付出的艰辛和努力，都远远超出了她的想象，使她大部分时间，都陷在了做这些资料上。有时一套资料刚按照A部门的要求做好，B部门马上又来一个文件，说按A部门做的资料不全面，得重新做。然而再过两天，C部门又来了一个文件，又得将所有的资料按C部门的口径重新做。乔燕算了一下，作为一个小小的第一书记，直接管她的上级部门有十多个，县上有组织部、直工委、扶贫局、发改委、农业、水利、林业、国土、教育、卫生等部门。因为这些部门各有各的扶贫任务，而他们的工作和成绩，最终都得靠第一书记们从资料数据上反映出来，甚至连银行的金融扶贫、小额贷款都是这样。

　　烦琐和重复地做资料，使乔燕一时间觉得他们这些第一书记下来，说起来是扶贫，实际就是来给这些部门填各种各样表格和制造五花八门的资料的。她不明白上级为什么不能让他们少填些表格，多抽出些时间到田间地头去帮贫困户做些实实在在的工作？但这样的事，不是她这个小小的第一书记所能决定的。有一次，她斗胆给县扶贫移民局张局长打了一个电话，对他说了心中的苦恼和疑惑。大约因为吴晓洁的关系，张局长对她十分客气，笑着说："小乔，实在没办法，我也是在执行你妈妈的指示呀！当然，你妈妈也是在执行上面的指示，是不是？"不等乔燕答话，又在电话里给乔燕上起政治课来，"不过，小乔，这精准扶贫可是前无古人的事业，没有现成的经验，上面也是在摸着石头过河，所以这个政策有个不断完善的过程，希望你们能充分理解！"乔燕听了这话，觉得也有道理，世界上没有一蹴而就的事情，加上这其中又牵涉自己的母亲，她还有什么可说的呢？

乔燕往省上系统里录入贫困户信息的工作，终于赶在国庆节前三天完成了。当她在电脑里录完最后一个数字，点击"保存"成功后，从胸腔里长长地呼出了一口气，然后什么也没说，站起来扶着楼梯栏杆，趔趔趄趄地走到楼上自己卧室里，连衣服也没脱，倒头便睡。这一觉好睡，仿佛死去一般，从凌晨直睡到天黑，连身也没翻一个。要不是贺小婷在外面打门，她还不知要睡到什么时候。惊醒后，她一个鲤鱼打挺从床上坐起来，一看外面，天已黑尽，屋子里更是黑魆魆一片，她急忙拉开灯，去拉开了门。贺小婷手里提了一只饭盒，进来道："刚才张芳婶婶送饭来，敲了半天门没敲开，便把饭盒给我，说等我来睡觉时，顺便给你送来！"原来从开始往系统里录入信息起，贺端阳便让张芳负责乔燕的一日三餐，张芳每次做好饭后，用一只不锈钢的保温饭盒给乔燕送来。一听小婷的话，乔燕肚子里便传出一阵"咕咕"的响声，她胡乱地洗了洗脸，捧起饭盒便吃了起来。吃完饭，还像没睡醒，脱了衣服，和小婷往床上一躺，头一挨枕又睡过去了。

第二天一早醒来，乔燕才觉得精气神又重新回到了身上，这才精心梳洗了一番，换了衣服，给张芳打了一个电话，告诉她自己要回城去，早饭就不用送来了。她收拾了东西正要下楼，贺波却来了，见乔燕要走，便笑嘻嘻地问："姐，你这就要走呀？"乔燕见贺波目不转睛地看着她，便道："这么早，你有什么事？"贺波道："姐，你忘了对我说过的话？国庆节，不是你要办喜事吗？我还等着你给我送请帖呢！"说着，红了脸，将手从背后拿过来，把一个精致的小礼盒递到乔燕面前，"姐，我也没什么东西送你，这个小礼物，送你做个纪念吧！"乔燕问道："什么礼物呀？"贺波便将盒盖打开，乔燕一看，原来是一条四叶草的镶钻项链，旁边还有一张小字条，写着："祝姐永远如星星般闪耀动人！"下面署名"贺波"。

乔燕一见，心里涌上一股温暖的感觉，轻轻地将项链提起来，凑到眼前仔细看了看。凭着她的判断，项链是纯银制成，上面镶嵌着多颗水钻，银辉闪闪。看了一阵，她又把项链小心地装进盒子里，对贺波说："你怎么买这么贵的东西？我可不能收你的礼物。"贺波一听急了："姐，你看不起我呀？这可是我用自己当兵时存的钱买的……"乔燕说："我怎么会看不起你？实话告诉你吧，我们把婚期推迟了……"贺波露出了一丝不解和紧张的样子，道："怎么推迟了？"乔燕道："来不及了！"说完便把拍婚纱照的事告诉了贺波。

贺波信以为真，便道："原来是这样！那姐还是把我这点小心意先收下吧，反正喜事迟早都要办的……"乔燕打断了他的话，说："这礼我先不收，到时候再说吧！"见贺波又想说话，便紧接着问，"你现在和郑琳谈得怎么样了？"贺波显出了一丝扭捏的样子，道："她爸爸旧历十月初十办六十大寿，她父母说，等郑琳回来给她爸爸过寿，我们就顺便订婚！"乔燕高兴起来，道："那好哇，这项链正好做订婚礼物！"贺波还有些犹豫，乔燕紧接着道："你放心，姐结婚时一定告诉你，你再送礼物不迟！"又问了他鸡的生长情况。贺波高兴地回答说："很好，才半个多月时间，每只都长到一斤多重了！"乔燕也高兴了，便说："太好了，等过了这段时间，我再上山来看看！"说完又劝贺波把礼物给郑琳留着，贺波迟疑了半天，终于收了项链回去了。

因为婚纱照耽误了，乔燕和张健一直没把婚礼的具体日期定下来。年轻人都扎堆在国庆期间举办婚礼，县城几家婚庆公司早把日子排满了，稍好一点的酒店在半个多月前就被人预订了。乔燕和张健现在才去请婚庆公司和订酒店，哪还订得到。张健想了许久，试探着问乔燕："我们为什么一定要在城里办婚礼？我爸妈只有我一个儿子，家里七姑八姨又多，他们老早就希望能在老家给我们办婚礼，只是考虑到我们城里同学、朋友、同事吃不惯农村的八大碗，才同意我们在城里办的。现在我们既然没有拍上婚纱照，也没有请上婚庆公司和订上酒店，不如回老家举行一个婚礼，也不通知我们的同学、同事和朋友，过后买点喜糖或再请他们吃顿饭就是，你看怎么样？"乔燕心头一亮，道："为什么不行呢？这样既简单，事也办了，爸妈也觉得给了他们面子，还会节约很多钱！再说，这只不过是一个仪式，在哪儿办不一样？"张健见乔燕同意了，欢喜得手舞足蹈，立即给父母打了电话，如此这般地交代了一番。

刚刚说完婚礼的事，乔燕便接到罗丹梅的电话，问乔燕回城没有。乔燕看了张健一眼，回说刚刚到。罗丹梅就高兴地喊了起来："那好，我们也都回城了，就是亚琳不知回没有，我打电话她没接，待会儿我再给她打……"乔燕不等她说完，便开玩笑说："丹梅姐姐又要请客呀？"罗丹梅道："你倒想得美！我告诉你，今天可是AA制！"接着对乔燕说，"我们一连当了好多天'表姐'，忙得晕头转向，神经都快要崩溃了！今天天气好，下午我们到滨河公园下面喝坝坝茶，给身体和心灵放半天假！"乔燕听她说"表姐"两个字，觉得既形象又新鲜，加上自上次丹梅请客后又过去了两个多月，她们还没聚过，心里也怪想念这些姐妹们的，便高兴地说："行，二仙女姐姐，我一定来！"

放下电话，张健便盯着她问："什么二仙女姐姐？"乔燕笑而不答，过了半天才做出几分神秘的样子说："这是我们姐妹间的事，不用你管！"张健道："不管就不管，你以为我想管吗？"乔燕一听张健这么说，却偏噘起嘴，用拳头打着张健的肩说："不管不行，偏要你管！"说着便把和张岚文、罗丹梅、郑萍、周小莉、金蓉、李亚琳几个第一书记结为姐妹并号称"七仙女"的事告诉了张健。

吃过午饭，乔燕仍然感到有些疲倦，躺到床上又休息了一会儿，这才往河边走去。

滨河公园河边地势开阔，一到下午，太阳从对岸文峰山顶照射过来，不但将一江碧水染得嫣红一片，也将融融暖意投射到坝子上。因此，每到春秋两季，这儿便成了人们休憩和喝茶聊天、享受自然的好地方。乔燕来到这里的时候，坝子里早坐满了人，茶香氤氲，人声切切，阳光辉煌，江水灿灿，她感到一种说不出的惬意和幸福。

正四处搜寻，忽听得不远处有人叫："燕儿，在这里！"乔燕抬头一望，周小莉正站在坝子边朝她挥手。乔燕急忙跑了过去，见郑萍、金蓉也来了，桌上摆着两包瓜子，每人面前一杯菊花茶。乔燕对三人打了一声招呼，朝江水望了一眼，道："这个位置好！"周小莉有些自豪地道："我吃了午饭就来把位置占住了！"乔燕忙说："五姐辛苦了！"说完，扯过一张椅子坐下，也叫了一杯菊花茶。

茶水端上来后，乔燕才对周小莉问："怎么不见大姐二姐以及小仙女妹妹呢？"郑萍道："大姐高血压病犯了，说头晕得厉害，今下午的活动她就不参加了！"乔燕立即惊讶地问："大姐还有高血压？"郑萍道："她是老高血压，每天都要按时吃降压药，这阵子可能是太累了，降压药也管不了事……"乔燕一听明白了，便十分惋惜地说："哦，原来是这样，我还以为大姐大摆架子呢！"说罢问周小莉，"二姐是召集人，怎么也没来？"金蓉道："我们一边摆龙门阵，一边等她和亚琳吧！"小莉道："就是，我们先嗑到瓜子，等会儿罚她们出瓜子钱！"

四人嗑起瓜子来，金蓉提议："这段时间往系统里录贫困户信息太辛苦，我提议，一人讲个笑话，让大家都轻松一下，行不行？"乔燕、郑萍和周小莉立即叫了起来："好哇，那你就先讲！"金蓉道："讲就讲，反正每人都要讲一个！"说罢果然讲了起来，"说有一名第一书记倒在一堆扶贫表格中，同事扑上去，拼命摇他：'同志，你醒醒啊！醒醒啊！'这名第一书记虚弱地睁开眼睛，看着身边的同事，从身下抽出一份表格，吃力地对同事们道：'这、这是贫困户花名册……'再抽出一张又交代道，'这是贫困户家庭成员信息表……'再抽出一张道，'这是精准扶贫计划表……'又抽出一张道，'这是帮扶责任人信息表……'又抽出一张道，'这是2015年调查表……'又抽出一张道，'这是2016年调查表……'又抽出一张道，'这是2017年预算表……'又抽出一张道，'这是贫困户脱贫时间表……'"

听到这里，乔燕、郑萍和周小莉都忍不住笑了起来，乔燕性急地说道："你快点呀，老这么抽，这表什么时候是个头哇？"郑萍和周小莉也说："是呀，还有什么表，你就一下说了吧！"

金蓉忍着笑，道："还有易地搬迁表、社会救助表、劳动力培训表、惠农政策表、帮扶成效表等。他把这些表交到同事手里，叮嘱道：'请、请一定代我转交脱贫攻坚办。'说完，他就昏迷了过去。同事们又忙含着热泪摇晃起他的身子来，道：'亲爱的同志，轻伤不下火线，你再醒醒，再醒醒，上面还要求把贫困户的所有信息全录入到电脑系统中去呢。'那第一书记一听，果然坚强地坐了起来。在坚持着将信息录完之后，才终于安详地闭上了眼睛！"

讲完，金蓉见乔燕等人没有吭声，便看着她们道："怎么样，好笑不好笑？"半天，郑萍才说："一点也不好笑！"金蓉不服气，道："这还不好笑呀？那你讲一个好笑的！"郑萍道："我这个绝对好笑！这故事就发生在我们镇上党政办。话说我们镇上党政办有个小伙子，因为才貌双全，平时大家叫他俊哥！俊哥前不久打算和女朋友结婚，便去向领导请假。领导一听，道：'脱贫攻坚任务这么紧，结什么婚？'俊哥道：'领导，我和女朋友已经谈了三年恋爱……'领导没等他讲完，又道：'既然已经谈了三年，为什么不能再谈三年？要是你女人生孩子，我倒可以考虑你几天假，因为那是由不得人的事。可这结婚，迟一迟有什么关系？'俊哥听了这话，便悻悻地退了出来。没过几天，他又去向领导请假。领导问：'你又请假做什么？'俊哥道：'我女朋友生孩子，我要回去照顾几天……'领导同样没等他说完，道：'你婚都没结，女朋友怎么就生孩子了？'俊哥说：'领导不让我们结婚，我不让她直接生孩子怎么办？'"

讲到这里，乔燕、周小莉和金蓉果然捧腹大笑。周小莉一边笑，一边去打郑萍的嘴，道："打嘴，打嘴，讲这些流氓龙门阵！"郑萍却扬扬自得地说道："你们都笑了吧！"

安静下来后，金蓉便看着周小莉和乔燕问："你们谁先讲？"乔燕急忙说：

"三姐、四姐讲了，五姐你讲了我再讲!"周小莉却皱起了眉头，道："我天生就没有幽默细胞……"金蓉道："哪个的幽默细胞是天生的，不准耍赖!"周小莉又想了一会儿，便道："那好，我就讲一个吧！我们村山不但高而且还很多，山多自然河多，一共有九条河。听说每条河里都住得有一条龙，下暴雨的时候龙就出来捣乱，搅得河水翻腾，很吓人的，所以叫了'九龙村'。从乡政府到村上，也有一条河，叫乌龙河，河上没有桥，村民在河底石盘上，立上一溜石头礅子，再在石头礅子上铺上一尺来宽的石板，这就是桥了。平时不涨水的时候，行人就从石板上过去。这些年有人买了摩托车，胆大的也像走钢丝一般，可以从石板上开过去。就因为没有桥，九龙村死了三个人……"说到这里，周小莉停了下来。乔燕忙问："怎么死的?"周小莉摇了摇头，金蓉道："这还不明白？肯定是掉到河边淹死的!"周小莉这才道："才不是呢！第一个人是得了急性脑膜炎，要送到县医院去治，抬到河边的时候，恰恰遇到涨水，过不了河，眼睁睁地看着人死在担架上。另外一个是女人生小孩，已经去了县医院等待分娩，但在县医院住了一天还没有发作。农村女人总是挂记着家里鸡呀鸭呀什么的，见没有发作，便想回去看一看，顺便拿点东西来。结果回家当天晚上老天下起了暴雨，第二天过不了河，在家里生小孩难产死了。"又语气沉重地补了一句，"这件事就发生在前年……"说完便垂下了眼帘。乔燕、郑萍、金蓉也沉默了。过了一会儿郑萍才问："还有一个呢?"周小莉道："什么还有一个?"郑萍道："你不是说死了三个吗?"周小莉道："那小孩在她妈的肚子里就憋死了……"乔燕、郑萍和金蓉都"啊"了一声。

过了半晌，金蓉才回过神叫道："叫你讲点高兴的让大家开心，怎么讲起这么悲伤的故事来了？不行，你可得让大家笑起来!"乔燕、金蓉也道："对，可要把我们逗笑才算!"周小莉便道："你们别催，我自然要讲起来嘛!"于是又接着讲，"我才下去的时候，村民就拉着我手说：'姑娘，你来做我们的第一书记，我们什么都不要你做，你只要把乌龙河上桥给修通了，你就是观世音菩萨，我们全村人都会记住你……'"周小莉讲到这儿，郑萍忙性急地问："修通了没有?"周小莉狡黠地笑了一笑，道："当然修起了，那桥可漂亮了呢！双向四车道，钢管混凝土拱桥，桥头高高飘扬着彩旗，真是一桥飞架南北，天堑变通途……"乔燕、郑萍、金蓉立即瞪大眼睛道："真的？那我们什么时候可要来参观参观!"周小莉道："通车那天，那可是人山人海，彩旗飘飘，锣鼓喧天，鞭炮齐鸣！我高兴得在地上跳呀、跳呀，没承想脚下一滑，糟了……"乔燕、郑萍、金蓉忙紧张地问:"怎么了?"周小莉道:"我滚到床下了!"乔燕、郑萍、金蓉急忙扑过去,一边笑一边在周小莉身上抓着痒道:"你坏,原来是骗我们的!"周小莉一边躲避着,一边颇为自得地道:"可是你们都笑了,不是吗?"乔燕、郑萍、金蓉这才放过了她。周小莉整了整衣服,正经地说:"不过我正在跑资金,一定要给九龙村人把桥修通!"

周小莉说完,郑萍和金蓉就把目光落到乔燕身上。乔燕知道自己躲避不掉,又不知自己该讲什么,想了想,便把贺世银大爷的儿子贺兴坤隐瞒在城里买房、她用打"诈巴眼"的方式诈出来的事,向郑萍、金蓉和周小莉讲了一遍。可她们听完却说:"一点也不好笑,重新讲!"乔燕却想不起讲什么了,她抬起头,猛地看见丹梅正在人群中四处张望,便跳起来大喊一声:"丹梅姐姐,在这儿!"郑萍、金蓉和周小莉也全站起来朝罗丹梅招手。丹梅一见,立即跑了过来。

丹梅坐下后,乔燕等人都盯着她问:"你怎么这时才来?"丹梅没答,却看着她们反问:"你们刚才什么事这么高兴?"金蓉说:"我们讲笑话呢,现在轮到你了!"说完便把每人讲一个笑话的事告诉了她。丹梅听完半天没吭声,众人便催她快讲,说等会儿亚琳来了还要罚她一个。丹梅这才站起来,神情凝重地对大家说:"我现在宣布一个非常令人感伤的消息,亚琳生病住院了……"一听这话,众姐妹全都"啊"的一声,瞪着大眼望着丹梅,似乎怀疑自己听错了。丹梅过了一会儿才道:"这是千真万确的事!中午我给她打了两次电话,她都没接,我以为她手机正在充电什么的。刚才出来的时候,我又给打电话,这次有人接电话了,却不是亚琳的声音。我一问,是亚琳的妹妹,说她姐住院了,现在正在打点滴。我一听傻了,急忙往医院跑,要不我早来了!"乔燕等人又忙问是什么病。丹梅道:"过度疲劳和长期神经衰弱引起的严重贫血……"

一听这话,乔燕想起上次听亚琳说她到医院看病和到药店买安神补脑液的事,于是说:"怪不得她脸色那么苍白!"说着就站了起来,"我去看看她!"郑萍、金蓉和周小莉也跟着站起来说:"对,我们到医院去看看!"说罢几人便要走,丹梅却叫住了她们:"你们急什么?连她是怎么得病的都不清楚,你们要是触到了她的伤口,不但不能安慰她,反倒让她伤心,都坐下来听我说!"几个人又坐了下来,目光一齐望着丹梅。丹梅这才道:"我也是刚才听了亚琳妹妹的话,才知道她得病的原因的,我全说给你们听!"

原来亚琳大学毕业后,完全可以在省城的报社找个工作,因为她念的毕竟是省城大学的新闻系。可是她父母不答应，非要她回县城发展。在亚琳父母眼里，女儿重点大学毕业，回到县城要是能混上个一官半职，就给他们脸上添了光。亚琳是个乖乖女，也理解父母的心情，便答应了。

　　正好，县上招一批事业单位工作人员，亚琳看见县城建局有名额，虽然是事业编制，可城建局毕竟是一个具有行政职能的管理单位，便报了名，也考上了。没想到刚在城建局报了到，城建局便把她分到了县环卫所。亚琳没办法，心想先去干一段时间看看，不行再另作打算，便硬着头皮去了。没想到她的顶头上司不仅是个不学无术的草包，还是个色魔，一见本部门来了个年轻、漂亮，又是名牌大学毕业的女大学生，便打起了歪主意，在没人时经常去骚扰亚琳，有时还假借谈工作之名把亚琳叫到办公室，关了门，对亚琳动手动脚。有次亚琳恼了，狠狠地在那人手上咬了一口。亚琳知道这下子彻底得罪上司了，正思考着怎样才能摆脱眼下的处境时，上面开始往村上派第一书记。亚琳便主动报了名，这样就被派到柏山镇红花村去了。亚琳以为远离了那人，这下子轻松了。令亚琳没想到的是，恼羞成怒的上司并没有轻易放过她，隔三岔五把单位一些材料都交给亚琳写，还振振有词地对亚琳说：当初单位招的就是一个写材料的人，你不写谁写？亚琳只得一边完成第一书记的任务，一边又想方设法完成单位的材料。这时亚琳产生了一定要离开环卫所的想法。于是，在工作这么繁重、时间这么紧张的情况下，亚琳买了考公务员的书和资料复习。她白天要忙村上的工作，晚上要给单位写材料，完了还要做一套行测卷子和写一篇申论作文，这人又不是铁打的，她怎么不累病？特别是这几天往系统里录贫困户信息，一连几个晚上不睡觉，她终于坚持不住了。前天晚上，她录到凌晨3点多钟的时候，起身趔趔趄趄地去上厕所，可过了半个小时，还没见她回来，妇女主任过去一看，才发现她倒在厕所里已经昏迷过去了。村上干部着了急，急忙给县120急救中心打电话，急救车赶来，才把她拉到了县医院。

　　丹梅讲完，大家半天都没出声，过了一阵，郑萍道："那我们怎么能帮到她？"周小莉道："我们去把她考公务员的书给撕了！都什么时候了，连我们都忙得气都喘不过来，她还要去考公务员？"丹梅道："千万不可！我刚才去看她的时候，发现她枕头边还摆着一本《申论》教材。你们想，她都那个样子了，还不忘复习，可见她是吃了秤砣铁了心！"乔燕想了想道："我们还是先去医院，鼓励鼓励亚琳再说！"众人都说应该这样，拔腿就往外面走。没走几步，茶摊老板追在她们后面喊道："喂，喂……"几个人回过头来，这才记起忘了交茶钱。乔燕走在后面，跑过去交了钱。

到了医院，见亚琳斜躺在病床上，脸色白得跟盖在身上的床单一样，手背上插着针头，正输着液。一见她们来了，想坐起来，却被乔燕一把按住了。众人一见亚琳这样子，心头想好的许多话一时哽在喉咙处说不出来。大家坐了一阵，说了一些安慰的话便退了出来。走出医院，大家心情都很沉重，见七姐妹中缺了两个，也没心思再聚餐了，便相互道了再见，各自回去了。

这天晚上，乔燕正要上床睡觉，忽然接到张健的电话，叫她立即过去一趟。乔燕问他有什么事。张健告诉她他爸爸和姐姐为他们婚礼的事，连夜赶到城里来了。乔燕一听，急忙赶了过去。到了张健的住处一看，果然张健的父亲张天锡和姐姐张芬坐在屋子里。

张天锡还不到六十岁，身体硬朗，头发白了一半，一张方脸膛，两道浓眉毛，和张健的相貌一模一样，只不过手指的骨骼比张健大得多。张芬三十出头，模样很秀气，一张鸭梨似的脸，十分白净，眼睛不大，但很明媚，眉毛又弯又长，眉尾微微上翘，给人一种热情爽快的印象。

乔燕一见，便对张天锡和张芬道："爸，姐，你们这么晚了还来干什么？"张天锡看着乔燕，只是咧着嘴笑，没顾得上答话。张芬却过来一把将乔燕拉到了自己身边坐下，道："爸妈听说你们要把婚事放到老家办，欢喜得什么似的，便叫了我来，和你们商量究竟怎么办。商量清楚了，明天我们回去就抓紧准备！"

乔燕十分感动，道："具体怎么办，我们也不知道，反正简单一点就是……"乔燕话音还没落，张芬便道："爸就是听张健在电话里说了要简单一点的话，才不放心，硬要来城里当面和你们商量呢！"张健听了，便对父亲问："爸，你们有什么不放心的？"张天锡沉默了半响，才瓮声瓮气地道："既然要在家里办，就得入乡随俗，太简单了，你丢得起面子，老子还丢不起那个人呢！"张健忙问："爸，那你说说具体怎么办？"张天锡道："让你姐姐给你们说！"张芬便道："你们不知道，现在农村办喜事，哪怕年轻人只是在外面打点小工，借钱也要竖十几二十道拱门。我们家的亲戚多，何况你们又都在城里工作。我们在家里就计算好了，大舅、二舅、三舅和大姨、二姨、小姨每家给你们竖三个拱门，表哥、表姐们每个给你们竖两个，就是二十个，姐这辈子，就娶一次弟媳妇，就是倾家荡产，也要挣这个面子，姐给你竖十个！人家的鞭炮能摆两百米长，我们家至少摆半里路长，人家的烟花礼炮放一百个，我们家少说也要放一百五十个，爸妈这才有面子……"

乔燕还没听完，就像被吓住了一般，怔怔地望着张芬，半天说不出话来，拿眼去看张健，见张健也正看着她，同样像是呆了似的。张芬以为他们舍不得花钱，便又对乔燕道："你们放心，爸说了，他和妈这辈子能娶上你这样的儿媳妇，是祖上保佑我们，他们就是砸锅卖铁，也要给你们把婚事办好，不要你们花一分钱。"一听这话，乔燕回过了神，立即对张天锡和张芬说道："爸，姐，你们真要这样，这婚，我们不敢结了……"话还没完，张天锡和张芬瞪大了眼睛，吃惊地看着她问道："为什么？"乔燕顿了一下，才认真地说道："爸，姐，你们真这样办，不是在为我们办喜事，而是推我们下火坑。"一语未了，张芬便道："你怎么把爸妈的一片心说成是害你们？"乔燕见张芬生了气，便道："姐，你听我说，我和张健都是公务员，国家有八项规定，我们这样办了就会犯错误……"话还没说完，张芬便道："你可别骗我，我知道上面有这样的规定，可人家指的是领导，你们算哪门子官？"

乔燕没想到张健的姐还知道这些，一时被问住了，过了一会儿，脑筋突然转过了弯来，便对张大锡和张芬道："爸，姐，你们还不知道，我只在这里悄悄给你们说，组织上正在考察张健，马上就要提拔他了，你们在这样关键的时候如此大操大办他的婚事，不正是害了他吗？"一听这话，张天锡和张芬马上瞪大了眼睛盯着张健，张健却看着乔燕，半响没说出话来。张芬又忙过去拉住了张健的手问："弟娃，真的组织上要提你当官了？"张健的脸突然红了，嚅了嚅嘴唇，看着乔燕不知说什么。乔燕忙道："可不是真的，治安支队副队长，前天他们局长才找他谈过话，这个时候，哪怕就是芝麻那样大的事，也是不能出的！"一边说，一边给张健眨眼睛。张芬听了乔燕的话，又追着张健问："是不是这样，弟娃？"张健过了一会儿才道："姐，这是秘密，你们千万不要出去讲！还有，乔燕说得对，你们也一定不能摆那样的排场，这事要是领导知道了，我就没希望了！"

张天锡和张芬都愣住了。乔燕又乘势诚恳地说："还有，爸，姐，我虽然只是一个小小的第一书记，但大小也是领导，组织也在考察我，稍有不慎，也会给我带来不好的影响。更重要的，我妈是市扶贫移民局局长，知道的，是你们要那么办，不知道的，还以为是我妈在为女儿大操大办！所以我刚才说，你们真要那么办，这婚我们都不敢结了！"

一听这话，两人更现出了茫然无措的神色。过了半天，张芬才看着张天锡问："爸，你看怎么办？"张天锡闷头想了半天，像是没有想出好的主意来，便抬起头看着张健问："那你们说怎么办？"张健说："你们听乔燕的！"张天锡便把目光投到乔燕身上，乔燕便道："爸，姐，我知道我们家亲戚多，你们把七姑八姨和村里的老辈子都请来，也不收他们的礼，我们招待他们一顿就是，你们看行不行？"张天锡和张芬又互相看了一眼，过了一会儿，张芬才说："这样哪有办喜事的样子？"乔燕又马上道："姐，有没有办喜事的样子，不在形式上！你离爸妈近，不如帮我们多照看一下他们，我和张健会永远记住姐的情！"张芬一听这话，便道："你说得也有道理，竖再多的拱门也只当时热闹一下，过了就过了！不过只是吃顿饭，加上这年月，年轻人都出去了，连个洞房也闹不起来，真的又太冷清了一点！要不，我们把二大娘请来，按老规矩给你放放子孙桶，铺铺床，撒撒帐，煮两个红蛋，说点四言八句的吉利话，也增加点喜庆气氛，你看怎么样？"乔燕一听脸就红了，道："姐，你知道的，我一点不知道这些，到时出了洋相怎么办？"张芬马上大包大揽地道："怕什么，有我呢！到时候你跟着我，我叫你怎么做就怎么做就是！"乔燕放心了，立即道："行，姐，只要不大操大办，我都听你的！"张芬便不再说什么了，却看着父亲问："爸，你看怎么样？"张天锡闷半天，才有点愤愤不平地说："政府不允许办，我能有什么办法？政府现在什么都好，就是农民办个酒席也要管，这点不好！庄稼人一辈子娶个儿媳妇都不能大办一下，脸上还有什么面子？"乔燕听老人这么说，便过去拉着他的手，附在他耳边轻声说："爸，等你儿子当了官，你的面子可就大了！"一句话说得张天锡忍不住咧开大嘴"嘿嘿"地笑。乔燕一看夜已经深了，便对张健说："这么大一晚上了，爸也累了，你们睡吧。姐到我们家里和我一起睡！"说完便拉着张芬走了。

  第二天早上张芬走了以后，乔燕才打电话告诉了母亲她国庆节结婚的事。吴晓杰听完，半天没吭声，过了一会儿，声音有些沙哑地说："那好吧，30号下午市上还有一个会，散会后我就赶回来！"说完，乔燕以为母亲就要挂电话了，可是却没有，电话里响着"沙沙"的电流声，似乎在等着乔燕说话或她准备还说点什么，可是不知怎么回事，两人都没有再说话。

第十五章

　　国庆节前一天晚上9点钟的时候,吴晓杰果然从市上回来了。她年纪五十来岁,个子不太高,不但身材瘦削,连面庞也显得有些清瘦,眼窝周围带着一圈疲惫的暗黑的颜色。似乎有意遮掩自己的倦容,她将头发盘了起来,露着高高的、白皙的额头,给人一种干练和强劲的感觉。今天她穿了一件深灰色的低领衬衫,外面罩了一件米色外套,洁白的脖子上挂了一条蓝宝石项链,下面是一条深蓝色长裤。她的身后跟着一个三十来岁的司机,手里抱着一只纸箱子,也不知里面装的什么,但看样子并不重。他把箱子放到桌上后,吴晓杰对他低声说了两句什么,他便出去了。

　　司机一走,吴晓杰有些疲倦地在沙发上坐了下来,目光从乔大年夫妇和乔燕身上掠了一遍,突然露出洁白整齐的牙齿笑了一笑,笑得十分灿烂,只有当她露出笑容的时候,才看得出她不仅漂亮,还有几分可爱。乔奶奶忙问:"你还没吃饭吧?我去给你做!"吴晓杰忙说:"妈,我早吃过了,只想休息休息!"乔燕便问:"妈,你刚才笑什么?"吴晓杰道:"终于可以和我女儿在一起说说话了,你说我不该笑吗?"乔燕听了这话,心里突然有一种想扑到母亲怀里撒娇的感觉。就听吴晓杰又在叫她:"过来,挨到我坐!"乔燕果然靠到母亲身边坐下了。

　　刚坐下,吴晓杰便伸过一只手,把她揽到了怀里,并轻轻地在她身上摩挲起来,也没说话。乔燕心里却一阵一阵地涌起一种被温暖的湖水包裹住了的感觉。她闻到了从母亲身上散发出来的一股淡淡的香味。长这么大,她很少有机会闻到母亲身上这种气味,现在觉得十分香甜和亲切。她把身子靠在母亲身上没有动,母女俩都仿佛雕塑一般,又似乎在无声地交流着一种只有亲人间才能听懂和理解的暗语。

这样过了很久，吴晓杰停止了对女儿的摩挲，问她："准备得怎么样了？"乔燕便抬起头对吴晓杰道："有什么准备的？明天一早，张健找一辆车，到门口来接我们就是！"吴晓杰松开了乔燕，对她说："你看看，这是什么？"说着，拉过茶几上的纸箱，撕开上面的封带，像变戏法似的，从里面取出一件洁白的婚纱来。

乔燕立即惊得从沙发上跳了起来，像是不敢相信地"哇"了一声，这才道："妈，你是借的还是租的？"吴晓杰说："妈给你买的……"乔燕没等吴晓杰说完，眼睛便瞪得铜铃似的，盯着她问："买的？"吴晓杰说："妈一辈子没有奢侈过，这次就为你奢侈一回！"乔燕不吭声了，捧了婚纱就走进自己房间。

当乔燕用手提着拖到地板上的婚纱裙裾，款款地走到客厅里，屋子里顿时一亮。身着洁白婚纱的姑娘在头顶璀璨柔和的灯光照耀下，显得是那么美丽、高贵和圣洁，就连平时一直不喜欢开玩笑的乔奶奶，也忍不住对乔燕说了一句："我孙女真像天仙下凡了！"乔大年也说："我说叫你去拍一个小龙女的照片回来，你还不相信？"乔燕被爷爷奶奶说得红了脸。吴晓杰走了过来，围着乔燕身子前后左右地看了看，不时又用手帮女儿捋捋领口、腰身，最后她在乔燕面前站住了，眼睛落在女儿脸上。她满意地笑了笑，又拉起女儿的手，来到沙发上坐下，拿过茶几上自己那只紫灰色金属铆钉饰边的托特包，拉开拉链，从里面取出了一个蓝色的小礼盒，打开。呈现在乔燕眼前的，竟是一条蒂芙尼牌心形吊坠银饰珠珠项链。吴晓杰双手从盒子里取出项链，对乔燕说："这是你爸爸给你买的礼物，他说国庆期间单位有重要任务，不能回来，特地托我把礼物带给你！把头伸过来，我给你戴上！"乔燕听说，像孩子一样乖乖地将头向母亲俯了过来，让吴晓杰将项链戴在了她的脖子上。戴好后，吴晓杰又偏着头看了半响，才笑着说："你爸的眼力不错，这条项链闪出的银色光辉，使你的锁骨看起来也不那么突出了！"乔燕听了母亲这话，用手握住了那块心形吊坠，猛地站起来，用手掩住颤抖的嘴唇，泪眼蒙眬地朝自己房间跑去了。

第二天早晨，乔燕起得很早，可出来一看，母亲、爷爷和奶奶早就起床了。吴晓杰今天穿了一件粉红色的锦缎旗袍，色彩艳丽，质地光滑。她的身材偏瘦，旗袍穿在她身上，把她身上那些凹凸有致的优美线条，一下子给展露了出来，给人一种婀娜多姿、风情万种的感觉，倒比昨天那身职业装美了许多。头发也没像昨天那样盘在脑后，而放了下来，梳成了一个中短的直发造型，将两侧的发丝梳到耳后，倾斜的刘海盖住了部分光洁的额头，在一种干练自信中又多了几分温婉。她坐在沙发上，目光盯着对面墙壁似乎在想着什么。乔奶奶在厨房里做饭，乔老爷子在屋子里不断走动，仿佛心里很烦乱。

乔燕问乔大年："爷爷，你怎么没出去锻炼身体？"乔大年猛地停住了脚步，回头对乔燕说："我孙女今天就要离开爷爷了，我还有心思去锻炼身体？"乔燕"扑哧"一笑，说："爷爷，我怎么会离开你呀？我即使结了婚，这里还是我的家呀！"乔大年说："那可不一样，不一样！"又看着乔燕问，"你说爷爷今天穿什么好？"乔燕说："爷爷，你平常穿的什么衣服，今天也穿什么衣服呀……"话还没说完，乔大年立即说："那可不行，今天我送孙女出嫁，可不能随便穿衣服……"乔燕心头一热，眼泪直往上涌，正想说话，忽听得母亲又对她道："快去洗了脸来，妈给你梳头……"乔燕一惊，像是听错了似的猛地又回头看着吴晓杰。吴晓杰没等她说什么，又说："你怕妈给你梳不好？"乔燕急忙说："不是的，妈……"吴晓杰还是没等乔燕话完，便又催促道："既然不是的，还不快去洗漱了来？"

乔燕只得去洗漱了，出来端了一只小塑料凳，放在吴晓杰面前，背对着母亲乖乖地坐下了。吴晓杰等乔燕坐好后，先取下了女儿头上前面的发箍，再解开后面的皮筋，乔燕一头美丽的头发便披散下来。吴晓杰拿起梳子，开始给女儿梳头。乔燕的头发在她手里，柔软得像是丝绸，乌黑得仿佛染过墨汁，又油亮得像刚刚打过蜡。

吴晓杰梳了两下就停住了，眼睛呆呆地看着女儿的头顶，似乎忘记了要做什么。乔燕见母亲没动静了，扭过头一看，突然看见了吴晓杰脸上的泪水，心里一惊，忙问："妈，你这是怎么了？"吴晓杰猛地哆嗦了一下，回过神，立即破涕为笑，说："没什么，想起了你小时候……"乔燕追问道："妈，你想起了我小时候什么？"吴晓杰说："想起你小时候，尽是奶奶给你梳头，妈给你梳头的次数，少得可怜！"停了一会儿又幽幽地问，"妈不是个好母亲，欠你的太多，你该不会生妈的气吧？"一听这话，乔燕实在忍受不住，"哇"的一声哭了起来。她正想反过身去抱住母亲，可吴晓杰却用力把她按住了，一边流着泪一边说："别动，别动，让妈好好给你梳一梳！"说罢又梳了起来，眼泪却"吧嗒吧嗒"地掉在了乔燕的头发上。

梳了一阵，吴晓杰像是有意转移话题，对乔燕道："你的头发怎么掉得这么厉害？"乔燕说："不知道，我每次梳头，都发现要掉很多头发！"吴晓杰道："一直都是这样吗？"乔燕道："不，就是从我到贺家湾后，头发就掉得厉害了！"吴晓杰先叹了一口气，然后才说："我听爷爷说，你比我当年还要拼命，努力工作是好的，可也要注意自己的身体，压力不要太大！"乔燕说："我知道了，妈！"没一时，吴晓杰给乔燕梳好了头，发型不太复杂，只把头发盘成髻子，刘海梳上去，用发箍给箍住，发髻后面再别上一只漂亮的发夹，显得既简洁又大方。盘好，吴晓杰才对乔燕说："好，去简单化化妆吧！"乔燕这才站起来，回过身突然在吴晓杰脸上亲了一下。

乔燕在自己房间里薄施粉黛后，出来又像换了一个人。现在一切准备就绪，只等着张健来接她时，套上婚纱就行。而这时，乔大年也穿好了衣服，是一套早年的藏青色西装，自从他退休后，这套西装就放进衣橱里一直没穿过。幸好他的身材和早年没什么大的变化，现在穿在身上还很合适。一看见乔燕出来，便一边捋着衣服一边问："孙女，你看看爷爷像不像一个送亲客？"乔燕一听爷爷这话，再看看他一身西装革履的打扮，便笑道："爷爷，你这是要出去接见外宾呀？"乔大年道："接见外宾算什么？爷爷这辈子，只当一回送亲客，可不能给孙女丢脸！"乔燕心头又是一阵感动，她害怕自己又掉下泪来，忙转移了话题问："奶奶今天穿什么？"乔奶奶正从屋子里往外面端菜，听了这话忙说："奶奶这个黄桶身子，还能穿什么？等会儿再说吧！"乔燕看了看母亲，忙说："妈不是给你也买过一件旗袍吗？要不，你也像妈一样穿旗袍吧！"乔奶奶说："奶奶这身子穿旗袍，别人不笑话死了？等会儿再说吧！"说完又径直端菜去了。

一家人吃完饭，吴晓杰收碗筷，让乔奶奶进屋换衣服。没一时，乔奶奶出来了，上面穿了一件浅灰色的低领绒衫，里面是一件白色衬衣，衬衣的白领衬着外面的低领绒衫，也倒十分素净和大方，下面是一条深蓝色的棉布裤子。这裤子裁剪得很好，臀部和下摆都很宽松，一看便知道是专为老年人设计的。她出来对乔燕和吴晓杰问："好看不好看？"吴晓杰说了一声："好看！"乔燕也马上说："不但好看，还十分好看！"乔奶奶一听这话，灿烂地笑了起来。

正在这时，门外响起一阵小轿车的喇叭声，乔燕知道是张健来了，急忙进去穿上婚纱，出来一看，果然见张健已站在轿车旁边，于是一家人簇拥着她朝汽车走去。张健也是一身新，急忙打开车门，让乔燕坐在副驾驶座上，乔大年、乔奶奶和吴晓杰坐在后排，汽车缓缓开出了小区。

办完喜事的当天下午，乔老爷子、乔奶奶和吴晓杰便回城了，张健和乔燕按照乡下风俗，在张健父母家里住了三天。在这三天里，他们哪儿也不能去，只能待在屋子里，而且要做什么也必须两个人在一起，始终寸步不离，这叫作"三天不离房"，象征着以后夫妻恩爱、幸福美满、白头偕老。三天满后，该新娘子"回门"，他们便回到了城里。

刚把张健那间租来的房门打开，走进去，张健便过去将窗帘拉上，然后过来一把将乔燕抱住，一边亲一边将手往乔燕衣服里探去。乔燕在张健的手背上打了一巴掌，嗔怪地说道："猴急急的，干什么呀？我们还不快去商场买几袋喜糖，下午看见了朋友和同事，我们给人家说结婚的消息，人家向我们要喜糖，拿什么给人家？"张健听了，这才把手从乔燕衣服里缩了回来。

二人刚要出门，却发现天气起了变化。先是几朵像是烂布片一样的暗褐色的乌云，不知什么时候爬上了天空，遮住了有些发暗的太阳。接着，那云层由蓬松变得紧密，由稀薄变得厚实，先前还能看见从云缝中露出来的微微发白的太阳的脸，现在却严严实实地遮住了，大地随即变得灰蒙蒙一片。随着天地像被一只大锅底扣住，人们觉得胸闷气短，好像空气突然稀薄了一样。先是没有一点风，人们便盼望老天能吹来一阵风，把身边的闷热赶走。果然就来了风，那风也来得很突然，在大街上行走的人还没弄清是怎么回事，就只见街道两边人行道上的树剧烈地摇晃起来，树叶发出"哗哗"的响声，街道上的灰尘和垃圾被风刮了起来，一团团一柱柱，在大街上又蹦又跳，然后散开，随风飞舞。一家商店门口兜售打折商品的广告牌，被风刮到街道中间，又像皮球一样在街上来回翻滚。众人纷纷跑进两边的商店里躲避，一边"噗噗噗"地吐着被风刮进嘴里的灰尘，一边揉着眼睛。等他们睁开被揉得红红的眼睛再看时，那狂风真像一个魔鬼，一面将地上的灰尘和垃圾刮得不知去向，一面却将天空的乌云变得像是一匹匹狂怒的黑马，在上空冲撞着、涌动着，那奔涌的样子不禁令人有些心惊胆战。然后，所有的黑马渐渐地凑在一起，将大白天变成了黑夜。突然之间，长空一闪，一道明亮的电光将黑马组成的幔帐撕开了一个口子。可倏忽之间，幔又合拢，但紧接着，一声霹雳，犹如山崩地裂，人们不但感到房屋在抖，就连大地也颤动了起来。隆隆的雷霆声如千军万马还未完全碾过大地的时候，那追逐着霹雳赶来的雨点，如子弹一般便落在街道上、屋顶上、雨棚上……

乔燕急忙去关了所有的窗户。初时，还能透过窗户玻璃看见外面灰蒙蒙的建筑，可慢慢地，那些建筑便只能大致看见一个朦朦胧胧的轮廓了。再后来，便是暴雨打在房顶上、雨棚上"哗哗剥剥"如炒豆一般的声音，接着窗户玻璃上便挂上了一道道瀑布一样的水帘直往下流。

乔燕看了一会儿，回头对张健说道："奇怪了，国庆都过了，还下这样大的暴雨！"张健道："有什么奇怪的？现在秋天还没过，我们这儿的暴雨，不都喜欢在秋天下吗？"乔燕道："那年'9·18'大洪水，我正在读高中最后一年，大半个县城都淹了，也是在9月嘛！"张健道："今天才10月4号，和'9·18'比不过只迟了十几天嘛。再说，今年夏天老天爷下了几场大雨？现在怕是想把积蓄的雨水都一下倒完呢！"又过了许久，大雨终于慢慢停息，乔燕打开窗户往外一看，只见街道积水已经较深，轿车驶过，两边车轮溅起的水花，犹如轮船在海洋里乘风破浪划出的浪花一样。

没一时，雨止风停，天空一下又明亮起来。从窗户看出去，只见街道两旁刚才还剧烈摇晃的行道树，现在纹丝不动，树叶比先前更加鲜绿，不时从叶片上掉下一粒粒晶莹的水珠。阳光也仿佛用水洗过一般，格外明亮，空气中有一种凉爽和潮湿的味儿。先前躲在两边商店里的行人，现在又出现在大街上，虽然脚步匆匆，却显得气定神闲，像是什么也没发生过似的。

乔燕见天已放晴，大街上的水也退得一干二净，城市又恢复了往常的模样，这才挎上自己的单肩包，让张健拿了一只购物袋，刚要走，包里的手机响了起来。乔燕掏出来一看，见是贺波打来的，急忙将手机贴在耳边，先"喂"了一声，道："贺波呀，有什么事？"贺波却没说话，但乔燕却听见了话筒里贺波粗重的呼吸声。乔燕等了一会儿，见对方仍没声音，便又问了一句："贺波，你怎么不说话？"贺波的喘息声没有了，但乔燕听到了一阵风声，但还是没有贺波的声音。乔燕便有些生起气来，大声道："贺波，出了什么事，你打了电话又不说话……"话还没完，贺波突然在电话里用带着哭腔的声音大声地说了一句："姐，我的鸡……全死了……"一语未了，乔燕的脸色一下变了，急忙叫了起来："死了？怎么死的……"贺波用颤抖的声音道："被雨淋死的……"乔燕呆了，握着电话的手在微微颤抖，惊得半晌说不出话来。过了好一阵，才又对着话筒大声叫道："雨怎么能把鸡淋死，啊？你说说到底是怎么回事。"但话筒里只传来了贺波的抽泣声，像是十分伤心。乔燕听见贺波的哭声，心里更着急了，正想再安慰他几句，贺波却挂了电话。乔燕不放心，又把电话打过去，可只听见"嘟嘟"的响铃声，电话没人接。乔燕愣了半晌，突然对张健说："我得立即回贺家湾一趟！"张健一听，便看着乔燕问："现在？"乔燕说："贺家湾出事了！"便把贺波养鸡的事简单地对张健说了一遍。张健一听这话，便说："我和你一起去……"乔燕没等张健说完，便道："你去做什么？我去看看究竟是怎么死的？还有，我还得提防小伙子想不开，出意外呢！"说完这话，便急急忙忙下楼，从小区车棚里推出自己的小风悦，跨上去，便朝外驶去。

到了贺家湾，已过晌午，乔燕连村委会办公室也没进，径直将电动车往尖子山开去。这边的雨，似乎下得比县城还要大，雨停了都两三个小时了，乔燕一路上来，不但能看到山洪猛涨的痕迹，而且看到一道道的石缝里，像是螃蟹吐泡似的，还在往外"咕噜咕噜"地冒着一股股从土里渗漏下来的泥水，这些泥水汇合在一起，又形成了很大的水流，继续在沟里翻着浪花奔腾向前。到了山上，果然看见了东一堆、西一堆的死鸡，有的甚至陷在了泥里，看上去惨不忍睹。乔燕惊得说不出话来，她急忙往贺波那个用看林人留下的石屋改造成的工棚走去，到了那儿一看，门开着，里面床褥还在，但没见贺波。乔燕急忙对着树林喊了几声，树叶像是被她惊动了，簌簌地抖落下一串水珠，却没有贺波的回声。乔燕又喊了两声，贺波还是没有回答，于是她又骑上电动车往山下赶去，径直去了贺波家里。院子里冷冷清清的，乔燕喊了两声，贺波没有出来，却从屋子里走出了王娇。王娇此时也像是被霜打了的样子，一见乔燕，只说了一声："乔书记，你来了？"便什么话也没有了，眼皮耷拉下来，眉毛往眉心皱着，脸上却挂着明显的悲哀的神情。乔燕问："贺波呢？"王娇朝楼上努了努嘴，道："在他屋子里呢，把门关着，任怎么喊他也不出来！"乔燕便上楼去，在门外又是敲门又是喊，贺波只当没有听见，既不答应也不开门。乔燕只好走下来，对王娇道："贺书记呢？"王娇道："到乡上汇报灾情，还没回来！"乔燕便道："贺波心里痛苦，让他清静一会儿。等他心里好受一些后，我再来看他！"说完就回村委会去了。

还没等乔燕再去看贺波，半下午时，贺波却垂头丧气地到村委会找乔燕来了。他脸上带着一种哭泣的怪相，眼泡鼓着，嘴角向下撇去，乔燕便笑着对他说道："脸绷那么紧做什么？笑一笑，别成小老头了！"贺波嘴唇竟然哆嗦起来。乔燕见他要哭的样子，又道："男子汉，还当过兵，哪那么多眼泪？"一听这话，贺波便回过头，两只手在脸上搓了两把，像是要把已经涌到眼角的泪珠搓回去，他回过头，对乔燕咧了一下嘴角，像是要笑，又在中途戛然而止，然后才道："对不起，姐，让你见笑了……"乔燕忙说："我笑你什么？我听说当过兵的人，都是铁打的汉子，怎么会轻易流泪？"贺波显得有些不好意思了，半天才道："我主要是觉得辜负了武装部首长的期望和陈总的一片爱心，心里就觉得难过！另外，我太喜欢那些鸡仔了，现在脑子里还满是它们漫山奔跑的影子和'咯咯'的叫声。"乔燕道："可死都死了，有什么办法？到底是怎么死的，你给我讲讲。"贺波低下头,像是仍然难过的样子。过了一会儿,才对乔燕说了。

原来,这些鸡苗一代一代都是从温室里孵化出来,在鸡场里生长,野外生存能力特别是抗恶劣自然灾害的能力,已严重退化。平时农家散养的鸡,遇到暴雨的时候,它们知道怎么跑回家或找地方避雨。在这将近二十天的日子里,贺波和王娇为了鸡的安全,已经在山上用石头垒了好几个鸡舍,每个鸡舍虽然不大,却也有十多个平方米,一人多高,里面用山上那些弯曲的小树和粗树枝又支了许多架子,顶上架着椽子,盖了茅草和麦秸秆,又铺上了陈总送来的彩条布,上面用石头压住,本来是十分牢固的。当暴雨来临时,贺波拿了树枝,试图把那些鸡仔赶到鸡舍里去,可那些鸡仔却像是被雷雨吓蒙了,豕突狼奔,像没头苍蝇一样乱跑,哪儿还听贺波指挥!跑着跑着,它们便惊慌失措地聚在一起,先是紧紧地挤作一团,接着后来的鸡仔就爬到先前的鸡仔上面叠起罗汉来,然后一层一层往上叠,雷声越大,叠得越高。就这样,等暴雨结束,贺波过去一看,上面的鸡仔要么已经被暴雨淋死,要么奄奄一息,下面的鸡仔却被上面的鸡仔踩死和闷死了。贺波说完,绞着双手,脸上又露出了十分痛苦的神色,对乔燕道:"姐,你说这些蠢鸡,怎么都不会找地方避雨呀?"

乔燕忙安慰他:"原来是这样!这些鸡就像我们平时说的是温室里的花朵,只适合在鸡场饲养,这是自然灾害,谁也估计不到,怪不得你,不要再伤心了!回去叫你老爸安排人把那些死鸡挖坑埋了,不要污染了环境!"贺波道:"我老爸已经安排人埋去了!"说完要走,乔燕又叫住他:"你跟我一起到城里去……"乔燕话还没完,贺波便道:"姐,你是要我亲自去武装部和陈总那儿,当面汇报死鸡的事吗?"说完不等乔燕回答,又马上道,"姐,用不着了,我这儿给武装部首长和陈总分别写了一封信,我拜托你拿回去交给他们!"说着,果然从口袋里掏出两封信来,恭恭敬敬地递给了乔燕。信没有封口,乔燕便对贺波问:"可以看看吗?"贺波说:"完全可以!"乔燕于是先抽出给武装部首长那封看了起来:

尊敬的武装部首长:

    你们好!

    我是贺家湾复员退伍军人贺波,承蒙首长给我联系爱心企业家陈总给予资金资助,帮我建起了生态养鸡场。鸡苗生长良好,可没想到在今天这场特大暴雨中,这些在温室里生长的鸡苗不堪一击……

乔燕的目光迅速跳过了鸡苗被淋死经过的文字，落到了最后面的一段话上：

鸡苗被淋死了，我痛不欲生，感到辜负了首长对我的厚爱和关心，辜负了陈总的一片爱心，我在这里对首长发自肺腑地说声："对不起！"我虽然失败了，但我扎根乡村、建设家乡的决心没有变，我将继续努力，从失败中吸取教训，找到一条乡村振兴的路子！

再次感谢首长对我的帮助和支持！

此致

敬礼！

看完，乔燕又抽出另一封信，信的内容大同小异。

读毕，乔燕把两封信都装进了自己挎包里，对他说："我一定把信亲自交给武装部首长和陈总！"

第十六章

　　国庆节后上班第一天，乔燕从县城回来了。她的小风悦后座上绑着两床崭新的棉被、毯子和一对枕头，一进贺家湾，便碰到了下地的吴芙蓉。吴芙蓉道："乔书记，买的新被子呀？"乔燕道："婶，你怎么也喊起书记来了？"吴芙蓉道："该喊书记就喊书记，以后我可不能没大没小的了！"乔燕道："什么没大没小，大婶，你的年龄比我妈小不了多少，你喊'姑娘'，我觉得亲呢！"吴芙蓉高兴了，道："真的呀？那好，我以后就还是喊'姑娘'！"乔燕问："婶，你这是干什么去？"吴芙蓉道："不是寒露快要来了吗？胡豆点在寒露口，一升打一斗，我点胡豆去。"乔燕一听这话，便笑着说："胡豆点在寒露口，一升打一斗。婶，我又学到一句庄稼话了，谢谢你！"说完正要走，突然又对吴芙蓉说，"婶，你过来，我给你点东西！"吴芙蓉果然过来了。乔燕把双肩旅行包取下来，从里面取出一包大红喜糖，递给吴芙蓉："婶，我国庆结婚了，给你喜糖！"吴芙蓉眉梢眼角都堆满了笑意，惊喜地叫道："你怎么不给我们说一声？"乔燕忙道："我们不想大操大办，所以没声张，连我们的同学、朋友和同事都没请！"吴芙蓉道："原来是这样！不过姑娘，不是婶说你，这可是一辈子的大事，怎么能不声张呢？谢谢你的喜糖了！"一边说，一边对乔燕挥了挥手，走了。

　　乔燕径直将车骑到贺勤的院子里，看见大门开着，便在院子外边架好电动车，解下被子、毯子等，抱在怀里朝屋子里走去。走到大门口才叫："贺勤大叔！贺勤大叔……"屋子里没有应声，正想再叫时，从里面走出一个小伙子，一张狭长脸，身材干瘦，黑红黑红的皮肤，鼻梁上架着一副眼镜，镜片后的眼睛流露出害羞的神情。乔燕一看就猜到他是谁了，马上叫道："贺峰？"贺峰镜片后面的目光闪了闪，又嚅了嚅两张厚厚的嘴唇，这才道："你是……乔书记？"乔燕道："对，我是乔燕！"贺峰的嘴唇又嚅动了两下，似乎想说什么却没发出声来，随即又低下了头。乔燕将被子等抱到屋子里，一看，桌上摆着两本书和一本作业本，便知道贺峰刚才是在温习功课。她把被子放到桌子另一边，这才对贺峰说："我知道你原来用的那些被子什么的再拿到学校去，会被一些同学看不起，所以我给你买了新的。"贺波咬住嘴唇，并把头低了下去，像是犯了什么错。过了半天，才抬起头来，眼睛里噙着泪花对乔燕说了一句："谢谢你……"

乔燕见贺峰腼腆文弱的样子，像是有什么触到了她心里最柔软的部位，也有了一种想哭的感觉。再一看他的脸色，明显营养不良，便过去拉了他的手，道："不要喊我乔书记，我比你大不了几岁，你就喊我姐，好不好？"贺峰没吭声，也没去看乔燕，只低着头看着自己的鞋尖。乔燕又说了一遍，贺峰还是没回答，乔燕便不再说了，去凳子上坐下，仍拉着他的手问："在外面打工苦不苦？"贺峰没答。乔燕又问："生活怎么样？"贺峰仍没出声。乔燕停了一会儿，又对他说："你昨天回来我没来接你，对不起呀！"贺峰这时嘴唇动了动，像是要说话了，但乔燕却没让他说，接着道，"今天是国庆大假后上班的第一天，村上还有些事，我得先料理料理，明天我们就去学校，我和陈老师联系好了，你看怎么样？"

贺峰抬起了头，嘴唇哆嗦着。乔燕拉了他一下，说："你什么都不要说了，只管到学校好好念书，听见没有？"贺峰虽然泪眼蒙眬，却始终忍住了没让眼泪掉下来。乔燕看了看桌上的课本和作业本，又问："丢了大半年，感觉功课能不能跟上？"贺峰先是咬着牙点了点头，过了一会儿终于说了一句："我会努力的！"乔燕把他的手拉得更紧了，道："知道努力就好，陈老师为你不上学了，一直感到遗憾呢！响鼓不用重槌，你也知道你的家庭，一切希望都寄托在你的身上……"乔燕还要说，贺峰又说了一句："我知道！"乔燕又问："你在外面办银行卡没有？"贺峰道："办了，农行的。"乔燕道："办了就好，你把卡号告诉我，你的学杂费、生活费什么的，会按时给你打到卡上。"

贺峰将目光落在乔燕脸上，问："乔书记，我想知道究竟是……谁在帮助我……"乔燕道："这个我不能告诉你！但我可以告诉你的是，帮助你的人并不是大款，他们也不富裕，他们愿意为你提供帮助，是听说你是个读书的料，希望你把书读好，彻底改变家庭和自己的命运。你只要不辜负他们这片好心，他们就会高兴……"说到这儿，贺峰再无法忍住，嘴唇一阵哆嗦，热泪便簌簌地流了下来。乔燕马上又说："怎么又哭了呢？"说着，从口袋里掏出一张纸巾，递给贺峰将眼泪擦了。

乔燕怕再惹起他伤心，朝屋子里看了看，将话题转移开了："哎，你爸爸到哪儿去了，我今天怎么没见到他？"贺峰说："干活去了。"乔燕感到有些惊讶："真的干活去了？"贺峰过了一会儿才轻声对乔燕说："这次回来，发现我老爸变了。过去他从不管我，可这次知道我要回来上学，前几天给我把被单、毯子都洗了，把我过去的棉絮也拿出来晒了！昨天我回来，他就在地里干活，今天吃了早饭又出去了！"乔燕高兴起来，对贺峰说："你爸转变了，这是一件大好事。你就一心一意念书，书念好了，你爸会更高兴！"贺峰又点了点头。乔燕又道："我刚才让你喊我'姐'，你为什么不答应？"贺峰红了半天脸，终于低低地喊出了一声："姐……"乔燕真像一个大姐那样在贺峰头上摸了摸，道："这就对了，以后就这样叫！就这样吧，明天一早你带上学习用具、生活用品，到村委会办公室来，我送你到学校去！"贺峰又一边点头，一边红着脸"嗯"了一声。

第二天一早，贺峰果然背着一只鼓鼓囊囊的黑色双肩包，胳肢窝下夹着乔燕昨天给他买的新被子、毯子来了。乔燕早在村委会办公室等着他，忙把他的被子、毯子接过来，捆在电动车后面的车架上，让贺峰坐在她后面，就往城里去。

快进县城时，乔燕看见路边有家卖早餐的饮食店，便对贺峰问："你吃早饭没有？"贺峰在她身后答："吃了。"乔燕回头看了他一眼，又追问了一句："真吃没有？"贺峰便不吭声了。乔燕在公路边把电动车停下，拉了贺峰进去，给贺峰买了两个包子，两根油条，一只鸡蛋，一碗粥，自己则叫老板给煮了一碗酸辣米粉。老板把包子、油条、鸡蛋和粥端到桌上，贺峰立即风卷残云，没一时便把端上来的东西吃光了。乔燕便笑道："以后可不准对姐说假话，说假话吃亏的是自己，知道不？"贺峰不好意思地笑了笑，扯过一张餐巾纸擦了嘴，然后就在旁边看着乔燕一边嘟起嘴吹米粉，一边往嘴里送，又不时辣得龇牙咧嘴，便笑了。乔燕便问："你笑什么？"贺峰却道："姐喜欢吃辣的？"乔燕说："是呀，怎么了？"贺峰笑道："人家说喜欢吃辣的人性格暴躁，姐的性格却一点也不暴躁嘛！"乔燕道："任何事情都有例外，陈老师说你不爱和同学交流，性格有些孤僻，可现在，我一点也看不出你孤僻的样子嘛！"贺峰的脸立即红了，乔燕又道，"那是你没有看见我暴躁！告诉你，我暴躁起来了可是天王老子都不认的！"贺波一听这话，只定定地看着乔燕，什么也不说了。

在学校大门口的停车场，乔燕停了电动车，从车架上解下贺峰的被子和毯子，贺峰要来抱，被乔燕推开了。进入校门，只见校园里绿树葱茏，给人十分幽静的感觉。原来这是一处临江的建筑，已有百年历史，从后大门出去不远便是滨河路和当地政府新近打造的湿地公园，湿地公园里鸟语花香，旁边又有几处古迹，一处古迹据说是三国时张飞和张郃打仗的地方，政府也正在雄心勃勃地规划在那儿建一座古遗址公园。

乔燕和贺峰沿着林荫道进去，走到广场上，忽然一阵铃声响动，周围教室里立即沸腾了起来。没一时，便像鸟儿出林，从一间间教室里，扑棱棱地飞出了一群群雏燕似的少男少女。贺峰看见同学们都朝广场拥来了，急忙拉了乔燕一把，示意她快走，又把头低下了。乔燕明白了他的意思，道："怕什么，辍学也不是你的错，把头抬起来！"贺峰却把头埋得更低了。乔燕只得带着他匆匆离开了广场，一边走一边说："真想回到读书的时代呀，那时多好，可惜回不去了！"

趁着下课，乔燕很轻易地找到了陈老师。陈老师一见贺峰，便恨铁不成钢地埋怨了起来："你怎么放着好好的书不念，连声招呼都不打，就悄悄地走了？害得我开学的时候到处找！"贺峰只顾红着脸，低着头，一副小孩子做错事的模样。乔燕忙给陈老师递了一个眼色，陈老师马上改口说："回来了就好，回来了就好，少壮不努力，老大徒伤悲，回来了就好好学习，争取迎头赶上！我带你们去找孙主任注册吧！"乔燕感激地道："陈老师，谢谢你了！"说罢就要走，陈老师看见她还抱着被子、毯子，便道："先把被子放到我办公室吧！"乔燕果然去放了被子、毯子。

没一时，便来到行政楼一间办公室门前，乔燕还没来得及看一看那办公室门上的牌子，陈老师便匆匆忙忙地走了进去，乔燕和贺峰也只好跟上。进屋一看，只见办公桌后面坐了一个四十五六岁的中年女人，正在看手机。陈老师对那女人道："孙主任，我有个学生现在来注册……"话还没完，那孙主任的目光从手机移到了陈老师的脸上，说："都什么时候了，怎么现在才来注册？"陈老师看了看贺峰，又看了看乔燕，正准备说话时，乔燕抢到了前头，忙对孙主任说："是这样的，他上学期开学的时候出去打工了，现在才回来……"刚说到这儿，女人将贺峰上下打量了一遍，打断了乔燕的话，问她："上学期就没来上学了？"说完不等乔燕回答，又道，"办停学证没有？"乔燕愣住了，忙去看贺峰。贺峰低了头，过了半天才道："没办……"女人马上道："没办停学证，那就是自动离学哟？上学期就没来上学，也没参加期末考试，你的学籍早没有了，现在怎么还能重新来读书？"一听这话，不但乔燕和贺峰，就连陈老师也蒙了。半天，陈老师猛地醒悟过来，拍着自己的头道："你看我，怎么没想到这一点，怎么没想到这一点……"一副痛悔不已的样子。乔燕也着急了,忙对那女人说:"孙主任,是这样的,他家里穷,不得已才辍学出去打工的……"便把贺峰的家庭情况对那女人说了一遍,又道,"他读书的成绩非常好,是以697的高分,从我们镇上初中考到县中来的,现在唯一的希望就是能够把书读出来……"可女人仍然无动于衷,没等乔燕说完,便说:"成绩再好也不行!你知道学籍是怎么回事吗?学籍是由省上统一管理的,他一个学期都没来上课,期末也没来考试,学籍管理系统便自动给他注销了!不信,你们问问陈老师吧!"乔燕又朝陈老师看去,却见陈老师像牙痛似的,脸上挤出一脸苦相。

乔燕仍回头对女人说:"孙主任,这学生重新回来读书不容易,还是好心人士给他提供的帮助,求求你了,看还有没有其他办法……"女人露出了不耐烦的神色,道:"我能有什么办法?我又不是政策制定者……"正说着,忽见一个着西装、打领带,五十岁左右的瘦高个男人,从走廊朝这儿过来了。女人在办公室一见,便道:"好了,校长来了,你们问他吧!"说完便朝男人喊了起来,"校长,这儿有人找!"男人迈着四方步走了过来,道:"什么人找?"女人便指了指乔燕和贺峰,乔燕急忙过去朝校长行了一个鞠躬礼,然后把贺峰的事说了一遍。校长一听,便没好气地对乔燕说:"你们这些家长也不太负责了,成绩好为什么又要辍学呢?学校又不是农贸市场,想来就来,想走就走……"乔燕见校长把她当成了学生家长,急忙道:"校长,我是他们村的第一书记,他们家只是我的帮扶对象,他是因为家庭贫困才辍学的!"校长一听这话,口气才和蔼下来,说:"原来你是扶贫干部,却亲自来给他跑复学的事,难为你了,可敬,可敬!"接着又严肃地说,"按说,扶贫不是哪一个人的事,我们也有义不容辞的责任。可是他的学籍确实已被注销,要恢复,得去省招办,也不一定恢复得了,至于我们学校,更没办法恢复他的学籍……"校长话还没完,贺峰突然往地上一蹲,抱着头就呜呜地哭了起来。乔燕听见贺峰的哭声,像是有人把她心脏揪了一把,一种悲悯的感觉立即涌了上来,便俯下身把他拉了起来,劝道:"别哭,别哭,这里不行,我们去教育局看看能不能有什么办法?"女人听了这话,便道:"别说去教育局,就是去教育厅、教育部也是这样……"校长拿眼睛瞪了女人一下,女人才把话打住了。乔燕没管他们,真的拉了贺峰便走,陈老师一见,也跟着走了出来。

一边走,乔燕一边对陈老师说:"那孙主任怎么没一点同情心?"陈老师道:"她也许觉得自己是在坚持原则呢!"乔燕道:"陈老师,我从这个学校毕业只不过几年时间,现在回来一看,真有种物是人非的感觉。好多认识的老师都没见了，连校训也变了！"陈老师道："可不是这样，老师们也这样说。可现在的领导走马灯地换……你不知道，现在的学校已不是过去的学校了，教学质量下降得非常厉害！我为什么答应贺峰回来读书？因为他是一个读书的苗子！不过我也教不了几年了，你们不知道，我有糖尿病，血脂血压也高，准备把这届学生送毕业，我便要申请提前退休。因此我想在有生之年，再教一个好学生出来！"一听这话，乔燕十分感动，便道："陈老师，你可要多保重，学生还离不开你们这些负责任的好老师呢！"又对贺峰说，"你听见陈老师的话了吗？遇到这样的老师，是你一辈子的幸运，就看你努力不努力了！"贺峰半天才道："姐，我知道！"陈老师问："你们真的要去教育局？"乔燕道："好不容易才让他回来重新上学，万事皆备，只欠东风，哪怕有一线希望我们也不放弃！"陈老师道："都怪我，小乔，我只想到他成绩好，重新回课堂没问题，却忽视了学籍问题！要是早想到这一点，我就早告诉你们了……"乔燕道："陈老师，这不怪你，我也没想到。不过事情都做到这一步了，我一定不会轻易放弃。"陈老师便道："你既有这个决心，那我告诉你，你们也不要去找教育局了。刚才孙主任说得对，你就是找到教育部，他们也是这样答复你。县招办王主任是我的学生，你们去找找他，就说是我让你们去找他的，看他有没有什么办法！"乔燕一听这话，马上道："你说的可是王伟主任？"陈老师道："你认识他？"乔燕道："我那年高考，他还是我们考场的监考主任呢！"陈老师道："认识就好，死马当作活马医，你们去试一试吧！"

随后，乔燕和贺峰便在县招办找到了王主任，乔燕把贺峰辍学和打算重新到学校读书的事，对王主任说了一遍。那王主任大约是看在陈老师面上，对乔燕倒是十分热情，听完乔燕的话，想了一想，便道："现在要给他恢复学籍，确实有些困难，不过还有一种办法，可以让他重回课堂……"乔燕精神为之一振，忙盯着王主任问："什么办法？"王主任说："他可以以旁听生的身份进入学校学习，然后，学校和教育局出一个证明，他就可以以相当于同类普通高中学历的身份参加高考……"乔燕还是有些不放心，便又问："没区别吗？"王主任说："你没看见新闻里播的？有六十岁老人通过这种办法同样圆了大学梦呢！"乔燕眼前云开日出，便看着贺峰问："你看怎么样……"话完没完，贺峰便迫不及待地道："姐，只要能读书，怎么样都行！"乔燕马上站起来，抓住王主任的手摇了摇，又道："谢谢你，王主任，你可帮助我们解决了大问题！"

落实了贺峰读书的事，乔燕觉得完成了一件大事，不由得松了一口气。走出校门，乔燕给张健打了一个电话，告诉他中午去看看爷爷奶奶，就不回家了。打完电话，便骑着电动车离开了县中。

回到爷爷奶奶家里，已是中午时分。乔奶奶正在厨房里做饭，乔老爷子仍坐在沙发上翻报纸。一见乔燕回来了，乔老爷子立即放下报纸，对她道："你昨天才到村上去，今天怎么又回来了？"乔燕正想答话，忽然从厨房里传来一阵炝炒小白菜的油烟味道，乔燕便大声问："奶奶，你怎么没开抽油烟机？"乔奶奶听见乔燕问，走出来道："抽油烟机坏了……"话还没完，乔燕立即问："什么时候坏的，怎么没找人修？"乔奶奶道："还没找着人呢！"一听这话，乔燕马上道："你们给张健打电话没有？"乔奶奶道："年轻人也忙，这点小事，怎么也去麻烦他？"乔燕马上道："这可是你们不对了，奶奶！这事对你们老年人来说，是大事，可对年轻人来说，只是举手之劳，叫他跑跑路，也是应该的，今后你们有了什么事，直接给他打电话就是！"一边说，一边就掏出手机给张健打了电话。张健一听，在电话里忙不迭地说下午他便联系人来修。

乔燕去挨着乔老爷子坐下，对他道："爷爷，你说怪不怪，我发现贺家湾有一个人，和我长得非常像……"话还没完，乔老爷子身子抖了一下，像是被乔燕这话吓住了，怔怔地看着她，没有说出话来。乔奶奶和乔燕说完话，正准备回厨房去，听见乔燕这话，也猛地转过身来，道："胡说些什么？十里不隔五里的，怎么会有人和你长得像？"乔燕道："真的，不信你们看！"说罢掏出手机，翻出一张贺峰的照片，对他们说，"就是这个人，你们看和我像不像？"乔老爷子立即戴上眼镜，从乔燕手里接过手机，凑到眼镜片下面认真端详起来。乔奶奶也跟着凑了过来，目光落到了手机上。乔燕看见爷爷的嘴唇动了动，以为他要说什么，但他却没发出声音，目光只是在乔燕和手机上转移着。乔奶奶却对乔燕道："哪里像？这小伙子像只瘦猴儿，又是一个冬瓜脸，你的脸比他团得多！还有，你一双大眼睛，他这眼睛小得多！再说，他是个男娃，你是个姑娘，哪儿有一点相像的，别胡说了！"过了一会儿，乔大年也像是回过了神，道："就是，世界这么大，即使长得有点像，也不奇怪，以后不要胡说了！"乔燕一听爷爷的话，便有些动摇了，道："我只是从他笑的模样儿上，看出和我有点相像的。爷爷，这就是你资助上学的那个小伙子，他一直追问我究竟是谁帮助的他，你说我告不告诉他？"乔老爷子道："你要他来感谢我这个老头子吗？你可千万别告诉他！"乔燕听了这话，便站起来调皮地说了一声："是，爷爷！"

下午回到村里，还没走进村委会办公室，乔燕便被贺世银拦住了。一看到她，贺世银便问："你上午到哪儿去了？我可等了你半天……"乔燕一听这话，便对贺世银说："我一大早就到城里办点急事！"贺世银道："我说嘛，昨天我看见你下来的，今天怎么就没见了呢？还以为你到镇上开会去了。"乔燕便问："找我有什么事，爷爷？"贺世银说："姑娘，到家里去说吧！"乔燕一听这话，便知道如果她进了老人家里，又免不了要吞下他们家里两只荷包蛋，便道："不用了，爷爷，就在办公室说吧，办公室没人，和到你们家里一样的！"一边说，一边开了村委会办公室的门。

贺世银坐下后，看着乔燕问："姑娘，上次你说过，如果我把房屋搬到村里其他地方修，上面要给什么补助，这话还算不算数？"乔燕道："怎么不算数？有两项补助，一个叫土坯房改造费，一个叫土地整理费！我们村上土地流转的基本方案，已经报到乡上，村委会周边这一片土地，肯定是要流转的，现在正在联系老板来发展产业。实在没老板来，我们自己也要发展。你要搬出去，这两项补助你都可以得到！"贺世银高兴起来，道："那就好，姑娘，我知道你不会说假话！我们打算把房子搬到鹰嘴崖下面那个三角坪里……"乔燕立即道："怎么想到在那儿建房，是兴坤叔叔的主意吗？"贺世银道："正是他们年轻人的主意呢！你兴坤叔说，那儿不是一个三岔路口吗？离公路只有两三丈远，来往的人多，房子建好以后，拉点化肥什么的回来卖，不仅方便了我们村，还要方便那边张家湾、徐家坡、伍家坝几个村的人。再不济，到公路边摆个小摊，多的钱不赚，挣点称盐打油的钱不成问题！"乔燕明白了，便道："兴坤叔到底是做过生意的人，眼光看得远！并且那儿还是一块荒坪，不占耕地，既然你们决定了，村上给你们开绿灯！明天我叫贺文主任和你们一起到乡上办相关的手续！你们打算什么时候动工？"贺世银说："你兴坤叔说，村上答应了，他就准备钢筋、水泥、砖啥的，还请人画图纸……"一听这话，乔燕便道："那好，你给兴坤叔说，目光放远一点，要建就建漂亮一些，最好让他回来看一看贺波改造后的房屋。以后我们村里发展旅游，你那个地方是三岔路口，说不定会有大用场呢！如果兴坤叔找不到人设计，我回去找人帮忙，保证设计出最好的房子！"贺世银喜得眉开眼笑，一边乐颠颠地说："那好哇！那好呀！"一边拐着腿走了。

乔燕正要锁门，忽见王娇急匆匆地跑了来，还在老远就叫："乔书记，你可回来了……"乔燕停住锁门的手，看着她跑近了，才看清她脸上挂着像是被暴风雨吹打过的表情，平时好看的睫毛这时一上一下地跳动，仿佛眼睛进了沙子，脸色也呈现出一副土灰色的苦相。乔燕急忙问："婶，出什么事了？"王娇双手拍了一下膝盖，道："唉，祸不单行，连我都不好意思开口！你去劝劝贺波吧，他都三顿饭没吃了，我们谁劝他都不听，只有你的话他还听得进去……"

一听这话，乔燕脑袋里"轰"的一声。那天她收了贺波送来的信，第二天就和武装部赵科长、女企业家陈总联系了，把信亲自送了去。不但如此，她还有面给赵科长和陈总讲了这场暴雨的厉害以及鸡死后贺波痛不欲生的样子。陈总当即给贺波写了回信。第二天，赵科长又给乔燕打电话，通知她到武装部去一趟。乔燕赶过去，赵科长将一封高政委写给贺波的亲笔信和武装部的一千元慰问金交给了乔燕，让她转交给贺波。

乔燕回来就把两封信和武装部的一千元慰问金交给了贺波，贺波读了高政委和陈总的信，显得很高兴，像是从鸡苗突然死亡的打击中恢复了过来。可现在怎么又不吃不喝了？她看着王娇担心地问："贺波又出了什么事？"王娇停了一会儿，才说："郑家又不答应这门亲事了！原来说得好好的，等郑全兴六十大寿那天，郑琳和贺波就正式订婚。可昨天下午贺兴菊来转告郑全兴两口子的话，说郑全兴六十大寿郑琳不回来了，叫贺波不要等，哪儿合适就各人去订婚，免得耽误了他！还说，他们女儿不会在老家找个'土包子'！你听听，这话啥意思？贺波一听这话，就把自己又关在屋子里，从昨天晚上到现在都没出门，也没吃饭！你看，鸡死了他还没有从难过中回过神来，又遇到这事，他怎么受得了？"乔燕马上道："婶，我过去看看！"

到了贺端阳家里，乔燕以为贺波又会像上次一样闭门不见，没想到她刚一叫门，贺波便把门开了。乔燕一看，才一天的工夫，贺波眼睛比平时大了一圈，目光呆滞，像是傻了。乔燕刚要说话，他却突然咧嘴一笑，道："姐，你什么都别说了，我想通了，这或者是命！我想不通的是人的眼窝子怎么会这么浅。他们见县上武装部和镇上的领导都来看我了，以为我一定会有大出息，便主动找人来向我提亲！现在一看我的鸡死了，上面一定不会再栽培我了，又要退亲，你说这是不是人的眼窝子浅？"乔燕道："这有什么奇怪的？这说明他们爱的是一个有事业心的小伙子，如果你今后还想赢得其他姑娘的芳心，你就应该振作起来，干出一番事业，不愁没姑娘爱你！"贺波一听这话，便道："姐，你放心，我倒要干出一番事业来，让那些眼窝子浅的人瞧一瞧！"乔燕立即拍掌喝道："你有这样的决心就好，也不用我说什么了，还不快下去吃饭！"贺波听了，果然下楼去了。

人世间有些事情，真是说不明白。有时老天像是十分眷顾人类，人怎么想，它便怎么顺着来，这时人便处处顺利。另外一些事情，它却不按人的意志出牌，其结果便是事与愿违，出人意料。

这日乔燕正在村委会办公室里写一份材料，节令已进入初冬，乔燕里面穿了一件紫色的羊毛衫，外面是一件蓝色短外套，下面是一条修身牛仔裤，显得干练又帅气。外面有一股风吹过，她便关严了窗子，只把门留着。正写着，忽然发现屋子里光线突然暗淡下来，她以为外面变天了，抬头一看，原来门口站着一个亭亭玉立的姑娘，挡住了从外面射进来的熹微的阳光。只见这姑娘二十三四岁年纪，一条短马尾辫，宽脸颊，小下巴，一只小巧的鼻子，两边有几颗不大的痤疮，单眼皮，眼睛虽然不大，却闪动着诚实善意的光芒，两瓣果冻一样晶亮肉感的嘴唇，带着一股活泼的气息。再细细一看，那姑娘一张脸，包括眉毛线条、眼影以及眼部下方的T字部位，都是精心修饰过的。可这一切，包括腮红唇膏，都做得不留痕迹，像是天然生成的一样。乔燕不得不在心里赞叹起这个化妆师高超的本领来。再看她的穿着，上面是一件有内衬的翻领毛绒牛仔衣，领和内衬搭配十分协调，将她白皙的脖子和脸衬托得恰到好处。整个给人的印象是这姑娘虽说不上特别漂亮，却有一种说不出的魅力。她一见乔燕抬头看她，便对着乔燕鞠了一躬，然后露出两排洁白整齐的牙齿微微一笑，才彬彬有礼地说道："你是乔书记吧？"乔燕两道眉毛立即闪了闪，道："是呀！"说完又马上问，"你是……"女孩道："我是郑琳……"

一听"郑琳"两个字，乔燕立即惊叫了起来："啊，你就是郑琳？"她虽然没见过郑琳，可这两个字对她来说太熟悉了，于是一边叫，一边站起来。郑琳落落大方地走了进来，把一个装着东西的纸袋放到桌子上，然后过来主动拉了乔燕的手道："乔书记，大家都说你既年轻、又漂亮，从城里下来当第一书记，还当得很好，大伙儿都服你，我还不相信。现在一见，果然是这样！"乔燕不由得红了脸，道："哪儿呀，我下来是向村民学习的！你这件衣服真漂亮，穿在身上显得既随意，又奔放，还很有时尚感……"话还没说完，郑琳便道："乔书记，你别夸我，我是随便穿的！"乔燕笑了起来，道："随便穿都有这么好看，要是认真穿，那还不成模特儿了？"说完才正经地问，"回来给你爸做生了？"郑琳道："可不是，老爸大生嘛，做女儿的都不回来，那不是不孝了？"听到这里，乔燕便想起了那天王娇说的话，想问她，话到嘴边却没说出来，只道："回来了好，六十大寿，当然该回来！"郑琳便问："乔书记，你怎么知道我老爸是六十大寿呢？"乔燕道："我怎么不知道？"刚想把贺波告诉她的话说出来，又觉得有些造次，便道,"我前天到郑家塝,还听见有人和你老爸开玩笑,说是这天要来吃你老爸的牛……"刚说到这儿,又把话停住了,道,"对不起,我差点把粗话说出来了!"郑琳十分大度地笑了:"不要紧,乔书记,他们每年都差不多要和我老爸开这样的玩笑!我老爸的生日不好,偏偏在立冬这两天,今年还好,立冬已经过了,有一年正好碰到立冬这个日子,所以大家都拿牛来和他开玩笑!"

原来贺家湾的风俗,说立冬这日是牛的生日,到了这一天,家家户户都要给牛梳毛,把牛牵出来晒太阳,还要熬粥给牛喝。郑兴全的生日恰好是农历十月初十,往往在立冬前后,因此大家便拿他开玩笑。乔燕前天听郑家塝的人说到了初十这天,要去郑全兴家里给牛"打火炮",纳闷了半天,最后才听说了这么回事。

郑琳停了停,看着乔燕问:"乔书记,我来是想求你一件事,不知你答应不答应。"乔燕立即道:"只要我能办的事,一定不会拒绝!"郑琳便道:"我爸想请你当支客师,不知你肯不肯给面子。"乔燕吓了一跳,立即道:"哎呀,别的什么都行,可这支客师,我什么都不懂,不行,不行!"郑琳忙道:"不要紧的,乔书记,我们什么都做好了的,你只要到个场,做做样子就行!"乔燕仍是一边摇手,一边说:"不行,绝对不行!没吃过猪肉,却见过猪跑的!下来这几个月,也看到村民办了几次红白喜事,支客师不但要德高望重,能说会道,还要精通礼仪,我怎么能行?你叫我来吃饭差不多,当支客师绝对不行!"郑琳一见乔燕态度如此坚决,眼里便露出了失望的神情,嘴里道:"那、那怎么办……"乔燕见郑琳沮丧的样子,便道:"前几次贺国辉、贺广全、贺清明家办事,都是请贺端阳书记做的支客师,他又是村主任,又是支部书记,请他做支客师你们又有面子,他又熟悉红白喜事那些礼仪,你们怎么不请他……"一语未完,郑琳的脸倏地红了,道:"我们也是想请他的,就怕请不来……"

乔燕心里明白了,郑家是担心他们曾经拒绝贺波的婚事,怕贺端阳不给面子,便道:"只要你们真心请,怎么会请不来呢?"郑琳犹豫了一阵,便抬头看着乔燕,眼睛里露出了乞求的神色,过了一会儿才道:"乔书记,你能不能给贺书记说说,他肯定听你的……"话没说完,乔燕便道:"这些事情,你怎么好委托第三人去说呢?我去说,倒显得你们不诚恳了!"一听这话,郑琳又显得有些为难了。乔燕立即说:"要不,我们一同去贺书记家里,你亲自对他说,我在旁边给你敲敲边鼓,他不会不答应的!"郑琳想了半天,才有点被迫似的答应了一声:"行!"正要出门,乔燕忽然瞥见了郑琳放到桌子上的纸袋子,便道:"你的东西……"话没说完,郑琳红了脸,急忙道:"乔书记,那是我打工那地方的一点

171

土特产，专门带给你的！"乔燕马上道："这怎么行？你总不能空着手到贺书记家里去呀？"说罢，便把袋子提了起来。郑琳一见，忙把袋子拿过去，从里面拿出一只小盒子放到桌子上，然后对乔燕说："乔书记，这下行了吧？"乔燕一看那盒子，上面写着"手工制作，不添加防腐剂，福建传统特产糕点鸡蛋酥"，这才作罢。

没一时，两人来到贺端阳的院子里，乔燕正想喊，郑琳却站住了，将贺波房子和周围的环境打量了一阵，突然对乔燕问："乔书记，他们家的房子什么时候重新修了？"乔燕道："你仔细看看，是重新修的吗？"郑琳又看了看，仍大惑不解地说："不是新修的，怎么彻底变了样……"乔燕哈哈大笑起来，道："是不是重新修的，你问问贺波就知道了！"话音刚落，贺波从屋子里走了出来，道："姐，我在屋子里就听见你的笑声……"话还没完，忽然看见了旁边的郑琳，先是像没认出来，接着眼皮急剧地眨动，一张脸顿时红了，张着嘴半天没说出话来。乔燕朝郑琳瞥了一眼，见她也是怔怔的，脸色绯红。乔燕见他们两个都互相望着，也不说话，便道："怎么，不认识了？要不要介绍一下？"一句话说得郑琳回过了神，道："怎么不认识，我们还是小学和初中的同学！"乔燕道："哦，还是老同学，贺波你怎么也不招呼老同学坐？"贺波这才红着脸道："进屋坐吧！"乔燕便带了郑琳到了贺波的客厅里。等坐下后，乔燕又对贺波道："贺波你怎么支一下才动一下，老同学见了面，也不倒杯茶来？"贺波又答应一声："是，姐！"说完又手忙脚乱地拿着杯子进厨房泡茶。

郑琳仍显得有些局促，像是手脚都没处放的样子，却无话找话地对乔燕道："自从他出去当兵后，我就没见过他了。要是走在大街上，不仔细看，恐怕都认不出了！"乔燕道："你好多年没见他了，他也好多年没见你，是不是？"郑琳道："可不是。"又问，"他怎么喊你姐？"乔燕道："我刚才没纠正你，从现在起，你也该喊我姐！"郑琳脸更红得像是要淌血。这时贺波端了两杯茶出来，放到郑琳和乔燕面前，然后又傻傻地退到一边，咧着嘴唇暗暗发笑。乔燕一见，便道："郑琳的爸爸后天六十大寿，特地来请你爸爸去做支客师！"一听这话，贺波这才像是找到了话题，嘿嘿地笑了笑说："我爸出去了，回来我给他说吧……"乔燕又问："你妈呢？"贺波道："我妈没事，又打麻将去了……"

乔燕没等他说完，便道："刚才郑琳问我，你这房子是不是新修的？怎么又会这么好看？姐现在交给你一个任务，带你老同学参观参观你的荷塘、'八戒公寓'、沼气池、后面花园什么的，给她好好介绍介绍。"贺波一听，便说："姐，你不看看园子里面的蜡梅、一串红都开花了，可好看呢!"乔燕立即道:"我爷爷家里的花可多了，我什么花没见过？我还有一份材料要赶，就不陪你们了，你好好给老同学介绍一下，可不准偷懒!"说罢站起来就要走。贺波还想留她，乔燕却对他使了一个眼色，便往外走。郑琳也站了起来，乔燕以为她也要走，便对她说:"你请支客师的事，还没亲自对贺书记说，走了干什么？"郑琳却道:"姐，我送你!"一听这话，乔燕放心了，于是贺波和郑琳把她送到院子外边。乔燕等贺波和郑琳回去以后，悄悄走到贺波房屋上面的小路上，躲在一块山石后面看着下面。果然没过多久，便看见贺波和郑琳从屋子里出来，一面并肩往荷塘走，一边亲热地说着什么，不由得笑了。

天黑的时候，贺波乐颠颠地来了。乔燕装作什么也不知道的样子，一见面就问:"今下午你这个导游当得怎么样？"贺波立即红了脸，笑着说道:"姐，郑琳想等她父亲生日过后，把家里的房子也改造一下，请我去帮忙设计和施工。"乔燕兴奋地叫了起来:"好哇!她还说了些什么？"贺波又红了一阵脸，才继续道:"她说，订婚的事她一点也不知道，回来才听她父母说的!她还说，她从来没有说过不在本地找对象的话……"乔燕没等他说完，便在他肩上打了一下，笑着道:"这下就看你的了!你今下午那身衣服，我还为你捏了一把汗呢!你的身材，穿西装和长款防风保暖外套最好看，怎么还穿那么一套迷彩服？"贺波急忙道:"姐，我以后一定注意!"说罢手舞足蹈地回去了。

第十七章

  贺家湾这个冬天，明显洋溢着与往年不同的气氛。一是村里没人吵架了；二是村庄环境治理后没有再反弹。尽管这样，乔燕还是有些不放心，因为转眼就到腊月了，打工的人像候鸟一样，都从外面回到了家乡。另一方面，村里杀猪宰羊、请客摆酒的人也多了，乔燕害怕外面回来的人一多，加上请客摆酒的多了，产生的垃圾也要增多，如果又随便乱倒，好不容易才治理好的环境就会反弹。这天下午，乔燕给贺端阳打电话，叫他明天和自己一起，到村里检查，督促一下卫生情况。另外，贺世银家在鹰嘴崖下面的新房也动工了，他们再顺便去工地看看。

  一进入冬天，贺端阳便把主要精力花在了揽活挣钱上。因为冬天庄稼人空闲的时间多，这时无论是各村统一给贫困户建集中安置点，还是村民自己建房，活儿都很多。但贺端阳又不得不听乔燕的话，他觉得在这个小女子身上，有一种让人不得不服从的力量，再说他毕竟还是贺家湾村的支部书记和村主任，便答应了。

  第二天吃过早饭，贺端阳到村委会约了乔燕一起出去。虽然节令已进入三九，但这个被大巴山紧紧包裹着的川东北小村庄，气温说不上寒冷。一些落叶乔木还挂着一些黑褐色的叶片没有掉下来，只是遇到突然袭来的一阵风时，才十分不情愿地从树枝上猝然脱离，如惊飞的鸟儿慌慌张张地先在空中翩翩起舞一阵，然后才栖落在大地上。他们出门时，太阳像个喝醉酒的汉子，涨着一张紫红色的面孔爬上了天空，虽失去了夏日和秋日的威力，却仍将大地照得红彤彤的。他们走了十多户人家，看到无论是路两边的沟渠，还是村民房前屋后，再不像以前那样脏乱差了，贺端阳便对乔燕道："怪了，过去村里也整治过环境卫生，甚至还把世普老叔请回来帮我们整治，为什么成效都不大？"乔燕心里也十分高兴，便对贺端阳说："贺书记，这也是你的功劳呀！"贺端阳站住了，看着乔燕说："乔书记，你到村里来这么久了，有一件事情，我一直想问你，又不好开口……"乔燕没等他说完，便道："贺书记有什么事尽管问！"贺端阳这才鼓起勇气道："我想问问乔书记，你的父母是干什么的？"乔燕像是惊了一下，过了一会儿才做出调皮的样子，看着贺端阳道："贺书记你猜一猜？"贺端阳皱着眉头想了半天，这才道："说你是个官二代吧，你又没有官二代的娇气和盛气凌人！说你是个富二代吧，可你不但朴实，还十分吃得苦，也没见过你穿金戴银！说你的父母是普通打工的吧，可不论是你的言谈举止还是为人处世，都像一个大家闺秀！"说完又想了一会儿，才突然说，"我想，你父母一定都是老师吧……"一听这话，乔燕笑了起来，道："贺书记，还真让你说准了，我爸妈都是教书的！"贺端阳便得意起来，道："我说吧，要不是生在知识分子家庭，你怎么会懂得这么多？"乔燕道："我父母忙，顾不上管我，我从小自理能力就很强，初中的时候，我就能自己洗衣服！初中毕业那年，我一个人买张火车票，跑到北京去看天安门广场升旗，然后满北京城跑。考上大学时，别的同学都是父母陪着去，可我就一个人去。所以不管到哪儿，我很快便能适应环境。"贺端阳听了又道："真是人与人不同，花有百样红。听向家桥村伍书记说，他们村那个第一书记，也是个女孩子，却什么也不会做，村上还得拿钱雇人给她做饭、洗衣服，这哪儿是下来扶贫，是让村里服侍她了……"说到这儿，发觉话风有些不对，急忙转移了话题，"乔书记，我是个土包子，虽然年龄可以当你的父亲，却是山大无柴，你今后可要多帮助我！"乔燕忙说："贺书记你太客气了，我从你身上学到了很多东西呢！"

走着走着，贺端阳又回过头对乔燕道："乔书记，说句心里话，你才下来的时候，我是没瞧上你的！觉得这么年轻，又是个女娃儿，看样子还在母亲怀里撒娇，当什么第一书记？干两个月就哭兮兮地回去吧！所以那段时间，我不太支持你的工作，就等着看你的笑话呢！"说到这里有些不好意思地笑出了声。乔燕也笑了，说："我真哭过两次，贺书记难道忘了？"贺端阳道："算了，我们不说这些了，乔书记，现在我算是真服你了。尤其是你帮助贺波，我是从心里感激你的！"乔燕才知道贺端阳今天对她推心置腹的原因，便道："贺书记，不要这么说，贺波本身就十分优秀，我帮他是应该的！"说完想把话题岔开，却听贺端阳又道："乔书记，我不知道你对我是不是有些看法。今天也没其他人，我们就开诚布公地谈一下，你看怎么样？"

乔燕吓了一跳，急忙说："贺书记，交流一下思想是可以的，可是我对你并没有其他看法呀……"话还没完，贺端阳便笑着说："乔书记，真佛面前不烧假香，不瞒你说，我确实和人买了挖掘机和推土机。原来各个地方搞新农村建设，现在到处又都在建易地扶贫集中安置点，我如果不利用自己的关系在外面承包一点工程做，过了这个村，就没那个店了！所以用到工作上的精力就少了许多。你是个聪明人，我不相信你没有看出来。这也怪不得人，乔书记还不知道我们这些村干部的难处！说官又不是官，说不是官村民又把你当个官。我这个人，也曾经立过雄心壮志，可干着干着，就觉得没多大意思了！国家现在给我们的工资每月还不到两千块钱，我兼职又不能兼薪，像我们这个年龄，说老不老，说小不小，正属于所谓精壮阶段，出去打工随便干点什么，每个月挣个三五千，都是轻而易举的事，你说这不到两千块钱，我们拿来能做什么？现在这个年代，人的眼睛比狗的眼睛还要势利十分，村支书如果没有足够的收入，家里穷了，说话连放屁都不如，还别说当下去！所以我们这些村支书，想方设法都要去搞点外快，有的像我一样在外面包工程，有的承包了村里的山林，有的联合办了小企业，反正是各显神通。除非一种情况，那就是子女十分有出息，在外面打工挣了很多钱或者当了老板，他们不需要老家伙挣钱，只需要在村里有面子，否则没有谁不赚外快就能把村干部当下去……"

乔燕听到这里，忽然明白了，见贺端阳能够以诚相待，把心窝子给她掏了出来，十分感动，便说："贺书记，你既然把话说到这里，我也说句心里话，其实我刚下来的时候，就听说了你在外面包工程的事。我当时还想给你指出来，但又怕影响了我们间的关系，便忍住了没说。现在听你一说，我才明白你们这样做也是不得已。现在光靠空洞说教已经不解决问题了！你说得很对，农村干部如果没有稳定的收入，他们谁会安心干？那，镇上知不知道这种情况？"贺端阳说："哪有不知道的！镇上几爷子都睁一只眼闭一只眼，因为什么呢？假如不让村干部去搞点二职业，他们到村上来，别说喝二两小酒，连开水都讨不到一口！"乔燕听完，沉思了半晌，才道："贺书记，感谢你今天的肺腑之言，让我更深刻地认识了村干部。以后村上的工作，我多做一点就是。"贺端阳立即感动地道："多谢你了，乔书记！今后如果有人故意刁难你，你就告诉我。我是男人，你姑娘家不好说的话，让我来，看我怎么收拾他们！"乔燕见贺端阳如此仗义，也十分感动，立即道："好的，贺书记，有你的帮助和支持，我信心更大了……"还准备说下去，忽然听得后面有人喊叫，两个人急忙站住了。

来人是贺勤，上面穿了一件青色羽绒服，下面是一条灰色牛仔裤，脚上一双耐克运动鞋。见贺端阳和乔燕站着等他，便几步跑了过来，笑着对乔燕道："乔书记，我到村委会找你，听贺广全说你和贺书记一起出来了！"乔燕忙问："你有什么事，大叔？"贺勤有些不好意思地笑了一笑，看了看贺端阳，然后才有些迟疑地开了口："乔书记，我想请你帮个忙！"像是生怕乔燕会拒绝，也不等她回答，便一口气说了下去，"冬天地里的活儿不多，我闲着也是闲着，贺世银老辈子家里盖新房，你知道的，我过去是泥瓦匠，手艺还没丢，你去给他们家说说，我去给他们砌几天墙，也挣点零花钱！"乔燕两眼立即放出明亮的光来，看着他说："好哇，大叔，你终于不再等着政府来救济了，这太好了！大叔，身强力壮的，自己能挣钱不比等救济的好。没问题，我去给世银爷爷说，你等着去干活就是……"话没说完，贺端阳忽然道："你要诚心诚意想凭自己两只手挣钱，哪儿还会找不着活儿做？现在各个地方都在修易地扶贫搬迁集中安置点，好的砖工尾巴都翘到天上了，你还担心没活干？"贺勤立即露出了惊讶的神色，道："真的？哎呀，我这么多年没做手艺了，还不知道砖工俏起来了！贺书记帮我打听打听，什么地方需要人……"话还没完，贺端阳便道："不用打听，你到我那儿来，保证有你活儿干！"贺勤急忙道："那我们就一言为定！"乔燕却对贺端阳道："我觉得还是先让他到贺世银爷爷家里干一段时间最好，一是他手艺毕竟丢了这么多年，先练一练，二是离家近，方便些。"贺端阳听了，便对贺勤说："乔书记说得也有道理，你看怎么办？"贺勤想了想，突然说："我听乔书记的！"

说完，贺勤便要走，乔燕又喊住了他，说："大叔今天这身打扮，不但精神，还有些时尚呢！"贺勤脸有些红了起来，道："姑娘莫夸我，我晓得啥子时尚不时尚？不过是青蓝二色……"乔燕马上打断了他的话，说："青蓝二色是世界上最基本的颜色，青蓝二色就最好看嘛！"又看着贺勤的头发，笑着说，"要是大叔把头发再理一理，就更精神了。"贺勤立即朝头上摸了一把，才道："不好意思，这头发早就该理了！不怕姑娘笑话，我好久都没上街了！"乔燕道："原来是这样，下个场日去街上，叫理发师傅给你理一个小平头吧，以后头发即使长了一点，也不会这样乱糟糟的了！"贺勤立即对乔燕点了点头，道："好，我听乔书记你的！"说完喜滋滋地走了。

贺勤走后，乔燕才想起忘了问问贺峰在学校里的情况。自从贺峰重新走回课堂后，她一直没抽出时间去看他，只在电话上和陈老师聊了一次，但刚聊不久，陈老师因为有事又把电话挂了。想到这里,便懊悔地说:"你看我,忘了问他一件事。"贺端阳忙问:"什么事?"乔燕却把话打住了。贺端阳见她不愿说,也没追问,只道:"没想到贺勤贺勤,真的变勤了!"乔燕道:"人都是会变的!"贺端阳道:"这又是你的功劳,你是怎么让他变的?"乔燕突然哈哈大笑了起来,道:"贺书记,你真把我当成了三头六臂的神仙,我哪有什么办法让他变?不过一个人,觉得有人还在关心着他,尊重着他,他自然就会变。反过来说,如果一个人觉得他被众人抛弃了,被边缘化了,他也会变,不过是朝着相反的方向变!"贺端阳像是明白了,说道:"你说得确实有道理!你看他,对你真可以说得上是言听计从,一口一个'听乔书记的'!我和他还是本家,大小也是个支部书记,他就从没说过这样的话!"乔燕马上道:"哪儿没有呢?你说给他找活儿,他不马上就感谢你了?"贺端阳道:"感谢归感谢,听话归听话,这一点我又不如你呢!"

说着话,两人就来到了贺世银建房的工地。这儿因为山嘴上有块石头像一只雄鹰的脑袋,故叫作"鹰嘴崖"。贺世银的新房离鹰嘴崖还有六七丈远,那儿原先是两块梯地,加上一块乱石坪。乔燕和贺端阳到达那儿时,贺兴坤正指挥着从城里雇来的两台推土机,将上面台地上的泥土"轰隆隆"地往下面的乱石坪上推,贺兴坤的女人刘玉也在那儿。乔燕已经见过贺兴坤一面,上次他穿的是一件藏青色的七匹狼户外运动保暖外套,今天却穿了一件深灰色的商务休闲中长大衣,打着领带,下面是一条深卡其色的英伦风格的休闲裤,脚着一双棕色皮鞋,头发向后面梳得油光水亮。刘玉却朴素得多,上面穿的是一件深湖绿轻便连帽棉外套,显得身上有点臃肿,下面是一条蓝灰色铅笔牛仔裤,一张苹果脸,不知她在城里干的什么,脸上还有许多皲裂了的纹路,显得皮肤有些粗糙,所以她尽管比贺兴坤要小好几岁,看上去面容却比丈夫要苍老得多。贺兴坤一见乔燕和贺端阳来了,立即从一块石头上跳下来,热情地说:"两位大书记来了!"刘玉一听贺兴坤喊"书记",急忙过来拉住了乔燕的手,说道:"哎呀,你就是乔书记?我一回来,小婷就不断在我耳边提起你,说你给她买新衣服,又怎样辅导她做作业!小婷前一次考试,语文85分,数学92分,全靠了你!"乔燕听了这话,忙说:"小婷其实是很聪明的,又很听话,只是平时做作业没人辅导!"刘玉说:"可不是这样,谢谢你,乔书记!她现在对你,比对我还要亲呢!我回来后,叫她跟我睡两晚上,可她硬要来跟你睡。这鬼丫头,有了你,连妈也不要了!"说完就大声笑了起来,乔燕也跟着笑了。

笑完过后,乔燕才问贺兴坤:"叔,材料都准备好了吧?"贺兴坤忙说:"早准备好了,只要地基一平出来,我们就动工!"乔燕又道:"设计还满意吧?"贺兴坤又忙道:"满意,满意,这么好的设计我们怎么能不满意!"贺端阳便看着乔燕问:"你还会设计?"乔燕忙说:"是我找人设计的。"话音刚落,贺兴坤便说:"可不是,最初我想自己找人设计,可别人开口就要几千块设计费,乔书记知道后,找他们单位的人设计,只要了三百块的设计费,不但设计好,造价也低……"贺端阳立即道:"图纸在哪儿,拿来我看看!"贺兴坤便从大衣口袋里掏出了一卷图纸,递给了贺端阳。

贺端阳接过一看,不但有平面图,还有一张房屋的效果图。贺端阳看不懂平面图,目光便落在了房屋效果图上。只见图上是一个中式小院,四周带有围墙,围墙正中开了一道大门,大门里边的院子里又有一道屏风,遮住了后面屋子客厅的大门,形成了一个民间所说的藏风闭气的空间。房屋上下两层,既没有传统的大阶檐,也没有跑马廊,只是下面客厅那间房凹进去了两米多。这凹进去的几米,既可以做大阶檐用,又可以当一间敞房。重要的是从这儿进入两边凸出的屋子,使这两间屋子不与里面屋子相连,成为一个独立、封闭的空间,增强了两间屋子的私密性。更巧夺天工的是,楼上整个房屋都退进去几米,形成了一个巨大的露台,上面支了篷,不仅可以在露台上休闲聊天,还可以做成花台栽花种草。贺端阳一见,便叫道:"这房子太漂亮了!"

乔燕见贺端阳高兴,便和他开玩笑道:"贺书记现在也知道什么是美了哟?当初贺波要改造你们家那火柴盒房子,你还不同意呢!"又道,"这房子不仅漂亮,造价还很低,设计的高工对我说,整个房屋造下来,加上装修,十万块钱就能打住了!"贺端阳一听这话,便道:"造价这么低呀?那今后贺家湾修房子,都照这样修!"乔燕道:"都照这样,那又不成千篇一律了?"

说了一会儿话,乔燕才把贺勤要做工的事对贺兴坤说了,贺兴坤道:"叫他来吧,我还正愁人手不够呢!"乔燕代贺勤谢了他,便要走。贺兴坤道:"实在对不起,连个坐的地方都没有,我也就不留你们了!"便和刘玉一起把乔燕和贺端阳送到公路上。刘玉还恋恋不舍,又送了老长一段路,才站住对乔燕说:"乔书记,有空了到家里坐坐,可不要客气!"乔燕道:"我客什么气?你们家里旮旮旯旯我都熟悉了!"

第二天一大早,乔燕起床稍稍梳洗了一下,连早饭也没吃,便穿上自己那件长过膝盖的羽绒服大衣,又在膝盖上加上一双连到脚腕的护膝,戴上滑雪手套和一只红色的带有围脖的全头盔,把自己武装得像动画片里的蜘蛛侠,才骑着车往县城赶。尽管这样,等她回到城里,还是觉得自己的身子冻成了木桩。她径直将电动车骑到自己和张健蜗居的小区,把车停到车棚里,上了楼。张健上班去了,她在屋子里跳了一阵,等身子暖和过来后,才褪去满身"盔甲",找出平时穿的衣服换上,挎上包,下楼往县医院去了。

　　乔燕的身体一直很好,"大姨妈"也每个月都是准时来。可这一次,平时的"月月红"都过了将近五十天了还没来报到。上个星期她回来,去药店买了一包早孕试纸,回到家里自己做了一个测试,其结果呈现的是阴性,她高兴了几天,以为"大姨妈"也会像天气一样,时不时闹点小脾气,迟来几天也是正常的。可是又过了这么多天,她老人家仍是不见动静,乔燕便有些慌了,这可不是闹着玩的!

　　到了医院,正是病人就诊的高峰期,乔燕去挂了号,来到妇产科,对医生讲了自己的情况。医生二话没说,便开了一把检查单,什么尿常规检查、血常规检查、B超……如此这般,直到中午快下班的时候,乔燕才持了一把检查报告单到了医生那儿。医生只朝那些报告单上匆匆瞥了一眼,便说道:"胚胎已经开始发育……"乔燕脑子里立即"嗡"的一声,像闯进了一只蜜蜂,心脏也"扑通扑通"地加速了跳动,半响才有些不相信地问医生:"真的?"医生却道:"这孩子你要吗?"乔燕没听懂:"要什么?"忽然反应过来,忙说,"要要,当然要!"医生平静地说道:"那先建个卡,回去注意营养,多吃低卡路里和高蛋白的食物,定期到医院来做孕期检查。"说完吩咐护士叫下一个。

　　来到楼下,乔燕心里还在"扑通扑通"地跳,好像做了贼一般,却又没有做贼的惶恐与不安,那是一种既有点慌乱又有些喜悦相互交加的说不清楚的感觉。她禁不住隔着衣服摸了一下肚子,仿佛感觉肚子里有东西跳动了一下。她当然知道这是不真实的,还是一个胚胎,怎么就能跳动了呢?但她又相信这是真实的,她的肚子里有了一个宝贵的生命,这个生命从现在起,就和她血肉相连了。她突然从内心涌出了一种骄傲的感觉,看着医院里出出进进的人,真想把自己快要当母亲的消息告诉他们。可是没过一会儿,她又犯愁了,觉得这个小东西来得真不是时候,他怎么能这时候来呢?她要三年时间才能做完贺家湾的扶贫工作。今年才是打基础,明年是最最关键的一年,一开春,又是易地扶贫搬迁集中安置点的修建,又是产业发展,都是啃硬骨头的事,挺着个大肚子怎么工作?更重要的,还要分娩,还要哺乳,起码有小半年时间不能上班,贺家湾的事情怎么办?正因为想到这点，结婚以后，她就对张健说了自己的想法，一定要等到贺家湾脱贫、她三年扶贫期满后才能要小孩。张健总是涎着脸对她说他会注意！可现在，担心的事还是发生了，怎么办？

乔燕在医院大厅的椅子上坐了一会儿，突然想趁张健还不知道，悄悄去做了……但脑袋刚浮现出这样一个念头，她的心便"咚"地跳了一下，不，并不是心跳，而是子宫里像被人掐了一下似的，她心里急忙又道："不，不，这太残忍了，一个好端端的生命，既然和我连在了一起，我怎么能只顾自己，而不顾他呢？"想到这里，她突然看见前面一个花朵一样的小姑娘，张着胖乎乎的小手，嘴里叫着"妈妈"，朝她跑了过来。她仿佛看见是小婷，可一眨眼却不是，是一个陌生的小女孩，朝离她不远处另一个年轻女人跑去。她心中一动，更不忍心去把才来到肚子里的小生命做掉了，于是站起来向孕妇建卡处走去。

回到家里，张健还没有回来，乔燕打电话问，才知道张健下乡办一个案子去了。乔燕想到爷爷奶奶家里去，可一看时间，估计爷爷奶奶早吃过了午饭，她去了又得麻烦奶奶重新给她做饭。想了想，便打开炉灶，煮了一碗面条匆匆倒进肚子里。嘴一抹，连碗也来不及洗，便下楼骑上车，朝县中去了。

到了学校，离上课还有半个小时。一进校园，看见学校塑胶跑道和篮球场上，到处都是生龙活虎的学生，也有一些女生，手挽着手，在林荫小路上一边散步，一边窃窃私语，时而爆发出快乐和清脆的笑声。还有一些同学坐在阳光下轻轻地读着课文，乔燕不由得又想起了自己的高中时代。她想：这才几年工夫，自己就快做母亲了，又要不了多少年，自己的孩子又会像他们一样，在校园里和他们一样运动、散步或读书！一眨眼，一辈子就过去了，真是光阴似箭呀！这一想，更有了一种抓紧时间干点事的紧迫感。

因为还没上课，乔燕很快找到了陈老师。陈老师一见，便知道了她的来意，把她喊到办公室，开门见山对她说："小乔，你是来问贺峰的学习情况的吧？贺峰这个学生非常不错，学习特别努力！他入学后，我搞了一个测验，不是只针对他一个人的测验，而是全班的测验，但我主要还是想看看他的成绩情况。测验的结果和我想的一样，毕竟他的功课丢了大半年，名次是全班倒数第一。但中期考试时，他的成绩就提升了十多名，前不久我又搞了一次测验，他的成绩已跃升到了前二十名。你知道我们班是全校的尖子班，竞争比较激烈，他的成绩能上升这么快，那是很不容易的！"停了一下又说，"他还有上升的空间，我估计期末考试他的名次还要上升！"一听这话，乔燕脸上立即露出了欣慰的笑容，不断对陈老师说："谢谢您陈老师，您辛苦了，要没有您的付出，他怎么能进步这么快？你看他还有哪些方面的不足？"陈老师便也直言不讳地说："要说不足，这孩子仍然有些自卑，还是不爱和同学交流……"乔燕又忙问："同学们知道他是旁听生吗？"陈老师道："我们遵照你的话，严格保密，直到现在为止，没一个同学知道！"乔燕急忙站起身，紧紧握住陈老师的手："我真的要谢谢陈老师，这样就好了！我就是担心他背上'二等公民'的包袱呢！离上课还有一点时间，我想和他谈谈！"陈老师高兴地道："那好哇，你就好好找他谈谈，耽误点课都没关系！"说罢，便叫了一个学生去把贺峰喊来。

很快，贺峰来到了办公室。乔燕一看，贺峰比才回来时胖了一些，脸色也红润了许多，但仍然腼腆，一见乔燕，只低低地喊了一声："姐！"便不知说什么好了。乔燕对陈老师说了一声："我们出去走走！"说罢，也没等陈老师答应，就拉着贺峰的手走了出去。因为担心马上就要上课，乔燕不敢走远，便只到前面的操场上，绕着塑胶跑道散起步来。一边走，乔燕一边说："对不起，姐老早就说来看你，可一直没抽出时间来！我听陈老师说了，你的进步很快，祝贺你！"贺峰脸红了起来，乔燕没等他说什么，又道，"我今天来，想起了一个故事，想讲给你听一听。这个故事就发生在我读书时，我们班上有个女生，因为家里很穷，显得特别自卑。有天老师来上课，就讲了一个故事给我们听。其实这个故事很多人都知道，就是华罗庚的故事。老师说：'华罗庚初中毕业后，因为没有钱交学费而被迫停学。回到家里后，一边帮助父亲干活，一边努力自学。但这时他又不幸染上伤寒，在床上躺了半年之久。病好以后，他留下了终身残疾，左腿关节严重变形，瘸了。那时，他才十九岁……在那种迷惘、消沉的日子中，华罗庚没有绝望，也没萎靡不振，决心坚强地跟命运对抗，用健康的头脑，代替不健康的腿！白天，他拖着病腿下地干活，夜里在油灯下勤奋自学，终于成了一代数学大师！'老师还说，'一个人如果老是陷在自卑的情绪里，无论有多么聪明，都无法在事业上获得成功！'那个女同学慢慢克服了自卑的心理，后来也考上了一所好大学！你要记住，自卑有时也会成为天才的敌人！"贺峰听到这儿，半晌才说："姐，我记住了！"乔燕转换了一个话题，对贺峰道："我还要向你报告一个好消息，你爸爸和过去相比，像是变了一个人！"说完，便把贺勤主动要求去贺世银大爷建房工地干活的事，对贺峰说了一遍。贺峰道："我老爸给我说过，说他再像过去那样，就对不起你！我老爸说，村里人都嫌弃他，唯有你看得起他！"乔燕说:"光我一个人看得起他还不够!等你一年多以后考上了名牌大学,他又改掉了身上那些不好的毛病,你说说,全村的人会不会都对你们投来尊敬的目光?"贺峰没答,像在思考什么。果然,没过一会儿,他突然又抬起头,看着乔燕显得有些固执地问:"姐,我还是想知道帮助我的人是谁?"乔燕一听,做出生气的样子,道:"我给你说过了,人家不愿意让你知道,你还一直追问什么?我再告诉你,你只要学习好了,就是对他最好的报答!"贺峰又低下了头。正在这时,上课铃响了起来,贺峰立即道:"姐,我要去上课了!"乔燕也马上道:"去吧,你要记住,永远不要自卑!还有什么困难,就尽管给姐说,啊!"贺峰张了张嘴,想说什么却没有说出来,只抿着嘴唇点了点头,转身跑了。乔燕站在原地看着他,见他跑到了教学楼下,才突然回过身,朝她挥起手来。乔燕也举起手,朝他挥了一阵,贺峰这才进了楼道。

第十八章

　　乔燕没想到自己的妊娠反应会这么强烈。这天晚上，她像往常一样，一个人正在村委会办公室的屋子里吃着饭，一种恶心的感觉突然从胃里涌了上来，她走到卫生间，"哇"的一声，把刚才吃进去的饭全吐了出来。吐完过后，感到心里很不好受，又忽然想吃酸杨梅、酸杏一类的东西。而且这种想法一冒出来，便无法遏制，涎水顺着嘴角直往下流。可这个时候，乡下哪来的杨梅、酸杏？她贴着门框站了一会儿，蓦地想起贺世银大爷家的酸泡菜，实在忍不住，便朝贺世银家去了。

　　到了贺世银家，乔燕人还在院子里，声音却早进了屋："爷爷、奶奶、婶儿，你们还有泡菜没有？"贺世银一家刚吃过晚饭，刘玉正在收桌子上的碗筷，一听乔燕的声音，马上放下碗筷迎了出来，道："你要泡菜做什么？"乔燕没答，几步走进屋，眼睛往桌子一扫，看到桌子上剩下的半盘泡菜，什么也没说，便从盘子里抓起一块酸黄瓜，"咯吱咯吱"地大嚼起来。田秀娥一看，道："姑娘，你怎么喜欢起这种东西来了？"刘玉道："乔书记，是不是你没什么下饭的，嘴巴淡了？"乔燕只顾大快朵颐，一边嚼一边点头道："嗯，好吃！好吃！"田秀娥见乔燕吃得香甜，便道："我们家别的宝贝没有，酸萝卜、酸豇豆、酸黄瓜这些，倒还有几坛子，你要喜欢，想吃多少就有多少！"便对刘玉说，"你去找只大碗，给姑娘抓一碗出来，让她端回去下饭吃！"刘玉急忙去了。没一时，果然捧了垒尖的一大碗酸泡菜出来，又找出一只塑料口袋将碗装好。乔燕正要伸手去接，刘玉却将塑料口袋交给了小婷，道："给姑提好，听见没有？"小婷正要去乔燕那儿睡，一听这话，提了口袋就走。乔燕像得了宝贝一般，喜滋滋地跟了小婷便走。

走到门边才回过头对刘玉问:"叔回城里去了?"刘玉道:"可不是,一是他承包的那点小工程还没完工;二是上半年我们做的一点活儿还没收到钱,不回去不行,把我留下来照管家里建房!"乔燕便道:"那好,婶儿,有什么困难你就对我说!"

回到村委会自己那间屋子,乔燕又选出泡菜里的腌黄瓜、腌豇豆大啖了一阵。没想到只顾满足自己的口腹之欲,忘了那腌黄瓜、腌豇豆只能做佐饭之物,调节一点口味而已,岂能当饭吃?睡下不久,便口渴起来,乔燕又只好起来"咕咚咕咚"地喝水。可刚刚喝完,肚里便一阵翻江倒海,忍不住又急忙跑到卫生间呕吐。如是者数次,到了第二天早上,便觉得头重脚轻,浑身酸软没一丝力气,别说吃饭,连床也不想起来。小婷已经懂些事了,晚上乔燕呕吐把她吵醒了几次,现在一见她连床也不想起,便慌慌张张地跑了回去,对母亲和奶奶说:"不好了,乔姑姑病了!"把昨晚上乔燕呕吐和现在还没起床的情况,给母亲和奶奶说了一遍。

田秀娥婆媳一听,便急忙赶了过来,问乔燕:"怎么回事,是不是感冒了?"乔燕从床上坐了起来,道:"就是觉得恶心、想呕吐,也不想吃什么,身上没力气。"刘玉道:"没准是感冒了!"便对田秀娥道,"妈,你回去熬点白稀饭给乔书记端来,我去贺春哥那里给乔书记拿点感冒药……"乔燕忙说:"婶,不用了,我等会儿自己去……"话还没说完,刘玉便道:"你病了的人,怎么还能吹风?快躺下,我们跑点路有什么要紧?"乔燕还要说什么,婆媳俩早跑了出去。

没一时,刘玉便风一般从贺春那儿取了药来,同时也风一般把乔燕病了的消息传遍了全湾。乔燕起床吃下药不久,张芳、吴芙蓉、朱琴等一帮女人,便闻讯赶来了,一进门便惊慌地问:"怎么就感冒了?"乔燕见惊动了这么多人,有点不好意思,便道:"没什么,没什么,谁不感冒一下呢?"说罢又勉强挤出笑容,对众人道,"你们看,我这不是好好的吗……"可一语未完,连去卫生间都来不及,就"哇"地朝地下吐了起来。这次吐得更厉害,脸上连一丝儿血色都没有了。张芳忙道:"还说没什么,把才吃下去的药都吐出来了!"一边说,一边过去轻轻地捶打起乔燕的背来,吴芙蓉急忙去卫生间拿来拖把,把地板擦干净了。正在这时,田秀娥大娘提了一罐子稀饭来,刘玉便道:"喝点稀粥胃就舒服了!"一边说,一边打开写字台下边的小柜子,从里面端出了昨晚给乔燕抓的酸菜,又拿出一只碗,盛了一碗粥递到乔燕面前。乔燕却没接粥,抓起腌菜碗里的几根酸豇豆,"咔嚓咔嚓"地嚼起来。

吴芙蓉一见，心有所悟，两道眉毛跳了跳，接着又舒展开来，露出了一种惊喜的样子，看着乔燕道："姑娘，你们结婚也有三四个月了，你是不是……有了？"话音没落，众人一下反应了过来，认真将乔燕扫视了一遍，纷纷说："是呀，是呀，这可是害喜的征兆，我们怎么都没想到呢？"又问乔燕，"是不是这样？"

乔燕一下红了脸，将嘴里嚼烂的腌豇豆"咕咚"一声吞到肚子里后，才不好意思地把县医院检查的结果对众人说了一遍。众人急忙过来抓了她的手，张芳道："乔书记，不是我说你，这是好事，你怎么不早说？"刘玉道："就是，就是，我还以为你是感冒了……"话还没完，朱琴便道："可不能随便吃药，刘玉嫂子你把刚才从贺春那儿买来的药，拿出去扔了！"张芳刚说完，刘玉忙把药抓在手里说："对哦，怀孕期间，感冒药不能随便吃，幸好刚才吃下去的都吐了！"吴芙蓉又说："姑娘，从今往后，你是双身子的人，可不能像以前那样，随便吃点什么就过一顿了！"话刚说完，朱琴便道："我听说孕妇多吃点动物的肝脏有好处……"张芳没等朱琴说完，便打断了她的话，道："肝脏还不如鲫鱼！罗婆婆家那几个小子反正不安分，叫他们到河里抓点鲫鱼来煨汤给你吃！"刘玉道："还有牛奶，要多喝一点，蛋白质高……"朱琴又马上道："还有我们乡下的土鸡蛋，营养高，我等会儿回去就给你提一篮子来，你每天吃几个……"刘玉又道："记住别吃羊肉，听说孕妇吃了羊肉，娃儿生出来火气重……"

众人你一言、我一语，俨然都成了妇科方面的保健专家。乔燕看着她们如此古道热肠，心里十分感动，一时也忘了身上的不舒服，便对众人道："婶，谢谢你们，你们的话我都记住了……"可话还没完，吴芙蓉便接了过去，道："姑娘，你光记住我们的话还不行！我们都是生过娃儿的人，你不晓得，怀头个娃儿是最难受的，现在才是开始，以后还要难受，身边没个人不行。你要不嫌大婶家不干净，就搬到大婶家来，想吃点啥，大婶给你做就是……"刘玉听到这里，却道："到你们家，还不如到我们家，我们家比你家近得多！"吴芙蓉正想回答，却见张芳严肃了一张脸，认真道："到哪个家里都不是好办法！刚才吴大婶说得对，城里那些怀头胎的，成天不是被婆婆宠着，就是被丈夫捧着！反正现在已到年底了，马上又是春节假，我去和贺书记商量一下，不如让她回城住一段日子。等过完春节上班时，喜也就害得差不多了，到了那时再说！"众女人一听这话，便叫起来，道："还是张主任想得周全！"乔燕却道："张主任，你千万别去跟贺书记说，过两天我想就会好的……"张芳没等她说完，嗔怪地说道："你知道啥子？

我怀贺丽的时候，难过起来时，巴不得死了呢！"众人都道："可不是，要不俗话怎么说儿奔生、娘奔死呢！"又说，"你不为自己着想，也要为肚子里孩子着想，不然生他做什么？"

下午，贺端阳果然来了，也对乔燕说了回城休息一段日子的话。乔燕还有些犹豫，对贺端阳说："要是上级来查岗，发现我不在怎么办？"贺端阳说："生病了休息几天不是应当的吗？只要上面不开会，你就放心在城里休养，如果开会，我就提前通知你！我知道你是个闲不住的人，等过了年，你的妊娠反应差不多了，那时你再下来，该做什么就做什么吧！"乔燕听了这话，谢了贺端阳，第二天回城去了。

回到城里，乔燕便给吴晓杰打电话。她起初并没有打算把怀孕的消息告诉母亲，可在回来的路上，又吐了个翻江倒海，她以为自己就要死了，一时软弱，便不由自主地拨通了母亲的电话。电话接通后，她又一时无话了，急得吴晓杰在那边直叫："你说话呀！"乔燕嘴唇哆嗦了一阵，突然"哇"的一声哭了。急得吴晓杰又着急地问："出什么事了，啊？"半响，乔燕才忍住哭声，抽泣着说："我、我有了……"吴晓杰一时没理解女儿这话的意思，又大声问："什么有了？"乔燕平静了一些，这才说："我怀孕了！"吴晓杰立即惊喜地叫了一声："啊，我要当外婆了，好事呀！那你哭什么？"乔燕又抽抽搭搭地说："我难受……"吴晓杰停了一下才说："难受是肯定的，可过一段时间就会好的！我实在抽不出时间回来看你，这样，你回爷爷家去，我马上给奶奶打电话，让奶奶照顾你。"一听这话，乔燕眼泪又涌了出来，便又带着哭腔对母亲说："可这段时、时间，我没、没法到贺家湾去了……"吴晓杰说："没法去你就休息几天，我给县上领导说一说……"乔燕又马上说："妈，你别给县上领导说了，等好些了我就去。"吴晓杰沉默了一会儿，才带着哄孩子的口吻说："好，你就回爷爷奶奶家去吧，啊。妈妈空了再给你打电话，啊！"

乔燕和母亲说了一会儿话，心里觉得好受多了。她这才感到自己平时在母亲面前做出的坚强，竟然是这么不堪一击。她在屋子里坐了一会儿，提起从乡下带回来的衣服，往爷爷奶奶家去了。

乔奶奶早接到了儿媳妇的电话，一见乔燕，就喜得眉开眼笑地抱住了她，嘴里直说："宝贝孙女，你快乖乖到床上躺着，啊！"说着，一把抢过了乔燕手里的衣服。乔燕对她说："奶奶，我好几天没洗过头了，我想洗洗头！"乔奶奶马上搬了一把塑料凳子放在卫生间的花洒下，把乔燕拉到凳子上坐下，打开热水器，然后对乔燕说："你别动，让奶奶给你洗！"说着也不管乔燕同意不同意，解开她头发便洗起来。洗完头，吹干了头发，乔燕走出来，一眼看见了电视机旁边柜子上放着的干核桃，突然又想吃核桃了，便对乔奶奶说："奶奶，我想吃两颗核桃！"说完过去端过核桃来，拿起钳子正要夹，乔奶奶又急忙抢过了她手里的钳子，道："别动，让奶奶来！"乔燕感到好笑，怎么一怀孕，就什么也不能做了呢？

乔燕这一回去，张健除了出差，吃饭也都到爷爷奶奶家来，每次来，手里都提着一袋新鲜蔬菜或水果。乔燕便笑他："你什么时候学会买菜了？"张健道："我问了一下同事，他们说孕妇早期要多吃叶酸，饮食要以清淡为主。"有一天，张健竟提来一口袋书，对乔燕道："我从网上买的，你没事看看！"乔燕接过来一看，竟是一套"新手妈妈孕育大全"，一共五本：《十月怀胎知识百科全书》《怀孕吃什么宜忌速查》《零到三岁实用育儿全程指导》《孕妈妈睡前胎教故事》《准爸爸睡前胎教故事》。乔燕拿出那本《零到三岁实用育儿全程指导》对张健说："这么早，你就把这书买来做什么？"张健道："准备着嘛！"乔燕又拿出那本《准爸爸睡前胎教故事》，对他说："这可是你的事，与我没关系！"张健便涎着脸皮，凑到乔燕耳边悄悄道："我倒想履行义务，可是你不让嘛。"乔燕一听这话，便红了脸道："这三个月里，你想也别想，明天我还要和奶奶一起去医院打黄体酮保胎针呢！"张健便对乔燕扮出了一副苦脸。就连吴晓洁，现在一天也要给乔燕打好几次电话回来，告诉她要怎么怎么样，让乔燕觉得一旦怀了孕，便成了全家的重点保护对象，心里不由得时时泛起做母亲的骄傲和自豪来。

这样过了十多天，乔燕被亲人们无微不至地呵护着、关心着，妊娠反应也感觉轻了许多。转眼小年已过，这天，乔燕的手机忽然响了，她拿过电话一看，是个陌生的号码，便问："你是谁？"电话里却是一个小女孩的声音："乔姑姑，我是贺兰！"乔燕一听忙道："你们买电话了？"贺兰道："没有，是我爸借别人的电话打的。"乔燕又忙问："有什么事吗？"贺兰半天才说："我爸爸说，要过年了，能不能请姑姑吃顿饭？"乔燕一听这话有些傻了，过了一会儿才问："小兰，你们家有什么事吗？"贺兰道："没什么事，姑姑，爸爸就是想请你吃一顿饭……"乔燕没等她说完，便道："小兰，给你爸爸说，我谢谢你们的好意，饭就不必吃了！"说到这儿，对方停了一会儿，话筒里马上传来了贺大卯急切的"哇哇"声，说的什么乔燕自然一句也没听懂，趁贺大卯停顿的时机，乔燕便急忙插话说："大叔，你还是把电话给贺兰吧！"果然没一会儿贺兰又在电话里说开了："姑姑，我爸爸请你一定要来！他说，这么多年，因为我们家穷，没人看得起，很少有干部上我们家的门，更没有一个干部在我们家里吃过饭。爸爸说，你上回说的要来我们家喝'开水'，你不来就是说假话了！"乔燕一听这话，心里有点着急起来，她马上对贺兰说："小兰，你给你爸爸说，姑姑……"可话还没完，贺兰却道："姑姑，电话是别人的，就这样了！"乔燕还想解释，贺兰却挂了电话。

　　乔燕握着电话，有些作难了。听贺大卯刚才的口气，他家里会不会出了什么事？可到底是什么事，贺兰又没告诉她。她想再问问，他们又把电话还回去了。她想不去，但一是害怕他们家里真出了事怎么办？二是贺兰讲的"这么多年，因为我们家穷，没人看得起，很少有干部上我们家的门，更没有一个干部在我们家里吃过饭"这几句话，像针一样扎在她的心尖上，使她觉得难受。要是不去，她也成嫌贫爱富的人了。可要是去呢，她又是这个样子，专门跑去吃一顿饭，又显得有些得不偿失，何况现在就是世界上最好的东西，她也根本没有胃口！想了半天，乔燕也没想出好办法，便又把这事发到了"七仙女姐妹群"里，让大家给她拿主意。

　　没多久，除"大姐大"外，其余姐妹们都回信了。郑萍回的是："去，有饭吃，有酒喝，不吃白不吃，怎么不去呢？"后面附了几个龇牙的表情。罗丹梅回的是："我是经常到村民家又吃又喝的，那情景一点也不像个干部，倒像一个下乡混饭吃的！可是一顿饭吃完，天大的难事都轻而易举地解决了！"在后面附了两个害羞的表情包，末了又补上一句，"去不去燕儿自行确定，不过以后有村民请我，我还是要去！"周小莉回的是："人家那么热情和虔诚地邀请你，你怎么不去呢？我告诉你，燕儿，在村上一年多，我发现一般农民尤其是贫困户很难请到村干部到家吃饭，不是他不请，而是不敢请，怕干部不给面子。你还是去吧，那个贺大卯只能以这个方式感激你。他要的就是一个尊重和面子！"金蓉回的是："那个人可能真有事要你办，不过不要紧，酒喝了，人倒了，事情就办了！"后面附了两个奸笑的表情包。乔燕不由得"扑哧"笑了。李亚琳回的是："姐姐去是应该去，可你现在是特殊时期，要注重身子！"后面是一个拥抱。在亚琳住院期间，乔燕单独去看了两次，姐妹俩拉着说了许多知心的话，此时看了亚琳的回信，乔燕心里掠过一股特别的、温馨的暖流。

　　乔燕以为"大姐大"张岚文不会给她回信了，正打算再发一条微信感谢姐妹们，没想到张岚文这时才回信。但张岚文什么也没说，只给她发来了两则自己的日记。

1月12日 晴

　　转眼春节就要到了，庙山村地处高寒山区，民风淳朴，家家户户都还保留着杀年猪的习惯。而且还有一个风俗，那就是要互相请客，俗称"喝汤"。村民们都很看重这个风俗。如果主人请了你，你不去，就意味着你看不起人家，为这事亲戚邻里翻脸的都有。

　　还在几天前，第二村民小组组长就口头给我下了请帖，说今天他家杀年猪，要我这位从城里来的"大书记"去他家喝汤，我当时答应了。可我要去他家吃这顿饭，确实非常不容易。首先到这个村民组是一条狭沟，公路不通，得全靠两条腿走，至少得走两到三个小时。偏偏今天上午镇上又通知开会，散会时已过了12点，我完全可以借这个理由不去赴他这个宴。但想到我已经答应了人家，这些淳朴的山民恐怕正翘首以待，我如果食言，影响的恐怕是村民对自己的信任呢！于是我就对自己说："去，一定得去！"可这时肚子已经饿了，想到赶到主人家里，恐怕已是下午三四点钟的时候，肚子会受不了，我本身又有高血压和慢性胃病，于是在镇上先吃了一点东西给肚子垫垫底，才赶回村里去主人那儿赴宴。走到下午3点多钟，才赶到主人家里。果然，主人和满屋的客人都还在等着我。大家一见，都高兴地说："张书记，我们还等着你来开席呢！"

　　我一见这场面，心里感动得不行，心想："还好来了，要是不来，怎么对得起这些淳朴的村民？"便急忙说："等我做什么？开席，开席！"主人于是忙不迭地把那些七大碟、八大碗端上桌子。我一看桌子上的菜，脑壳立即大了。原来，既然是杀年猪请客，那端上桌的菜当然都是猪身上的东西打主力哟！我这个高血压的老病号看着一桌子的"肥腻腻"，别说吃，就是闻一下心里早就腻了。但又架不过主人的热情，我只好硬着头皮吃了几块炸酥肉。幸好主人还炖了萝卜汤，我吃了垒垒尖尖一大碗萝卜。

　　这顿饭，与其说我是来赴宴，不如说我赴的一种和村民彼此尊重的感情。

1月31日 晴

　　说山里人淳朴，确实如此！四组的吴成勇老头是我联系的一个贫困户，前几天我去看他，他对我说："张书记，我吴老汉穷虽然穷，可一辈子没佩服一个人，可这次我真服了你！我这人是一根肠子通到底，直人一个！现在我不给你说那么多，春节我儿子回来，你和你爱人必须到我家里来做客，你来不来？"一边说，两只眼睛一边直视着我。我一听这话，心里便打起鼓来，也不知他儿子什么时候回来，要是我们放了假，吃他这顿饭，我还得从县城乘两个多小时的车赶到镇上，再从镇上赶到村上，就像俗话说的，吃肥了，走瘦了！可我一看吴老头那两只眼睛里不但有期望，还有多重意思，似乎在说："组长请你你来了，我一个平头老百姓请你，看你来不来？"我想到这里，牙一咬，便斩钉截铁地说："来，一定来！"

我以为吴老头只是说说，没想到昨天晚上他给我打来电话，说他儿子已经从外面回来了，请我明天全家人到他家里做客。我一听心里叫苦不迭，因为我已经回到了县城。更重要的是，明天是我大女儿一家三口回家团聚的日子！我想叫他们改一个日子，等过了年再说，但一想起那天吴老头的眼睛，我犹豫了一阵便答应了。

今天一大早，我赶公交车去了。赶到村上，又走了三十多分钟的路，到中午时候，赶到了吴老头家里。这家人一见，那热情的样子真令我感动不已。他们还给我准备了一个贵重的年货——一根重七八斤的带后腔肉的腊猪脚！吴老头本来不怎么喝酒，可在吃饭的时候，他因为心里高兴，连喝了好几杯，便有些醉了，举起杯子对我说："张书记，张妹儿，我知道你今天大老远来我家里，吃的不是一顿饭，吃的是意思！"我便问："怎么吃的是意思？"他说："你能大老远来吃我这顿饭，是看得起我，你够意思，我今后也要够意思！你说什么我就做什么！"我一听这话便说："那好，吴大哥，我现在要你做的就是，第一，我有高血压，喝酒只能意思意思！第二，你给我准备的腊猪腿，你各人收回去，我家里什么都有，不需要！第三……"我说到这里，朝吴老头的小孙女看了看，然后从口袋里掏出二百元钱，塞到小女孩手里，对她说："奶奶提前给你的压岁钱，乖乖收着啊！"吴老头想过来把钱从小女孩手里拿出来，被我一把拦住了，说："老大哥，你刚才才说了要够意思，你这样做，就是不够意思了！这不过是长辈表示一下对小辈的祝福，你拦着是什么意思呢？"吴老头这才没说什么了。

通过这次吃饭，我才意识到吃饭绝不仅仅是吃饭，而是一个和村民接近距离和感情的问题。

乔燕看完，心里忽然感动得不行。心想，姜还是老的辣，看起来大姐什么也没说，却什么都说了。不由莞尔，也有了主意。

吃晚饭的时候，乔燕才把贺大卯请客的事对爷爷奶奶和张健提了出来。张健一听，马上吃惊地叫了起来："几十公里路，就为去吃顿饭？"乔燕道："这不是一般的饭，也可能他们家遇到了什么事……"张健道："他能有什么事？即使有事，他不给你说，只能怪他自己！"乔燕道："话不能那么说，或者他是要当面对我说呢！"乔大年道："我知道乡下有个风俗，杀年猪了，过年了，家家都要请客，吃转转会！只要一请客，就一定要把村上干部请去坐上席，吃八大碗，干部不去，就是看不起人家！不过，你现在是组织上派下去的干部，我不主张村民一请，你就是去吃吃喝喝……"乔老爷子话没说完，乔燕马上问："为什么不能去？"乔老爷子道："还有为什么？你问问你奶奶！我们那时候下乡到老百姓家里吃了饭，必须得给三两粮票、两毛钱，这是共产党干部的优良作风。"乔燕笑道："爷爷，现在人民群众生活水平普遍提高了，即使是贺家湾的贫困户，也不缺少那顿饭，他们要的是尊重和面子！"说完掏出手机，把下午与姐妹们的聊天记录和"大姐大"的日记读了一遍，然后才说："你们听听她们是怎么说的，都认为我应该去呢！"刚说完，张健把话接了过去，道："硬是你去了，他们才有面子呀？"乔燕立即道："我想是的！再说，我也想去……"张健又问："为什么？"乔燕道："你们不知道贺大卯家里的情况，贺家湾的首席贫困户呢！下午，他女儿在电话里对我说，好多年来，都没干部上过他们家的门，更没有一个干部在他们家里吃过饭，所以他们才希望我去他们家吃一顿饭呢！"

乔大年道："照这么说来，这顿饭确实该去吃呢！"张健不好说什么了，半天才对乔燕道："不过你要好好想想，全村两三百户人家，要是家家都来请你吃饭，你吃得过来？你吃一家不吃一家，又怎么给没去的人家解释？"一听这话，连乔大年也愣住了，道："这确实是个问题！"乔燕想了半天，方对张健说道："那这样，我等会儿给贺端阳打电话，对他说我明天回村上看看贫困户年货准备情况，顺便在他家里吃一顿饭。吃完饭我就回来，然后对村里人说，春节我们回你老家过年，再有人打电话来请，我们就说路很远，来往不方便，这样，我们就有理由推辞了！"张健想了半天，才道："那好吧，我们队里王忠有辆私家车，明天我借来用一天，上午我把你送到贺家湾去，下午我再来接你。"乔燕道："其实下午你用不着来接我，我走点路，到县城的公路边赶过路的公共汽车就是！"张健道：

"可要是大伙儿把你留着，不让你走怎么办呢？"一听到这里，乔大年马上说："说得有理，还是接一下好！"

第二天吃过早饭，张健果然开了同事的私家车，把乔燕送到了村上，贺端阳、贺文等村干部，早已在村上等着了。一见面，大家都说乔燕瘦了，又说了一些嘘寒问暖的话。除了张芳以外，都是大男人，对女人的事也说不到点子上。倒是张芳，把乔燕拉到一边，问了她最近的情况，乔燕都一一告诉了她，张芳听后也放了心。乔燕也问了问村里的情况，大家都把各自的工作给乔燕汇报了一下，因已是年关底下，都是一些日常工作，也没什么大事。乔燕便放了心，然后对大家说，她想去看看一些贫困户过年还有什么困难没有，顺便走走。贺端阳忙问："需不需要我们陪你？"乔燕道："不必了，我就一个人出去看看。"众人听了这话，也就各自散了。

等众人离开后，乔燕便往贺大卯家去。到了贺大卯的院子，乔燕一看，院子扫得干干净净，大门两边贴了一副对联："时来运转家昌盛，心想事成万事兴"，横批是"万象更新"。门两边的屋檐下还挂了两只红灯笼。贺大卯似乎知道乔燕一定会来，穿了一件青色连帽羽绒服和一条蓝色牛仔裤，这身衣服正是她秋天时从单位职工捐赠的旧衣服中选出送给他的。而贺兰穿的也正是姚姐给她买的那件两面穿的毛绒外套。小姑娘现在已不那么胆怯了，一见乔燕，便喜出望外地跑了过来拉住了她的手。贺大卯更是喜得合不拢嘴，冲着乔燕又是比，又是画，又是"哇哇"叫着，高兴得脸上一片通红，似乎喝了酒一般。乔燕不明白他说的是什么，便把眼睛落到贺兰身上。贺兰便说："爸爸说，乔书记真的来了，他睡着都要笑醒！"乔燕一听这话，忙把话题岔开了，看着对联说："大叔，你这对联写得好，看你们家里这个样子，真是要时来运转了！"说着话，曹彩霞从里面屋子走了出来，女人虽然脸上还是一副痴傻的模样，可身上的衣服却穿得有模有样，头发也梳得整整齐齐，全然不像先前的邋遢样子。

说着话，乔燕进屋坐下，正想问一问贺大卯家里年货准备的情况，忽见贺大卯进里屋换了一身衣服，又在衣服外面拦腰拴了一根围裙，手里提了把尺多长，二指多宽、明晃晃的尖刀，刀刃寒光闪闪。贺兰端了一只塑料盆跟在他后面，父女俩便朝屋后面走去。乔燕忙问："大叔，你们要干什么？"父女俩也不答。

正在这时，乔燕听到屋后面传来几声羊叫，一下子明白了过来。她急忙拔腿追了过来，来到屋后一看，果然草坪上绑着一只羊。乔燕立即道："你们这是干什么啊？"小姑娘这才站住对乔燕说："我爸早上就把这只羊绑上了，说没什么感谢姑姑，杀只羊给你们过年！"一听这话，乔燕有些发怒了，立即道："胡说，大叔，快把它放了，不然我就走了！"一听这话，贺大卯有些迟疑地站了下来，回头愣愣地望着乔燕，似乎有些拿不定主意的样子。乔燕便又对他说道："大叔，你怎么这么糊涂？一只羊好几百块钱，你还是贫困户，就随便拿几百块的东西送人，传出去，你这贫困户还想不想当？要是你家养得有牛，不也杀头牛感谢我？"贺大卯听完像是吓住了，乔燕忙跑到羊身边，蹲下身子就要解羊身上的绳子。贺兰看见跑过来，急忙将羊腿上的绳子解开了。那羊被缚的时间一长，趔趄了几下才站起来。

回到屋子里，乔燕又严肃地对贺大卯说："大叔，原来你叫我来，就是为了给我杀只羊呀？你知不知道，你这样做实际上是害了我？你真要把这羊给我，就是逼我犯错误！"贺大卯愣瞪着眼，半天没说出话来。乔燕又道："大叔，你如果不这样客气，我以后经常到你们家来！"贺大卯一听这话，急忙一边对乔燕点头，一边又对她比画着哑语，然后像是实在过意不去似的，马上进了厨房。乔燕见她去了，便把贺兰喊到了身边，抚摸着她的头，先问了她的学习情况，然后掏出钱夹子抽出两张一百元的钞票，对她说："过年了，姑姑给你压岁钱！"贺兰毕竟懂事了，她急忙把手抽了回去，说："姑姑，我不要！"乔燕马上说："姑姑给你新学期买笔和本子的，你怎么不要？接着！"说完把钱硬塞进贺兰手里。贺兰红着脸站了半天，才对乔燕说了一声"谢谢"，收下了钱。又过了片刻，贺大卯就从屋子里端出一碗"开水"，里面卧着两只荷包蛋。乔燕见了直皱眉，可她又不能推辞，便叫贺兰去拿出一只碗来，拨了一只出来，把剩下的一只吃了。没一时，贺大卯又弄出几样菜，乔燕没想到贺大卯虽然是哑巴，却有几分厨艺，弄出的菜味道也不错。可乔燕本身就没胃口，又刚刚吃了荷包蛋，哪儿还吃得下去？但为了让贺大卯高兴，还是每样都吃了一些，一边吃，一边夸奖贺大卯菜做得好。那汉子似乎从没有得到过别人的夸奖，兴奋得脸都涨成了紫红色。

才吃完饭，贺小婷便带着张健来了。乔燕急忙问："你怎么这么快就来了？"张健道："下午王忠要用车，我只好趁这个时间来把你接回去！"乔燕忙把贺大卯一家人对张健做了介绍，贺大卯一听，又要去给张健烧"开水"，被乔燕和张健拦住了。乔燕把借车的事对他们说了一遍，贺大卯突然对贺兰"哇哇"地说了两句，贺兰便一把将乔燕抱住。乔燕道："你抱着我做什么？"贺兰道："爸爸让等一会儿……"话还没完，贺大卯从里面屋子提出一篮子鸡蛋，对贺兰比画一阵，把篮子交给了贺兰。乔燕一下明白了，便对贺兰说："小兰，你们这是做什么？"

贺兰说:"爸爸说刚才要给你杀只羊,你不答应,新年大节的,你大老远地来吃顿饭,可不能打着空手回去!这篮鸡蛋,都是我们家的鸡下的,爸爸让拿回去,免得你公公婆婆见了,说我们庄稼人没一点见识!"一听这话,乔燕"扑哧"笑了,道:"小兰,你给爸爸说,我公公婆婆也是乡下人,家里鸡呀、猪呀都是养了的,怎么会说你们没见识?"贺兰说:"我爸爸说,你不收就是看不起我们了!"又说,"爸爸让我给你们提到村委会去……"说完就要往外走。乔燕一见更急了,让旁人看见,岂不相当于给他们打了一个广告吗?想了一想,才道:"小兰,你把篮子给我,我们收了就是!"贺兰这才又转身回来。乔燕从贺兰手里接过鸡蛋,又交给了张健,这才对贺大卯说:"大叔,谢谢你们了!等春节上班后,我再来给你们拜年!"说完,和张健一起走了。

第十九章

　　从贺大卯家里一出来，贺小婷便打头跑了。乔燕一见，便急忙对张健说："我们快走！小婷这个小机灵鬼，她准是跑回去报信了！她要是一扯旗放炮，让大伙儿知道了，又送些腊肉、香肠、鸡蛋什么的来，我们连拒绝都没法拒绝！"张健道："你不到楼上拿东西了？"乔燕道："不拿了。本来我还想去看看贺世银爷爷的房子建得怎么样了，可现在更不能去了！"

　　两人急忙钻进车里，张健将车掉了头，便飞似的朝前面开走了。等车开出了贺家湾，乔燕才松了一口气，对张健问道："王忠下午真的要用车？"张健笑了一笑，道："我是怕你被他们留住不让走，故意骗他们的，你那么聪明，难道还没看出来？"乔燕笑着用指头在张健头上点了一下，道："看来你这脑子，还不是猪脑子！"张健道："我如果是猪脑子，那看上我这个猪脑子的人，一定更是猪脑子！"乔燕听完，又举起拳头，在张健肩上打了几下。张健等乔燕打完，才正经地道："告诉你一个好消息，你可别激动。"乔燕忙道："我才不想听你什么好消息，不过年终又发了几千块的奖金嘛……"张健立即道："可比奖金重要得多！你还记得我们结婚的时候，你把我提拔为副队的事吗？我告诉你，现在你的吉言真的实现了！"乔燕马上又惊又喜地道："局里真的要提拔你了？"张健道："知道我为什么要这么急来接你吗？上午我回到局里后，局长就找我谈话，说局里中层干部要调整，打算把我们支队的伍副队长调到禁毒支队做队长，让我接替伍副队长的工作，这几天局党委就要研究……"张健话还没完，乔燕就抱住了张健，在他脸上亲了一下，道："哈哈，这可真让我说准了，你爸你妈和你姐，也不会说我是骗他们的了！从今以后，我可就要喊你张队了哦？"张健笑道："只要'老公'这两个字不变,你喊我什么都行!"

　　小两口儿调笑一会儿后,张健又对乔燕说:"过了年,我们去买一辆车吧!"乔燕一听,便道:"哦,才提了个小官,就想充大款了?"张健道:"现在买车的可多了,难道都是大款?我们买辆国产的,价钱不贵,按揭,我想了一想,每个月付几百块按揭款应该没问题!再过两三个月,你的肚子大了,难道还骑那辆电动车往贺家湾跑呀?"乔燕心里荡起一股暖流,却道:"你可别打我的幌子,我又不会开车。"张健道:"你不会开车,不是还有我这个专职司机吗?"

　　两人说着话,车子进了城,刚进入大街,乔燕忽然看见李亚琳在街边走,便急忙对张健说:"停一下!"张健忙问:"干什么?"乔燕指了指亚琳,说:"亚琳在那儿,我要过去和她说几句话。"张健把车停了。乔燕下了车,然后对张健说:"你先把车开去还了吧,我等会儿走回来。"

　　说完,乔燕紧走几步,追上了亚琳,道:"亚琳,公务员考试的成绩出来没有?"原来亚琳在前不久参加了全省统一的公务员考试。她报的是双河市委宣传部宣传科的科员职位,双河市委宣传部这次一共招考三名公务员,除李亚琳报考的宣传科外,还有办公室和网管办各招一人,可报名的竟然有好几百人,宣传科这个职位竞争的人更多。听了乔燕的话,亚琳便道:"还没有,大概就是这几天了!"又马上道,"多半没指望!"乔燕忙问:"为什么?"亚琳道:"你想,几百人争一个饭碗,比我优秀的不知有多少呢!"乔燕说:"你可别那么说,说不定夺魁的就是你!"说着伸出手去,握住了亚琳那只有些纤瘦和冰凉的小手,接着说,"祝妹妹成功,我等着你的好消息!"亚琳说:"成绩出来了我第一个告诉燕儿姐姐!"

　　春节后没几天,亚琳便给乔燕打来电话,但电话通了以后,亚琳却久久没有说话,乔燕便已猜出了几分,于是忙安慰道:"没考上也不要紧,本来这么多人竞争,哪有那么容易?"没想到亚琳"哇"一声哭了起来,哽咽着说:"可惜我花了那么时间,费了那么多心血,把人都熬病了……"说完似乎不想再给乔燕说话的机会,长长地抽噎了一下,然后大声道,"燕儿姐姐,我辞职了……"乔燕大吃一惊,急忙道:"什么?"亚琳道:"我昨天就交了辞职申请,再也不会去上班了!"乔燕又忙问:"你辞了职怎么办?"亚琳道:"天生一人,必有一路,燕儿姐姐你们不必为我担心!"说完不等乔燕说什么,便挂了电话。乔燕再打过去,亚琳的手机却处在通话状态中。乔燕以为亚琳在给其他姐姐打电话,但没过一会儿,"七仙女姐妹群"却飞来一条亚琳的微信:"仙女姐姐们:我已从单位辞职,尽管上面还没批准，但无论如何我也不会再回到那个伤心之地了！和姐姐们认识的时间虽然不长，但你们对我的关心、爱护和帮助，我将终生难忘。姐姐们不用为我担心，无论我是北漂还是南下，我相信，一定会找到自己实现人生理想的位置！这段时间，请姐姐们也不要费时耗心与我联系，因为我可能不会用现在这个号码了，等我找到新的工作以后，我会主动和姐姐们联系的。姐姐们保重，你们的亚琳！"

乔燕看完，泪水倏地便从眼眶里涌了出来。她再次给亚琳打电话，可亚琳已经关了机。她又给张岚文、罗丹梅、周小莉、金蓉、郑萍等打电话，她们都告诉她，亚琳发到群里的留言都看了，但她的电话关了机。乔燕就知道亚琳是铁了心不让大家给她留言和打电话了。

乔燕的肚子一天天显了起来。一天，乔燕终于接到了亚琳的电话。亚琳在电话里兴奋地告诉她，省报招聘编辑、记者，她投了一份简历，又在一位已经在省报工作的老同学极力推荐下，现在已成为省报一名记者。而且还特别告诉乔燕，领导知道她在村上担任了将近两年的第一书记，熟悉农村情况，便让她专跑脱贫攻坚这一块儿。完了，亚琳还调皮地说："燕子姐姐，你们的小仙女妹妹又和姐姐们战斗到一起了！"乔燕眼角噙着激动的泪花，和亚琳通完话后，便马上给张岚文等人报告，她们却告诉她说，亚琳已经给她们说了，还说她一定会抽时间回来看望大家！乔燕听了，更是满心欢喜。

随着身子越来越笨重，乔燕现在走路时都得小心翼翼地用手将腹部捧着。一个多月前，张健便把他母亲从老家接到了贺家湾，让她来照顾乔燕。起初，贺端阳坚持让乔燕住到张芳家里，但乔燕没有同意，只叫他再腾出一间屋子来让她婆母住。贺端阳见乔燕态度坚决，就在乔燕隔壁又安排一间房屋让老人家住，又把原来村小学老师做饭的厨房给收拾了出来。张健的母亲才五十多岁，身体硬朗，手脚勤快，一来，便把屋子里里外外收拾得干干净净，又将乔燕床上的毯子、帐子换下来洗了。村里的女人见乔燕这里有了一个家的模样，便像是开了会似的，纷纷送来了米呀、面呀、鸡呀、蛋呀、菜呀……任乔燕怎么拒绝，也没法推辞掉，因此，她婆母的屋子里便经常堆着这些东西，像开农贸市场一样。

张健的妈来照顾乔燕以后，最不高兴的便是小婷，因为她不能再陪乔燕睡了，伤伤心心地哭了一场。乔燕便劝她，说你们家修了那么漂亮的新房，在家里睡有什么不好？小婷还是噘着嘴巴不想回去，乔燕便又哄她："等姑姑生了小妹妹，你来抱小妹妹，你喜不喜欢小妹妹？"小姑娘一听这话，高兴起来，大声地答应了一声："喜欢！"终于一蹦一跳地走了。

现在，乔燕也没法再像过去那样，骑着她的那辆小风悦想走就走。再说，自从张健的妈来了以后，除了进城开会或爷爷奶奶有事，偶尔回去一下，她也很少回城了。两个月前，张健果然在县城的4S店按揭了一辆红色的吉利牌小轿车。选择红色是乔燕的主意，她说她喜欢红色。现在张健只要有时间，便开着这辆红色吉利跑到贺家湾来。如果乔燕要回城办事，无论多忙，他也要抽时间来把她接回去，然后又送回来，真正扮起了乔燕"专职司机"的角色。

自从婆母来后，乔燕又过起了"养尊处优"的生活。老太太比乔燕的奶奶还要宠她，一来，便什么也不要乔燕干，连上床睡觉，她也要亲自把乔燕扶到床上，看着她睡下后，自己才去睡，让乔燕过着衣来伸手、饭来张口的生活。这样一来，乔燕倒有更多的时间投入工作中了。尽管肚子越来越沉，可她是个闲不住的人，仍然坚持每天都在村子里东家进、西家出。张芳不过意，便对她说："都这个样了，你回城里休息吧，反正村里也没什么大事！"乔燕道："怎么没大事？姐，易地扶贫搬迁集中安置点一个多月前，乡上就来帮我们规划了，图纸也出来了，开工在即，可还有几户人没在搬迁协议书上签字，贺书记又经常不在村里，这几户人的工作做不通，集中安置点就没法动工兴建，无论如何，我也要等集中安置点动工以后，才放心呀！"

易地扶贫搬迁集中安置点建设现在确实成了乔燕的一块心病。这事情政策性强，利益大，涉及的矛盾最多，明明是一件好事，可一些贫困户却不理解。一些贫困户虽然理解了，却因为涉及自己的利益而不愿意配合她的工作，或者和她故意扯皮。第一个和乔燕扯皮的，是贺仁全大爷。贺仁全大爷家里除贺仁全和那个有点疯疯傻傻的女人外，还有一个叫贺兴兵的四十多岁的儿子和一个五六岁的孙子。由于母亲有病，贺兴兵三十六七了还没找上媳妇。后来他到贵州打工，带回来一个女人，和他住了两年，生了儿子，后来就跑了。他家的房子是危房，也是这次搬迁的对象。可他家的老房子宽，按照国家政策，这次搬迁到新的集中安置点，只能给他建一百平方米的房屋。贺仁全一听，马上跳了起来，说不给他修原来那么宽的房屋，他情愿死在老房子里也不搬。乔燕已经跑了很多次，可老头儿很倔，只认准死理一条，要还他原来那么宽的房子。

第二个不配合乔燕工作的，叫叶青容。这个叶青容老奶奶七十岁了，和儿子贺兴发住在烂大田旁边的梨树沟里，房子也是摇摇欲坠。贺兴发四十多岁了还没有娶亲，他巴不得搬到集中安置点去，老太太却不管乔燕磨了多少嘴皮，回答她的只有一句话，那就是贺兴发父亲的坟就在屋子后面，她要守着老头子过一辈子！乔燕知道老人都有故土难离的思想，便告诉她都在一个村里，你随时都可以回来和大爷说话！老太太就是不听，这样一来，一家人一个要搬，一个不答应搬，母子俩为这事也吵得个天翻地覆，可事情到底没落实下来。

  第三个不愿搬的叫贺世政。这个老头和他的老伴李银碧住在尖子山背面一个叫堰儿垭口的地方。乔燕第一次到老头子家来入户调查，便被这里的风光给吸引住了。老两口的房子前临清溪，背靠青山，房前屋后树木葱茏，绿草如茵，吸一口空气都有一股香甜味儿。坐在老人的院子里，前面溪流哗哗的水声、树丛中百鸟的鸣叫和偶尔掠过树梢的山风的呼啸，声声入耳，令人心旷神怡。可是，这儿太偏远了，原先有一条土路通到这里，可几年前一场山洪，把那条土路冲断，现在要到这儿来，得从周家湾老鸦坪的羊肠小道绕过来，乔燕来一次得走半天时间。也正因为如此，村上开个会什么的，这老两口儿从没参加过。这儿以前住了四五户人家，由于交通不便，都陆续搬到山下建了房。老两口儿生了两男两女，女儿嫁出去了，两个儿子外出打工，都在外面安了家。儿女们也都希望老两口搬到山下来，但老两口说他们愿意在这里独享清静，哪儿也不愿去。要说老两口这房子，倒不是危房，而且里里外外收拾得干干净净，墙上挂着几只蜂桶，院子里跑着鸡鸭，屋后拴着三只羊，一副悠闲自在的样子。问题是，老两口都是七十多岁的人，李银碧老太前年还跌过一跤，伤了骨头，现在虽然接好了，可走路却要拄拐才行。在这荒郊野岭，要是再出什么事怎么办？可是无论乔燕怎么给他们说，老两口的回答都是只要他们活一天，就要好好在山上守一天。最后老两口提出村上给他们把公路修通。而真要为他们两个老人修通这条公路，少说也要花一两千万，不但乔燕办不到，上面也不会答应，事情就在那儿僵着了！

  一天，乔燕刚从叶青容家回来，二组的组长贺兴平忽然跑来对她说："乔书记，我们组里的贺兴义回来了！"乔燕愣了一会儿，才想起这个人来，道："他回来了？"贺兴平说："不但他回来了，还带了一个像他女儿一样的又乖又年轻的婆娘回来！那婆娘像是怀了娃儿，都显怀了！"乔燕又停了一会儿，才问贺兴平："他家里房子也垮了，回来住到哪儿？"贺兴平说："我就是来请示你呢，他们现在在我家里，你快去看看吧！"乔燕听了这话，便和贺兴平一起去了。

  到了贺兴平家里，看见一个中年汉子和一个年轻女人坐在堂屋的板凳上。那汉子三十七八岁，满脸胡楂，面色蜡黄，一副病恹恹的样子；女人二十五六岁，面皮白净。乔燕朝她肚子上一瞥，果然发现她肚皮已经微微隆了起来。乔燕不用贺兴平介绍，便知道那汉子就是贺兴义无疑了，正想打招呼，忽见那女人先是盯着她的肚子看，看着看着，忽然龇牙咧嘴，冲着她发出一阵瘆人的傻笑，吓得乔燕头皮一紧。贺兴义立即对她喝了一声，女人这才收敛住了脸上的笑。贺兴平过来将乔燕给贺兴义做了介绍，贺兴义这才站起来对乔燕说："乔书记，她的脑子有毛病。正常的时候和好人一样，只有犯病时才会有些疯疯傻傻的，你可要大量些！"乔燕忙问："她叫什么名字？"贺兴义道："王秀芳。"乔燕又问："听说你自从出去就和村里没了联系，这几年你在外面干什么？"贺兴义道："乔书记，我们这样的人还能干什么？下点苦力挣口饭吃呗！"乔燕道："那怎么不和村里联系？"贺兴义道："我村里也没什么亲人了，和谁联系？"乔燕停了一会儿，才看着女人对贺兴义问："她是哪里的人？你们打结婚证了吗？"贺兴义苦笑了一下，说："打啥结婚证？她也没了爹妈，只有一个爷爷在贵州，也没人管她。她有病，我把她收留着，只图她给我生一个娃娃，我好不绝这一房人……"乔燕心道这不是非法同居吗，想了想，又问："那你现在为什么又回来了？"贺兴义道："我得了直肠癌……"话没说完，乔燕和贺兴平都惊得叫了起来："什么？"贺兴义从口袋里掏出一把医院的检查单和药发票，递到乔燕手里。乔燕一看，可不是直肠癌！眉头马上紧紧地皱到一起了，又问贺兴义："你挣的钱呢？"贺兴义说："挣的几个钱吃药都吃完了，她又怀了娃娃！"乔燕再也不忍心问下去了，便把贺兴平拉到一边，道："贺组长，你们家有空余的房子，暂时留他们住下来，我和贺书记商量一下，看这个事情怎么解决好，你看行不行？"贺兴平半天没吭声，看样子很不乐意，过后才说："住个三两天倒是没问题，不过乔书记可知道农村有个风俗，叫宁可停丧，不可停双……"乔燕忙问："什么意思？"贺兴平道："就是说家里的房子，给人家办丧事、停死人都可以，但如果是让两口子住，那是不行的……"这话被旁边贺兴义听见了，急忙说："兴平哥子，看在一个祖宗下来的分上，你给她随便找张床，只要能睡下就行，我就在你哪个屋角里躺两夜！"贺兴平听了这话，又犹豫了一阵才对乔燕说："那好吧，乔书记，可时间长了肯定不行！"乔燕道："我知道，你放心！"

出了贺兴平的屋子，乔燕便往贺端阳家里走去，一边走一边在心里反复想着该怎样安置这两个像是从地下突然冒出来的不幸的人。她十分同情贺兴义的不幸遭遇，也理解这个汉子此时的心情，可眼下怎么办？一个病恹恹的男人，一个身怀六甲的女人，住哪儿？吃什么？偏偏农村的旧风俗、旧观念还在影响着人们的行为。现在看来，只有把他们安排到公家的房子里。可村委会空下的一间屋子，已经腾出来给婆母住了，现在只剩下一间会议室和一间资料室，如果让他们住了，那么贫困户的资料和档案往哪儿放？村里开个会什么的，又在哪儿开……想着想着，她的头顶突然像是敞开了一条缝，一片明晃晃的阳光瞬间照得她脑海一片亮堂：贺世银一家不是搬进了新房子？他们那旧房子还没来得及拆，现在正空着。按说，贺世银的新房享受了农村危旧房改造和农地整理项目补助，那旧房从理论上讲已经归集体所有，至少不完全是他们个人的财产，不是可以让贺兴义两口子临时住进去吗？这么一想，乔燕高兴起来，决定立即去找贺世银谈谈，便急忙拐上了去鹰嘴岩的路。

　　巧的是还没等乔燕走到贺世银的新房，便碰上扛着锄头下地的贺世银。老人一看见她，便叫道："姑娘，你怎么还颠颠地乱跑呀？"乔燕笑了一笑，道："爷爷，我不跑没办法呀，这不，我就是来求你一件事……"话没说完，贺世银道："姑娘，你这是折煞我了，怎么说求？什么事你直说好了！"乔燕便把贺兴义的事说了一遍。贺世银听完，也像贺兴平一样迟疑了半响才道："姑娘，这事你来跟我说，我不答应你还会答应哪个？加上那房子空起也是让耗子在里面做窝！可是你也晓得，现在都是年轻人当家，我就怕答应了你，今后你兴坤叔两口子会埋怨我这个老东西！"乔燕便道："爷爷，我马上给兴坤叔叔打电话，看他怎么说。"说着，果然就掏出手机，按下了手机的免提键给贺兴坤打起电话来。乔燕已经在心里打定主意，如果贺兴坤不答应，她便要搬出政策来了。没想到贺兴坤一听，便道："乔书记，我们建新房享受了危旧房改造和农地整理项目的补助，按说那房子已经不属于我们了，你就让他们搬进去住吧！"乔燕听完，便看着贺世银道："爷爷，你看兴坤叔叔都这样表态了，你还有什么意见？"贺世银红着脸道："姑娘，你兴坤叔叔虽然答应让他们住，可农村的规矩不能不讲……"乔燕道："爷爷，你说的可是宁肯停丧，也不能停双的风俗吧……"贺世银没等她说完，便道："不光是停双，那女人还要在屋子里生娃儿，那可是农村最忌讳的！"乔燕忙道："爷爷，你就具体说说该怎么办吧？"贺世银道："也不是我老头封建，你兴坤叔叔是生意人，不得不讲一些避讳！你让贺兴义给我写一张租约，租金多少我都不计较，只要他付了钱，就表示那屋子暂时是他的了。离开的时候再扯几尺红布挂个红、放几颗火炮把晦气驱一下，这可以吧？"乔燕一听这条件不高，马上说："行，爷爷，我都帮他答应下来！"说完正要走，贺世银又对乔燕说："那屋里还有一架床和一些旧东西,我说搬到新房子里来,年轻人不答应,你叫他尽管用!"乔燕立即对贺世银鞠了一躬,道:"谢谢你,爷爷!"说罢转身挺着个大肚子,像企鹅一样迈着细碎的步子往前走了。

回到贺兴平家里,乔燕立即把刚才的事对贺兴平和贺兴义说了。贺兴平一听贺兴义可以不在自己家里住了,如释重负,连说:"这样最好,这样最好!那今天晚上就可以住进去吧?"乔燕说:"你就帮他们安排安排吧!你再去发动本小组的村民,有菜的给他送点菜,有粮的给他舀点粮,有油的给他倒半壶油来。他们才回来,又是一身病,不看别的,就看在女人肚子里的娃儿,大家做一回好事!"贺兴平一听这话,大声说:"乔书记,这个没问题!我先给他们拿点米面暂时吃着,明天我到村里发动大家有粮捐粮,有菜送菜,保证不会饿着他们!"说着进屋从缸子里舀出半袋米,然后又进厨房用一只可乐瓶子从油壶里倒出一瓶油,又从屋角抱出一些菜,放进一只背篓里,交给了贺兴义。又忙不迭地叫了一个人来,和自己一起带了贺兴义和那女人,往贺世银的老房子去了。乔燕等他们走了以后,才给贺端阳打电话,汇报了贺兴义两口子的事,然后拖着沉重的双腿回到村委会办公室,一屁股在椅子上坐下来后,她便再也不想挪动一下了。

贺兴义两口儿算是暂时安顿了下来,可接下来的麻烦事却更让乔燕焦头烂额。那贺兴义长期不和村上联系,上次评定贫困户时,按照上面"六不进"的要求,贺兴义没有被纳入建档立卡贫困户,更没有在易地扶贫搬迁的名单里。现在贺兴义只要一见乔燕,便要拉着她的手一声长一声短地哀求,说不看到他的面上,只看在她女人肚子里孩子的分上,做点积阴德的事,给他盖两间房子。乔燕本来心软,现在一怀了小宝宝,不知怎的,那心儿更像是随时都要融化似的。一听贺兴义的话,心里酸酸的,只想哭。可这事上面规定得很死,她一连想了几天,都没想出办法。所有这些,如果放到一年前刚来这里的时候,她可能早哭了好几次鼻子。可现在,她成熟多了,千难万难,都得靠自己扎扎实实、坚韧不拔地做工作去解决。

起初,只要贺端阳在家里,乔燕便把贺端阳、贺文、贺通良、郑全智、张芳和贺波等村干部叫上,一起去贫困户家里。她觉得多些干部去,至少可以给那些扯皮的贫困户形成一种精神上的压力,更重要的,大家也都可以共同给贫困户讲解一些党和国家的政策,或做些解释和劝解工作。可他们跟过几次以后,乔燕发觉自己的想法完全错了!那些村干部包括贺端阳在内,大概觉得有她这棵"大树"在，或者因为和这些贫困户都是熟人，低头不见抬头见，怕得罪人，跟着她也就只是跟着，到了贫困户家里不发一言，还是只有她一人唱"独角戏"！这样走了几天，乔燕有些失望了。而这些人虽然没帮上乔燕什么忙，却因为影响了活儿，当乔燕再叫他们时，贺文、贺通良、郑全智便找各种借口推辞。最后，便只剩张芳和贺波两个人还陪在乔燕身边。张芳是女人，害怕乔燕挺着那么大个肚子出什么事。而贺波，则是真心诚意想帮助乔燕做一些工作，乔燕因此非常感谢他们。

　　真应了"精诚所至，金石为开"的话，前天乔燕、张芳和贺波又去尖子山堰儿垭口贺世政和李银碧家里时，老两口突然拉住乔燕的手，道："姑娘，我屋团转的草都认识你了，你不要再来了！这样毒的太阳，你又挺着这样大个肚子，我们再不答应，就是作孽了！你什么都不要说了，我们搬，搬！协议在哪儿，拿给我们签字！"乔燕听到这里，眼泪倏地一下便涌了上来。为了不让两位老人看见，她让贺波指导老人签字，自己借口上厕所，躲到一边去哭了，然后将眼泪擦干净了才出来，拉着两位老人的手半天没说出话来。昨天他们又来到叶青容家里，叶青容已经听说了贺世政和李银碧老两口签协议的事，或者是听了什么人的劝，又或者是想通了，一看见乔燕，便也说道："姑娘，我老太婆糊涂，你大人不记小人过，高抬贵手原谅我！看你这样子，我还害得你天天跑，要是你出了个啥事，我不也成罪人了？"说完就哭了起来，道，"老头子，这怪不得我心狠，人家姑娘心太好了，四月清明七月半，我回来给你烧纸就是！"说完也把协议书签了。那一刻，乔燕要不是因为自己身子笨重，真想给老太太磕一个头。

　　晚上，贺端阳回来了，听贺波说了贺世政和叶青容都在协议书上签了字，便过来看乔燕。乔燕刚提起话头，贺端阳便道："我已经知道了！"乔燕便蹙紧了眉头道："现在最让我头疼的，是贺兴义的事，不知该怎样解决才好。"贺端阳道："我正是为这事来的！要解决他的事，看来我们只有采取别的方法……"乔燕忙道："什么别的办法？"贺端阳道："按上面的规定，我们永远都没法解决他的事！可他的实际情况又是摆在那儿的，都快四十岁的人了，如果这个女人保不住，他还能上哪儿再去找一个女人？何况这女人马上就要给他生孩子了，管他是儿是女，死了也有个端灵牌的人，所以他口口声声叫我们积阴德，这就是积阴德！我想，易地扶贫搬迁我们把他纳不进去了，可他的房子不是在'5·12'大地震中震垮了吗？我们给他搞个地质灾害避险搬迁，不是可以获得两万多块钱的搬迁补助吗？他那个女人不是精神有问题吗？我们再给他申请一个困难补助，说不定也能向上面争取个万儿八千的,加起来不就有三万来块钱了?现在村里不是有很多没人住的空房子吗?有些房子空了很多年,已经在慢慢烂掉了,我们花几千块给他买套旧房子,再花个万儿八千块钱,把屋顶的瓦换一换,把四周的墙修一修,再粉刷粉刷,不就像新房子吗?这样的房子又便宜又宽敞,比给他修三四十个平方的新房子强多了!剩下的钱给他们过日子,这样不是更好吗?"乔燕一听高兴了,道:"太好了!这下问题解决了。"贺端阳道:"你在农村时间还不长,不知道在农村办事,既要讲政策,又要讲实际!"

把这事确定下来后,乔燕觉得一下轻松了许多,现在就剩下贺仁全老大爷一个"钉子户"了,她决定不再等待,先把施工队请进来,将集中安置点建设的工程动起来再说。她算了算时间,等工程开了工,她正好也到了分娩期,到时她把工程委托给贺波负责,自己便向领导请假,回去放放心心把宝宝生下来。等产假结束后,集中安置点的建设也差不多了,这样什么也没耽误。等她回来,如果贺仁全大爷的思想还没转变过来,她再继续做工作。还做不通,那就等聚居点完全建成后,她相信大爷看见那漂亮的房屋和周围优美的环境,也一定会转变观念的。想到这里,乔燕脸上露出了这段日子难得的笑容。可是令乔燕没想到的是,老天不遂她的愿。这天晚上,贺家湾又出事了……

第二十章

这两年来，老天爷像是嫌贺家湾这一带的人欠了他什么，时不时便要发通脾气。他老人家不发脾气则罢，一发脾气可就不得了，不是风灾便是雹灾，要不就是旱得大地开裂，转眼又是洪水滔天，总之没个风调雨顺的时候。这天晚上，因为做通了贺世政、李银碧老两口和叶青容老大娘两家"钉子户"的工作，又和贺端阳商量出了解决贺兴义这个老大难问题的对策，乔燕心里高兴，加上这两天又实在太疲劳了，她不但睡得很早，而且睡得也很沉。

也不知睡了多久，乔燕突然被一声霹雳惊醒，这才听到外面雷鸣夹着电闪、电闪带着雷鸣，狂风暴雨摇撼着整个贺家湾。只听得那雨，如瓢泼似的从天空倾泻而下，打得房顶上的瓦"哗哗剥剥"直响。再听院子里的水声，"哗哗啦啦"，像是江河奔腾的样子。乔燕心里先是一喜，从心里长长地吁出了一口气，想道："谢天谢地，终于下场透雨了！"心里的话刚说完，一听那雨声，又觉得有些不对："这哪是下雨呀，分明是天河决堤，老天爷正把洪水往地下倒呀！"这样一想，她又不放心起来，急忙硬撑着从床上爬起来，拉开灯，一手撑腰，慢慢地挪下床来，走到窗户边隔着玻璃看去，只见那雨水从屋檐上像瀑布一样跌落下去，道道瀑布汇在一起，水往外面泻不及，院子里早已成了一条河。乔燕心里叫了一声："不好！这么大的雨，还不知外面怎么样了呢！"一边想，一边走到电脑桌旁，拿起桌子上的手机。自从怀上宝宝后，她听说手机有辐射，因此能不使用便尽量不用，晚上睡觉也把手机放到一边，而且还关了机。她打开手机，想给贺端阳打个电话，可贺端阳的电话也关了机。她又给贺波打，一打便通了。贺波没等她说话，便叫了起来："姐，我给你打了好几次电话，都没打通……"乔燕忙道：

"我关了机,你有什么事?"贺波道:"你看见县上发的特大暴雨红色预警信息没有?昨晚上11点发来的……"乔燕立即又道:"我那时已经睡了!说了些什么?"贺波道:"就是暴雨嘛,说是可能百年不遇,还要防地质灾害……"乔燕一听便叫了起来:"天啦,我说怎么这么大的雨呢!我给你爸爸打电话,你爸的电话也关了机,你立即给村两委干部和村民小组长打电话,叫他们注意一下贫困户的D级危房,有什么事请左邻右舍互相照看一下并及时汇报!"贺波马上道:"我爸昨天出去没回来,充电器在家里,估计他手机没电了!姐,你放心,我马上通知他们!"

乔燕已没了睡意,听着那雨,似乎像是下累了,要歇下来喘口气儿一样小了一些。但没过多久,雨点又"哗哗剥剥"地密起来、大起来,她刚把窗子打开一条缝,便听见满世界的风声、雨声直往耳朵里灌来,院子里也分不清哪是树,哪是地,只看见满是密密麻麻、扯天扯地的雨线,砸在水里冒着泡儿。她只好把窗户关上,重新上床躺下。过了一会儿,乔燕便觉得那风声雨声雷声,渐渐离自己远去了一些,然后又睡了过去。

乔燕再次醒来,是被一阵"咚咚"的又急又大的擂门声给惊醒的。睁眼一看,外面已是风停雨止,一片红彤彤的朝霞从窗外透进来,满屋子都洋溢着明媚的阳光。她问了一声:"谁?"门外答道:"是我,姐!"乔燕一听是贺波的声音,便道:"你等等!"说着手撑着床架爬起来,脱下睡衣,将一件又宽又大的孕妇裙穿在身上,双手拢了拢头发,撑着床沿下了地,过去开了门。

贺波脸上挂着惊慌的神色,还没等乔燕开口,便道:"姐,不好了,鹰嘴崖滑了坡,泥石流下来把贺世银大爷的新房埋了半边……"乔燕只觉得头脑里"轰"了一声,不但脸色变了,而且感到身子也像是一下成了棉花条,急忙把住门框问:"人呢?"贺波道:"人倒没什么,房屋暂时也没成为危房,可贺世银大爷和田秀娥奶奶只知道在屋子里哭,拉也把他们拉不出来……"听到这里,乔燕松了一口气,道:"你去看过了?"贺波道:"贺贤明给我打的电话,我一听就通知了贺文、贺通良、张芳婶,现在他们正在墙根下凿洞,把屋里的泥水放出来呢!"乔燕愣了半响,眼睛突然在屋子里搜寻起来。贺波便问:"姐,你找什么?"乔燕道:"我找雨靴!"贺波明白了,说:"姐,我只是来告诉你一声,才下过雨,路上很滑,你不要去,有我们在那儿,你放心……"话还没说完,乔燕便道:"你先去吧,我随后就来!"贺波还想说什么,乔燕又道:"我婆母可能到下面厨房做饭了,你帮我问问她把我雨靴放到哪儿了。"

没一时，张健妈来了，问："你要雨靴干什么？"乔燕便把贺世银房屋后面滑坡的事对她说了。老人听了便道："路上滑得很，等路干了再去嘛！"乔燕道："妈，我必须要亲自去看看才放心，听说贺世银爷爷和田秀娥奶奶不愿意出来呢！"张健妈想了想道："那我陪你去！那雨靴又不经常穿，我放在下面灶屋里墙角了！"说着便又"咚咚"地跑到下面把雨靴拿了上来。乔燕因为身子沉重，弯不下腰去，张健妈拿着雨靴刚要帮乔燕穿时，乔燕突然发现自己脚背和小腿都有些肿了，忙对老人说："妈，你看我的脚好像有些肿，是不是？"老人轻轻用手指一按，按下去一个白印子，松开，白印子久久也不起来。老人心里便疼得不行，道："燕呀，这叫胎肿，是你路走多了的缘故，要在城里，我可不得再让你到处走了！"又安慰她，"等回来，妈向湾里人讨些团葱，再叫张健从城里买几个猪肚来，妈到山上挖点七茴花根，炖给你吃几次就消了！我怀张健时，那腿肿得比你严重得多，你公公给我炖了几回团葱七茴花加猪肚子，吃几回就好了！"一边说，一边给乔燕把雨靴穿上了，便搀着乔燕出了门。

到了那儿一看，果然鹰嘴崖滑了很大一面坡，幸好贺世银的新房离那坡还有很长一段距离，泥石流经过这段漫长的路途以后，力量减得弱了，那些泥泥水水裹挟着树木野草，虽然没把老人的新房冲垮，却也将后面的墙埋住了一半。石头树木被墙挡住了，但泥水却顺着窗户冲进了屋里。乔燕去的时候，贺波、贺文、贺通良、贺贤明等正带着十多个湾里的汉子，周身糊得泥人一般，继续用钎子在凿着外面墙根的砖，已经凿开了十几个洞，泥水正"哗哗"地流进院子里，又顺着院门流出来。

众人一见乔燕，便都道："乔书记，你来做啥子？地滑得很，你站到一边去！"乔燕道："贺世银爷爷和田秀娥奶奶呢？"贺文道："在屋子里，叫他们出来也不出来……"乔燕便要往院子里走，众人又都齐道："别进来，屋子里的泥汤很深！"乔燕仍坚持要进去，张芳便跑过来和张健妈一边一个，扶着乔燕进了院子。到了大门口一看，屋子里果然满是黄汤，乔燕跨进去，喊了一声："爷爷奶奶……"话音没落，贺世银和田秀娥从楼上走了下来，一见乔燕，田秀娥喊了一声："姑娘呀，这是老天爷要收我们一家人呢……"一边说，一边"哇"地大哭起来。乔燕忙搂住了她，问道："刘玉婶子呢？"田秀娥又抽抽搭搭地答道："昨下午带着小婷回娘家了，现在还没回来。"乔燕便对他们说："爷爷奶奶，你们必须先搬出去……"话还没说完，贺世银便道："姑娘，我们老房子贺兴义住了，往哪儿搬呀？"乔燕道："先搬到村委会的会议室，过段日子如果房屋没出现裂缝、变形，再搬回来！"贺世银却说："姑娘，我们老了，搬不动了，老天既然要收我们，你就让我们死在这屋子里吧……"乔燕忙道："爷爷，我知道你们搬不动，这事交给村上！"说完便对贺文道，"贺文主任，你们几个把屋子里的泥水放出来后，就帮大爷把需要搬的东西搬到学校那间教室里！"贺文道："我们也是这么打算的，可给他们说了半天，他们就是不听！"乔燕又对贺世银老两口道："爷爷奶奶，俗话说，留得青山在，不愁没柴烧，你们听我的话，没错……"说罢又回头对婆母道，"妈，你回去做饭吧，把爷爷奶奶的饭也一下做起，等会儿他们送我回来，我们一起吃饭！"她婆母果然"咚咚"地先回去了。贺世银老两口只得对乔燕说了一通感谢的话，再不说不搬的话了。

乔燕这才转过身对贺文等村干部问："你们知不知道还有哪些地方受了灾？"贺文等道："我们一早就赶到这儿来了，还没听说过呢！"乔燕道："贺波你一个组一个组地打电话问，如果有受灾的，迅速把灾情统计上来！"贺波答应了一声，正要打电话问，忽见郑琳急匆匆跑来，叫道："不好了，和尚坝那座石拱桥昨晚上被洪水冲垮了，我刚才回去，却没法过河！"众人一听，不由得又"啊"了一声，全都目瞪口呆起来。

乔燕叫贺贤明、贺世清、贺书成等几个本小组的人留在贺世银这儿，其余的人都跟她到和尚坝去。贺文道："乔书记，你大起个肚子就不要去了！"张芳也说："就是，乔书记，要是动了胎气，生到路上，我们还没办法……"乔燕一听笑了起来，道："哪有那么容易生？还有十多天呢！究竟是个什么情况，我去看了才哑巴吃汤圆——心中有数呢！"贺文见她态度坚决，便叫张芳和郑琳过来搀着她。临走的时候，乔燕又嘱咐了贺世银和田秀娥老两口一通，叫他们一定要搬出来。

来到和尚坝，那座不知是什么年代建立的石拱桥，不但桥面没有了，中间的桥墩的石头也全被冲进了河里。还没有完全消退的洪水，拍打在那些石头上，溅起一两尺高的浪花。小河的对岸早站了郑全福、郑全智、刘绍华、罗天雄以及郑琳的父亲郑全兴等郑家塝的村民。郑全智一见乔燕、贺文等村干部，便把手掌卷成喇叭筒大声叫："乔书记，我说要过来看看贺世银的房子，可走到这里一看，桥垮了，过不来，怎么办？"他的话刚完，郑全福、刘绍华、罗天雄等汉子也都朝乔燕喊道："这是我们到村上、镇上的唯一通道，没了桥，我们怎么到村上来？想到镇上买点东西都去不成了！"郑全智又道："不但我们，上面周家沟、麦家寨，下面雷家扁、杜家坝的人来来往往，也要打这桥上过，没桥，人家怎么过呀？"乔燕听着大家的话，虽然心里着急，却没在脸上表现出来。等郑全智话完以后，才回头对贺文、贺通良、贺波和张芳道："除了贺书记，村两委干部都在这儿，大家说说怎么办？"几位干部都没吭声，半响，贺文才说："我倒有个办法，不过只能算是临时的……"乔燕马上道："只要能让村民过河，临时的也行！"贺文便道："找人到尖子山砍几根松树回来，搭一座便桥，暂时解决大家通行……"贺通良、贺波、张芳也立即道："只有这个办法了，不然还能怎么办？"

乔燕没立即表态，眼睛却看着河面。那河面原来只有两丈多宽，可被昨晚的洪水把两边桥墩淘空后，现在少说增加了好几尺，便道："河面这么宽，几根树搁在上面，中间又没架墩，人走在上面摇摇晃晃，要是有人掉到河里去了怎么办？"贺文道："睁眼不跳岩，明知木头棒棒没石头稳固，他不晓得往中间走？要么到城里买水泥板回来，架座平桥，可水泥板没这么长，得在中间砌桥墩，那可不是今天明天就能解决的事！"乔燕想了想，同意了贺文的办法，对贺波说："你回去做两个安全警示牌，插在两边，提醒大家尽量走中间，注意安全。"贺波道："没问题，乔书记！"乔燕便叫贺文负责安排人砍树，完了她也学着郑全智的样，把手掌卷成喇叭状，朝对面喊道："各位爷爷大叔，你们放心，我们现在就安排人到尖子山砍树，争取今天就给大家搭座木桥……"可话还没说完，对面郑全福便叫了起来："乔书记，木桥不安全，留在屋里的尽是老人小孩，要是出了事还麻烦！"乔燕道："我知道，大爷，这只是临时的！这座桥牵涉几个村的人行走，不能没有，我向你们保证，三个月内给你们建一座新桥起来……"众人一听这话，全露出了惊讶的样子，半天，郑全福才道："姑娘，你可别说大话呀，这可不是小娃娃玩火柴棍！"郑全智等汉子虽然有些不相信乔燕的话，却仍然露出了感动的样子，也大声道："乔书记，别说三个月，在贺家湾当第一书记期间，给我们把这座桥修起来了，我们都感激你！"乔燕道："大爷大叔们，谢谢你们的理解，我一定争取早日让大家走上新桥！大爷大叔你们回去吧！"郑家塝的汉子们又在河对岸站了一会儿，这才回去了。

见他们走了，乔燕没等村上干部再说什么，便对贺波道："我交给你一个任务，你必须尽快完成！"贺波道："姐，我知道了，不就是写两块牌子嘛，我回去就能完成……"话还没完，乔燕便道："不是写牌子，而是另一件事！你现在就用手机把石拱桥垮塌现场给拍几张照片，回去吃过早饭，便到上面周家沟、麦家寨和下面的雷家扁、杜家坝村调查调查，将石拱桥如何影响到几个村出行的情况，替我向县上写一份灾情报告和一份请求解决修复石拱桥所需资金的请示……"贺波忙问："姐，资金写多少？"乔燕道："我是学工程的，具体需要多少资金，得根据桥的长度、宽度和材料来定，我回去算算就知道了，你把具体的资金数字先空着吧！"

贺波答应了一声，众人正转身准备回去，却见贺端阳急匆匆地跑了来，道："我回来一问，知道你们到这儿来了！"又急忙对乔燕表示歉意，"对不起，乔书记，昨晚上我手机没电了，早上醒来不放心，便急急地赶回来了，果然出了事情……"乔燕道："你手机没电也不怪你，这两件事情没来得及听你的意见，我们就处理了！"说着便把贺世银和桥的事，对他说了一遍。贺端阳像是想努力弥补自己的过失，马上表态说："我没意见，乔书记，你都处理得很好！贺世银大爷那儿，我也去看了，只要上面泥石流不继续下来，那房屋应该没问题！但我还是把贺贤明留在那儿监视着，只要一发现情况，就把贺世银和田秀娥大娘拉出来！砍树搭桥的事，贺文具体负责，有什么问题就给我说，你回去好好休息休息，不要再操心了！写灾情报告和资金申请的事，我和贺波一起完成。他小子回来才多久，认得到几个人？我去找周家沟、麦家寨、雷家扁、杜家坝的支部书记，我们几个村联合起来向县上写申请。"一听到这儿，乔燕心里豁然一亮，想道："几个村联合写，天啦，我怎么没想到？真是姜老才辣！"这样想着，心里不但对贺端阳没气了，还升起了一股感激之情，于是说道："谢谢你，贺书记，几个村联合起来写报告，县上肯定会更加重视！"说毕，张芳和郑琳又陪了乔燕回去。

乔燕回到村委会，见屋子里并没有贺世银老两口，便知道他们不会来。自己吃过早饭，仍然不放心，便又由婆母陪着，去了鹰嘴岩。到了那儿一看，却见贺端阳穿着一双高筒雨靴，刚才穿的那件深灰色的休闲上衣脱下来挂在墙壁的钉子上，露出里面一件土黄色的圆领汗衫，正在老人的客厅里用一把方锹往才凿开的墙洞口子处赶着泥汤，身上和脸上到处都糊满了泥点。乔燕一见，便惊讶地问道："你怎么这么快就来了？"贺端阳揩了一把脸上的泥水和汗水，说："我从和尚坝直接就到的这儿，贺贤明从天一亮到现在都没离开过这儿，我换他回去吃饭……"乔燕没等他说完，又马上问："你也没吃饭吧？"贺端阳"嘿嘿"地笑了两声，这才看着乔燕有些不好意思地说："先换贺贤明吃饭，他吃了饭再来换我，我吃了饭就到周家沟、麦家寨、雷家扁、杜家坝几个村去！"乔燕一听这话心里不由得感动起来。这些村干部呀，一时真没法把他们搞清楚，一会儿他们唱红脸，一会儿又唱白脸，一会儿是讲理的人，一会儿又是霸蛮的人，平时都有些各顾各，甚至有些自私自利，可一到大灾大难面前，却都显现出了互相帮衬和忘我牺牲的一面。这么一想，她便对贺端阳真诚地说："谢谢你，贺书记……"贺端阳又急忙打断她的话说："你谢我做什么？说起来，我是该做检讨的！昨晚上那么大的雨，我都没在家，让你一个人操心了。"乔燕便说："事情过都过去了，接下来共同搞好灾后重建就是……"

　　正说着，却见田秀娥从左边屋角走进院子里来，一见乔燕，也叫了起来："姑娘，连个坐的地方都没有，你又来做什么？"乔燕道："奶奶，我叫你和爷爷到我那儿吃饭，怎么不去？"田秀娥道："姑娘，那边灶屋还没进水，谢谢你的好心！"乔燕没说什么，却问："爷爷呢？"老婆子道："在房子后面铲沟呢？"乔燕立即问："到处都是稀泥，铲什么沟？我去看看！"说着就走出院子往房后走去，她婆母又立即过去扶住了她。走到后墙边，果见贺世银只穿着一条裤衩，站在半人深的淤泥里，举着锄头，想从淤泥里铲出一条沟来，好让泥水不从窗户流到屋子里。可是那淤泥很稀，前面刚铲出一点影子，后面的稀泥流过来，又给填满了。

　　乔燕便叫道："爷爷，那么稀的泥怎么能铲出沟来？快出来，等泥巴干些后，再铲不迟！"贺世银又铲了一阵，见真的没法把沟铲出来，只得吃力地从烂泥里拔出双腿，一拐一拐地出来了。走到乔燕面前，乔燕才突然想起，对他问："爷爷，你给兴坤叔打电话没有？"贺世银忙说："早上起来看见满屋的泥汤，三魂吓走了两魂，也没顾得上，刚才才给他打了……"乔燕没等他说完，又立即问："兴坤叔他怎么说？"贺世银道："他到海南去了……"乔燕叫了起来："他怎么又到海南去了？"贺世银道："城里没活儿了，原来和他一起做核桃生意的朋友在海南找到了活儿，就把他叫去了！他才去还没几天，你说这事是不是豌豆滚在磨眼里——遇圆（缘）了？他跟我说，只要房子没损失，现在就不要去动，等屋后面的泥巴干了，让村上给联系一辆推土机，将泥石流推干净。该多少钱，他都给。如果村上不肯帮这个忙，就等他今后回来再找机器推！我说，我和你妈还有小婷娘俩现在就要住，等得着你以后回来才推？姑娘，你说怎么办……"一听说"推土机"三个字，乔燕忽然有了主意，便道："爷爷，你不要着急！兴坤叔说得对，现在屋后面的泥土非常稀，你就不要去动它们了。等过些日子泥巴干了些以后，我给你找辆推土机来，保证给你把屋后的泥石流清理干净……"贺世银又忙问："姑娘，你到哪儿去找推土机？"乔燕道："这你就不用管了，爷爷！"说完又过去和贺端阳说了一会儿话，才和婆母一起回去了。

回到村委会，乔燕立即给张健发了一条短信，发完，嘴角浮现出了一丝狡黠的笑容，然后便把手机给关了。果然中午时分，张健穿着警服，驾驶着那辆红色吉利来到了村委会那棵老黄葛树下，车还没停稳，便从车里出来两个人，除了张健，还有他们治安大队的吴大队长。两个人双脚一落地，便匆匆忙忙地往村委会办公室跑去了。张健一边跑，一边还大喊："乔燕，乔燕——"那时张健妈正在学校的厨房里做饭，一听到儿子喊声，便急忙跑出来道："你来了就来了，大声武气喊她做什么？"一看见儿子身后还跟着一个同事，便住了声。张健忙对母亲说："他是我的领导，也是我的大哥吴队长……"话还没完，吴队急忙躬身喊了一声："伯母！"张健妈立即高兴得喜滋滋的，招呼他们坐。张健却忙问："乔燕呢？"张健妈道："在楼上呢，有什么事？"张健也不答，带着吴队长便往楼上跑去。到了乔燕住的屋子，见门只是虚掩着，张健一把推开，两步就冲了进去。一看，乔燕坐在床上，两眼望着窗外，神情痴痴的，像是呆了一般。张健一下扑了过去，一把便抱住了她，叫道："老婆，你还好吧……"乔燕这才像是清醒了过来，看着张健，也十分动情地喊了一声："老公，你可来了……"说着，眼睛眨了眨，像是要掉泪。张健急忙道："老婆，到底出了什么事？"乔燕道："没出什么事呀。"张健惊得张大了嘴巴，半天才道："没出什么事，你怎么给我发那么一条短信来，差点没把我们吓死……"说着把手机递到乔燕面前，继续道，"你看你说的啥？'老婆有难，速来！'像是临终遗言似的，然后电话也打不通了，我们以为你遇了难，把吴队都惊动了……"乔燕冲吴队一笑，道："来了好呀！有吴队在这儿，事情就更容易解决了！"吴队马上道："弟妹，有什么事你就尽管说，真的可把我们整个大队的人都吓坏了……"乔燕道："吴队，我可不是想故意吓你们，刚才我没法了，真的连死的念头都有了！"吴队忙说："你可不能这样想，你肚子里还有孩子呢！就是有天大的事，还有我们帮你顶着，怕什么？"乔燕一听这话，忙又对吴队说："有吴队这句话，我就放心了！那就先到现场去看看吧！"张健道："还要到哪儿去？"乔燕道："到了就知道了！"说着下床来，腆起肚子便往外面走，张健忙去扶住了她。

到了贺世银房屋旁边的公路上，三个人下了车，张健又扶着乔燕一起走了上来。到了院子里，乔燕把贺世银和田秀娥喊出来，先介绍了张健和吴队长，然后才对张健和吴队说："这是我联系的贫困户，好不容易才修了这样一幢房子，可还没住几天，就遇到了这样的事，你们说我急不急？"吴队看了看满屋的泥水，也紧紧地皱紧了眉头，道："弟妹，别急，我们共同想办法！"乔燕又带他们到了房屋后边，让他们看了整个泥石流的情况，才道："你们说我是不是遇到难事了？"张健道："你把我们叫来，我们也没办法呀？"吴队长却道："弟妹，你直接说，要我们做什么事？"乔燕便笑着对吴队道："吴队，既然你这么看得起我，我也真说了！我想等这些泥石流稍干一些后，请两位队长在城里找个建筑老板，让他开台推土机来，半天时间，便把这些泥土给推走了，你们说这是不是只是举手之劳⋯⋯"话还没说完，张健便瞪了乔燕一眼，露出了不满的神情，道："你说得轻巧，现在的老板哪有那么好说话⋯⋯"乔燕立即一边抚摸着肚皮，一边故意道："哦，看来张队长有难处，有难处我就不勉强了！我就来学愚公移山，和爷爷奶奶一起慢慢地来把这些泥土石头往外面搬！我这辈子搬不完，肚子的孩子又来接着搬吧⋯⋯"刚说到这儿，吴队立即道："弟妹，你快别那样说！求求你，你赶快回城里把宝宝生下来，挺着这样大个肚子满村跑，我看着心里都难受！这事我答应你，回去就是把那些建筑老板叫爹，也完成弟妹交给的任务！"乔燕高兴了，便道："到底还是吴队爽快，人民警察爱人民！不过还有一件事⋯⋯"吴队道："还有什么事？"乔燕道："帮忙帮到底，送佛送到西天，泥石流倒是清理了，可是吴队你看，要是不在那儿修一道堡坎，以后又遇到上面滑坡，不又重新把房子埋住了吗？"一听这话，吴队便叫了起来："天啦，你可真是得寸进尺，修一道堡坎，这可不是小事⋯⋯"乔燕没等他说下去，便道："不就是用点水泥、钢筋和沙子吗？对一个房地产老板来说，这算什么？再说，吴队既然求了一次人，就让他们一不做，二不休，帮忙帮到底有什么不好？等堡坎修好后，我让人在上面刻上字：县公安局治安大队援建，让吴队长留名青史⋯⋯"吴队长急忙摇手说："行了，我青史留名的事就免了，不过真的有老板愿意出钱来修，你给他在上面留个字，让他们有种成就感，倒是好的！你让我想想⋯⋯"说着像是突然想起似的，看着张健道，"要不我们找两个老板，一个老板清理泥石流，一个老板修堡坎，修堡坎的老板我想起一个人⋯⋯"张健忙问："谁？"吴队说："陈总⋯⋯"乔燕觉得这名字很熟，便问："你说的这个女老板可是叫陈仁凤？"吴队长道："你认识她？"乔燕便把贺波养鸡的事对他说了一遍。吴队听后便道："还有这么一回事？看来贺家湾和陈总还真有缘分！这个陈总到处扶危济困，口碑很好，我们治安队也曾帮她处理过一些事情，我回去一说，估计没问题！"又对乔燕说，"这两件事情我都先答应下来，不过我刚才说的事，你也要答应我！"乔燕知道他说的什么事，便笑道："你不是女人，不知道女人的事，这生孩子，没到时间，怎么生得下来？"

第二十一章

　　回到村委会办公室，吴队长就要走，被张健妈留住了，道："这么远跑来帮助我们燕儿，再怎么着也要喝口开水才走吧？"乔燕和张健也帮着挽留，吴队长终于留了下来。张健妈便到下面厨房去烧"开水"，留下乔燕和张健在楼上陪吴队长聊天。三个人正东一句西一句说着闲话，乔燕的手机忽然响了。她一看屏幕，见是金蓉打来的，便拿着手机走到外面阳台上。她对着手机"喂"了一声，没听见金蓉说话，再"喂"一声，却听见金蓉的沉默变成了压抑的抽泣声。乔燕心里不由得哆嗦了一下，便大声问："金蓉姐，你怎么了……"话音未落，金蓉忽然"哇"的一声大哭了起来。乔燕立即预感到了可能出了什么大事，又颤抖着大声问："三姐，你哭什么……"金蓉忍住了哭声，哆哆嗦嗦地道："小、小、小莉她、她……"乔燕忙打断她的哆嗦问："小莉姐她怎么样了？"隔了好一会儿，金蓉终于把话说明白了："小莉她……死了……"

　　一听这话，乔燕就像被雷电击中了似的，只觉得身子僵硬麻木，大脑一片空白。过了一会儿，她的牙齿才开始上下磕碰起来，但她强忍住了泪水，又对金蓉问道："你说什么？"金蓉又抽泣着把刚才的话重复了一遍。乔燕噙着泪水道："怎么死的？"金蓉情绪平稳一些了，道："今早上她到村上去，过乌龙河时，被洪水卷到河里，尸体被冲到了下游的张家岩……"乔燕紧紧咬着嘴唇，耳朵里一片"嗡嗡"的声音，金蓉的声音越来越远，越来越弱，像是从很远很远的地方传来，但她还是听清楚了："尸体已经运到殡仪馆，你回来吧……"乔燕终于忍不住，伏在栏杆上便号啕起来。

　　张健和吴队长马上从屋子里冲了出来，见乔燕痛不欲生的样子，也不知道发生了什么事,一边问:"怎么了?"一边过去,一人架住一只胳膊,把乔燕架到屋子里的椅子上坐下。张健站在乔燕身边,一边摩挲着她的背,一边继续问:"怎么回事?你倒说呀……"乔燕哭了一阵,发出了一声长长的抽噎,然后才抬起头,泪眼蒙眬地对张健大声说:"赶快送我回城……"张健顿了一下脚,着急地道:"到底发生了什么事,先人板板,你说个清楚呀!"乔燕哽咽一声,这才结结巴巴地道:"周、周小莉她……死了……"一听这话,张健也"啊"了一声,吴队长却不甚明了,忙对张健问:"周小莉?"张健道:"是她们要得好的一个姐妹,也是个第一书记!"说完又回头问乔燕,"怎么死的?"乔燕又抽抽泣泣地把金蓉告诉的话对张健说了,然后突然站起来又对张健说:"我要马上回城……"

正在这时,张健妈端着两碗荷包蛋走了进来,一见乔燕泪流满面,以为是和张健吵架了,把碗往桌子上一放,便对张健骂道:"你们吵什么,啊?你不来燕儿好好的,你一来就把人家惹得流泪巴眼的。你以为我不敢当到你的领导打你哟?"吴队长急忙对张健妈说:"伯母,这不关张队的事……"张健妈没等吴队长话完,又道:"吴队长你别帮到他说话!也不看看什么时候了,都快生了,还能惹她这样怄气?"说完又忙去安慰乔燕。张健也不为自己申辩,只对母亲说:"妈,你别忙其他的了,马上收拾收拾,和我们一起进城!"乔燕这时心里好了一些,便也对张健妈说:"妈,真不关张健的事,你去收拾一下吧,我要马上回城!"张健妈又把他俩看了半天,真不像吵架的样子,这才去了。

这儿张健招呼吴队长喝了"开水",一行人坐进车里,便开始往县城驶去。到了殡仪馆前面的三岔路口,吴队下了车,打了一辆的士回单位,张健把车开到了县殡仪馆。在停车场停下车后,张健便和母亲搀扶着乔燕往里面走。刚进大门,乔燕便听到从旁边一幢楼里传出哀乐的声音,她也没打听,凭感觉径直朝那儿走去。走进屋子一看,果然见一群人正在那儿忙碌着布置灵堂,灵堂正面的中间挂了一个斗大的"奠"字,上面一幅黑底白字的横幅上写的是"沉痛悼念周小莉同志不幸逝世"几个字,小莉的遗像还没来得及挂上去。而在屋子另一边,一堆人围着一具已经裹了尸单的遗体正在悲痛地哭着。乔燕一见,禁不住大放悲声,在张健怀里恸哭起来。哭声惊动了那堆围着遗体哭泣的人,于是立即有几个人跑了过来。

乔燕泪眼中一看,正是张岚文、罗丹梅、金蓉、郑萍几个红肿着眼睛的人。乔燕立即挣脱了张健和婆母的手,扑到张岚文怀里,哭得更加悲切了,惹得几个女人又跟着放起悲声来。哭着哭着,乔燕挣脱了张岚文的怀抱,要朝前面小莉的遗体奔去，却一把被张岚文拉住了，强忍着悲声道："你不能过去！"又立即对丹梅、金蓉和郑萍道，"你们都不要哭了，燕儿这个样子，不能太过悲痛！"众人这才明白过来，于是都止住了哭声。张岚文又对乔燕说道："你回去吧，别留在这儿了！"乔燕却哽咽着说："不，我要为小莉姐姐守灵！"张岚文说："听话，你有特殊情况，不给她守灵，她九泉之下也不会责怪你的！"又指了指那群布置灵堂的人说，"你看，小莉单位和扶贫移民局也来了那么多同志帮助布置灵堂和办理丧事，你放心，有什么事我们会及时告诉你的！"丹梅和金蓉也说："就是，有我们在这儿，你回去吧！"乔燕还不肯走，张岚文生气了，说："你怎么这么不听话？你知不知道一个孕妇的情绪不但对婴儿影响很大，而且对分娩也很不利？等会儿吊唁的人多了，来一个人哭你跟着哭一回，惊了胎气怎么办？"又对丹梅、金蓉说，"你们把她送回去！"张健忙说："不用送，我们有车在这儿！"说着便伸手去扶乔燕。金蓉便和丹梅架起她往大门外走去。来到停车的地方，张健开了车门，张蓉和丹梅把乔燕塞到车里坐好，又看着张健妈钻到车里挨着乔燕坐下，待张健将车子开到了殡仪馆大门，这才回到灵堂里去。

乔燕从殡仪馆回到家里，感觉很累，便躺在床上昏昏沉沉地睡了一觉。醒来时记起自己走得匆忙，忘了嘱咐贺端阳和贺波尽快将贺家湾灾情报告写出来，便强忍悲痛，给贺端阳打了一个电话，让他们把灾情报告和资金请示弄好后，叫贺波尽快送到城里给她。

第二天一早，贺波就将报告和请示送来了。乔燕先翻开报告看了看，见里面的数字很翔实，垮塌的石拱桥的照片也都附在后面了，最后一溜儿盖着贺家湾、周家沟、麦家寨、雷家扁、杜家坝五个村民委员会鲜红的公章。乔燕很满意，便对贺波说："没看出你还有当秘书的才能呢！"贺波红了脸，道："姐，多亏你指导，像请示上面要多少材料多少工时等，要不是你，我半天也弄不清楚！"乔燕尽量不流露出丧友的悲痛，对贺波说："没那么复杂，多到菜市场买几次菜，就能把账算清楚了！"说得贺波笑了。乔燕这才道："走吧，一起去找我们领导……"话还没完，贺波便惊得瞪大了眼睛，道："我也去？"乔燕道："你以为我只是叫你送个报告来呀？一个好汉三个帮，你既然来了，还想躲一边去？"贺波仍然有些犹豫。乔燕又道："你看姐这个样子，你也不保下驾？"贺波这才陪乔燕一起走了。

两人走到熙熙攘攘的大街上，乔燕一边慢慢地走，一边回头对贺波说："知道我为什么要你陪我去吗?"贺波道:"你刚才不是说了吗?"乔燕道:"那只是其中一个原因,还有一个重要的原因。资金下来了,我打算把负责修桥的任务交给你……"贺波突然站住了,道:"姐,你不是想看我的笑话吧?我可从来没有和这些工程什么的打过交道……"乔燕道:"没打过交道可以学嘛,你能够把家里的房屋改造好,负责修那么一座桥,肯定没问题。"贺波像是思考似的低下了头。过了一会儿,乔燕又突然道:"如果让你负责修那桥,你说说打算怎么修?"一听这话,贺波又兴奋起来了,道:"姐,我想还是按过去的样子修,那石拱桥像道月牙一样架在河上,我觉得十分好看!还有,桥虽然垮了,但那些石头还在河里,我们可以利用起来,不够的话,我们可以就地取材,到山上采些石头,既节约了钱,桥修起也好看!你说行不行?"乔燕没答应,却笑了笑,脸上两个圆圆的酒窝里斟满阳光。

说着话,就到了乔燕单位,乔燕扶着楼梯爬上三楼,局长办公室的门正好开着,乔燕便一边喘气,一边带着贺波走了进去。何局长正在看一份文件,猛地抬起头,一见是腆着大肚子的乔燕,急忙站起来,那样子像是想来扶她,却又止住了,只看着她道:"是你呀,小乔,快坐下!"乔燕果然在沙发上坐下了,把贺波向他做了介绍。何局长过来和贺波握了手,又去饮水机里用一次性纸杯接了两杯水,递到乔燕和贺波面前,这才重新在椅子上坐下,看着乔燕道:"小乔,都这个样子了,还没休息?"乔燕努力在脸上挤出了一个笑容来,道:"那还得看领导让不让我休息……"何局长说:"开什么玩笑?产假是国家规定,我这个小局长敢不听国家的话?"乔燕又忙从嘴角牵出一丝笑容,道:"那就好,领导,你帮我办完这件事,我就能够休息了!"一边说,一边从包里拿出贺家湾的灾情报告和经费申请,想递给何局长。贺波见乔燕起身困难,便一把接过去,双手捧着,恭恭敬敬地交给了何局长。

何局长将灾情报告翻了翻,然后看资金请示,还没看完,便放下了,对乔燕道:"小乔呀,不是我批评你,你一心想给村民办好事,心是好的。可不当家不知柴米贵,你一开口就是几十万,拿我们单位当银行了哇?我们大大小小一百多口子人,全年的办公经费才那么点钱呢!"乔燕马上解释:"领导,我不是想要单位的办公经费,我是想,我们单位也管着全县一些项目资金,从哪个项目里挤出一点钱来,这问题就解决了……"话还没完,何局长便道:"那些项目资金都是一个萝卜一个坑,你以为想挤就挤呀?"乔燕将眉毛挤到一处,做出一副要哭的样子,道:"那怎么办?我已经给村民表态了,三个月内保证把桥给大家修好……"何局长立即叫了起来："你胆子不小嘛，钱还不知在什么地方，就敢表态，吃豹子胆了？"乔燕等他说完，才又做出委屈的样子道："我当时也是看到村民着急，一急就表了态嘛！我对他们说，我虽然只是一个人到贺家湾来扶贫，但我们单位是贺家湾的帮扶单位，我们领导很关心贺家湾，有我们单位帮助，三个月保证把桥给大家修好……"何局长还没听完，便指了乔燕道："你呀，你呀，让我该怎么说你呢？拿着鸡毛就当令箭，这下怎么办？你认为我这个局长权力很大是不是？即使要动用某个项目资金，那也不是我说了就能算，至少也得要分管这块的郭副县长说话，不然你想让我犯错误呀？"一边说，一边在屋子踱了几步，然后才转身对乔燕道，"要不这样，你们跟我一起去郭副县长那儿，向他汇报一下，只要他表了态，我照着办就是！"乔燕一听这话，感到还有点门儿，于是轻轻在贺波手上捻了一下，站起来说："行，局长！"贺波也立即起来对何局长鞠了一躬，道："谢谢局长！"说着，三个人便出了门。

没一时，便到了县政府大院，县长们都在一幢小楼里办公，郭副县长在二楼。几个人上去，见办公室门开着，正要进去，却被秘书拦住了。秘书对何局长道："有人！"三人便在外面屋子的沙发上坐下来。没一会儿，里面出来一个人，走了。秘书这才对何局长挥了挥手。何局长急忙带了乔燕贺波两人进去。

乔燕进去一看，才发现郭副县长的办公室是套房，里面是办公室，外面是候客室。郭副县长的办公桌很大，像个乒乓球桌，上面堆满了文件之类的东西，显得很乱。郭副县长不认识乔燕和贺波，便只向何局长打了一下招呼，何局长把乔燕和贺波向他做了介绍，郭副县长听后朝乔燕和贺波点了点头，算是打了招呼，三个人便在郭副县长对面的椅子上坐了下来。何局长把乔燕和贺波的事情向郭副县长说了一遍，还没等郭副县长开口，乔燕忙站起来，捧着肚子朝郭副县长敬了一个礼，然后带着懊悔的口吻说道："郭县长，对不起，我今天来主要是向你检讨的！我年轻，没有工作方法，不该乱表态。可当时看到老百姓过不了河心里着急，一想到有何局长和您做后盾，又想不过就是这么一座桥，也不是几个亿几十个亿的工程，所以一时冲动就表了态。现在既然话都说出去了，如果不能实现，我丢了面子不打紧，可就怕给你们带来不好的影响！所以在这里我请求处分……"

话还没说完，郭副县长露出了哭笑不得的神情，推了推鼻梁上的眼镜，道："你这个小丫头，我说过你表态表错了吗？说过要处分你吗？你真是个小心眼！我不但不批评你，还要表扬你！救灾如救火，几个村的群众没法过河，这事能有错吗?"听到这儿,乔燕高兴起来,马上叫了起来:"郭县长,谢谢……"正要往下说,郭副县长却挥了挥手,把她的话给拦回去了,接着道:"小乔同志,我理解你和那几个村的老百姓的心情,可是你知道吗,这次特大暴雨我们县是百年不遇!沿江二十多个乡镇几千农户严重受灾,有的房子垮了,有的庄稼被淹了,有的电力受损了,还有几个乡道路全冲垮了,县上的救灾物资都没法送进去!这两天,往县政府报灾情的电话,都快打爆了!你说说,你们那点灾情算得了什么?"说到这里,郭副县长忽然用了沉重的口吻说,"我们一个同志,在这场灾情中还献出了宝贵的生命,你知道吗?"也不等乔燕回答,便自顾自说了下来,"这个同志是万寿镇九龙村的第一书记,叫周小莉,今年才二十七岁!前天下午,她还和万寿镇的李万胜书记到我这里来交修建乌龙河大河的工程预算书,她就坐在小乔你现在坐的位置上,多年轻多好的同志呀!交完报告因为天晚了,她没有赶回村上。昨天一早,她就给村上打电话,问晚上这场暴雨村上受灾没有?村上书记说村上的药材种植专业户几亩药材,全被山洪给冲毁了!小周同志一听着了急,便急忙往村上跑。到了乌龙河边,看见洪水好像并不深了,便卷起裤腿打算蹚水过去,下到水里试了试,那水刚好只齐到大腿,她以为完全能够慢慢走过去。可是没有想到的是,走到河中央,她一脚踩空,马上就被河水卷走了……"

听到这里,乔燕再也支撑不住,忽然背过身去,把脸埋在沙发背后,肩膀一耸一耸地恸哭了起来,把郭副县长、何局长和贺波都吓住了。郭副县长忙问:"小乔怎么了,啊?"乔燕不答,只顾"呜呜"地恸哭不止。何局长也推了她一把,问道:"你哭什么啊?这是在领导办公室,注意影响!"乔燕这才止了哭,回过头来对郭副县长道:"她是我一个最好的姐妹,我昨天到殡仪馆看、看她了……"说完又抽泣起来。郭副县长道:"哦,原来是这么回事!"说着拿过桌上的纸巾盒,递到乔燕面前。乔燕抽出几张纸把眼泪擦干净,对郭副县长说:"对不起,郭县,我失态了……"郭副县长忙说:"没什么,我完全理解你此时的心情!你的这个姐妹是好样的,我听镇上和扶贫移民局的同志给我说,这个同志在村上干得非常不错,我们已经决定把她申报为烈士,号召全县扶贫战线的同志向她学习!"

乔燕听到这里,扶着沙发艰难地站了起来,扶着腰对郭副县长鞠了一躬,这才道:"对不起,郭县,我给您添麻烦了,我真不该表那个态……"郭副县长又道:"你表态也是没错的,只不过这次遇到一个特殊情况,昨天晚上县委召开了一个紧急会议,规定当前一切工作服从于救灾,二十万元以上的开支,必须经过县委常委会研究同意，所以我现在不能给你表态！"他看了看何局长，又道，"这样吧，你们先把报告搁我这儿，我尽自己最大努力去给你们争取吧！"乔燕一听高兴了，又要对郭副县长鞠躬，郭副县长却抢在她前面说："小乔你别再客气了，看你这样子，鞠个躬比挑了一百斤的担子还吃力！回去好好休息，有什么消息我会告诉何局长！"说完过来和乔燕、贺波握了手，便叫秘书过来把他们送到楼下。

走出县政府的大门，乔燕的眼泪倏忽涌了出来，她马上装作擤鼻涕把泪水擦了，然后对贺波说："我去看看爷爷奶奶，我有很久没去看他们了！"贺波便道："我把你送过去！"乔燕道："不用了，就两条街，我慢慢走过去就是！"贺波想了想，道："那姐小心一点！"说完就要走。乔燕又喊住他，道："要钱的事，你先不要在村里说！"贺波道："知道了，姐！"

乔燕看着贺波走远了，突然又想哭。但现在是在大街上，她怕人家诧异，于是抿着嘴唇，慢慢地往前走了。街上行人很多，见她挺着个大肚子，都自觉地往两边让。

到了爷爷家，乔燕掏出钥匙开了门，进去一看，爷爷坐在沙发上，两眼正紧紧地盯在电视屏幕。乔燕一听电视里的声音，便知道爷爷又在放她妈妈参加全国脱贫攻坚表彰大会的光碟。那是他特地请广播电视局的人从中央电视台新闻中剪辑下来的。乔燕一见，努力在脸上挤出一丝微笑，对乔大年道："爷爷，那个电视片，你还没有看够呀？"乔大年猛地站起来，将手里的电视遥控器往茶几上一放，便冲厨房里叫道："老婆子，燕儿回来了！"那声音好像乔燕是什么特别重要的客人。乔奶奶几步就从厨房里跑出来，伸出一双湿沥沥的手，一把便抓住乔燕，嘴里直道："哎呀，孙女，你怎么想起回来看爷爷奶奶了？我们可想死你了！"说着，眼睛又瞅着乔燕的肚子，一边把她往沙发上拉，一边继续道："燕儿可别站着！"又瞪了一眼乔老爷子，"你让一下，占那么宽的地方干什么？把电扇转一下方向，就管你一个人呀？"乔燕一见奶奶对爷爷吆三喝四的样子，忍不住有些想笑，便道："奶奶，我不热……"话还没完，奶奶便道："双身子，哪还不热？我怀你爸的时候，可热死了，你爷爷这个老不死的还算有点良心，一晚到天亮就在床上给我打篾巴扇……"说到这儿，乔奶奶正要笑，忽然闻到一股煳味从厨房传了过来，又急忙叫，"糟了，菜煳了！"一边说，一边又急急忙忙往厨房跑去了。

奶奶走后，乔燕想和爷爷说话，却一时不知该怎么开口，眼睛便也落到电视屏幕上。此时那播音员正慷慨激昂地说："在第三个国家扶贫日到来之际，全国脱贫攻坚表彰大会今天上午在人民大会堂隆重举行……"这些话乔燕都可以背下来了,便把目光转向房内。自从张健把他妈妈叫到贺家湾照顾乔燕以后,乔燕便很少回县城,爷爷家虽然还是老样子,可乔燕这时看着却觉得十分新奇。想起奶奶刚才对自己的关怀和温暖,一种感动便又冲撞着她的心扉,使她又想掉泪。但她不想让爷爷奶奶看见,便又把目光移到电视上来。就听播音员继续道,"……切实把精准扶贫、精准脱贫落到实处,不断夺取脱贫攻坚战新胜利……"光碟播放到这里,突然卡了壳,不但没了声音,播音员也半张着嘴,脸歪着,变得很难看。

乔老爷子忙过去拍打了播放机几下,但画面仍没动静,乔老爷子有些失望地道:"我想看你妈领奖的镜头呢,这死机器却光扯拐!"一边说,一边把光碟退出来,又"叭"地将电视机关了。一反身,看见乔燕神情呆呆的,像是很不高兴一样,这样的神情乔老爷子很少在乔燕身上看到,心里惊了一下,便问道:"孙女,你怎么不高兴?你是不是遇到了什么难事?有什么事你就给爷爷说……"乔燕一听爷爷这问,本想装出没什么事的样子,眼泪却不争气,突然顺着脸颊掉了下来,接着干脆"哇"的一声,便哭了起来。乔老爷子吓了一跳,急忙走到乔燕身边,扶着她的肩道:"你哭什么?啊,谁欺负你了……"乔燕一听,哭得更伤心了。乔奶奶在厨房听见乔燕哭声,又急忙跑了出来,对乔老爷子骂道:"你怎么把孙女弄哭了……"乔燕一见奶奶责怪爷爷,便抽搐一下,止住了哭声,含着泪对奶奶道:"奶奶,这不关爷爷的事……"话还没说完,乔奶奶又道:"那为什么哭,啊?"说着也过来拍着乔燕的肩道,"燕儿别哭,别哭,啊,你都快要生了,哭起来会惊了肚子里的孩子的……"乔燕这才慢慢止住了哭声。乔奶奶见乔燕不哭了,又转身进了厨房。乔老爷子等乔燕平静一些后,又追问她是不是遇到了什么事。乔燕便把周小莉的牺牲和贺家湾桥被洪水冲毁,以及到县上来争取资金的事,给乔老爷子说了一遍。说完又流着泪道:"小莉姐的父母都是农民,她是全家唯一一通过读书端上公务员饭碗的人……"乔老爷子听了这话没吭声,却过来挨着乔燕身边坐下,又把乔燕的手拉到自己宽大的手掌中,一边轻轻摩挲,一边慢慢地说:"孙女,听了你的话我心里也很难过,那么年轻就失去了生命。如果组织上真能把她认定为烈士,那也是好的……"说着像是要把这事岔开,又对乔燕说,"我光碟还没看完呢!刚才正看到你妈要出场了,来来来,我们来把你妈叫出来……"说罢又过去开了电视和影碟机,将刚才播送的光碟插进播放机里,一阵快进,停住,再摁一下播放键,那电视里便出现了一行人到主席台上领奖的画面,乔老爷子故意冲乔燕做了一个鬼脸,又冲着电视机叫,"吴晓杰你快出来看你宝贝女儿……"随着话声,吴晓杰果然带着微笑出现在了人群中间,乔老爷子便又对乔燕道,"你快看,你妈出来看你了。"一句话把乔燕逗乐了,对爷爷道:"爷爷你真是个老顽童!"

吃过饭,乔燕和奶奶又说了很长时间的闲话,奶奶反反复复问了她很多身体上的细节,又嘱咐了很多注意事项。乔燕回到自己的床上,美美地睡了一个觉,醒来时,已是半下午,乔燕才慢慢回到自己和张健那个小窝里。

晚上,乔燕洗了一个澡,又看了一会儿电视,仍觉得累,便又想到床上躺下,这时,电话突然响了,乔燕拿起来一看,却是母亲打来的。到底是母女连着心,现在吴晓杰无论多忙,每天都至少要给乔燕打一次电话,问问她这一天的情况。乔燕拿起电话,刚喊了一声:"妈……"话还没说,那边吴晓杰便用又疼又爱又有些生气的口吻说:"你中午在爷爷那儿哭什么?"乔燕一听,便知道爷爷把今天中午的事告诉了母亲,有些不好意思地说:"老妈,你别信爷爷的话,我不过是一时没控制住自己……"话还没完,吴晓杰便道:"你爷爷的话我都不信,我信谁?我是给你爷爷说过,叫他不要去找县上领导给你开小灶,要你在下面好好锻炼锻炼。可我是你妈,并没有说你遇到困难,连我也不告诉呀!"乔燕忙道:"老妈,我是不想给你添麻烦……"没等乔燕继续往下说,吴晓杰道:"什么不想给我添麻烦,我养大的人我还不知道?就是想争硬气嘛!我给你说,贺家湾桥的事,我刚才问了一下你们郭副县长。郭副县长说,他一定尽力在县委常委会上为你争取……"一听这话,乔燕高兴得几乎想跳起来,刚想动,肚子里的胎儿也像是为她高兴一样,猛地动了动,乔燕便又坐好了,大声道:"太好了,老妈……"又道,"老妈,刚才你外孙在我肚子里跳了一下,连他都高兴呢!"吴晓杰道:"你别拿好听的话哄我,预产期好像就是这几天了吧?"乔燕道:"是的,妈。"吴晓杰又问:"那你怎么还没请假回来?"说完也不等乔燕回答,便用了下达指示的口吻说,"你给我好好听着:你那个好姐妹周小莉牺牲的事,县扶贫移民局已经向我汇报了,我们又失去了一个年轻和优秀的扶贫干部,你妈心里一样难过!我告诉你,从这轮脱贫攻坚开展以来,全市已有八位第一书记和帮扶干部累倒和病倒在工作岗位上,其中有两名同志光荣牺牲,加上你的这个好姐妹一共是三名了!这几天你就给我好好在家待着,或者住到医院里去,听清楚了没有?"乔燕迟疑地"嗯"了一声。还没等她说什么,吴晓杰又道:"你要有丁点闪失,我可不会依你!"说完就挂了电话。乔燕还把电话举在耳边,两行热泪忽然涌出眼眶,珍珠似的滚落下来。

第二十二章

　　第二天，张健发现乔燕的脚背和小腿肿了起来，吓住了，立即向领导请了半天假，带乔燕去县医院找医生。医生只用手指在乔燕的小腿肚和大腿上压了压，便用轻描淡写的语气道："没事，完全正常！"张健一听这话，便叫了起来："连眼睑都有些肿了，还正常？大夫，要不就让她住院观察观察吧……"乔燕急忙狠狠地瞪了张健一眼，道："好好的住什么院，钱多没地方花呀！"一边说，一边叫医生给她开点药算了。医生开了药方，把处方交给了张健，然后才对乔燕说："可以不住院，回去注意休息，安心静养就是！"又盯着乔燕问，"你是不是操心的事太多？我可告诉你，孕妇操心太多，会加重心脏、肝脏、肾脏的负担，从而引起水肿，你安心静养，心脏、肝脏、肾脏的负担一减轻，水肿自然会消退下来。衣服穿宽松一点，饮食吃清淡一点，睡觉前用枕头把脚垫高十五至二十分钟，加速血液回流，睡觉尽量采取左侧卧姿，记住了没有？"乔燕和张健答应了一声，谢了医生，去药房拿了药，便回去了。

　　回到家刚坐下，乔燕的电话便响了，竟然是何局长打来的！乔燕急忙将话筒贴在耳朵上，努力用了调皮的语气道："领导，你亲自打电话呀……"话还没说完，何局长便道："你少给我调皮，我有正经事给你说！你听着，你现在在村上还是在城里？"乔燕一听这话，以为领导查岗，她想说自己在村上，又怕领导要她用座机给他把电话回过来，便道："我刚从医院回来，大夫要我注意休息……"乔燕还想往下说，何局长却道："我现在可没心思查你的岗！我要给你说，刚才上班的时候，郭副县长打电话告诉我，你们村上那座被洪水冲毁的石拱桥，县委同意纳入灾后重建项目，叫我们单位尽快拿出修建方案和图纸以及资金预算报告！这两天我打算派规划设计室的同志去村上现场勘察、规划设计。我给你打电话，就是想问问你，你们村上对这座桥怎么修，统一过意见没有？"一听这话，乔燕高兴得身上的血液又加快了流动，便忍着"咚咚"的心跳对何局长说："我们还没来得及讨论……"何局长道："你们立即组织讨论一下，统一思想，别等到设计室的同志来了，一个说要这么修，一个说要那么修。农村的事复杂，这样的事我们可经历得太多了！"乔燕马上答道："是，领导，你放心，设计室的同志来了后，我们保证能统一思想！"

放下电话，乔燕便要张健送她回贺家湾。张健叫道："你不要命了哇？没听见医生是怎么对你说的？注意休息，安心静养……"乔燕没等张健说完，便道："这不是遇到一个特殊情况吗……"张健生起气来，大声道："你不回去，贺家湾的地球就不转了？就那么一座桥，你给他们把资金争取到了，就算解决了大问题。至于怎么修，村上还有那么多干部，非得你去不可？"乔燕一见张健愤愤的样子，想想也是对的，便道："好了好了，我让他们自己开会讨论不就行了，你生什么气？"说完果然就给贺端阳打电话，把何局长告诉自己的话，都对贺端阳说了。贺端阳一听，果然高兴，立即道："乔书记，你放心，我下午就召开两委扩大会讨论！"却又小心地问，"乔书记，你的意思呢？"乔燕愣了一下，道："我是外来人，三年扶贫期一满，就要回城，而桥永远在贺家湾，还是一切以你们讨论的为主！"贺端阳便说了一声："好，那我们就自己定了！"

乔燕还是有些不放心，过了一会儿，又给贺波打了一个电话，把何局长的话也告诉了他。贺波先是高兴了一阵子，在电话里直叫："太好了，姐！"说着，语气却变得迟疑了起来，"可是，姐……"乔燕听他吞吞吐吐，便道："你有什么事，就直说吧！"半天，贺波才突然说了一句："我老爸想承包修桥的活儿……"乔燕没等他说完，便道："他没给我说过，刚才电话上也没说！"贺波道："昨天我给你送报告和请示来，他给我说过，让我告诉你。说建易地扶贫搬迁集中安置点，自己村上的活儿，却让别人给包了去，这次修桥，怎么说也得近水楼台先得月……"乔燕便道："易地扶贫搬迁集中安置点的修建，是乡上统一组织的招标，他没中到标，能怪谁呢？上面有规定，二十万元以上的工程必须招投标，那桥，再怎么说也不会只二十万元，如果你老爸能中标，他修我当然没意见！我现在担心的是大家对桥怎么修，会不会有不同意见……"话还没完，贺波便道："姐，我坚持桥修在原来的地方，那儿不但地基牢固，而且也是整条河最窄的地方，石拱桥美观、坚固，富有乡村特色，今后贺家湾要发展旅游，就是一道风景，又好看，又少花许多钱……"乔燕没等他说完，便道："那你在会上就大胆地把自己的想法说出来吧！"贺波说："我会的，姐！"

整个下午，乔燕都有些坐立不安，一会儿在沙发上躺着，一会儿又起来在屋子里像只没头苍蝇似的转着圈儿，有些烦躁。她有种预感，觉得贺家湾村今下午的村两委扩大会，一定不会那么顺利，但具体会在哪儿不顺利，她又说不清楚。果然，刚吃过晚饭，贺波便把电话打来了。乔燕拿着电话，等了半天，他却没有说话。乔燕等不住了，便主动问："下午会开得怎样？"贺波带了哭腔说："姐，我和我老爸在会上吵起来了……"乔燕忙问："为什么？"贺波道："我提出我的想法后，众人都认为我的建议好，我老爸却坚持要在拱桥下面三百米远的黄瓜田那儿，修一座水泥桥！姐你不知道，那儿虽然隔原来的桥只有三百米，河面却比原来石拱桥的河面宽了一半多，而且河床全是沙土，地基也不牢，怎么能在那儿修桥……"乔燕听到这儿，打断了他的话问："你老爸为什么要选在那儿呢？他总得说一个理由呀！"贺波道："他的理由是要修就要修一座漂亮气派的桥，像城里那些桥一样，老远就能看见！可实际却不是这样的……"乔燕忙问："实际是怎样的？"贺波却不言语了。过了半响，乔燕又追问了一遍，贺波才终于轻声说道："姐，这话我只能给你一个人说！"乔燕道："你说吧，我不会告诉别人。"贺波道："我老爸就是想多赚钱！修在那儿，不但桥要比建在原址上长许多，更重要的是那儿土方开挖量大，如果他承包到了，不就可以多挣钱了？"乔燕明白了，却问："他怎么知道就一定是他承包到？"贺波又把声音压得更低，道："我听他的口气，镇上罗书记好像已经答应帮他做工作了……"乔燕沉默了一会儿，才道："你爸挣钱，也是给你们花，这不是好事吗？"贺波没等乔燕说完，便道："姐，你可别这样说，我有些害怕！你想想，下面河床那么宽，地基又不牢，要是出了什么问题，我老爸不就完了吗？即使不出问题，村里人问为什么放着地基牢靠、河面不宽、造价低廉的原桥址不修，却要选一个河面宽、地基全是沙土、所需资金明显多许多的地方来修，你说该怎么回答？"乔燕没回答他的话，又问："村里其他干部的态度怎么样？"贺波道："其他干部都是墙头草，听了我的话后都说好，可是一听我老爸提出要在下面修水泥大桥，便都又说修水泥大桥好！但我明显看得出，他们说的不是真心话……"乔燕道："你现在打算怎么办？"贺波道："姐，我也不敢过分顶撞我老爸，在会上他就骂我想在贺家湾发展旅游是异想天开，还说我吃的米都没他吃的盐多，知道个屁！姐，你给我出个主意吧，我其实是真心为他好。"乔燕道："我明白了！那你说说，假如让村民无记名投票，你觉得村民会站在哪一边?"乔燕的话刚完,贺波便自信地叫了起来:"姐,我敢保证,村民肯定会支持我的观点!"乔燕道:"你就那么肯定?"贺波道:"事情明摆着,在老地方建桥优势多得多嘛!"乔燕便道:"我知道了,你今晚上向你老爸认个错,承认他是对的,你是错的……"乔燕还没说完,贺波便问:"姐,你是啥意思?"乔燕道:"你别问啥意思,照我说的办就是!别的,我明天来了后,你就知道了!"

结束了和贺波通话后,乔燕又对张健说她明天一早到贺家湾去。张健还是不同意,道:"你现在这个样子,我还是觉得你住在医院里才安全……"话还没说完,乔燕便道:"连医生都说不用住院,你还担心什么?"说完,把贺家湾今下午开两委扩大会的事给张健说了,告诉他这可是贺家湾一件大事,她不出面不行。又向张健保证她去了以后,只是开一个村民大会,开完后就回家。张健这才答应了。

第二天一早,张健果然开了车,把乔燕和母亲送到了贺家湾。到了村上,乔燕才给贺端阳打电话,告诉他自己已经到了村上,让他立即到村委会来一趟。没一时,贺端阳来了,一见面便问:"你怎么来了?"乔燕道:"事情有些紧急,所以我必须来一趟……"话还没完,贺端阳便问:"什么事这么急?"乔燕没直接回答他的话,却问:"昨下午会议开得怎样?"贺端阳停了一下,才道:"大家的意见还没统一,我原想今上午接着开,等认识统一后,我才告诉你的!"乔燕装作什么都不知道的样子,问:"有些什么意见,你说给我听听?"贺端阳没法掩饰,只好把贺波和他的分歧对乔燕说了。乔燕听完后,便说:"既然这样,村两委扩大会就先不要开了。"贺端阳马上问:"可大家的思想还没统一……"乔燕道:"现在情况发生了变化,县上要求我们必须通过村民大会……"贺端阳一听这话,似乎有些不相信,道:"这样个事还要通过村民大会?"乔燕道:"这可不是小事!昨天贺波和我一起到县领导那儿去,亲耳听郭副县长说,这次洪水百水不遇,全县二十多个乡镇几千农户受灾严重,领导能挤出一点钱来给我们把桥重新建好,很不容易!所以昨天晚上我们局长特地给我打电话,要我们把好事办好,实事办实,要经得起历史检验。桥怎么建,建在哪儿,都要像建档立卡贫困户那样,交由村民来表决!不仅如此,表决的原始材料还要交到县上备案……"听到这里,贺端阳的脸便沉了下来,有些不满地道:"上面现在想着各种法儿,把基层干部的手脚都捆得死死的,既然这样,还要我们这些干部做什么?"乔燕道:"正因为这样,所以我才赶下来!贺书记,时间太紧,上午我们就开村民大会吧?"贺端阳嘟着嘴半天没吭声，最后实在找不到理由反对，便道："乔书记，你也知道我是充分尊重你的，我有一句话，想对你说！我今后还要在村上工作，我希望你能维护一下我的权威，不然今后谁听我的？"乔燕马上道："你放心，不管在什么时候，我一定维护你的权威！"贺端阳听了这话，似乎又有了信心，便去通知村民到村委会来开会。

没一时，那棵老黄葛树的树荫下，已坐了满满一地的人。乔燕让贺端阳主持会议，自己把到县上争取资金修桥的事对村民说了一遍，又把昨天下午村两委扩大会议的讨论结果告诉了大家。

村民一听要在老桥下面重新选地方修桥，便叫了起来："为什么要选在那里修？我们都走惯了老桥那个地方，何况那儿地基又牢，又少花钱。"可是村民却也不同意贺波提出的仍修一座石拱桥的意见，道："石拱桥哪有水泥桥牢固？如果石拱桥比水泥桥好，为什么县上在流江河上修桥，要修成水泥桥？"乔燕道："谢谢大家关心和热情参与！最终修座什么样的桥，还得听设计组专家的意见，这只是我们一个供专家参考的初步意见！"说完让大家投票，结果百分之九十的村民都同意在原址上修水泥桥。

散会后，贺端阳阴沉着脸，像是谁借了他的米还了他糠一样。乔燕想和他交换一下意见，但他没给乔燕的机会，夹起包便往外面走。乔燕便只好喊住他，道："贺书记……"贺端阳又往前走了几步才站住，回头瓮声瓮气地道："还有啥事？"乔燕道："我还想和你商量一下易地扶贫搬迁集中安置点开工的事……"话还没完，贺端阳便没好气地道："什么时候开工，你说了就是，还问我干什么？"说完头也不回，便气昂昂地走了。

吃过午饭，张健又开上车来接乔燕。乔燕正打算走，贺端阳却来了，一见乔燕，便说："乔书记，对不起，散会的时候我心情不好，不该冲你发脾气！"乔燕忙道："没什么，贺书记，我理解你的心情。我是真心实意想为你说几句话的，没想到有那么多群众赞成在老地方建桥，我也实在不好说什么了！修桥的事，贺波给我说了，说你想承包。按说，肥水不流外人田，自从上次听你说了村干部们的处境后，我一直都想帮你。不过你也知道，现在什么工程都得经过招投标，你就好好准备一下，如果你能中标，当然再好不过……"话还没完，贺端阳立即道："算了，乔书记，这事不要再提了！"乔燕马上问："为什么？"贺端阳道："我想过了，我宁肯多揽些外地的工程做，也不在本乡本土做工程！本乡本土的爷难侍候！"乔燕心里明白了几分，却顺着他的话说下去："你说得也对，本乡本土的，几百双、上千双眼睛都盯着你，稍有一点没做到位，大家不是说东道西，就是横挑鼻子竖挑眼，反不如做外面的工程舒心！不过你今后有什么要求，就尽管给我说，我帮不到钱就帮把力，帮不到力就帮句话！"

贺端阳像是很感动，便道："我晓得，乔书记，我虽然是个土包子，但好人坏人还是一眼就能看清！这将近一年的时间，村里的工作都是你在顶起做，可我从没听见你埋怨过我，也没听见你到镇上去打过我的小报告，就凭这一点，我就知道你虽然年轻，却是一个宰相肚里能撑船的人，所以我要来向你道个歉！"又问，"你说易地扶贫搬迁集中安置点什么时候开工，就什么时候开工，我全力支持你，这段时间我也不出去了！"乔燕便道："我想就在这几天把工开起来！因为我一生小孩，就要休息较长一段时间，如果等产假满了后再开工，就太晚了。"一听这话，贺端阳便道："你说得是，那你说说具体时间，我好安排人去准备！"乔燕想了想，正要说，却打住了，看着贺端阳说："具体时间你说，贺书记！"贺端阳也没推辞，有些不好意思地笑着对乔燕道："乔书记，不怕你笑话，我们农村干部有三不做：一是拆庙的事不做；二是挖祖坟的事不做；三是违背时辰动土的事不做。这修房造屋可是一辈子的大事，我们还是要选一个黄道吉日！刚才我来的时候，已经去找贺福来选了一个好日子，说是下周二的日子最好……"乔燕在心里仔细算了算，过了下周二，离预产期还有一个星期，估计没什么问题，便道："下周二就下周二吧，到时我一早下来就是！"贺端阳想了想又道："乔书记，你看搞不搞个开工仪式？比如挂点标语、放点鞭炮，再把全体村民都召集起来开个会什么的？"乔燕想了一会儿，道："县上招商引资项目开工，也都要举行一个开工仪式，我们易地扶贫搬迁集中安置点，虽然比不上县上的招商引资项目，但对村里来说也是一件大事，挂几条标语，放点鞭炮热闹热闹，倒是有必要的！不过就不要全体村民来了，只把贫困户召集来，让他们到现场感受感受，也好提高一下他们的精气神！更重要的，要在贫困户中选出一个工程质量监督小组，让贫困户自始至终参与到他们家园的建设中来！"贺端阳马上道："这点你放心，工程质量监督小组组长我都想好了，就是贺勤！他是砖匠，懂行，哪匹砖没搁稳当，他一眼便能看出来，找他当质量监督小组组长保准没错！"乔燕高兴地道："行，这些都听你安排！"

到了开工这日，一大早，乔燕果然又叫张健把她送了贺家湾。因为预产期越来越近，张健更不放心起来，把乔燕送下来后，他便没走，等着开完会接她走。乔燕到了村委会后，叫张健在村委会休息，自己往易地扶贫搬迁集中安置点工地上走去。

229

工地所在的地方叫画眉湾，乔燕听贺世银说过，那儿过去树林很密，一到春天，成百上千的画眉鸟便到那儿做巢搭窝，繁衍后代，很是热闹。外地人到贺家湾来，人还没有进村，很远便能听到画眉的叫声，也是贺家湾一道风景。后来那儿的树砍了，地都开垦出来种了庄稼，画眉也就不见了。那是几块台地，有十多亩，地势比较开阔，也靠近公路，离村委会只有七八百米。

到了那儿一看，工地上拉了两条鲜红的横幅，一条上写着："扶贫开发显真情，易地搬迁解民忧"，另一条写着："搬迁搬出新天地，贫困户过上好日子"。还有两个很大的充气气球，被拴在两块大石头上，下面挂的条幅上写着："热烈祝贺贺家湾村易地扶贫搬迁集中安置点开工"。两个巨大的椭圆形球体在空中被风吹得飘来飘去，像是想挣脱下面的绳子带着标语上天。施工单位派来了一辆挖掘机，一辆推土机，一左一右，就停在最高一块台地上，两个司机跷着腿，坐在驾驶室抽烟。在挖掘机和推土机之间，贺端阳还找人从村委会办公室搬来两张桌子和两条凳子，搭了一个临时的主席台，桌面上竟然还铺了一块红布。村两委干部、施工方领导和从乡上赶来的驻村干部马主任以及贫困户早到了，都三三两两散落在树荫下说着什么。一见乔燕腆着一个大肚子来了，张芳和吴芙蓉急忙跑过去扶住了她。贺端阳和村两委干部也围过来，十分小心地簇拥着她走到台地上面的临时主席台后面。

乔燕刚坐下，贺端阳便掏出一张纸，递给乔燕。乔燕一看，是今天的会议议程，只见上面写道："第一项，贺家湾村支部书记、村委会主任贺端阳宣布会议开始，鸣炮；第二项，乡规划办主任、贺家湾驻村干部马瑞珍同志代表乡党委、乡政府致辞；第三项，贺家湾村第一书记乔燕同志讲话；第四项，贫困户代表讲话；第五项，工程方代表讲话；第六项，宣布工程质量监督小组名单、职责和任务；第七项，贺家湾村第一书记乔燕宣布贺家湾易地扶贫搬迁集中安置点开工！"乔燕看了，对贺端阳道："我只宣布一下开工就行了，讲话还是由你来！"贺端阳急忙说："那怎么行？你是第一书记，这话无论如何都该由你讲的！"乔燕又道："你看我这样子，说这么几句话都上气不接下气，还怎么讲？"贺端阳道："你慢一点，随便讲讲，不要紧的！"乔燕见不好再推辞，便同意了。

按下贺端阳宣布会议开始和乡上马主任致辞不表，却说贺端阳宣布欢迎乔燕讲话后，会场上响起了一片掌声，乔燕吃力地从座位上站起来，朝众人鞠了一躬，正要讲时，却见从外面突然走来一队人，人人脸上挂着怒气，一边走，一边大声叫着："乔书记，乔书记……"乔燕急忙抬头看去，认出是贺老三、贺四成、贺丰、赵小芹等，有二十多个。这些人像是商量好了似的，几步便冲到了挖掘机和推土机下面，把乔燕围住了。贺端阳一见，便严肃了面孔，对他们问道："你们这是干什么？"话音刚落，贺老三挥了一下手，怒气冲冲地说："我们要找乔书记！"乔燕便看着贺老三问："大爷，你们找我有什么事？"贺老三再次朝空中挥着手，显得怒不可遏的样子，道："谁是你大爷？你是你，我是我！我们今天要你解释清楚，你们为什么一天到晚不是给贫困户修房，就是给他们发这样钱那样钱，好像贫困户才是你们亲爹娘一样！为什么你们这样偏心？过去缴农业税和提留，我们没少缴一分，村上的投资投劳，我们也没有少投一个！我们能够吃得起饭、穿得起衣，也是靠勤劳、靠节约，才兴起一个家……"话还没说完，贺四成、贺丰、赵小芹等也纷纷七嘴八舌地吼叫起来："对，哪家日子过得好一些的，不是靠勤劳奋斗出来的？""凭什么你们现在天天都是围绕贫困户转？""你们现在给贫困户建房，一户人要补助一二十万，我们在外面辛辛苦苦打工，几年都挣不到那么多钱，你们摸到良心说，这公平吗？"众人的话刚完，贺老三又咄咄逼人地对乔燕道："你不是下来扶贫的吗？今天就要向你讨个公平！"贺四成等人听了又吼叫："不公平，不公平！"贺端阳见了，便对贺四成等人吼了一声，道："你们是不是想造反了……"话还没说完，贺老三便道："不关你的事，她既然是专门下来扶贫的，我们只听她的解释！"

乔燕一见，知道这些人今天是专门来对自己发难的。自从扶贫工作开展以来，面对贫困户获得的一些物质利益，一些非贫困户心里不平衡，她是知道的，平时也做过很多解释工作，可没想到工作并没有做通，今天面对贫困户易地搬迁的巨大利益，矛盾一下集中爆发了出来。她想，也许考验自己的时候到来了！如果放到一年以前，她或者会表现得慌乱和手足无措，可现在她已经不是一年前那个小姑娘，她知道自己不能慌、不能乱，得慢慢和他们讲道理！这些道理自从她知道非贫困户心中的不平衡后，便在肚子里打了几次腹稿，她相信自己一定能把他们说服。因此，她脸上始终保持着亲切的微笑，显得十分平静，对贺老三等人道："你们是不是一定要听我说？"那些人先是愣了一下，接着便像受了侮辱地说："不要你说我们今天来找你做啥子？"贺老三还补充道："今天你说得好就好，说得不好你可别想走！"

乔燕听了这话，又笑了一笑，才对贺老三道："大爷，你放心，你看我这样子，你不想放我走，我还真想在贺家湾把孩子生下来！生下来后，我就给他取名叫贺娃儿……"一听这话，众人都忍不住笑了起来。贺老三等人也想笑，却忍住了。乔燕便对他们道:"大爷大叔大婶们,既然你们要听我说,就不要吵!如果你们没有说够,就继续说,我继续听!我今天就是再没时间,也要听你们把话说完,你们不把话说完,赶我走我都不会走!"一听这话,贺四成等便不说话了,却拿目光去看贺老三。

乔燕知道今天领头的是贺老三,擒贼先擒王,决定先把他拿下去,便笑着对他问:"那好,大爷,今天我倒想和你摆摆龙门阵……"没等乔燕说下去,贺老三却像不愿意买账似的,气鼓鼓地说:"要说什么你就说,我可没工夫和你摆龙门阵!"乔燕却严肃了脸,道:"大爷,这就是你的不对了!你刚才不是还说,我说得不好你就不让我走吗?我说都没说,你怎么知道我说得好不好?"贺老三愣了半天,终于说道:"你说嘛,我又没有把你嘴巴封住!"乔燕又笑了一下,然后目光才落到贺老三身上,道:"那好,大爷,我问你一句话,你老人家一共有三个儿子,是不是?"贺老三不知乔燕问这话是什么意思,道:"这是明摆着的,还要你问!"乔燕又笑了一笑,接着道:"我听说,你老大改革开放后就出去做生意,赚了不少钱,现在在城里买了房,日子过得有滋有味。你老二虽然没做生意,可两口儿在外面打工,不但勤劳,还持家有方,日子也过得不错。最不成器的是你家老三。对不起,我是不该当着这么多人说这话的,可我不说,就把道理讲不明。老三因为你们老两口从小溺爱,不但没把书念好,还养成了好逸恶劳的坏德行,现在日子过得一团糟。我听说你老两口还常常把大儿子和二儿子给的生活费,偷偷拿去周济了老三,弄得大儿媳妇和二儿媳妇扬言以后不再管你们了,你说说你为什么要对老三偏心?"

乔燕说完,目光便紧紧地看着贺老三,贺老三红了半天脸,却没回答出来,因为他们家里的这本经,湾里人人都知道。乔燕也不等他回答,从桌子后面走出来,挺着大肚子,爬到了推土机下的一块大石头上,站稳了,这才抬起头,目光平和地看着大家,提高了声音对会场上所有的人道:"爷爷奶奶、叔叔婶婶们,我刚才是拿贺老三大爷家里的事来打个比喻!国家为什么要搞精准扶贫?也和一个家庭一样,手背手心都是肉,小康路上落下谁也不行……"刚说到这里,贺老三像是急了,大声道:"我们不听这些大道理!"贺四成等人一听,也马上跟着叫道:"对,大道理我们不爱听,我们只问你为什么这么偏心?"乔燕听了这话,略微停了一下,又道:"那好,如果我上面说的是大道理,下面我就回答为什么要给贫困户建房,又为什么要给他们送钱送物,还要帮他们发展产业。因为上面派我来贺家湾,就是做这事的!我也只能把这事做好了,才上对得起组织,下对得起贫困户，中间对得起自己的良心！我这不是大道理吧？"众人这次没有插话，却静静地望着乔燕的脸。

说到这儿，乔燕却忽然想哭，一时，她觉得自己有很多话，想对众人说，可一时又不知从哪儿说起，想了想，竟像关不住闸门似的，不由自主地把原打算不让众人知道的事，也说了出来，道："爷爷奶奶、叔叔婶婶们，我虽然是城里长大的孩子，可我的爷爷……我爷爷叫乔大年，曾经在贺家湾当过好几年知青，一些年纪大的爷爷可能还记得……"话没说完，人群中几个老人便喊了起来："啊，你是乔大年的孙女，我们怎么不记得乔大年……"老人还要说，乔燕挥手制止住了大家，继续说道："我爷爷后来回城考上了大学，毕业就一直在扶贫领域工作，'八七'扶贫攻坚的时候，还受到了党中央和国务院的表彰，后来做了县扶贫办主任，再后来做了副县长，也分管扶贫工作，全县的山山峁峁，沟沟梁梁，他几乎都徒步走遍了！我妈妈小时候家里很穷，她辍了好几次学，也幸亏她努力，断断续续念完了初中，后来考上了一所财经学校，毕业后分到我爷爷那个单位，受我爷爷的影响，她也非常热爱扶贫这项工作！我爷爷退休后，我妈一步一个脚印，从办事员干到科长，又从科长干到县上的扶贫局长，一干三十年，去年也被国务院表彰为全国先进扶贫个人，然后调到市上扶贫移民局做局长去了。你们只知道我姓乔，却不知道我的母亲是市扶贫移民局局长吧……"

说到这儿，乔燕住了声，心里有些后悔，可是说出去的话，已经没法收回去了。她有些惶恐地朝众人扫了一眼，却听见从人群中不约而同地传来了一阵轻轻的惊呼声。不但一般的村民，就是从乡上来的马主任和村干部们，包括贺端阳和贺波在内，都瞪着不肯相信的眼睛望着乔燕。是呀，他们怎么能相信平时这个亲切、随和、朴实、不装大的姑娘，竟然还有这样的家庭背景呢？使他们更佩服的是这姑娘的嘴好严，大家朝夕相处了一年，要是她今天不说，谁还会知道她家庭的情况？众人发了一会儿愣，才回过神来，一些人开始交头接耳起来。

乔燕见众人惊诧、好奇和交头接耳的样子，深吸一口气，继续对众人说了下去："有爷爷和母亲的关系，我完全可以留在城里过安逸舒适的生活，白天上班在单位吹着空调，晚上回到家里有丈夫宠着、爱着，有什么不好？可是我没有，我是自动向组织申请下来的！为什么会这样？因为我从小受家庭的影响，想真心真意为贫困户办点事！爷爷奶奶、叔叔婶婶们说我有偏心，我可以掏心掏肝地对你们说，你们冤枉我了……"说到这里，乔燕觉得喉咙里像是被什么东西堵住了，声音也有些颤抖起来，便急忙把话打住了。正在这时，她肚子里面像是被什么拉扯了一下，突然痛了起来。她急忙用手去按着腹部，额头上沁出了大滴大滴的汗珠。张芳见乔燕脸色有些不对，又见她用手按着肚子，便跑过去扶住了她，道："乔书记，你是不是要生了？"众人一听这话，会场上立即骚动了起来，尤其是女人们，此时都大声喊了起来："不好了，肯定是胎动了，就要生了，怎么办？"有几个女人一边叫，一边跑了过去，就连贺老三那伙人中的赵小芹等也过去扶住了乔燕，大声问道："肚子是不是痛得很厉害？"乔燕咬着牙道："刚才那阵很痛，现在好些了……"张芳道："那还不是快生了？趁这阵还没痛，快走！"另外几个女人也说："就是，生孩子都是一阵阵痛的！"说罢扶了乔燕便走。乔燕听了这话，也就不再坚持，便随了众女人走。没走几步，却又想起什么，对几个女人说："别忙，我还有几句话要对爷爷奶奶说……"女人都道："都这个样子了，有什么话等孩子生了后，回来再说吧！"乔燕道："我就几句话，不说我心里放不下……"女人们只得让她停了下来。

　　于是乔燕又回过头，看着贺老三、贺四成等人道："爷爷奶奶、叔叔婶婶们刚才提到我只关心贫困户，没有关心你们，我在这里给大家做个检讨！因为这一年的时间，我到非贫困户家里来的确实少了一些，以后一定改正！我在这儿给你们表个态，你们有什么困难，看得起我，我、我……同样对待……"话还没说完，一阵疼痛又向她袭了过来，而且这次痛比刚才更厉害，乔燕不得不再次用力按住肚子，脸因为痛苦而扭曲起来，嘴里不由自主地发出了呻吟。众人都大惊失色，贺端阳也急了，大声叫道："现在还怎么走？我打120……"话没说完，乔燕忍着疼痛说了一句："张健……在村委会办公室……等我，有车……"众人一听，松了一口气，纷纷道："有车就好，有车就好，那就快走吧！"于是张芳等女人扶着乔燕便走。

　　乔燕肚子的疼痛一阵紧、一阵松，为了不让张芳等女人替她担心着急，她尽量咬紧牙关，不让呻吟从嘴里发出来，随着众人的脚步向前踏实而坚强地走去。走了一段路，她回头看了一眼，却见身后跟了一群贺家湾的老少爷们儿和大娘大婶奶奶们，就连刚才的贺老三一伙人也在其中。她突然心里一热，想痛痛快快地哭出来，可她只让滚烫的泪水在眼睛里打着转，没让它们掉出来。她又用手轻轻抚摸了一下那像小山头一般隆起的肚皮，一种即将做母亲的自豪和骄傲不由自主地浮现在了脸上。

　　还没走出画眉湾，乔燕就看见张健和吴晓杰正朝这里大步走来。乔燕心里忽然一惊："妈怎么来了？"可她马上就明白过来了，自从她前几天在电话里告诉母亲，预产期大约就是这几天以后，再没有给她打过电话，母亲肯定不放心，抽时间回来看她了。一见丈夫和母亲朝她跑来，又再次看了看身边的女人和身后的父老乡亲们，乔燕只觉得自己陷进了一股巨大的幸福的旋涡当中。她再也忍不住了，眼皮哆嗦几下，泪水便像江河决堤般，顺着脸颊滚流而下……